知音动漫图书 · 漫客小说绘
ZHI YIN COMIC BOOK 以梦想之名 点燃阅读
小说绘

百灵潭

吾玉◎著

中国致公出版社　知音动漫

知音动漫图书 · 漫客小说绘出品

目录

第一章 春妖 001
第二章 乌裳 027
第三章 白扇 045
第四章 素欢 065
第五章 茧儿 081
第六章 齐灵 099
第七章 薛连 117
第八章 沈慈 133
第九章 东篱 147
第十章 假面 163
第十一章 卿平 183
第十二章 小山 203
第十三章 晏西 223
第十四章 芊芊 241
第十五章 无垠 257
第十六章 沅梦 273
第十七章 商雨 293
外传 岁岁秋上月 311
番外 真假潭主 329
小番外五则 343
后记 361

第一章 春妖

天上有处忘川，忘川有个仙人，仙人坐在树下，自说自话，自斟自饮，和自己下棋。

长风掠过浮云，一晃眼，已过千年。

（一）

七月半，乌云月，阴风习习。

寒生一个人走在呜咽的冷风里，惨白的月光照着她瑟瑟发抖的身子，地上却是没有影子的。

她出生于残败的义庄，生来便没有影子，由看守义庄的瘸腿老人抚养。直到七岁时，老人去世，将她托付给了城里的一家棺材铺。

她在打制棺材时，被大火冲脸，脸上留下了一大块丑陋的伤疤。

在那些撕心裂肺的日子里，没有人为她请大夫，也没有人在乎她的死活，棺材铺的老板娘反而斥责她毁了自己上好的木材，铺里的杂役们也都对她露出鄙夷嫌恶的神色。

似乎自从义庄的老人去世后，她在这世上就孤苦伶仃，再也感受不到一丝温暖了。

今夜七月半，阴风刮开了棺材铺的门，整个铺子雾气笼罩，她被老板娘一扫把赶了出来，那个大嗓门的女人叉腰望着她，一脸嫌恶地说："你这个丧门星有多远死多远，今晚不许回来，别给老娘招鬼上门！"

夜色深沉，街上空无一人，寒生衣衫褴褛地走着，满心凄楚。

她不知道自己该去哪儿，谁又愿意收留她这个不祥的人呢?

天上地下，她孤零零的，连个朝夕相伴的影子都没有，也许从一开始她就不应该出生在这世上。

一声鸦叫掠过夜空，寒生一惊，抬头一看，才发现自己不知不觉中走进了一片荒林，周遭弥漫着浓烟迷雾，透着说不出的阴冷。

她害怕地后退了几步，却冷不防地撞到了一棵大树，吓得她缩紧身子回头看。

这一看，她看到了让她永生难忘的一幕。

苍白的月下，一道幽蓝身影坐在波光粼粼的潭边，长发如瀑，衣袂摇曳，正举着木梳，冷冷地照着水面挽发，举止间寒气逼人，浑身上下更是笼着月的光华。

美丽至极，诡异至极。

寒生瞬间屏住了呼吸，那道幽蓝身影也似有所感，举着木梳回眸一瞥，眼角微微上挑着，一股浑然天成的慵懒风情。

寒生身子一颤，像被什么击中了一般，脑中只不停地回荡着一句话：这一定是世上最好看的人，一定是世上最好看的人……

那人似乎也看到了她，狭长的眼眸波光流转，带着无限蛊惑，寒生一个轻颤，心跳得更厉害，转身飞也似的逃了。

那幽蓝身影拂过发丝，戴上了额环，在月下诡异一笑。

密林之中，寒生跑啊跑，心都要跳出嗓子眼了。她不知道自己为什么要跑，也不知道自己要跑到哪里去，她只是控制不住自己的脚步，脑海里全是那张美丽而又诡异的面容，像要将她蛊惑笼罩住一般，她就这样浑身发颤地在浓雾中奔跑着，直到林中传来了一阵缥缈的歌声——

她一个战栗，微抖着身子向着歌声的方向寻去，夜风肃杀，她自是没有看见，一只蝙蝠飞过她的头顶，血红的双眼大如铜铃。

远处火光点点，似乎有人聚在篝火前唱歌跳舞。

她小心翼翼地凑近，瑟缩地躲在了一棵树后，抬头望去，一看清眼前的情景，差点儿吓得魂飞魄散。

森冷的月光下，那围着火堆跳舞的竟是一群裹着红衣的枯骨，它们的骷髅头僵硬地转着，手舞足蹈地发出“咯吱咯吱”的声音，叫人毛骨悚然。

篝火边还坐满了一圈山野精怪，有长着毛茸茸的狐狸耳朵和尾巴的妙龄少女，有羊角洁白的黄袍公子，还有青面獠牙的夜叉恶鬼。他们东倒西歪地醉倒在地，身边是打翻的酒坛，巨大的蝙蝠围着篝火打转，血眼大如铜铃，半空中还飘着几个美艳女子，个个儿都没有身子，只有一个头……

寒生浑身颤抖着，头皮发麻，就想立刻转身逃走，腿却战栗着迈不开步子，就在这时，她的腿上传来了一阵冰凉的触感，她低头一看，吓得面无人色——

一张美人脸正仰视着她，红唇含笑，头以下的部分却是一个硕大光滑的蛇身，在地上左右扭动。

那蛇女娇媚一笑："你也是来赴宴的吗？"

寒生终于忍不住，就要尖叫出声，却被一只手捂住了嘴，挟着她飞入了林间。

月光下，那道幽蓝身影衣袂翩飞，长发如瀑，侧颜在月下熠熠生辉，男子温热的气息撩过她耳边："尔何许人也，竟夜闯百灵潭？今夜七月半，群妖赴宴，百鬼欢歌，你莫要扰了他们的兴致。"

（二）

潭边巨石旁，冷风呼啸，寒生从一片迷糊中醒转过来时，只看到眼前让人万分震愕的一幕——

波光粼粼的水面中央，一道幽蓝身影正站在月下，衣袍敞开，洁白晶莹的胸膛前血痕累累，水中不断有恶灵冒出，汹涌地将他层层包围，叫嚣撕扯着。在一波一波的啃噬中，他的一颗心竟被生生剜出！

潭水激荡，月下响起一声极度压抑的闷哼，寒风猎猎，待到一切都结束后，水面平复下去，他胸前的伤口居然也随之愈合，眨眼间便恢复如初，再看不出一丝血痕。

寒生靠着岸边巨石，难以置信地看着那道身影。对方微微侧身，抬眸看向她，双手合住衣袍，脚尖一点，便轻巧地落在她身前。

"你都看见了。"夜风之中，他衣袂飞扬，居高临下地望着她，双眸清冷。

不知怎的，寒生对着眼前这张绝美面容，竟不觉害怕，只鬼使神差地问出一句："你，你……你疼吗？"

"疼？"那道幽蓝身影显然有些意外，眉心微皱，"这是第一次有人问我疼不疼……"

他嘴角泛起一个冰冷的弧度："百鬼掏心之苦，世间最残忍的酷刑也莫过于此，而我，每个月都要承受一次，周而复始，永无止息，你说疼不疼？"

寒生脸色泛白，颤声道："为、为什么？"

她话还未说完，那道身影就打断了她："这里是百灵潭，我是这儿的主人，今夜七月半，你为何会出现在此？又为何……没有影子？”

潭主春妖，眉目如画，身笼寒气，站在月下当真似一汪春水般，美丽妖冶至极，寒生在他面前，不自觉地埋头藏住脸上的伤疤，心底生出一番自惭形秽之感。

她嗫嚅着开口道：“我叫寒生，出生在寒露那一天，我生来便没有影子……今夜阴风阵阵，我是被棺材铺老板娘赶出来的，不知怎么就误闯到这儿了……”

那些心酸苦楚飘在风中，不知不觉就倾吐出来，许是这些年孤苦伶仃，从来没有这样开口的机会。寒生说着说着就泪盈于睫，春妖也一直静静地听着，末了，他才低沉一叹：“原来是这样！”

他淡淡道：“没有影子便被视为不祥之人，那你抬头看看。”

寒生闻声抬首，春妖摊开双手，面淡如水：“我也是没有影子的。”

话一出，两人心头同时一动，这场景和对话竟那样熟悉，像是曾经在哪儿发生过一般，是在梦中，还是在……

寒生尚在迷蒙间，春妖微凉的手已抚上了她的脸颊，轻声道：“你那时被灼伤，又疼不疼？”

寒生脸一烫，如受惊的兔子一般后退了一步，伸手遮住左脸，低头怯怯道：“都过去了，我早已习惯了……”

炽热的痛楚，丑陋的印记，本就不堪的身份因而变得更加粗鄙，人人将她视若瘟神，唾弃嫌恶。

月下潭边，寒生不安地捂着脸，身子瑟缩着，从未有过的自卑与难过，这些全都瞧在春妖眼中，他目光深深，不知在想些什么。

“我们来做笔交易吧。”

温柔的声音怜悯地响起，春妖把一团笼着荧光的东西递到了寒生面前——

细长一尾，散开着五根蓝色的羽毛，瑰丽的图纹，宝石般的光彩，在月光下犹如一个幽蓝的梦。

寒生抬起头，怔怔地望向春妖，那个带着蛊惑的声音缓缓道：“这是蓝孔雀羽，一羽一愿，能改变你此后的命运，你想拥有它吗？”

夜风拂来，寒生长睫微颤，她看着眼前那张绝美面容，像坠入一个奇妙的梦中。

“五根羽毛，代表着五次交易，我会为你实现五个愿望，但在实现你最后一次愿望后，我会拿走酬劳。”

“酬劳……是什么？”许久，寒生才像找回自己的声音。

“你暂时不会知晓，但可以肯定，那很沉重，你愿意吗？”

像过了一辈子那么久，寒生才在风中深吸了一口气，盯着春妖的眼睛，孤注一掷般：“哪怕只能活一年，也好过像狗一样挣扎一辈子……我愿意。”

一字一顿的话语坚定果敢，春妖眸光一动，有些难以相信，许久，他才勾唇一笑：“很好，欢迎你成为第九个拥有它的人。”

那双水蓝的眸子流光幽幽，在月下又似一汪春水，让寒生不自觉地深陷进去。

她却不知道，春妖已在心底暗自一叹，第九个，多希望是最后一个。

因为，他实在厌倦了。

周而复始地寻找，一张张贪婪不足的面孔，一颗颗背信弃义的人心，他已冷眼旁观够了。

骨节苍白的手抬起，轻抚过头上冰蓝的额环，但愿这一次，他能得到自己梦寐以求的东西。

“许下你的第一个愿望吧。”带有蛊惑的声音轻轻响起。

寒生盯着夜空中飘起的蓝孔雀羽，双眸发出异样的光芒，内心小小的角落也被一点点照亮。

蓝裳轻叹，夜风中，第一根羽毛被轻轻地拔下，吹向了空中，瞬间化作点点荧光，消散开去。

（三）

寒生脱胎换骨了，她带着崭新的面目回到了棺材铺，惊艳了所有人。

丑陋的红印已经完全不见了，一张脸宛若新生，清丽非凡，单薄的身子也不再畏畏缩缩，而是长开了一般，亭亭玉立，站在那儿就像一幅画。

寒生彻底变了，一夜之间由一个瘦弱的小丫头变成了一个秀美至极的妙龄少女。

棺材铺上下都看直了眼。

她从没有这样快活过，棺材铺的伙计们都对她前所未有地友善起来，大家终于愿意和她说话，对她笑，不嫌弃她，不视她为异类了。

她万般贪恋这样的感觉，却不知道，暗处有双眼睛，一直在静静注视着她，等着她许下第二个愿望。

而这一天，没过多久就来临了。

城里不知怎么突生怪事，河床断裂，水源干涸，旱灾眨眼就降至头顶，城中百姓个个愁眉苦脸，只盼天上赶紧落一场及时雨下来。

但雨没等到，等来的却是城主的一道命令，他要开坛祈雨，抓八十一个童男童女献祭。

这是他请来的法师出的主意，消息一出，凉州城里立刻有了大动静，侍卫队天天上街抓孩子，闹得人心惶惶。

寒生也在一次上街时遇上来势汹汹的侍卫队，她眼尖地瞥到两个幼童钻进小摊底下，害怕得瑟瑟发抖，她不及多想，赶紧上前一挡，等那侍卫队全部走过去后，才弯下腰，将两个孩子拉了出来，急声催道："你们快走，快回家躲起来，这段时日不要再上街乱跑了，听见没？"

两个哭哭啼啼的孩子点了点头，一溜烟儿似的跑远了，留下寒生，满脸写着不安。

她仰头望向万里无云的长空，双手合十，暗自祈祷："老天爷，求求你了，快下一场雨吧……"

这焦心的祈求尽数落在了春妖耳中，他站在屋顶上，身影虚幻，周遭笼着一团幽蓝光芒。他抬头望了望天，良久，眉头微蹙。

"非天公不作美，乃城中生暗魅，个中蹊跷，肉眼凡胎怎能看破？"

他又望向寒生远去的背影，眸光深深，含着说不出的意味。

如果雨迟迟未下，她会怎么办？

开坛祈雨的那一天很快就到来了。

再怎么躲藏，八十一个童男童女也终究还是凑满了，寒生赶去时，只看到祭台上被捆作一团的孩子们，下面堆满柴火，即将由法师亲自点燃熊熊烈焰，献祭上苍。

人群里孩子的父母在抹眼泪，却不敢多说什么，也跟着百姓们一起呼喊着法师的名字。寒生急了，挤上前道："你们难道就眼睁睁地看着自己的孩子被烧死吗？"

那些人目光哀痛，又带着些麻木："还能有什么办法呢，法师也说了，这是为了解救全城百姓，是了不起的牺牲，城主也会奖赏我们的……"

寒生瞬间哑然，周身冰凉，心头升起一股无以名状的愤怒。

为无辜的孩子，为这场无妄之灾，为扭曲不公的世道，为一言难尽的人性。

她握紧双拳，再也忍不住，在那法师摇响铜铃，手持火把就要点燃木柴时，一声厉喝冲出她的胸膛："等等，不要点！"

她奋力挤出人群，眨眼就站在了众目睽睽之下，拦在了祭台前，满场哗然，暗处一双水蓝眼眸也微微一动。

“上天有好生之德，祈雨本为救人，你们却以人献祭，戕害人命，上天怎会允许如此残忍的方式呢？”

法事被打断，那法师举着火把，怒目而斥：“哪儿来的大胆刁民，疯言疯语，还不赶快让开，难道想害全凉州城的百姓都遭殃吗？”

人群里议论四起，那祭台上的孩子们却被堵住嘴，只能呜呜地挣扎求救，寒生不知哪儿来的热血，张开双臂拦在他们身前，寸步不让。

她脑海里蓦然闪现出月下那道幽蓝身影，他笼着蓝孔雀羽在虚空中静静望着她，似乎给了她无穷的勇气。

她终于下定决心，一字一句掷地有声，响彻全场:“把孩子们放了，我有办法祈雨消灾，若我不能做到，就把我献祭给上天吧！”

（四）

大雨倾盆而下，如一只清凉的手抚过般，瞬间滋润了整座城池。

人们奔入雨中，仰头捧着雨水又哭又笑，欣喜若狂，那些先前绝望的父母们纷纷爬上祭台，松开自己的孩子，一把搂入怀中，脸上满是失而复得欣喜的泪水。

一片激动欢腾中，唯有那法师脸色铁青，死死瞪着被众人包围簇拥的寒生，寒生却毫无所察，只是抬眸在虚空中不断寻找着。

终于，她遥遥望见屋顶上一团蓝光笼罩的虚影，按捺不住心头起伏，她对着那张绝美的面容，轻启薄唇，在雨中无声说了两个字：“谢谢。”

雨水从她睫毛上坠落，她脸上是发自真心的笑容，明净灿烂，看得春妖一怔，却微微别过了头。

空中响起一记清冷声音，只传入寒生一个人耳中：“不必言谢，一羽一愿，选择全在你一念之间。”

没有人看得见，大雨里飘浮起一尾蓝孔雀羽，美丽摇曳，风中第二根羽毛渺渺消散，剩下的蓝羽笼着幽光落了下来，飘入寒生的胸前，转瞬即融。

第二笔交易达成了。

寒生仰头一笑，湿漉漉的脸上尽是满足，她在众人的包围中感受到一股前所未有的暖意，心潮澎湃不止，不禁跟着大家一起欢呼起舞，在雨中尽情笑闹。

屋顶上别过头去的春妖，余光瞥见人群中那道纤秀的身影，不知怎的，唇角也微微一扬，心底有什么滋长开去。

是夜，风中蓝裳一闪，寒生在睡梦中只觉枕头一凉，再次睁开眼时，已身在百灵潭间。

水面波光粼粼，那道身影负手而立，长发如瀑，淡淡开口："就这样用掉一根蓝孔雀羽，你觉得值得吗？"

寒生长睫微颤，有些不敢相信，见到春妖不知心中有多么欢喜，赶紧凑上前道："值，当然值，解了旱灾，还救人无数，这根蓝孔雀羽不知用得多么值呢。"

春妖扭过头，久久地看了她一眼，若有所思。

他负手又望向潭面，淡声道："其实，凉州旱情，并非天灾，而是一只赤炼奴所致。"

"赤炼奴？"寒生惊诧抬眸。

"对，赤炼奴，上古妖兽，身携五阳之气，所到之处，河床干涸，土地颗粒无收，为不吉之兆。他被我打伤，现今不知逃往何处，你祈雨成功，他奈何不了我，可能会动些别的心思。"

夜风飒飒，寒生品味着春妖的话，忽然间抬头，眸中露出异样的光芒："你，你这是……在提醒我，要我小心一点儿吗？"

春妖宽袖一拂，冷冷一哼："不是，我没说，这是你自己说的。"

寒生双眸亮晶晶的，眉染笑意，心里说不出的甘甜，倒将那赤炼奴抛诸脑后了。

春妖轻咳一声，扭头看她，恢复一派淡漠之色。

"我真正要提醒你的是，五根蓝孔雀羽用完后，我会取走酬劳，而你，会付出极大的代价，我不会心软，你好自为之。"

（五）

如春妖所言，祈雨之后，寒生的劫难也随之而至——

但不是因为那赤炼奴，而是因为城主身边的那位法师。

他在祭坛祈雨被寒生打断破坏后颜面扫地，自那以后就一直怀恨在心，终于，在城主提出要对寒生进行加封时，他霍地跳了出来，说了震惊满堂的一番话。

他说，寒生不是功臣，相反，没有影子，身为不祥之人的她才是真正的罪魁祸首！

这场天灾就是因她而起，她突然出现在祭坛上，触发他的符咒，才会使天降吉雨，她一人可抵八十一个童男童女，要想凉州城永远风调雨顺，再不闹旱涝之灾，就只有一条路，那就是烧死她，将她这不祥之人献祭上苍，永绝后患！

一时间，这言论在城中流传纷纷，连棺材铺上下看寒生的眼神都怪怪的，再不复前些时日的亲近，就在流言甚嚣尘上时，城主身边的侍卫队终于来拿人了。

寒生被绑上了祭台，围观百姓群情激愤，整座城池都受到法师的蛊惑煽动，大声喊着："烧死她，烧死她！"

寒生瞪大眼，难以置信，人群里只有几个孩童挤了出来，小脸蛋上带着急色："为什么要烧死姐姐？姐姐是好人……"

稚气的话还未说完，他们已经被自家大人捂住嘴巴，战战兢兢地抱了回去。

当然，不会是所有人都笃定寒生是罪人，但他们认为不是又有什么用呢，为异端说话他们也会成为异端，他们是绝不敢站出来的，谁都害怕惹祸上身，只能随大流，保全自己就好。

这就是人性，从古至今，从来如此。

屋顶上的春妖俯瞰全场，临风而立，衣袂飞扬，唇边泛起一个嘲讽的冷笑。

祭台之上，寒生拼命摇头，她想为自己辩解，但嘴巴却被堵住，一句话也说不出来，只能眼睁睁看着那法师手持火把，狰狞一笑，挥手掷向她脚下。

腾的一下，大火熊熊燃起，她脸色陡变，屋顶上的春妖却瞳孔骤缩，下意识捏紧了手心。

就在这生死之际，寒生终于抵受不住，在心底嘶声喊道："不要！"

第三根羽毛从她胸前飘出，笼着荧光漫向空中，渺渺点点，随风散去。

天地霎时静寂下来，所有人被定住身形，一动不动，大雨汹涌而落，烈火被浇灭，一道幽蓝身影踏风而来，停在祭台之上。

寒生仰头望着春妖，脸上分不清是雨还是泪。他眸光沉沉，什么也没多说，只将她从束缚中解开，拦腰一抱，拂袖飞入了空中。

春妖问寒生，如果再来一次，明知道会被反咬一口，被伤害，被辜负，你还会选择救那些人吗？

波光粼粼的潭水边，寒生抱膝而坐，漆黑的长发披散下来，包裹住她纤秀的身子，她过了许久，才轻轻发出一声："会。"

春妖冷冷一哼，拂袖望向潭面远处："愚不可及。"

他恨声道："人性本恶，丑陋自私，即便再来千百次，你也不会得到善终，就算是这样，你也还是要救他们吗？"

寒生抬头看他，似乎有些讶异，他们四目相对，不知过了多久，她才徐徐站起身来，一字一句道："我并不是毫无私心，我只是不想成为他们中的一员。"

春妖身子一颤，寒生眼中的光芒越发灼热，几乎亮如夜空中的星辰。

"若见死不救、是非不分、麻木不仁，那自己不也成了自己所唾弃的那种人吗？我不是圣人，我只是不愿坠入泥潭，不愿为了他人的恶弄脏自己的善。"

送寒生回去的时候，春妖只说了一句："你还真是我见过的一个'异类'，只可惜……"

他后面的话没有说完，寒生也聪明地没再多问，只是偷偷瞥了他一眼，似不经意道："不管从前发生过什么事，那些都过去了，沉溺其间，折磨的只会是自己。"

春妖定定地望着她，眸光几个变幻后，似笑非笑："你还真是和第一次闯入百灵潭时大不一样。"

"是你给了我新生。"突如其来的一句话让春妖怔住，寒生却极认真地看着他，一字一顿，"是你让我脱胎换骨，再世为人，即便日后要付出难以想象的代价，我也不后悔，因为我多么庆幸，庆幸这一生能够遇到你。"

那目光太温柔、太炙热，仿佛将漫天星光都揉进了眼中，说不出的绵长动人，看得春妖心头一烫，赶紧背过了身。

久久地，他才低沉地开口，仿佛有叹息飘入风中，转瞬即逝。

"剩下的蓝孔雀羽不要再轻易使用了，你所剩不多，三思而行吧。"

（六）

第三根蓝孔雀羽的作用很快发挥出来了——

满城百姓像集体失忆了般，统统都不记得之前发生过什么，也不记得寒生被陷害差点儿烧死在祭台上，他们只记得寒生曾经救下八十一个童男童女，成功祈来大雨救灾，是满城百姓的大恩人。

而那城主也不再听信谗言，反而变得英明起来，识破了法师的真面目，将他赶出了凉州城，永世不得回来。

除此之外，他更是亲派使者，将寒生从棺材铺里迎出来，加封她为"祈音圣姑"，取"祈来福音"之意，感念她为凉州城做出的大贡献。

一切不可思议地彻底扭转了，是那样奇妙，又是那样顺其自然。

就在城中一片欢腾间，寒生却极为平静，她只是在夜深人静时，忽然奔至月下，叫住了那道一闪而过的幽蓝身影。

“过些天城主要为我办一场加封大典，你……会来吗？”

忐忑期盼中，春妖徐徐转过身来，绝美的眉目在月色下，依旧是一贯的淡漠：“满城百姓都为你欢呼庆贺，难道还不够吗？缺我一人何足道哉。”

“不，不是的。”寒生有些急切，“那一天恰好是寒露，也就是我的生辰，我很希望和你一起度过……”

离寒露之日越来越近，寒生的一颗心也越来越期盼。

她时常在半夜爬起，坐在窗下，召唤出蓝孔雀羽，深情凝视着那团幽蓝，久久地出神。

她不知道，她所挂念的那双眼睛也在暗处一直注视着她。

该怎么形容心底那份触动的感觉呢？春妖有些迷茫，越与寒生接近，他就越觉得冥冥之中他们仿若相识一般，有些抓不到摸不着，却真真切切萦绕心间。

但他又多么清楚，他们不是一个世界的人，五次交易过后，他们更加是……又何必自寻烦恼呢？

苍白的手轻轻抚上头上的额环，那双水蓝双眸黯淡下去，最终一拂袖，消失在了夜色之中。

加封大典那一天，春妖没有出现。

仿佛早有预料，又仿佛不愿相信，寒生在大典结束，盛宴散去后，一个人仍固执地坐在月下，孤零零地等待着。

自从义庄老人去世后，就再也没有人陪她度过生辰，她多希望他能来，今夜即便满城百姓齐聚，热闹非凡，她坐在席间也觉寂寞无边。

因为少了他一个，就少了整个世界。

他不是何足道哉，他是她整个生命中的光亮。

不知望着远方出神了多久，寒生终是深吸一口气，指尖颤了颤，召唤出了第四根羽毛。

她仰头望向那团幽蓝，犹疑片刻，就要闭上眼，许下愿望时，空中却有一道身影踏风而来，苍白的手一把握住那根蓝孔雀羽，施施然落定在她面前。

“来迟了。”

愿望被猝然打断，寒生难以置信地瞪大双眼，待她反应过来后，几乎是又惊又喜地一下站起：“不迟不迟，月亮还未落下，寒露之日还未过去。”

她无比激动，春妖却是手心一拂，将那尾蓝孔雀羽还了回去，看着那点幽蓝光芒融入她胸前后，才沉下声来，望着她似有愠怒："说了要三思而行，你当这是玩笑吗？"

（七）

百灵潭，皓月长空下，水面上开出了朵朵幽莲，铺成了一道瑰丽莲景，春妖带着寒生脚踩莲花，衣袂翩飞地一路踏去。

风拂过他们的眉眼发梢，寒生欢喜得不行，春妖的目光却有些哀伤。

他们停在了一朵巨大的莲花里，躺在小船似的花瓣中，任幽莲载着他们在水面上悠悠荡漾。

寒生双手扩在唇边，在夜风中欢快地喊叫着，春妖在她身侧，也被感染一般，暂时忘却烦忧，唇角一扬，淡淡笑开。

却就在这时，水面一荡，莲花船一下颠簸起来，春妖神色一变："又来了。"

他将寒生一扯，脑袋按在花瓣里面，呼吸急促："不要听不要看，马上就会过去了。"

说着他一个翻身出了莲花船外，拂袖将船一推，离自己远远的，水里那些恶灵汹涌漫出，瞬间将他团团包围。

冷风凛冽，星月肃杀，春妖的衣袍随风敞开，苍白的胸膛显露在月色中，转眼就被撕扯出一道道可怖红痕。

那边莲花船里，寒生已经急切探出脑袋，正撞见月下这骇人一幕！

百鬼掏心！她蓦地捂住嘴巴，泪眼颤声道："不，不要……"

春妖忍住那剜心之痛，一拂袖，将她的船又推远了些，一声嘶吼："闭眼！"

潭水翻腾，百鬼叫嚣，昏天暗地中，不知过了多久，这场血腥酷刑才平复下来。

春妖满脸苍白地躺进了莲花船里，寒生扑到他身边，眼泪扑簌坠落，她颤抖着双手想揭开衣服去察看他的伤势，却被他一把按住。

"不会有伤口，也不会有血迹，一切都过去了，就像你上回看见的一样，你难道忘记了吗？"

寒生耳边蓦地响起，那夜月下春妖冰冷的声音："百鬼掏心之苦，世间最残忍的酷刑也莫过于此，而我每个月都要承受一次，周而复始，永无止息，你说疼不疼？"

她的身子颤得更厉害了，按在他胸口的手不住发抖："这究竟是怎么回事，你为什么每个月都要遭受一次？你不是这里的潭主吗？为什么还会受到百鬼掏心之苦？"

"你当真想知道？"

寒生点点头，泪水又坠落下来，温热了那片胸口，春妖觉得心头一烫，他不由得仰首望向她，微凉的指尖握紧她的手，低声一叹。

“这一切，还要从这百灵潭的来历说起……”

天上有处忘川，忘川有个仙人，负责看守忘川河里的群妖百鬼。

仙人喜欢下棋，日复一日地与自己对弈，自斟自饮地过了千年，却不知哪年哪月哪日，仙人被自己设下的棋局难住了，痴迷地守在棋盘边，没有留意到忘川河里的变化。

那河水里封印着百鬼，适时刚好有一只厉鬼冲破了封印，挣出了忘川，仙人却依旧痴痴守着棋盘，等到他察觉时，那只厉鬼已经毁去了封印，放出了其他鬼怪。

顿时风云变色，群魔乱舞，忘川河里的水也倾泻而出，落在了地上，形成了这百灵潭。

天帝震怒，将仙人贬下了凡尘，罚他看守百灵潭，生生世世，不得解脱。

寒生听到这，长睫微颤，彻底恍然过来："我知道了，这就是你每月要受百鬼掏心的原因？是天帝对你的责罚？你就是，就是那位……"

“不，我不是那位仙人。”

冷月之下，风扬起衣袂发梢，春妖轻轻打断道，他抚上自己头上的额环，水蓝色的一双眼眸望向虚空，闪过一丝不易察觉的恨意。

“他是百灵潭的第一任春妖，现在已经解脱了。”

（八）

自从寒露那日后，春妖就再也未出现在寒生面前。

那夜寒生不管如何追问，他也不肯再说更多，只是将她送回了凉州城后，便踏月而去，消失无踪。

寒生在之后无数次提着灯，想找到百灵潭，想见春妖一面，可无论她怎样寻找，怎样呼唤他的名字，却也再寻不到曾误闯进的那片荒林。

她整日心事重重，坐在窗下凝视着那尾美丽的蓝孔雀羽，她想，是否只有她用掉第四根羽毛时，他才会现身？

就在这样的胡思乱想中，城里来了一位贵客，东华国的大皇子，聂褚怀。

他途经凉州城，得到城主的热情相迎，当夜便为他设宴洗尘，而寒生也作为祈音圣姑相陪席间。

见到聂褚怀时，寒生有些意外，首座上的青年眉目端华，丰神俊朗，着一袭潇洒玄衣，背负长剑，周身颇带出尘之气，竟不像个寻常皇子，更似游侠少年。

而城主在起身介绍间，寒生方才释疑，原来这聂褚怀虽为皇子，但不喜宫廷束缚，一直在外寻仙问道，游历江湖，也算半个修行者。

他见到寒生时眼前一亮，说不出的殷切："圣姑颇为眼熟，我们是否在哪儿见过？"

寒生抿嘴一笑："我从未出过凉州城，也许大皇子游历四方，见过与我模样相像的也未可知。"

她只当这是平常的客套寒暄，哪知席间，那聂褚怀却一直盯着她，连台上的歌舞也无心欣赏。

寒生佯作不知，事实上，她也的确没心情注意那么多，她满脑子只想着那道幽蓝身影，想着他在百灵潭过得好不好，有没有又遭百鬼掏心之苦。

高台上是一出破阵舞，舞姬一身紫衣纱裙，手持双月弯刀，纤足翩翩，佩环作响，颇具异域风情。

寒生正出神着，耳边忽然传来急切的一声："小心！"

她抬眸一看，那异域舞姬竟脚尖一点，持双刀凛冽飞向她，脸上露出怨恨之色，开口却是一个浑厚的男子声音："祈雨圣姑，拿命来！"

夜风猎猎间，"她"一头黑发尽数变红，周遭卷起炙热气息，挟烈火燎原般的杀意直朝寒生而来。

寒生一惊，福至心灵，失声站起："赤炼奴？！"

她尚不及闪避间，已有一道俊影飞掠至她身旁，一脚踢翻案几，揽过她后退数步，正是那先前开口让她"小心"的聂褚怀。

他挡在她前面，一把拔出背上长剑，毫不畏惧地与那赤炼奴在夜空中缠斗起来。

利刃相击，狂风席卷间，他扭头冲寒生喊道："圣姑快走，快走啊！"

场中一片混乱，妖物非寻常人能对付，赶来的侍卫根本无法近身上前，只能看着聂褚怀在空中拼死相斗。

无法言说那一战有多激烈，当耀眼的红光消散后，赤炼奴尖叫着灰飞烟灭，而聂褚怀也浑身是血地从半空坠落，一把长剑折断为数截。

他与赤炼奴拼得两败俱伤，所幸那妖物本就带伤在身，才叫他全力之下一剑除去，可惜他自己也付出惨痛代价，胸口插进了那把森冷弯刀，鲜血汩汩，命在旦夕。

寒生跌跪在他身旁，脸色煞白："大皇子，大皇子你撑住啊……"

“你没事就好……”聂褚怀满脸是血地一笑，他抬起手，似乎想抚上寒生的脸颊，“你知道吗，我见过你，我真的见过你……”

（九）

第四根蓝孔雀羽飘入风中，荧光点点，消散如烟。

帘幔飞扬间，寒生为昏迷的聂褚怀掖了掖被角，坐在床边，见他气色渐渐恢复过来，心里的一颗大石才算放下。

月光透过窗棂洒入，一道幽蓝身影站在她身后，凝视她的一举一动，许久，才幽幽道：“你又用了一根羽毛，如今，交易只剩最后一次了……你当真一点儿也不在乎自己要付的酬劳吗？”

“他为了救我才会如此，用掉一根蓝孔雀羽是应该的，没什么可惜的，并且……”寒生纤秀的身子缓缓转过来，对着月色中那张绝美面容，语中带了苦涩与酸楚，“如果我不用掉这根蓝孔雀羽，你是不是就永远都不会来见我了？”

夜风呼啸，暖烟缭绕，屋子里一下就静了下来，不知过了多久，春妖才飘然上前，一把拉起寒生：“你跟我来。”

冷月无声，水面波光粼粼，幽莲朵朵，春妖一拂袖，携寒生落定在岸边。

“在你之前也有八个人误闯进了百灵潭，他们与你一样得到了一尾蓝孔雀羽，进行了五次交易，你可知他们现在的下场如何？”

寒生隐隐猜到了什么，脸色有些发白，春妖一指潭心：“寒露那夜我们脚踏幽莲，坐在莲花船里，赏月听风，你应当快活无比吧，但你知道吗，当时我们脚下踩的每一朵幽莲，里面都住了一个魂魄，之前那八个人便在其中，他们的魂魄被囚禁在百灵潭，生生世世不得解脱！”

厉声回荡在月下，寒生身子剧烈一震，猛地抬头，春妖却在夜风中自嘲一笑，轻轻抚着头上的额环，面容苍白：“当年我也是这般被害了，叫这幽明额环锁住了魂魄，成了百灵潭的新一任春妖，从此不得自由，不得解脱，每月忍受一次百鬼掏心之苦，只有找到下一个替身，才能离开百灵潭，重获新生。”

他先后等来了八个人，与他们达成自愿的交易，并在最后一次交易后取得了酬劳——每个人的灵魂。

但他却失望地发现，他们都不是下一任春妖的至阴魂魄，不是那个人选。

而在这个过程中，他也见识到人性太多的贪婪狡猾、背信弃义，甚至其中还有一个人最后许下让他灰飞烟灭的愿望，他看着他们一点点沉入潭底，头上额环闪烁，一颗心厌倦不堪。

既为了周而复始寻找的自己，又为了这满潭锁魂罪孽的幽莲。

日复一日，年复一年，他就是在这样的厌弃与寂寞中痛苦地度过了百年，也忍受了百年的掏心之苦，终于，他等来了第九个人。

“那就是你，没有影子的你。”春妖水蓝色的眼眸一挑，看向满脸煞白的寒生，“你要知道，并不是所有人都能踏进百灵潭，送给你五根蓝孔雀羽时，我心底是充满期盼的，那种重燃希望的滋味你不会明白。

“我总说人性本恶，可实际上，我也曾经是人，也有着自己都厌弃的自私和卑鄙，我不愿错过这个机会。

“是你将我想得太好，你仰望我，信赖我，以为我让你重获新生，可其实，我是在将你拉下无间地狱，你被骗了，诚如当年的我一般。

“我记不起当年害我的那任‘春妖’是何面孔了，但我永远都记得，那种在我耳边响起的蛊惑语气，让我一点点沉沦下去，从此万劫不复。

“你曾对我说，让我不要沉溺其间，可我日日夜夜锁在这幽明额环中，如何解脱？”

夜风凛冽，春妖衣袂翻飞，语气陡厉，捏紧了一双手。

寒生纤秀的身子在风中颤抖着，她不敢置信地摇着头，望向春妖的眼神却不是害怕，而是氤氲着泪水。

“你、你为什么现在要告诉我这些……”

“因为，”春妖勾起唇角，长发飞扬，凄然一笑，“游戏结束了，我不想再玩了。”

他伸出手，一字一句：“把你的最后一根蓝孔雀羽还给我吧，我们的交易终止了，你走吧。”

那根羽毛从寒生胸前缓缓飘出，闪着幽蓝的光芒，她一个激灵，抬手紧紧护住：“不！”

那双泪眸里饱含着无限情意，刺得春妖心头一痛，他伸出手向她走近一步：“还给我吧，何必固执。”

寒生还是摇头，泪水顺着脸颊不断滑落，春妖一步步向她走近：“或许就像你说的，在泥潭里待久了，我偶尔也会挣扎着想爬出来看看，记得自己还有个人样，不至于面目全非。

“我在这里待了上百年，早已习惯这里的阴寒与寂寞，我不想再无休止地去寻找下一任‘春妖’了，我累了，就让一切都在我这里结束吧，让幽明额环永远锁住我的魂魄，不要再去祸害其他人了。”

寒生步步后退，越听身子颤得越厉害，她拼命摇头，将羽毛紧紧地护在胸前，一双泪眼倔强地望着春妖。

“我不会把你一人留下的，我们一起想办法，一起来面对，一起改变宿命，好不好？”

声音染了凄色，缓缓地，哽咽地，带着哀求却又无比坚定，久久地回荡在夜空中。

春妖愣住了，像有什么击中了他的心头，酸涩得叫他喘不过气来。

他蓦然转过身，胸膛起伏着，努力平复下心头翻滚的情绪，许久，才沉声开口：“你可以留着这根羽毛，但它已经无效了，下一次交易，我不会再出现。”

（十）

天地清素，上下一白，鹅毛般的雪花飘飘洒洒地落下，落在肩头，转瞬间便融化得无影无踪。

一个身影坐在院子里，笼着月白的披风，望着虚空怔怔发呆。

身后传来脚步声，不多时，一把竹伞罩在了头顶，男子清朗的声音低低道：“寒生，跟我回东华吧，我要娶你做我的王妃，一生一世必不负你。”

寒生回眸望了他一眼，摇了摇头，一言不发。

聂褚怀有些气馁，张了张口，却什么也没说，只举着伞静静地站在雪地里，风吹过他的面庞，俊朗坚毅。

他自从醒来后，就见着寒生这副模样，失魂落魄的，总是望着远方发呆，他不放心，为了她在凉州城里逗留了数月，从秋雨潇潇守到白雪纷飞。

他不知道她心里在想着谁，但他知道，从他见她第一面的时候起，他的心里就只装得下她了。

像魔怔般，他控制不了自己，一心只想讨她一笑，让她开心一点儿。

仰头望向漫天飞雪，一片雪花悠悠落在睫毛上，转瞬消融，聂褚怀闭上了眼睛，不愿从这场梦中苏醒。

两天后，他留下了一张字条，离开了凉州城，一路策马东行。

字条上只有两个字——等我。

寒生就着烛火烧了字条，凄凉一笑。

她环视院中，仿佛又见到那双水蓝色的眸子，带着淡淡的哀愁，衣袂摇曳，站在暗处静静地看着她。

自从那天后，春妖再也没有出现过。

他是那样决绝，无论寒生拿出羽毛许下怎样的愿望，对着虚空怎样呼唤他，他都再也没有现身过。

仿佛要从寒生的生命中退出得干干净净。

寒生抱膝坐在窗下，觉得一颗心都要枯涸了。

聂褚怀离去后的这一晚，她躺在床上辗转反侧，身体里像有一团火在燃烧，那道幽蓝身影不断闪现在眼前。

她忽然坐起身，再也按捺不住一股冲动，握着羽毛就奔出了房门，披着发，赤着脚，冰冷地踏在了雪地上。

“你出来啊，我知道你在暗处，你出来见我啊……”她纤秀单薄的身子奔跑在月下，一声声歇斯底里地呼喊着，深藏在心底的泪水再也忍不住地夺眶而出。

“求求你，求求你出来……”她无力地瘫坐在树下，泣不成声地喃喃着，“我想好了，我愿意成为下一任春妖，我愿意，你出来啊……”

冷月银雪下，那身白衣伏地痛哭，长长的黑发散了一地，显得分外孤寂。

暗夜里，一个蓝影高高地隐在树上，衣袂翻飞，无声地望着这一幕，唇角发颤，水蓝色的眼眸雾气氤氲。

他忽然涌起一阵深深的无力感，垂下的指尖微凉，触及之处只有冰冷白雪，这天大地大，人世寂寂，为何看不到一丝希望，为何苦海漫漫，浮浮沉沉永远上不了岸？

（十一）

寒生生了一场大病，喝了药后躺在床上烧得迷迷糊糊，恍惚间她好像看见一个人影缓缓走近，微凉的掌心抚上了她的额头。

她迷糊地抓住了那只手，像被丢弃的小猫一样发颤，泪水滑过眼角：“不要走，求求你不要走……”

黑暗中那人手一抖，呼吸氤氲起来，头上的额环闪着幽蓝光芒，似乎在嘲笑他和她荒谬的命运，他深吸一口气，最终却还是狠狠心，抽出了手，飘然消失在了夜风中。

寒生醒来后，久久地望着头顶出神，昨夜的一切，如梦似幻，她怅然若失，一时竟分不清，那道幽蓝身影是否真的来过。

大雪纷飞，天地悄然，这一年寒冬冷得刺骨。

没过多久，聂褚怀回来了，还带了一件令寒生意想不到的东西——

红彤嫁衣。

这是北陆东华国之宝，数百年前诞生的一件圣物，穷尽当时大国师的毕生心血，从此东华每一代皇后都会穿上，以显皇室尊荣。

这嫁衣红彤彤，如火烧云般，穿在身上宛如灿烂烟霞，故名红彤嫁衣。

不仅如此，它还有辟邪之用，穿者可百毒不侵，百鬼莫近。

寒生轻轻地抚着嫁衣，触手幽凉，聂褚怀在她耳边动情道：“我已向父皇求来这嫁衣，一切事宜都安排妥当了，你愿意嫁给我吗？”

那声音里带着无限期盼与忐忑，就像寒生对另一个人的那颗心一般，她忽然就抬起头，眸光闪烁。

“好，我答应你。”

聂褚怀一怔，寒生却似有若无地转过眼眸，在屋里寻找些什么，唇边泛起凄然一笑。

那边聂褚怀已经将她一下抱起，欣喜若狂地大喊大叫，像个稚气孩童一般：“我一定不会负你，我要用东华最盛大的礼节将你迎回宫中！”

寒生猝不及防，吓了一跳，赶忙从他怀中挣脱，抬首神色有些不自然：“可以，可以等我一晚吗？”

深夜，一道黑影悄无声息地潜入房中，凝视着床上的睡颜，轻声一叹：“如此也好。”

他的目光转过房间，不经意地瞥到了衣架上的一团烟红，待看清那是何物后，他瞬间神色大变，正要过去细看时，床上的人忽然睁开眼睛，起身望向屋内。

黑影霎时消失不见。

床上的人凉凉一笑，眸光在房里转了一圈，心下了然却什么也不说，只轻轻下了床，取下了衣架上的红彤嫁衣，对着铜镜开始梳妆打扮。

隐在暗处的那道黑影眉眼一动，欲伸手阻止，却终是一顿，黯然停在了半空。

寒生挑上了最后一抹胭脂，回眸望了一眼屋内，凄然一笑，轻飘飘地出了门。

春妖跟在她身后，看着她提着一盏灯，一身鲜红的嫁衣，缥缈地走在空无一人的雪地上。

她唇边含着笑，眼神有些空洞，大风扬起她的红彤嫁衣，显得身子无比单薄，春妖看着她登上了城楼，心头一紧，有种不好的预感。

寒生站在城头上，冷风吹得她乱发飞舞，城下一片白雪茫茫。

她没有感觉到，身上红彤嫁衣的一角正在慢慢燃烧，幽蓝的阴火散发着诡异的光芒。

暗处的春妖瞳孔蓦缩，呼吸一窒，这嫁衣果然是吞噬阴魂的！

他早闻世间有此宝物，可避百毒，能吞百鬼，竟不想今日得见，难道寒生的体魄真是下一任春妖的阴魂……

还没来得及细想，那身火红的身影已经从城头一跃而下——

春妖大惊，飞身跟了下去，大风猎猎中，一把抱住了迅速下坠的寒生。

一根蓝孔雀羽飘向空中，荧光点点，瞬间消散在飞雪间。

春妖失声道："你……"

寒生脸色苍白地笑着："我知道你一定会出现，最后一笔交易达成了，你自由了。"

她赌赢了，他来了，她终于能让他解脱了，夜风当中春妖彻底明白过来，他一个激灵，声音忽然急切无比："快，快脱下你这嫁衣！"

幽蓝的阴火遇风不灭，从寒生的裙角蹿起，将她和春妖一同森森包围住，寒生这才感到一阵灼热，低头间神色一变。

春妖抱住她不放，即使被阴火舔舐上身也不松手，他胸膛起伏，因他阴魂的加入，那红彤嫁衣燃烧得更快了，却无论如何也无法从寒生身上剥落下来。

他一咬牙，拂袖踏风，下一瞬，两人已经沉入百灵潭冰冷刺骨的水中，水花四溅。

（十二）

聂褚怀在深夜忽然感到一阵无来由的心慌，他起身奔出，眼见远处天边阴火簇簇，不由大惊失色："是红彤嫁衣，难道有妖物入侵？不好，寒生有危险……"

一路御剑而行，他心头狂跳不止，循着红彤嫁衣的感召，火急火燎，一刻也不敢耽误。

百灵潭里，两道身影在水中相拥，叫阴火紧紧包围住，竟是分也分不开了，那冰冷的潭水并未浇熄他们身上燃起的阴火，反而愈燃愈烈。

就在这时，一件更诡异的事情发生了，先前散去的五根蓝孔雀羽浮现在半空，所有交易全部达成，它轻旋着，融进了春妖头上的额环中——

那幽明额环泛着微光，感应到了新主的召唤，慢慢地从春妖额上脱落下来。

春妖霍然一惊，颤声道："不！"

寒生却苍白地眨了眨眼，心头激荡，看着那幽明额环缓缓飘来，覆上了自己的额头，她终于可以换他自由了。

就在额环覆上的那一刻，风云变色，潭水翻腾，仿佛有什么汹涌袭来，让春妖与寒生身子一震，猛地瞪大双眼。

一幅幅画面飞闪而过，俊秀纯真的少年，潭中升起的水雾，幽蓝缭绕的女子面庞，前尘往事如潮涌来，被封印的回忆纷纷释放……

“这里是百灵潭，我是这儿的主人，春妖。”

“我叫寒生，出生在寒露那一天，我生来便没有影子。”

“那你抬头看看，我也是没有影子的。”

波光粼粼的潭边，墨发如瀑的女子浅笑盈盈，赠给了少年一尾蓝孔雀羽。

一样的对话，一样的场景，身份却是颠倒过来——

这一生的春妖与寒生，赫然竟是上一世的寒生与春妖！

尘封的记忆被悉数唤醒，潭中相拥的两人难以置信，脑海里转过生生世世的纠缠，从第一任春妖起便开始的循环轮回，春妖、寒生、春妖、寒生……

这一世他害她，下一世她害他，因果不息，荒谬绝伦，逃不掉的宿命！

而记忆累积着封印在幽明额环中，只有最后交换的那一刻才能回复清明，但却是稍纵即逝，不过短短片刻，自由的灵魂就又要轮回转世，进入下一世的纠缠了……

这种生生世世的折磨，是天帝对他们的惩罚，确切地说，是对“他”的惩罚，所谓的他们，其实根本就是一个人——

那个当年在天上看守忘川，由一汪春水修炼而成的仙人，春妖。

仙人坐在树下，自说自话，自斟自饮，和自己下棋，寂寞地度过了千年。

有一日，他实在耐不住寂寞了，便突发奇想，用自己的影子化出了一个女子。

女子长发如瀑，眼眸若水，含情脉脉地望着他。

那一日恰巧是寒露，他便为她取名寒生。

从此他不再寂寞，每日与寒生对弈抚琴，朝夕相伴，看长风掠过浮云，逍遥自在，浑然不觉岁月悠然。

不知不觉中，他竟爱上了温柔似水的寒生，爱上了自己的影子！

但寒生终归只是一团虚影，为了给她一个实质的身体，长久地留住她，他不惜与忘川河底的一个大魔头进行了一笔交易。

那魔头名唤司卯，曾是天上的星辰仙人，掌管二十八星宿，后因堕仙成魔，被封印进了忘川河底。

他见春妖对寒生生情，便蛊惑诱骗他，让他与他交易，给他一百零八缕仙气，他能催动星辰诀，替他为寒生造出一具星辰之躯来。

春妖犹疑了许久，最后还是答应了，却不想，这只是祸端的开始。

司卯偷偷藏下两缕仙气，按捺不发，在河底静待时机。

春妖得到拥有实体的寒生后，欣喜不已，就在某一日他二人痴迷棋局间，司卯终是寻得机会，借仙气一举冲破封印，挣脱了忘川，还放出了其他百鬼群妖，造成天地间的一场浩劫。

自此，风云变色，百鬼流窜，忘川河水倾泻而出，春妖铸成大错，罪无可恕。

天帝震怒，将他贬下凡尘，夺去他的至灵水魄，罚他看守百灵潭，受百鬼掏心之苦，还要他为他的私心付出代价，与自己深爱的影子痛苦纠缠，生生世世不得解脱。

这就是所有的真相了，从始至终，百灵潭的主人都没有别人，只有春妖一个。

男子是他，女子是他，害人的是他，被害的也是他，通通都是他。

"原来是这样，原来是这样……"潭水中，寒生颤抖着身子，泪流满面，伸手抚上春妖的脸颊，正要开口时，夜空中忽然闪过一道光芒，男子衣袂飞扬，御剑落在潭边，大声喊道："寒生！"

正是赶来的聂褚怀，他看着潭中燃起的阴火，那红彤嫁衣就快要将寒生全部吞噬掉，瞳孔骤缩，再顾不上许多："你别怕，我来救你了！"

聂褚怀拼尽全身修为，想也不想地跃入潭中，提剑就要将那嫁衣斩裂开去，却感到体内有什么蠢蠢欲动，似要被嫁衣彻底吸出来一般，令他几乎控制不住自己手中抖动的剑。

夜风狂掠，潭水激荡，他头疼欲裂，终于忍不住一声凄厉长啸，双目金光迸射，眉宇间赫然现出一枚星月印记。

潭中的春妖与寒生身子一震，同时惊呼失声："司卯！"

（十三）

司卯在造出寒生身躯之时，是没有想过，自己有一天会爱上别人的影子。

是的，别人，并不属于他，从头到尾，都没有属于过他。

即使是他为她捏出了星辰之躯，看她眼中放出星辰之光，与她在河底相守了六十六天，使她成为一个真真正正的人。

但她还是只会对忘川仙人笑一笑，同他说话，陪他下棋，与他厮守。

他在河底望着他们时，堕仙成魔的一颗心充满戾气，是那样嫉妒，又是那样不甘。

终于，他挣脱了忘川河的封印，搅得天地变色，那一刻，他满是快意，既为了重获自由，又为了能亲手抢夺她。

他在一片混乱中，趁机掳走了她，想带她逃到一个没有人的地方，可天大地大，他根本逃不掉。

春妖从千军万马中走出，对他怒目而斥："你这魔头骗得我好惨，还不快束手就擒，将寒生还来！"

他仰天长笑，魔性激荡，以一人对抗天兵天将，点燃了一片星空。

直到最后一刻，他都不相信他会输掉。

就在他一掌要击中春妖之时，寒生冲了出来，纤秀的身子挡在了春妖面前，如断线风筝一般倒了下去。

他震愕地收手，春妖发出凄厉长声，至灵水魄汹涌地扑向他，负伤的他再不能抵挡，魂魄四分五裂。

他身如星光散去，最后的最后，都不能正面看一眼她，只能望见春妖将她搂在怀中，失声痛哭。

寒生并未死去，但活着也不是件幸事，春妖虽戴罪立功，但功过远不能相抵，天帝还是狠狠地责罚了他，以及一并卷入轮回纠缠的寒生。

这中间，所有人都以为司卯已经彻底消散在天地间，但没有人知道，那日大战，他还逃出了一缕残魂。

当时恰好地上有一位国师作法，炼制出一件红彤嫁衣，他便以星辰之魂依托于上，这一待就是数百年，红彤嫁衣一代代传了下去，他日复一日地吸收着日月精气，强壮着星辰之魂。

终于，在东华国这一任皇后披上嫁衣时，他的星辰之魂钻入了皇后腹中，由她孕育成胎，怀满十月后，呱呱坠地，成了东华国的大皇子。

一代魔君司卯就这样得到了重生，可星辰之魂却沉睡在他的凡胎肉体中，让他忘却前尘，变为一个不恋权贵、不喜皇室束缚，只爱游历四方的"修行者"聂褚怀。

他初见寒生时就觉得眼熟，那是因为她早就住进了他的心底，他从她眼里看到了漫天星辰，他对她一见倾心，就像寒生对春妖一眼沉沦般。

风掠四野，潭水激荡，沉睡多年的星辰之魂终于觉醒，司卯泪光闪烁地看着寒生："原来重活一世，结局还是一样，不管世事如何浮沉变幻，你和他都没人能够分开……"

他说着忽然仰头凄厉长笑，乱发飞扬，衣袍鼓动，身体碎成万片星光，竟是要拼着元神俱灭，销毁那件红彤嫁衣。

他曾在这嫁衣上依附数百年，早已与它形成微妙的共生关系，如今毁掉它的唯一办法，就是先毁掉他自己！

"这一次，我又输了，春妖啊春妖，当年真不知是我诱骗了你，还是你毁掉了我……"

凄厉长笑中，红彤嫁衣碎成无数片，随漫天星光一同消散，劲风猎猎间，草木尽皆失色。

寒生的身体也渐渐透明，随着司卯的离去，她感觉自己的身子不由自主地受着牵引，向夜空中飘散而去，一同化为星辰。

"寒露而生，朝朝暮暮，人世苦海无边，可我却从没后悔过，我要走了，就让宿命在这里结束吧，只盼你能重获新生，重得解脱……"

点点星光漫向夜空，幽如萤火，绚丽似梦，春妖满面凄惶，在潭中伸出手："不！"

但他却什么也没抓住，指缝间只有细碎星光飘过，寒生在空中浮出最后一笑，虚影淡去。

缘起缘灭，如风消散，夜空中忽然下起飞雪来，一个额环掉落在他手上，伴着寒生的最后一颗泪珠。

至烫至冷，烙进了他心底。

（十四）

百灵潭下了一场星光雪后，这场生生世世的纠缠也到了尽头，天上下来了一位使者，带着天帝的旨意。

这使者不是别人，正是春妖曾在天上时的故交，元芜殿的妙棋灵君，齐灵。

他一见到春妖便红了眼眶，千言万语只化作一句："老妖，别来无恙，你终于挨过来了。"

天帝念他所受苦楚已够，影子亦化为满天星辰，再无轮回，他的责罚就此结束。

齐灵为他带来了曾被夺去的至灵水魄，他的上仙身份得以恢复，再不必受到百鬼掏心之苦，也可以重回天宫，位列仙班。

但春妖却当着齐灵的面，做出了一个让他意想不到的决定。

他摩挲着手中的幽明额环，额环再无锁魂之效，只承载着寒生的最后一滴泪，他忽然就笑了，似有顿悟，一拂袖，将额环重新戴回了头上。

他仰望着漫天星辰，淡淡开口："我不想再回天上了，我想留在这儿，永远守护着百灵潭，守护着她。"

齐灵自然知道这个她是指谁，他长久地沉默后，一声叹息，也跟着春妖一起仰望星辰，四野有风掠起，拂过他们的衣袂发梢。

"如此也好，天道无情，规矩又多，我也不耐烦待着……我相信，总有一天，她会回来的。"

齐灵说着环视百灵潭周遭，意味深长："而这儿也会变一番模样。"

浮云苍狗，白驹过隙，三百年光阴，弹指即过。

齐灵再下来的时候，正是上元节，百灵潭内，花灯遍布，和风轻拂，欢声笑语。

他找到春妖，一拱手，语带调侃："你这潭主之名现在可了不得了，传遍了天上地下，谁人不道一声潭主大人，连我都万分羡慕。"

春妖站在波光粼粼的水边，唇角微扬，不理会齐灵，只是仰头望着漫天星辰，那永远照耀在百灵潭上空的星辰。

他忽然微眯了眼眸，悠悠道："齐灵，咱们来对弈一局，如何？"

齐灵一愣，而后爽快地应下："不胜荣幸，乐意之至。"

月下潭边，棋盘就此摆开，捏起一颗白子，春妖有些恍惚，耳边仿佛响起一阵笑声，浮光掠影，跨过千年岁月，渺渺传来。

"寒生，该你下子了。"

第二章

乌裳

青梅尚小，山雨未歇，执子之手，灯火渔樵，晏晏共白头。

（一）

百灵潭的乌裳与孔澜积怨已久。

自乌裳记事起，孔澜那只烂孔雀就没有停止过对她的嘲笑与讥讽。

他们一同在百灵潭修行长大，在人间就是所谓的“青梅竹马”，但听听他们互相给对方的评价就知道不是这么回事了。

乌裳眼中的烂孔雀——打扮得花枝招展，一身风骚，生怕别人不知道他是只孔雀，臭美又自大，刻薄又歹毒，喜欢卖弄文采，实则是个无知无耻的恶心男人。

孔澜嘴里的臭乌鸦——嫉妒他人美貌，自己却求而不得，一身乌衣，心中却向往光明，用冷傲和不屑来伪装自己，是一只在痛苦与自卑中苦苦挣扎的丑乌鸦。

不对，还得加上一条，苦恋孔雀公子却有自知之明，将感情深藏在心中的痴情可怜种。

因为最后这一条，乌裳曾勃然大怒，抖起一身乌鸦羽，与孔澜在百灵潭恶战三天三夜，难分胜负。

事后孔澜逢人便道，乌裳苦恋他无果，被戳穿心事，恼羞成怒，因爱生恨，得不到就想毁掉他……

这日，云淡风轻，百灵潭边。

一只乌鸦啄着潭水，梳理着自己乌黑发亮的羽毛，正专注时，身后却忽然传来一个讨厌的声音。

“哟，好丑的乌鸦啊！竟还敢蹲在水边照，也不怕吓死自己吗？”

不用回头也知道是谁，乌鸦眸光一厉，抖了抖翅膀，化作一身乌衣的清秀姑娘，回首射出几根乌羽箭，半空中那个五彩斑斓的身影闪身避过，笑嘻嘻地道：“怎么，想谋害亲夫吗？”

乌裳一甩湿漉漉的长发，恶狠狠道：“不要脸的烂孔雀，滚到三丈之外，看到你就倒胃口！”

孔澜摇着扇子，悠悠走近，一身衣裳五光十色，衬得他美貌无双。

他望着怒目而视的乌裳，摇头贱兮兮地笑道：“啧啧，我是不是戳破少女家的心事啦？恼羞成怒了？”

乌裳满脸杀气，咬牙切齿地克制住心头怒火，扭头不再去看那张无耻的脸。

偏偏孔澜就不识趣，凑到乌裳耳边吹了口气：“等我做了百鸟之王，一定将乌鸦一族赶出百灵潭，这么丑陋的飞禽，真是丢了我们鸟灵的脸。”

“你敢！”乌裳被轻易激起斗志，头上的乌羽杀气腾腾地飘扬着，“这次任务我绝对不会输给你，百鸟之王还轮不到你这烂孔雀！”

三个月前，百灵潭的老鹰头坐化了，百鸟之王的位置一时空缺，新的家主将在羽族年青一代中选出。

经过重重比试，乌裳与孔澜作为最耀眼的新秀脱颖而出，角逐到了最后。

今天是他们最后一局，考验的不再是他们单打独斗的本领，而是要让他们联手完成一项任务，最终经过评判后分出胜负，定下百鸟之王的人选。

为此他们在潭边共同等待着一个人，那个人风华绝代，比之孔澜的美貌还要多一份仙气，高贵得不容侵犯。

那个人正是百灵潭的主人——春妖。

潭边，孔澜与乌裳还在斗嘴之际，微风拂过，波光粼粼的潭水泛起涟漪，一道幽蓝身影踏风而来，长发如瀑，衣袂摇曳——

春妖来了。

孔澜与乌裳齐齐跪下，耳边一个清越的声音响起，含着一丝淡笑。

“抬头看看，这便是你二人此番的任务。”

孔澜与乌裳应声抬头，只一眼，便愣在了原地。

春妖怀里竟抱着一个蛋，确切地说，是一个很大的蛋，如凡间婴儿般大小，洁白胜雪，光滑漂亮。

孔澜结巴了："难、难道要我和那只臭乌鸦一起来孵化这个蛋……"

乌裳一巴掌打去，孔澜避闪不及，脸上瞬间多了五个手指印。

乌裳看也不看他，对着春妖伏地一叩，平静道："请主人明示。"

春妖淡淡一笑："三天前，这个蛋从天而降，落在了百灵潭，好歹也是一条性命，我要你们找出这个蛋的来处，将它送回它该去的地方。"

孔澜捂着脸，恍然大悟。

简单来说，就是要他们找出下蛋的主儿，然后把娃给他父母送回去。

多稀奇，竟是要他们做一回送子观音，上演一出白蛋寻母记。

（二）

桌子上，通体雪白的巨蛋安静地躺着。

孔澜围着蛋左三圈右三圈地研究了半天，得出了一个结论。

他夸张地嗅了嗅后，对乌裳道："你不觉得上面有股很熟悉的味道吗？"

乌裳皱眉，凑上前一闻："是什么？是……花香？"

"对，就是花香！"孔澜摇着扇子，眉开眼笑，"这可不就是紫云洞的花香吗？"

乌裳表示怀疑："你怎么知道？"

孔澜好不得意，抛了个媚眼："那里的芙蓉妹妹是我的相好，每年都要来给我送瓶百花酿，那香气可是醉人得很啊……"

"恶心！"乌裳一脸嫌恶地打断他，抱起蛋就向窗外飞去，孔澜扇子一收，赶紧跟上："喂，臭乌鸦，想过河拆桥啊，等等我！"

事不宜迟，他们当即动身，赶往紫云洞。

一进山谷，花香袭来，如烟的花海美不胜收，山谷口却设了一道紫色的结界，乌裳与孔澜被挡在外面，不得进去。

孔澜摇着扇子，得意一笑："我这就叫出我的芙蓉妹妹，让她去通传一声。"

乌裳白了他一眼："不用了。"她将蛋往孔澜怀里一抛，纵身飞起，以千里传音道："我二人奉百灵潭春妖之令，有事相查，特来拜访紫云洞主。"

不一会儿，花海波动，传来一个威严的声音："所为何事？"

乌裳望了一眼巨蛋，一时语塞，孔澜连忙飞起，大声接道："为了一个蛋！"

紫云洞里，仙雾缭绕。

乌裳与孔澜总算见到了紫云洞主，琼花娘子。

琼花娘子性情孤傲，板着一张冰雪脸，一听他们说明来意后，身上的寒气一下更添三分。

"荒唐！你们竟敢怀疑我紫云弟子不贞，好大的胆子！"

孔澜赶紧摆手："不、不是的，还请洞主息怒，我们只是闻到了这蛋上面的气息，和紫云洞的花香一模一样，所以才想要来查证一番……"

"一派胡言！"琼花娘子勃然大怒，"谁不知道我洞中清规，紫云弟子终身不嫁，个个都是冰清玉洁的处子，才能照看出山谷一片不被世俗所玷污的花海，怎么可能与人私通？更不可能生下这个蛋！"

紫云洞主一向威严，说一不二，洞中站着的两列女弟子被她震得噤若寒蝉。

孔澜眼尖地看到他的芙蓉妹妹躲在后面，大气也不敢出一声，她旁边的白衣花仙更是吓得浑身颤抖起来。

"是与不是，洞主的清规可不能保证。"乌裳冷着脸，一身气势不输琼花娘子。

孔澜暗叫不好，两只母老虎撞到了一起！

果然，琼花娘子脸色一变："你敢小看我洞中清规？春妖是如何治理百灵潭的，怎么教出你们这样的混账东西，再敢胡言污蔑，小心我在天帝面前告上一状！"

乌裳一声冷哼，刚想开口，孔澜连忙拉住她，对着琼花娘子一摇扇子，摆出一脸万人迷的笑："洞主，有话好好说……"

"没什么好说的，恕不远送！"琼花娘子根本不吃这一套，一挥手，两根巨大的花藤瞬间伸出，缠住了孔澜与乌裳的身子，将他们直直甩出了花海。

孔澜抱着蛋从高空坠落，做了肉垫，摔得鼻青脸肿，乌裳也是灰头土脸。

（三）

乌裳与孔澜带着蛋在紫云山脚的小镇住了下来，准备从长计议。

他们在小镇的唯一一家客栈住下，客栈竟只有两间客房了。

孔澜大喜："臭乌鸦你梦寐以求的一天终于来了！"

他拿着扇子，指了指自己和乌裳："我和你一间。"又指了指蛋，"蛋一间。"

乌裳一巴掌打去："滚远点儿！"她一把抱过蛋，头也不回地上楼了。

孔澜捂着脸欲哭无泪。

一连在客栈住了半月，乌裳按捺不住了，想再闯一回紫云洞，孔澜拉住她，摇了摇头，神秘兮兮地凑近她耳边说了一句话。

乌裳将信将疑："你确定？"

孔澜扬眉一笑，摇扇道："当然，你等着瞧吧。"他用扇柄敲了敲蛋，拖长了声音说道："这就叫'孔太公钓鱼，愿者上钩'。"

果不其然，在两天后的一个夜里，"鱼"上钩了。但放在摇床里的白蛋不见了。

黑暗中，一个身影闪现，抱起蛋跳出窗外，匆匆逃去，纤秀的背影瞬间融入了夜色中。

这一切，都被躲在暗处的孔澜与乌裳尽收眼底。

那窃蛋者不是别人，正是紫云洞的女弟子。

那日孔澜附在乌裳耳边说的是——

"你不觉得角落里那个白衣花仙抖得很可疑吗？"

她站在芙蓉旁边，她的害怕和其他人不一样，那是一种做贼心虚的害怕。

孔澜从万花丛中过，察言观色的本事一流。

当下他朝乌裳一挤眉，笑得得意扬扬："这下可以来个人赃并获了。"

乌裳瞥了他一眼："算你还不是一无是处。"说着她身子一纵，飞身追去。

他们一路追着那个纤秀身影，在月下林间穿梭而过，孔澜高声喊道："小花仙，别跑啦，我们都看到你了！实在没必要和两只鸟比速度啊！"

那白衣花仙受了惊吓后，反而越跑越快。乌裳瞪了一眼孔澜，出手就要射出乌羽箭，那花仙却似有所觉，回首拂袖，几道花藤疯狂生长，阻断了他们的路。

土地翻裂间，无数个大坑涌现，孔澜一脚踏空，落入坑中。

乌裳闻声回头，孔澜已经坠入深坑底部，漆黑一片，她什么也看不清，只能在上面一声喊道："烂孔雀，死了没有？"

孔澜的声音遥遥传来："呸！我死了你单相思谁去？就是被藤蔓缠住了，数不尽的藤蔓……"

乌裳翻了个白眼："那没死我就去追花仙了，你自己想办法出来。"

她乌衣一闪，就要飞起，坑底下的孔澜急道："喂！臭乌鸦你还真走啊！"

"谁让你自己嘴贱？"说是这么说，乌裳还是无奈地射出几支乌羽箭，那箭破空而出，带着寒光“唰唰唰”地射进坑底，斩断藤蔓，好一阵折腾后，才总算让孔澜脱身。

两人继续追去，不知不觉间，天已蒙蒙亮起，薄雾初升，他们穿过树林间，加快脚步，循着花香气息追去。

追到山崖顶上时，让他们惊愕万分的一幕发生了。

（四）

大风猎猎中，白色透明的结界里，白衣花仙抱着白蛋，深情地抚摸着，嘴中念念有词，像母亲温柔地抚摸自己的孩子一样。

孔澜与乌裳上前，只听到她正喃喃着：“娘亲不是故意丢掉你的，我可怜的孩子，你根本就不该出生在这个世上，是娘亲不好……”

孔澜觉察出不对，赶紧高声问道：“小花仙，孩子的父亲是谁？”

白衣花仙身子一颤，抱紧蛋泪流满面，一脸决绝：“我不会说的！我已经向师父承认了，被师父逐出了紫云洞，可我宁死也不会连累他！”

乌裳皱眉：“为了个臭男人值得吗？”

花仙痴痴地望着前方，似乎她爱的人就站在眼前：“值得不值得，只有自己心里清楚，能被他爱一场，我已经心满意足，我不会再给他惹麻烦了……”

结界微微震动起来，花仙凄然一笑，轻轻吻了吻怀中的白蛋，仿佛下定了决心。

孔澜惊觉，上前就想闯入结界：“不好！她要带着孩子一起死！”他衣袂飞扬，却被幽光弹出，此界乃白衣花仙毕生功力所结，根本就进不去。

这时，白衣花仙已然举起蛋，发出一声痛苦的叫唤，身上白光大作。

她竟在自毁元神！

乌裳瞳孔骤缩，乌羽箭破风射出，却都被结界一一震飞。

孔澜急呼：“不要！”

却为时晚矣，痛楚的凄厉声中，白衣花仙的身体已开始灰飞烟灭，她手中的白蛋也在剧烈震动着，眼看着就要一起消散了。

就在这千钧一发之际，那白蛋如有灵性一般，竟散发出一道红光，猛地一震，脱离了白衣花仙的手，结界也在这刹那间多了一道裂缝。

说时迟那时快，孔澜手中的羽扇一下飞出，直直射入那道裂缝中，裂缝瞬间被打开，整个结界支离破碎。

乌裳纵身跃出，飞至半空接住那个蛋，耳边却听到“咔嚓”一声。

孔澜奔至花仙身旁，欲封穴救人，却已来不及了，那白衣花仙一声凄笑，片刻间就要形神俱灭了。

泪水肆意，蒙胧中，她仿佛看见那个俊挺的身影向她走来，修长的手指夹了一朵月白的小花，插进了她的头发里。

那一天，迷蒙的黄昏里，她站在花海中央，他沐着微光向她走来，如梦如幻。

他抚过她的脸颊，对她说：“繁花三千，我只取这一朵。”

心头一暖，她跌进他的怀里，他住进她的心里，从此心甘情愿，万劫不复。

白衣花仙闭眸浅笑，最后一滴泪落下，她终于如烟消逝，化作漫天花瓣，纷飞而下。

一片花雨中，孔澜与乌裳怔怔站着，望着满天的月白花瓣，每一片都似乎在诉说着一个故事，一份不悔的情。

乌裳伸手接住一片花瓣，一声叹息，带着惋惜与不解：“真的值得吗？”

孔澜透过花雨，望向乌裳，眼神蓦地温柔起来，他心中一动，忽然有了冲动，正想说些什么，却听得一声清晰的“咔嚓”声。

孔澜低头一看，乌裳怀里的蛋竟然裂开了，白色的蛋壳一点点剥落，一张粉雕玉琢的小脸钻了出来。

漆黑的眼珠滴溜溜地转着，眉开眼笑的小奶娃第一眼就看到了乌裳，小嘴巴流着口水，伸出手贴近她胸口撒娇，头上两个小角煞是可爱。

那风中摇摇晃晃的，竟是两个白白胖胖的小龙角！

孔澜与乌裳呆滞了片刻后，异口同声道：“原来这是一个龙蛋！”

（五）

花仙至死也不愿说出孩子的父亲是谁，怕坏他名声，看她决绝的模样，那人一定是有头有脸的人物，恐怕不仅仅是四海龙宫之人，更是皇族贵戚一类。

乌裳抱着小奶娃，一面费力地拨开他贴紧胸口的小脑袋，一面听着孔澜的分析，皱眉问道：“那如何确定究竟是四海何宫之人？难道要一片海一片海地去找？”

“当然不能！”孔澜羽扇一打，挑眉道，“那样不但费时费力，毫无头绪，而且就算找到了，那负心汉也绝不会承认，平白地惹来麻烦。”

乌裳眉眼闪过一丝失望之色，那小奶娃趁机又将脑袋贴到了她胸口上，一脸陶醉。

孔澜咳嗽一声，不动声色地抓着龙角拨开那脑袋，望着乌裳道："我倒有一计！"

龙娃被抓疼了，扭动着身子，张口就要咬上孔澜的手，孔澜轻巧一避，一挥袖，羽扇上飘出四根七彩羽毛。

绚丽的羽毛飞到空中，荧光摇曳间化作四只五彩斑斓的飞鸟，灵动地扑闪着翅膀，飞到地上叼住了四片月白花瓣。

"这四只鸟将分别飞往东、南、西、北四海龙宫，我在这四片花瓣上凝聚了灵力，也寄托了花仙临死前的痴情不悔，到时四海会下一场花瓣雨，龙蛋的生父将感应到这份情意，一见便会明白一切。"

孔澜得意扬扬："飞鸟会带去我们的气息，我们如今要做的就是在这里等，守株待兔。"

乌裳一喜，看着飞鸟衔花而去，明白过来。

无论那人是谁，他一看到花瓣就会知晓一切，到时他一定会赶到这儿来，找回儿子也好，"毁尸灭迹"也罢，他都会有所行动。

而他们要做的就是按兵不动，在此处静候佳音，来一出请君入瓮的好戏。

乌裳望向孔澜，眸中颇有些刮目相看的意味，孔澜满脸嘚瑟，叉着腰扇了扇风："不用太崇拜我，叫你见识到了我的非凡才智，又让你心底对我的暗恋加深，实在不好意思。"

乌裳一声哼，眸光瞬间冷了下来："狗改不了吃屎。"

她话音未落，怀里的孩子忽然鼻子一皱，哇哇大哭起来："吃，吃……"

胖乎乎的小手摸着肚子，眼泪汪汪地看着乌裳，漆黑的眼眸中写满了抗议，分明在说"我饿了，我饿了"！

孔澜与乌裳一下面面相觑，异口同声地问对方："你带过孩子没？"

（六）

龙娃穿着红肚兜，头上戴了个小帽子，遮住了他白胖的龙角。

他勾着乌裳的脖子，眼珠子直往她衣服里瞟，嫣红的小嘴流着口水不住道："饿，饿……"

乌裳头疼不已，扒开那个小脑袋，再次望向门口，烂孔雀怎么还没回来，请个奶娘至于这么久吗？

正想着，门忽然被踢开了，孔澜举着扇子艰难地露出一张脸，身后是潮水般的大胸妇人，前赴后继的，汹涌得几乎都要将他扑倒了。

孔澜喘不过气来："我，我原本只想请一个……结果她们都要跟我来。"

乌裳抱着龙娃在座位上呆若木鸡，好一阵无言后，她一抬眼，瞪向孔澜那张祸国殃民的脸，恨铁不成钢。

这厮就会美貌惑人，蒙蔽无知妇孺，害人害己，真是成事不足败事有余！

有眼尖的奶娘看见乌裳怀里粉雕玉琢的娃娃，一声叫道："小少爷在那儿呢！"

人群哗然，潮水般的奶娘顿时全部涌向了乌裳，劈手夺过龙娃，掐脸的掐脸，拍屁股的拍屁股，龙娃吓得张大了嘴，鼻子一皱，眼看就要哭出来了。

重重包围中，奶娘们七嘴八舌，热情高涨。

"多可爱的孩子啊，请我吧，我奶水充足，一定把他养得白白胖胖！"

"夫人可一定得请我啊，我带过周员外家的孩子，娃可聪明伶俐了！"

"别听她瞎说，她带的那娃三天两头就生病，奶水根本不好！"

"请我吧，请我吧……"

一片混乱中，孔澜束手无策，还是乌裳有魄力，率先反应过来，一把抢过龙娃，飞身一转，踏在了桌子上，对着下面一声河东狮吼："通通给我闭嘴！排好队一个一个来！"

从早上到黄昏，龙娃把最后一个奶娘都吓跑了，那奶娘系好衣服连连摆手，飞一样地奔出门，像见了鬼一般——

"夫人恕罪，您这孩子太会吃了，简直是贪得无厌，奴家可伺候不了。"

这一天下来，龙娃共吓跑了二十七个奶娘，吃了满满当当数不尽的奶。

他在乌裳怀里悠悠地打了一个嗝，不过不是饱嗝，而是意犹未尽的饿嗝，粉样的小舌头舔了舔嘴，黑漆漆的眼珠转了一圈，最后停留在了乌裳胸前。

目光灼灼，满怀贪婪。

孔澜羽扇一打，挡住了龙娃的脸，赶紧把他从乌裳怀里抱了过来，在他头上一敲："小色鬼，那里可没有奶吃。"

乌裳脸上一红，瞪了眼孔澜，孔澜笑嘻嘻地道："他第一眼见到的就是你，是不是把你当成他娘了？"

说着他摘下龙娃头上的帽子，屈起手指，在他的小龙角上狠狠一弹，厚颜无耻道："来，叫声爹听听。"

乌裳一脚踹去："烂孔雀，你给我死远点儿！"

（七）

守株待兔，万事俱备，只欠东风，东风偏偏就是不来。

两只鸟和一条龙的生活在漫长的等待中开始了。

龙娃特别能吃，比乌裳和孔澜加起来还要吃得多，简直是他们见过最会吃的娃了。

孔澜由此怀疑他亲爹会不会是东海那只贪吃的龙老三，但龙老三都没他能吃！

他还特别喜欢黏着乌裳，牙没长全呢，就已经会奶声奶气地叫："娘亲，娘亲。"

乌裳扬起手佯怒，火暴脾气对着那双水汪汪的眼睛却下不了手，完全没了辙，打又打不得，凶又凶不起，好不惆怅。

孔澜倒会占便宜，龙娃一喊"娘亲"，他就弹他的龙角："来，叫爹爹。"

为此乌裳和孔澜天天大战三百回合，龙娃看得咯咯直笑。

一天半夜，乌裳睡着睡着觉得脸颊痒痒的，迷迷糊糊睁开眼一看，就看见两个龙角在眼前晃荡——

龙娃竟从摇床里爬了出来，爬到了她床上！

"娘亲，饿，我饿了……"龙娃抓着乌裳的袖子，讨好地摇着。

乌裳倒吸了一口冷气，强忍住一手将这小东西拍飞的冲动，握紧被子一声大吼："烂孔雀，他又饿了！"

经此一事后，乌裳长了记性，不仅在摇床上加了防护，还在旁边放了足够的吃食。

孔澜弹着龙娃的龙角，嗤之以鼻："小色龙。"

乌裳性子冷淡，一向独来独往惯了，现在身边却多了个天天黏着她的奶娃娃，她百炼成钢下总算体会到了凡人常挂在嘴边的一句话，生娃容易养娃难。

养的还是个无比贪吃、肚子跟无底洞似的娃，当真是难上加难。

屋顶上，三个人坐在一起看星星，夜风拂来，月凉如水。

孔澜摇着羽扇，忽然兴致勃勃道："臭乌鸦，你说以后如果你死乞白赖地嫁给我了，我们生下的孩子会像谁多一点儿？"

乌裳一拳打过去："滚远点儿，我嫁给百灵潭的癞蛤蟆也不会嫁给你！"

孔澜捂着一只眼睛哀号地掉下屋顶，乌裳面无表情地继续赏月，龙娃在她怀里幸灾乐祸地坏笑。

一只手扒上了屋顶，孔澜不死心地探出脑袋，青了一只眼，继续恬不知耻道："我觉得你还是嫁给我比较好，好歹可以改良下一代的容貌。你已经这么丑了，再嫁给那么丑的癞蛤蟆，生下的孩子一定惨不忍睹。”

乌裳忍无可忍，回首甩出乌羽箭，再次开战。

“不要脸的烂孔雀，有多远给我死多远！”

清风明月下，两个身影缠斗在半空中，羽扇飞箭，你来我往，不时夹杂着孔澜嬉皮笑脸的声音和乌裳勃然大怒的骂声。

小龙娃穿着红肚兜，坐在屋顶上，眉开眼笑地看着这一幕，头上的两个龙角在月下闪闪发光，可爱极了。

只是没有人看见，他一双漆黑的眼眸里，藏着一丝狡黠的笑，深不见底。

（八）

如此又过了一月，在一个清晨，东风终于寻来了。

孔澜伸着懒腰刚打开房门，一只五彩斑斓的飞鸟便飞至眼前，荧光一闪，变回了一片七彩羽毛，悠悠落在了他手心。

下一瞬，他的手便被人紧紧抓住，一张英俊的面孔赫然出现在眼前，泪光闪动：“便是你见到了白兰最后一面吗？她可有说什么？”

孔澜怔了怔，看着眼前一身新郎服的男子，瞬间明白过来，欣喜若狂地对着隔壁房间一声吼：“臭乌鸦，快醒醒，东风来了！”

果然不出孔澜所料，龙娃的爹大有来头，竟是南海龙太子敖辰！

那场花瓣雨正好落在他的大婚宴席上，他本要与狐族六公主成亲，觥筹交错，满堂欢喜间，龙宫忽然下了一场花雨。

他望着纷纷落下的月白花瓣，心头升起别样的触动，一股说不出来的哀伤在胸口蔓延。

漫天花雨中，一滴晶莹的泪水掉进了他的酒杯里，那是白衣花仙灰飞烟灭时掉下的最后一滴泪。

他浑然不觉，只怔怔地看着花瓣，举起酒杯缓缓饮下一口酒。

一刹那，他心头大悸，无数画面闪过脑海，他眼睛一涩，竟落下泪来。

黄昏、花海、怀中人……他一瞬间什么都想起来了。

原来是他的父王希望龙族与狐族联姻，不许他娶一个卑贱的花仙，给他吃了忘情散，让他彻底忘记了他爱的人。

还好这场花雨唤起了他的记忆，他当场悔婚，穿着新郎的衣裳就逃了出来，跟着飞鸟寻到了这里。

孔澜告诉敖辰："她说她不后悔，她不想连累你，能被你爱过一场，她就已经心满意足了。"

敖辰身子一震，抱住脑袋失声痛哭，乌裳站在一旁冷眼看着他，淡淡地加了一句："她还说，值得不值得，只有自己心里清楚。"

孔澜推了乌裳一把："不要再在人家伤口上撒盐了，龙太子又不是故意失约的。"

乌裳冷哼一声，别过头去。

敖辰好不容易平复下情绪后，抓住孔澜的手，声音暗哑道："快带我去见见我的孩子。"

孔澜向乌裳点头示意，乌裳不情不愿地打开了房门，指着摇床不说话。

敖辰立刻扑了上去，颤抖着手，抱起正在熟睡的龙娃，泪流满面："孩儿，我的孩儿，这便是我与白兰的儿子……"

乌裳看着龙娃白白胖胖的龙角，心头酸楚，毕竟做了他一段时间的"娘亲"，一想到即将分别，要把他亲手送到龙太子手里，她竟有些不舍。

正怅然间，抱着龙娃的敖辰身子一僵，猛地发出一声凄厉长啸，双眼血红——

"是谁？是谁杀了我的孩儿？"

他怀中的龙娃紧闭双眸，已无呼吸，竟已死去多时，只是一具冰冷的尸体！

乌裳愕然，上前一把夺过龙娃，难以置信："不，不可能！明明出门前他还好好的，还对我笑呢！"

此时的敖辰却已什么都听不进，完全丧失了理智，狂怒地一掌击向乌裳。

"妖女，为我儿偿命来！"

乌裳抱着龙娃的尸体，脑中一片混乱，尚未回过神来，眼看那一掌就要袭来，孔澜羽扇一挡，抓起她飞身而出，险险避过。

"快走！等他冷静下来再解释！"

（九）

像做了好长的一个梦。

乌裳觉得自己像睡在云端上，起起伏伏，有一双温柔的手抚过她的脸颊。

她梦见一条震怒的青龙在茂密的树林里追杀着他们，混沌的光影中，画面陡转，她身受重伤，靠在一棵树下，空中人影缠斗，龙尾摇摆，一把七彩羽扇飞旋其间，她担心地望着上空，脸色越发苍白……

一声龙啸，大火愤怒地喷出，竟是朝她而来，她按着伤口动弹不得，正万念俱灰时，一个五彩斑斓的身影挡在了她身前……

光影流转，梦境的最后，孔澜浑身是血地倒在她怀里，她颤抖着手抱住他，竟是前所未有的害怕。

那只烂孔雀这时候竟还笑得出来，艰难地开口道："臭乌鸦，其实有句话我一直……一直没有和你说……你虽然又凶又霸道，动不动就打人……但你生气的样子其实、其实还是挺好看的……只可惜……"

血手颤颤巍巍地伸出，却还没伸到半空，倏然一垂，掉了下去。

乌裳一声叫唤，猛地惊醒，出了一身冷汗。

一个红衣男子闻声赶来，握住她的手，柔声道："又做噩梦了吗？"

那男子长相俊美，眉眼上挑，与孔澜的清姿不同，美得有几分妖邪之味。

乌裳一下抽出手，全神戒备："你是谁？"

那男子扬嘴一笑，并不回答，只缓缓贴近她耳边，暧昧道："娘亲，我饿了。"

乌裳如遭雷击，难以置信地看向男子。

男子轻佻地伸出手，抚向她的脸颊："娘亲，孩儿好想你啊。"

乌裳想过千万种可能，为什么龙娃那么能吃，那么贪得无厌，完全不像一条幼年的龙，那是因为他本来就不是真正的龙娃——

他竟然是一只饕餮，混沌初开，普天之下，一只世间最为贪吃的饕餮！

饕餮千夜，红叶宫的宫主，统领一众妖兽。

那日他刚打完一场大战，受了伤在宫中休养，却忽然嘴馋，想喝一坛紫云洞的百花酿。于是他潜入山谷，本想悄无声息地偷喝美酒，却不想被洞主琼花娘子发现。

他负伤在身，不愿多做纠缠，正不知该怎么甩掉那老太婆时，一个白衣花仙鬼鬼祟祟地抱着一个蛋向山谷外飞去，他大喜，捏了个诀钻进了蛋里，神不知鬼不觉地被带出了紫云洞。

没想到蛋中竟是一个成形的龙娃，却了无气息，想来早就胎死腹中了，母亲却浑然不知。

他一路奔波，伤势加重，蛋里温暖安全，他灵机一动，附身在了龙娃身上，休养生息。也不知花仙带着他飞了多久，他倦意上涌，隐隐约约听到潭水四溅的声音，却疲惫得再也睁不开眼，沉沉睡去。

一觉醒来，他便听到一个清冷的声音说道："抬头看看，这便是你二人此番的任务。"

在对话声中他捋清了事情的来龙去脉，却也不急着脱身，因为他发现一觉醒来身上的伤竟好了大半，龙不愧是万灵之首，再也没有比龙蛋里更好的养伤胜地了。

就这样，他跟着孔澜与乌裳一起上路了，他准备将蛋里的灵气完全吸尽后再离开，却没想到，白衣花仙竟会来窃蛋，还欲自毁神元，抱着蛋一起灰飞烟灭，他在结界之中，感受到一阵强大的压迫感，生死关头，不得不发力脱险。

蛋就在那时"咔嚓"一声，终于裂开了。

（十）

千夜为乌裳送来了一件嫁衣，他挑起她的下巴，声音蛊惑："娘亲，做孩儿的新娘可好？"

乌裳法力被封，浑身发软，无力挣扎，只能死死地瞪着千夜："你做梦！"

千夜哈哈大笑，在乌裳脸上狠狠捏了一下："我就喜欢你这生气的模样。"

"我在蛋里时就常常听到你和孔澜吵架，吵得有趣极了，他总是笑你丑，那时我就在想，你到底有多丑呢？我好奇得不得了，等蛋壳裂开了，我迫不及待地睁眼一看——"

千夜捏着乌裳的下巴，缓缓凑近，俊美的脸孔在乌裳嫣红的唇边停住，声音一下温柔起来，带着丝丝魅惑："我没有想到，原来你是这么好看的姑娘。"

眉眼含笑，千夜低头，深深一吻。

就是那一眼，他动了心。

开始装成龙娃跟着她，看她的一颦一笑，看她皱眉骂人的样子，看她凶神恶煞地和孔澜开战，看她对着他不经意露出的笑脸……

他半夜悄悄化出真身，坐在她床边，轻轻抚摸她的脸颊。

他的姑娘，真叫他越发喜欢了。

敖辰寻来，他脱身离开，只剩下一具死去多时的尸体。树林里，孔澜为乌裳以身相挡，他趁乱救走了她。

乌裳身子微颤，一把推开千夜，呼吸急促："你为什么不救孔澜？"

千夜摊了摊手："因为我赶去时他已经死了。"

"不可能！"乌裳打断他，激动道，"谁死他都不会死！"

千夜盯着乌裳的眼睛，似乎察觉出了什么，挑眉问道："你不是很讨厌他吗？"

乌裳握紧双手，咬住唇："你没听过祸害遗千年吗？"

婚礼在红叶宫举行，烟花红烛，大红喜字，像人间夫妻成亲一样。

乌裳一身嫁衣，被两个女婢牵制着，和千夜共同坐在殿首。她第一次看到那么多的珍奇妖兽，大家轮番上前道喜，送上贺礼。

她的一颗心紧绷着，却在听到件件贺礼单时忍不住笑出声来。

千夜的属下果真会投其所好，送上来的竟都是各种美食，天下绝味，听得千夜食指大动，连连吞口水，垂涎的模样就像个贪吃的孩童。

贺礼收完，烟花漫空，到了行大礼的时候，婢女挟着乌裳步下台阶，乌裳试着提了提气，却还是浑身无力。

"千夜，我不喜欢你，现在放了我还来得及。"她直视着千夜，目光冷静。

千夜摸了摸下巴，一脸顽皮："娘亲，我喜欢你就行了。"

正僵持间，一道五彩斑斓的光闪进大殿，夸张的声音响起："天哪！我没有看错吧，臭乌鸦你居然敢穿红色，也不怕吓死别人吗？"

乌裳抬头大喜："烂孔雀，我就知道你没死！"

孔澜羽扇一打："呸，我死了你嫁给谁去？"

千夜的脸霎时黑了下来，抬手一记红光打去，大殿瞬间炸开了锅。

一片混乱中，一条青龙飞入殿中，龙身上站着一个幽蓝身影，长发如瀑，衣袂摇曳。

千夜闪身避过孔澜的羽扇，向后一跃，在一众妖兽前站定，脸色一变。

来者不是别人，正是驭龙现身的百灵潭之主——春妖。

他目视千夜，清冷一笑："不请自来，叨扰一杯喜酒，宫主可愿不吝赐乎？"

千夜怒道："呸，喝什么喜酒，分明就是来砸场子的！"

孔澜飞身掠过青龙，在乌裳旁落下，握紧她的手，强撑的身子一下软了下来，笑容苍白："好险，臭乌鸦，差一点儿你就嫁给了别人。"

（十一）

孔澜当然没有被敖辰打死，他拖住敖辰，让乌裳被救走，敖辰大怒，紧要关头时蓝影翩跹，春妖踏风而来，制服了敖辰。

他拿出面昆仑镜，叫敖辰一看，事情便真相大白了。

乌裳与孔澜脖子上都挂有一片蓝色水晶，水晶会将他们一路调查的情况显现到春妖手中的昆仑镜上，以此作为评判依据。

敖辰在昆仑镜中知晓了一切，惭愧不已，决心和他们一同前往红叶宫要人。

孔澜只简单处理了一下伤势便马不停蹄地赶来了，此刻他终于支撑不住，靠在乌裳肩头，脸色苍白，却仍紧紧握住她的手，唇角微扬。

乌裳搀扶着孔澜，心中百感交集，她忽然想起很多年前，孔澜从人间带了几出戏本子回来，指着上面的小人儿，笑说正是他和她，那时她年幼不谙事，只记住浮光掠影间，笔墨泓然的一句——青梅尚小，山雨未歇，执子之手，灯火渔樵，晏晏共白头。

不知怎的，这字字句句竟在此刻又浮上心头，叫她如饮蜜酒，扶着孔澜的手一紧，隐隐领悟到了什么。

那边春妖已经祭出乾坤绳，欲锁住千夜："尔乃上古神兽，灵气汇聚，随我回百灵潭静心修炼一番，必成大器。"

千夜红袍飞扬，不屑一顾："切，你那破潭子养得起本宫主吗？还是占山为王，独霸一方的好！"

他说着振臂一呼："弟兄们，三十六计走为上策，咱不吃眼前亏，日后再回来算这笔账！"

说话间，红光一闪，满殿妖兽四散开去，连同千夜一起消失得无影无踪，殿外只遥遥传来一句——

"娘亲，孩儿还会再来找你的，总有一天要叫你做我的新娘！"

孔澜一声啐道："乖儿子好走不送，你娘就交给你爹来照顾吧！"

春妖站在青龙上，摇头淡笑，暗道:"传言饕餮贪婪好食，心智却是单纯，果真不假。"

终有一日，他要收服这只桀骜不驯的上古神兽，与他把酒畅谈，不醉不休。

春妖望向皓月长空，叹了口气，这场纷纷扰扰的任务终于落下帷幕。

花好月圆，人团圆。

不知不觉中，孔澜与乌裳十指紧握，他凑在她耳边一声低语，叫她一下红了脸。

（十二）

回到百灵潭后，春妖宣布百鸟之王由孔澜继任，当夜百灵潭举行了盛大的庆祝仪式。

群妖贺舞，百鬼齐欢，烟花在头顶绽放，一片欢声笑语。

盛大的宴席中，百鸟朝圣，孔澜化身七彩孔雀，领着群鸟在空中翩然起舞，乌裳坐在席位上，含笑看着。

虽然有些可惜，但她还是由衷地为孔澜感到高兴，并且，历经一番生死大劫后，有些什么早已悄然改变，她比任何时候都要看得清楚。

就在欢天喜地的庆乐声中，空中的百鸟忽然摆起阵来，挥舞着翅膀，有条不紊地排列着，片刻间竟在空中组成了八个绚丽多彩的大字——

执子之手，与子偕老。

孔澜摇身一变，施施然落在乌裳面前，笑眯眯地牵起乌裳的手，望着她的眼睛柔声道："好姑娘，嫁给我吧。"

夜风拂来，心泛涟漪，这一句来得太突然，又来得太动人，乌裳怔在了原地，好半天才反应过来，眼眶一红，心底一暖。

在万众瞩目下，她有些赧然，故意凶巴巴地道："聘礼呢？"

孔澜早有准备，眉开眼笑地将一枚白玉戒指戴在乌裳的手指上："这便是聘礼！"

白玉戒指，象征着百鸟之王至高无上的尊荣，乌裳愣住了，孔澜已举起她的手，高声道："从今天起，乌裳便是你们至高无上的王，百灵潭的百鸟之首！"

百鸟齐齐跪下，欢呼称王，漫天烟花下，孔澜贴近乌裳耳边，轻声笑道："其实我从没想过要当什么百鸟之王，我只不过想将它亲手夺下，然后再送给你，作为我迎娶你的聘礼。"

字字句句情真意切，柔软地覆住乌裳心底，她望着孔澜含笑的双眸，再也忍不住，泪光闪烁地点点头。

孔澜大喜，在潭中众人起哄间，一把将乌裳拉入怀中，紧紧相拥。

他抱得美人归，终是得偿所愿，再无遗憾，只是月下玩心又起，凑在乌裳耳边狡黠笑道："其实我还有一句话没和你说，你听过出嫁从夫吗？以后你是我的媳妇了，你的东西就是我的东西，所以那枚白玉戒指你会还回来的吧？"

新婚第二天，百灵潭的众人就惊奇地看见，新娘正在半空中追杀着新郎，乌羽箭射得漫天都是，大伙躲闪不及，生怕殃及池鱼。

蛇女浮衣在地上摇着尾巴，抬起头脆生生地问道："乌裳姐姐，发生了什么事？"

乌裳不答，只将手中的乌羽箭更加凌厉地射去，孔澜抱头鼠窜。

冤枉，这回实在是冤枉！

其实什么也没发生，只是在洞房花烛夜时，新郎问了新娘一个问题。

"臭乌鸦，你说一只孔雀和一只乌鸦会生下个什么？"

第三章 白扇

如果予你美貌皮囊，换你十年寿命，你，换不换？

（一）

赵家庄的小姐今日出嫁，喜乐鞭炮响了一路，好不热闹。

下轿时一阵风吹过，掀开了盖头的一角，围观的众人惊鸿一瞥，纷纷发出惊叹之声。

明眸善睐，肌肤赛雪，赵家小姐真是美若天仙！

早闻赵小姐琴棋书画样样精通，却一直待字闺中，无人得见真颜，今日一见，当真是绝世佳人。

一片称赞声中，红盖头下，赵小姐轻抚自己的脸颊，莞尔一笑。

半个月前，她还在房里捧着嫁衣，对镜自怨自艾。

镜中的人脸大如饼，肤色暗沉，麻子遍布，眯眼塌鼻，实在是集世间丑陋于一身。

她越看越绝望，伤心之下伸出手就想把镜子砸掉，却有一个声音在身后淡淡响起："女为悦己者容，赵小姐愿意做笔交易吗？"

她惊骇回头，房里不知何时出现了一个白衣女子。

女子一身轻灵之气，长发如瀑，头上插着一把扇子，颈间一枚玉梳饰样的吊坠，眉眼清冷，绝美脱俗。

赵小姐立时看痴了，一只手不由抚上了自己的脸。

女子望向她，取下头上的扇子与颈间的玉梳，在手心一摊，一片荧光中，扇面与玉梳瞬间扩大了数倍，她声音清越，却又带着无尽蛊惑：“我能予你美貌皮囊，只要你付十年寿命，你可愿意？”

（二）

白扇的买卖一向明码标价，价格在五年至二十年寿命间不等，童叟无欺。

流云梳，浮烟扇。

她轻轻梳过一个个女子的长发，那双双渴求的眼眸凝望着皎如明月的扇面，按照她的指示，在心中想着最为欢喜的事情，浮烟扇上便会幻化出各种各样的场景。

有时是一片花海，有时是清风掠过浮云，有时则是春雨绵绵的小楼……

云烟缭绕间，流云梳一下又一下地梳着，便成全了世间女子一个个瑰丽的梦。

有一位相国夫人，原已美极，却仍怕拴不住相国的心，巴巴地用五年寿命换得锦上添花。

还有一位姑娘，丑陋不堪，整个北陆南疆只怕也找不出比她更难看的人了，她孤苦了一生，只愿寻一良人相伴相依，白头偕老。

感受到她强烈的渴望与执念，于是，白扇出现了。

这是她收取过的最大一笔酬金——二十年寿命。

交易之前她一声叹息，问女子：“当真不悔？”

女子面庞坚毅，眸光闪动：“宁死无悔。”

于是她便成全了她，缭绕的云烟中，丑陋的容颜脱胎换骨，女子终于获得了一生渴求的美丽。

她觅得了如意郎君，实现了成为贤妻良母的夙愿，却在成亲三年后，死于一场大病。

弥留之际，她望向虚空中的白扇，苍白一笑，唇角喃喃了三个字——我不悔。

不悔用寂寥一生换得这三年欢愉。

她心满意足地去了，却叫白扇郁郁难抒。

这份成全究竟是对还是错？

月下湖边，她轻轻取下颈间的流云梳，在手心摊开，梳身立时扩大了数倍。

荧荧微光中，那玉色温润的梳身上，幻化出了一个小小的身影，缩在虚空中沉睡着。

那是一个五六岁大的女童，眉眼清秀，周身笼着荧光，犹如小精灵一般。

白扇的眼底瞬间溢满了柔意。

"阿苏，阿苏。"她轻唤了几声后，眼眶竟不觉湿润，良久，她默然叹道，"你说我这样做，究竟是对还是错？"

凉月寂寂，她的阿苏自然不会回答她，夜风中却传来一个男子的声音："错、错、错，当然是错了，害人性命，简直错得离谱！"

她一惊，瞬间收回流云梳，倏然转身——

月色下，一个身影从树上翻了下来，落在地上，懒洋洋地朝她一笑："妖精，做了坏事又心里不安，你倒是有趣。"

（三）

剑眉星目的少年，风中衣袂飞扬，抱着剑挑眉望向她："师父说大部分山野精怪化作女子都是貌美如花的，怎么你这个扇子精却一脸的愁云惨雾，活像个黑寡妇，真叫小道士我收妖都提不起兴趣。"

少年说着双手一摊，一副无奈的模样。

白扇不去理会他的调笑，只暗自凝神，冷着一张脸道："我饮风霜雨露，吸日月精华，从不曾害人性命，不过是你情我愿的买卖，与你何干？你不去捉那些厉鬼，反倒纠缠于我，是个什么道理？"

少年勾了勾嘴角，无赖一笑："道士捉妖，天经地义，谁要和你讲道理。"

话一出口，长剑已同时出鞘，挟风直直逼近白扇，白扇一个闪身，头上的浮烟扇已落入手中，瞬间扩大，向长剑凌厉扫去。

白影黑衣一触即发，在空中一番交手缠斗。

飞沙走石间，林中却忽然传来了一阵难闻的异味，少年神色一变，一个后跃，竟扔下白扇向林中匆匆追去。

临走前，他回头一望，一双眼眸漆黑透亮，在月色下粲然若星。

"妖精，我还会回来找你的。"

白扇收回浮烟扇，细细一闻，辨出那异味乃异魂身上的味道，看来这小道士原是在追这个异魂，却不知怎么缠上了她。

她摇了摇头，暗叹流年不利，身形一闪，踏风而去。

她不会知道，从这一天起，自己已经惹上了一个大麻烦。

百灵潭中，千妖百鬼没有不知道伽兰天师这个名字的。

他云游四方，法力高强，专门降妖除魔，叫一众小妖闻风丧胆。

而白扇惹上的这个麻烦，便是伽兰天师的小徒弟，不凡。

（四）

乌衣巷口，落日余晖。

白扇这笔交易的主顾叫余娘。

简陋的小屋里，躺在床上的女子面容憔悴，满头白发。

竟是未老人先衰。

余娘艰难地坐了起来，白扇打量了她一眼，虽是病容衰残，却不难看出她原是个极秀美的女子。

她望着白扇，颤着手抚上满头白发，气若游丝："我家相公要回来了，他考取了功名，要来接我进京了……我不想让他见到、见到我现在这副模样……"

白扇叹了口气，这笔交易她并不想做。

余娘的模样一见便知时日无多，哪还有多余的寿命付给她呢。

她皱眉道："你还是好生养病吧，你相公若是真心对你，是不会嫌弃你的。"

余娘的泪水立时夺眶而出，挣扎着从床上翻下来，跪倒在白扇面前："求姑娘成全，付出任何代价我都愿意……"

嘤嘤哀求中，又是一出戏里唱烂的桥段。

娘子在家苦等了十年，上京赶考的相公忽然说要回来了，旁人都道他在皇城早已娶了高官的女儿，平步青云，此番回来只是为了休掉糟糠之妻。

痴情的女子却不愿相信，只想重回当年的桃花娇颜，再对心上人嫣然一笑。

白扇摇了摇头，扶起余娘，淡淡道："我的最低酬金是五年寿命，你觉得自己能付多少？我是不做亏本生意的。"

余娘一急，还想说些什么，却是急火攻心，一口鲜血喷出，她死死抓住白扇的衣袖，泪眼决绝："我自知时日无多，不求长相厮守……只要再见他一面，再见一面就好……"

苦苦哀求中她头一偏，昏死过去。地上血迹斑驳，殷红点点，像一树枝丫缠绕的桃花，芳菲落尽。

白扇的手轻颤起来，这一地鲜血灼伤了她的眼，眸中画面闪烁起来，火光、惊雷、萧寒、温热的身体挡在了她身前，鲜血四溅……

那年百灵潭的寒夜，她抱着即将魂飞魄散的阿苏，跪倒在主人春妖面前，也是这样撕心裂肺的决绝。

“只要再见一面，再见一面就好……”

倔强泪眼中，春妖怜惜一叹，施展法力强留住了阿苏一缕魂魄，锁在了其真身流云梳里，交给了她。从此她便踏上了收集寿命的漫漫长路。

凡人十年，可换阿苏一年修为。

这流云梳上，如今已积累了数百年的寿命，却还是远远不够。

她的阿苏，还只能幻化出孩童的模样，附在这流云梳身上。

有时她是静静沉睡的。

有时她是醒着的，会睁着圆溜溜的大眼睛，望着她眉开眼笑，用软软的声音轻轻唤她：“姐姐，姐姐。”

那声音叫得她心都柔化了，她常常叹世间女子用情太深，执念太深，最终伤人伤己。

却不知，雾里看花，看不清的总是自己。

为你跋山涉水，为你等候一生，不弃不悔的漫长岁月中，只要再见一面。

再见一面，就好。

白扇抚过余娘的白发，涩然一笑：“也罢，便做一次亏本买卖吧。”

屋顶上，少年抱剑支着头，透过瓦片间的空隙，将屋里的一切尽收眼底。

星月下，他的眼眸漆黑透亮，唇角一弯：“真是个有趣的妖精。”

（五）

孟兰生一走进屋里，房梁上的白扇便闻到了一阵似有若无的异味。

她皱了皱眉，难道附近有个异魂？

余娘迎了上去，按捺不住内心的激动，桃花般的脸上闪过一抹红晕。

孟兰生却嫌恶地避开她的手，从怀里取出一样东西，冷冷地甩在她身上：“这是给你的休书，从此我们再无瓜葛。”

余娘如遭雷击，捧着休书颤抖着身子，不可置信地望着孟兰生，孟兰生却看也不看她一眼，一甩袖子便要走人。

白扇眉头一蹙，见余娘哭喊着扑了上去，拖住孟兰生的腿，一声声唤着“相公”，泪眼蒙昽地不让他离开。

果真是这样的结局，痴情女、负心汉、甜如蜜的誓言，到头却是插心底的毒药。

白扇摇了摇头，却眉心一动，忽然发现房里的异味骤然变浓，她正觉不对时，只见下面那孟兰生被余娘拖着，竟渐渐不耐烦起来，眸中杀气毕现，缓缓扬起手，朝余娘头顶劈去……

她脸色一变，不及细想便跃下房梁，一把掠过余娘，尸气瞬间扑面而来，浓烈至了顶点！

孟兰生一招未得手，面目扭曲地望向她，一脸狰狞。

白扇这才悚然发现——这异味竟是从他身上发出来的！

还来不及反应，孟兰生便已露出獠牙扑向了她，白扇护着余娘，浮烟扇不及出手，眼见孟兰生就要扑上来了，霎时疾风一扫，一把长剑挡在了中间——

“诡王，叫爷爷好找！”

少年戏谑的声音在屋里响起，剑光一闪，孟兰生一个后跃急忙避开。

少年回头朝白扇眨了眨眼：“妖精，我们又见面了，我说过会再来找你的。”

（六）

剑影如风，矫如银龙，孟兰生被逼得好生狼狈，不凡弯嘴一笑，一边挥剑一边从怀里取出符纸，嘴里开始念念有词，奋力招架的孟兰生立时脸色大变，目光慌乱地一瞥，刚好瞥见了一旁瑟瑟发抖的余娘。

白扇正凝神观战，并未发现孟兰生穷凶极恶的目光，却见不凡眸光一厉，单手结印，一声破空喝道：“五雷火，结！”

孟兰生刚躲过这一下，不凡的长剑带着天雷火便紧逼而来，电光石火间，孟兰生一个兔起鹘落，抓住瘦弱的余娘一把挡在了身前。

不凡瞳孔骤缩，手中长剑却来不及收回，挟着天雷火直直刺进了余娘胸前，鲜血喷涌而出。

那火光映得孟兰生面孔扭曲，他被灼得一声叫唤，身子忽然软了下来，和余娘一起瘫在了地上。

不凡抽出长剑，伸手疾点余娘的几处穴道，却有一缕青烟带着异味自孟兰生头顶散出，瞬间飘向窗外，消失不见。

“该死！诡王要脱身逃走了！”

他一声恨骂，衣衫翩飞，最后望了一眼奄奄一息的余娘，一咬牙，跟着那缕青烟翻出了窗外，持剑追去。

这一切都只发生在电光石火之间，白扇呼吸一窒，飞身上前扶起了浑身是血的余娘。

汹涌而来的愧疚漫上心头，鲜血沾上她一尘不染的白衣，她身子微微颤抖起来。

余娘从她怀里挣出，艰难地向地上的孟兰生爬去。

孟兰生被那诡王上身，精气早就被吸干，此刻躺在地上的不过是一具冰冷的尸体。

余娘却含着笑，盈盈如水的眼眸深情地望着孟兰生的尸体，她伏在他的胸前，伸出手抚上他的脸，声音微不可闻。

“兰生，我等了十年，盼了十年，终于等来了你……”

她的脸上升起一抹红晕，露出少女般的娇羞，眸光却是一点点迷离涣散。

“我还记得送你走的那天，你在我头上别了一朵桃花，它开得那么灿烂、那么美，就像我们成亲时的一样……”

余娘的声音渐渐小了下去,她仿佛在回忆憧憬着什么,含着笑,终是一点点合上了眼眸。

白扇白衣染血，双手无力地低垂着，她看着这一幕，许久一动未动。

窗外的月光洒了进来，照在她雪白的脸上，久久的沉寂后，她终于一声长嘶，摸向颈间的玉梳，眼眸陡然狠厉起来。

白衣一翻，跃出窗外，朝着有诡王气息的方向追去。

（七）

白扇和不凡结成了暂时性的追凶同盟，这是她之前从未想到过的。

诡王躲进了山里，他们联手追捕了十天，却还是没能捉住他。

山洞里，一堆篝火前，不凡哼着小调，架着剑兴致勃勃地烤着一只野兔。

白扇看着他手里那把用来烤野兔的剑，默然无语。

若是没看错，这把剑便是伽兰天师名震天下的伏龙剑，死在这把剑下的妖魔鬼怪不计其数。

如果他们有幸看到这一幕，只怕会死不瞑目。

白扇一声叹息，不凡似乎知道她所想，嘻嘻一笑：“烤妖怪也是烤，烤兔子也是烤，百年之后不过一把废铁，又何必执着一个虚名。”

说着他举起烤兔，凑到鼻尖深深地吸了一口气，一边还用手扇着香气夸张道：“哇，好香啊，真是比醉仙楼的八宝鸡还要香，说不定能把那个诡王给引过来……”

“他只喝人血，吸精气。”一个淡淡的声音打断他，不凡一愣，抬头对上白扇波澜不惊的眼眸。

片刻的沉默后，他哈哈大笑，指着白扇啧啧摇头："你过去的几百年一定很无趣，我捉了那么多的妖，头一回见着你这样古板的，你不去做学堂里的教书先生当真可惜了。"

白扇面无表情地看着他，不凡笑完后耸耸肩，将烤兔往她面前一递："要尝尝我的手艺吗？过了这个村可没这个店了。"

白扇摇了摇头，望着不凡开口道："你的罗盘感应到那个诡王了吗？我觉得那股异味越来越淡，它可能已经逃出这片大山了。"

不凡大咧咧地往后一靠，吸着气撕了一块兔肉下来，津津有味地塞进嘴里，随口道："谁知道呢，看不出你这扇子精倒还挺讲义气的。"

白扇瞥了他一眼，淡淡道："你不懂。"

她站起身来，向洞外走去，一身白衣沐浴在月光下，如梦如幻。

不凡看着她清灵的背影渐渐远去后，撇了撇嘴，又撕下一块兔肉，塞进嘴里，若有所思地嚼着。

山头上，白扇摊开手心，流云梳闪着荧光，幻化出了那个小小身影。

"姐姐。"乖巧娇俏的声音，精灵可爱的小女孩站在幽光中，仰着小脸咯咯笑道，"姐姐唱歌给阿苏听。"

白扇的目光温柔如水，她注视着小女孩，张了张嘴，却是脸上一红，有些讪讪地小声道："姐姐不会唱歌。"

话音刚落，一阵哈哈大笑便从身后传来，不凡抱着剑从树影里走出，眨着透亮的眼眸一声笑道："小鬼，你这姐姐笨手笨脚，除了给人梳头发其他什么都不会，还不如叫哥哥来给你唱。"

他笑嘻嘻地走到白扇身边，不去管她面如冰霜的样子，只对着那个幽光里的小小身影放肆打量。

"这便是你四处筹集寿命的原因吧，果然是重情重义的妖精。"

阿苏漆黑的大眼睛好奇转动着，她平日从未见过生人，此刻见着不凡兴奋不已，拍着手掌声音软软道："那哥哥唱歌给阿苏听。"

不凡嘴一弯，抱着剑笑道："好啊，阿苏想听什么，哥哥可是什么歌都会唱，不过最拿手的还是红袖楼里姑娘们唱的小曲……"

他眉飞色舞地正要说下去，白扇却手心一合："阿苏累了吧，好好睡吧。"

点点荧光中，那个小小身影打了个呵欠，眼眸疲惫地就要合上，软软的声音却不甘心地嘟囔道："阿苏不累……阿苏想听哥哥唱歌……"

声音渐渐小了下去，幽光里的小人儿终是缩着身子睡了过去，流云梳的光芒缓缓灭去，玉梳眨眼又变回了原来吊坠的大小。

不凡一阵目瞪口呆，反应过来后，指着白扇连声道："喂，你这是嫉妒报复！阿苏明明想听我唱歌的……"

白扇充耳不闻地将流云梳重新挂回颈间，瞥了一眼不凡，转身便要离去，却被凌空伸出的一只手抓住了衣袖。

她蹙眉回头一望，不凡的眼眸依旧粲然若星，唇边不羁的浅笑却带了一丝认真。

"别老是一副冷冰冰别人都欠了你一千两黄金的模样，有什么事情可以说出来，说不定小道士我心一软就愿意帮你呢。"

白扇淡淡地抽出衣袖，抬头望向不凡，声音轻缓却又不容置疑："我不需要你帮，你也帮不到我，我和阿苏与你不是一路人，此事一结，我们便大道东西，各走各路吧，只请你到时不要再纠缠为难我与阿苏。"她一顿，接着道，"若是死在你那把伏龙剑下，倒真是不值了。"

冰雪般的脸庞试着勾了勾嘴角，却发现自己还是做不来这种表情，于是有些气馁地叹了口气，转身而去。

她没有看见，身后的不凡微微一怔后，摸了摸鼻子，好笑地勾起了嘴角。

白扇一边走着一边在心里盘算着接下来的路，却还没走出几步，衣袖又被抓住了。

她不禁微蹙了眉头，转身正要开口，却见不凡朝她扬了扬眉毛，望着山头下的城镇努了努嘴。

她偏过头，朝他示意的那个方向看去。

山头下的万家灯火中，有一处地方朦朦胧胧地升起一团黑烟，她细细一辨，神色猛地一惊——

竟是那个诡王的气息！

（八）

风月馆前人来人往，七彩的琉璃盏在风中流转，夜色之中，楼上楼下，一群莺莺燕燕伸出藕荷似的手臂，娇笑地招揽着生意。

今夜是风月馆的大日子，百花争艳，恩客齐聚，将选出风月馆的新一任花魁。

不凡抱着剑，望着匾额啧啧叹了半天，俊秀的少年面庞引得楼上几位姑娘频频注视，纷纷将手中的香帕掷了下来。

门口的老鸨更是一脸堆笑地迎了上来，手中的帕子殷勤地直往不凡脸上甩："好俊的少侠，快请里面落座，今夜我们这可热闹得很，花魁竞标就要开始了……"

浓郁的脂粉味熏得不凡打了个大大的喷嚏，他揉了揉鼻子，身边的白扇已经旁若无人地上前，他赶紧拉住她，上下打量了一番她的一身白衣："你便这样进去？"

白扇一声反问："不然如何？"

她抽出衣袖，踏进了馆内，不凡在她身后伸出手，张着嘴哭笑不得。

里面那群龟孙子该不会以为他提前包了花魁吧？

风月馆内，一片莺歌燕舞，不凡跟在白扇身后，不留痕迹地护住了她，替她挡掉那些如狼似虎的目光。

他左右望了望，心念一动，凑近白扇耳边不怀好意地笑道："也把你家阿苏放出来见识见识呗，今夜可是大场面。"

白扇回头别了他一眼，正色道："你的罗盘有动静了吗？我们在山头时发现这里异味最浓，进到里面反而感觉不到了，那个诡王可能刚吸过人血，暂时掩盖了身上的气息。"

不凡摊了摊手，不置可否，取出怀里的罗盘，低头仔细察看。

银色的小针微微颤动着，却没有什么大的反应，看来那个狡猾的诡王的确掩盖了身上的气味，让罗盘无法感知到。

不凡心下了然，抬头正要开口，一股浓郁的香气却扑面而来，艳丽的帕子下竟又是之前在门口要拉他进来的那个老鸨。

她领着一群花枝招展的姑娘，扭着水蛇腰在馆里穿梭着，娇笑着催客人们开始下标。

艳丽的香帕又甩上了不凡的脸，老鸨笑得脸上的粉都要扑簌掉下："这位少侠，我们风月馆的花神十二月可都在这儿了，你若是看中了哪一位，现在就可以下标打赏了，红封给得越多，一会儿上了花魁台，抱得美人归的机会就越大。"

不凡打着喷嚏往后退了几步，指了指身边的白扇，邪气一笑："我家娘子这样貌美，你这什么花神十二月哪个比得上她？你不如叫客人们都来给我红封，到时我们对半分，妈妈定能赚个盆满钵满。"

那老鸨一声嗔骂，甩着香帕领着姑娘们转身离开，不凡望着她们的背影故作惋惜地叹了口气，手中的罗盘却在这时颤动起来。

他神色一变，却见那群姑娘里有一个正回头小心翼翼地看他，见他望来，赶紧低下头匆匆离去。

不凡眼眸一亮，回头刚想招呼白扇跟上去，向后伸出的手却抓了个空。

他立下转身，这才惊觉——身后的白扇早已不见了踪影。

冷清的阁楼里，一片灰败的屋中，将外面一切热闹隔绝，散发着枯朽的味道，无限寂寥萧瑟。

女子捧着铜镜，不停地往自己惨淡的脸上扑着胭脂，她眼眸闪着期盼而又绝望的光芒，声音更是冰凉沧桑，再不是曾经给客人唱小曲时的婉转动听。

“外面又在选花魁了吗？真是热闹呀，向来只见新人笑，何曾闻过旧人哭。”

她抬头看向身前的白衣女子，痴痴一笑：“我十五年前也曾是这风月馆的花魁，如今却是年老色衰了，再没人会想起我，想起当年的绿微了……”

白扇淡淡地望着她，取下颈间的流云梳，声音清越却又带着无尽蛊惑：“我能予你美貌皮囊，只要你付十年寿命，你可愿意？”

（九）

不凡觉得自己今夜有两个地方失策了。

第一，他低估了自己的魅力。

第二，他高估了白扇的觉悟。

苍天可见，他当真没有想过，那小姑娘回头望向他的一眼，竟不是因为被诡王附身，心里有鬼，而是真真切切、确确实实地看上他了。

他居然在这个时候撞上了桃花运，不知不觉被人一见钟情了！

好个大乌龙！

他追上去时那姑娘眼睛都能滴出水来了，将他拉到一边的角落，一张脸娇羞得开了红云，声音细如蚊蚋：“葵儿只卖艺不卖身，先前还伤心今夜就留不住这清白之躯了，所幸遇见了公子，公子若是有心，等会儿便来竞标，葵儿定只认公子一人，若是不幸错过，那葵儿便一头撞死在那柱上，宁死也不入污泥深渊。”

秀美的小脸蛋咬紧了嘴唇，说得不凡胆战心惊，还不待他开口，那葵儿便一把往他怀里塞了一样东西，娇羞地跑开了。

不凡拿起东西一看，竟是一缕青丝，乌黑的细发打了个结，还附着一张小纸条，他展开一看，笔墨泓然，只有娟秀的一句："同心结，结同心，公子，我等你。"

不凡张了张嘴，哭笑不得。

可惜此刻他管不了那么多，当务之急是找到诡王！

台上的花魁竞标已经热闹开始了，不凡避开人群，按照手中罗盘的指引，一路上了二楼。

腐臭的尸气隐隐传来，他循迹而去，竟在一个角落里发现了一具尸体。

柳眉丹唇，粉面艳裳，正是那个风韵犹存的老鸨！

不凡瞬间恍然大悟，猛地摸上胸前，眼眸遽紧。

果然，他的降妖符纸已经不见了。

之前他就觉得这老鸨身上的脂粉气过于浓郁，却没想到这是诡王特意用来掩饰身上的异味的！

只怕在劝他下标时，它就已经摸去了他身上的符纸。

该死，竟又叫它害了一人！

不凡一声恨骂，没了降妖符纸，这可真有些不妙了。

他俯下身去，正想细细察看时，手中的罗盘猛地颤动起来。

一脚踹开房门，不凡想到的第一句话就是——人为财死，鸟为食亡。

白扇真是无时无刻不惦记着她的生意！

屋里人抬头望向他，白扇正握着女子的长发，手里的流云梳就要梳下去。

还不等她开口，不凡手中的长剑已然出鞘，直直刺向了铜镜前的女子。

那女子反应奇快，一个闪身，剑风只扫过耳边，削去了她的一缕长发。

这一切不过发生在电光石火间，白扇瞬间明白过来，长袖一挥，卷过浮烟扇与不凡并肩站在了一起。

那女子已站定在几步开外，一甩头露出了凶狠的表情，獠牙毕现。

白扇只听得耳边不凡的一声戏谑："我说你不用这么饥不择食吧，做生意竟做到了诡王头上！"

（十）

华灯初上，烟花漫天，游人如织的夜市，处处热闹非凡。

湖边三三两两蹲着不少年轻姑娘，她们捧着手中的花灯，许下一个个美好的愿望，然后虔诚地将灯放下，看那点光芒带着她们的愿景在水面上越漂越远……

来到这个小镇时，已经是风月馆里诡王逃跑后的一个月。

不凡的捉妖队伍又扩大了一些，且组合奇怪得他暗自好笑。

一个道士，一个扇妖，一个逃跑的花魁，还有一个时不时跑出来叫他哥哥的女娃娃。

那夜诡王想吸去流云梳上的数百年寿命，他和白扇虽合力围捕，却还是没能捉住它。

它不仅窃去他的降妖符纸，法力似乎也越来越高强，再不捉住它，可真要酿成滔天大祸了！

一片混乱中，他带走了风月馆新选出来的花魁——葵儿。

不过是恻隐之心，葵儿却怎么也不肯离开，反而对他一路悉心照料，叫他颇有些头疼。

葵儿以为白扇是他的娘子，一路都细声细气地唤白扇姐姐，白扇却不怎么搭理她。

望着她们一个可怜兮兮，一个冷若冰霜的模样，不凡的头更疼了。

阿苏却挺喜欢这个会唱小曲的姐姐，葵儿的歌声婉转动听，叫人如沐春风。

见到阿苏欢喜的笑脸，白扇的眼眸这时才会闪过一丝柔意，对葵儿的态度也亲近了许多。

这日来到这个小镇，恰逢当地的花灯节。

葵儿拉着白扇也到了湖边放花灯，不凡笑嘻嘻地刚想跟过去，葵儿却一声娇嗔：“女儿家的心思都寄在花灯上了，哪能随便让你瞧见呢？”

不凡耸了耸肩，抓着一坛好酒，吹着口哨不在意地走开了。

却没走出多远，他便一个闪身，躲在了暗处，眉眼笑得狡黠，不就是放个花灯吗？有什么见不得人的，不让我瞧我偏要瞧！

湖边夜风轻拂，水面波光粼粼，却见葵儿闭眸对着手中的花灯喃喃许了些什么，便一脸绯红地将它放了下去。

白扇在一边看着，面淡如水。

葵儿却忽然转身“扑通”一声朝她跪了下来，语带哀求：“姐姐，葵儿是真心喜欢公子的，不敢居于姐姐之上，只求有个名分，能一生一世服侍公子和姐姐便心满意足了，求姐姐成全。”

不凡本正优哉游哉地喝着小酒，一听这话，口中的酒差点儿喷出，好一阵强忍住后，便听见白扇淡淡的声音：“这话你去同他说，我与他并没什么。”说完，她拂袖便要离开。

葵儿赶紧急挪几步拉住了她的衣袖：“葵儿命苦，求姐姐成全。”

白扇轻轻拨开她的手，面色依旧淡淡的，望着葵儿盈盈如水的泪眼，不温不火道：“他是道士，我是妖，此事一结，我们便再无瓜葛，我有我要做的事，你爱跟着他便跟着他吧。”

这一路葵儿已隐隐感觉白扇的身份不同寻常，此刻听她亲口说出，也并不觉害怕，只是又抓上她的衣袖，急切道：“可公子不是这么想的，他对姐姐的情意，姐姐难道看不出吗？”

此话一出，白扇微微一怔，不凡更是一口酒直直喷出。

葵儿与白扇立刻回头望去，不凡抱着剑无奈走出，两声干笑，好不尴尬。

白扇眸光复杂地望了他一眼，拂了衣袖飘然而去，只剩葵儿满脸泪痕，颓然地瘫坐在地。

不凡看着那身白衣远去，耳边仿佛又响起那句冰凉的话：“此事一结，我们便再无瓜葛。”

他有些自嘲地弯了弯嘴角，依旧不羁的笑容却带上了一丝涩然。

风中似乎传来了一声叹息：“好个用情至深又薄情至深的妖精啊！”

（十一）

那夜之后，他们三个之间的气氛便有些微妙起来。

白扇叹了口气，这一路同行也该结束了。她正准备不辞而别时，另一个人却出现了。不凡的师父，伽兰天师寻来了。

他的确是一副得道高人的模样，听了不凡的解释后，也没有为难白扇，只是奕奕有神的目光中始终带着探究与审视。

白扇决定立刻离开。既然伽兰天师都出现了，她也没有必要再待下去，捉诡王有他出手，定是万无一失。可当白扇正准备离开时，却是变故陡生——

夜半时分，月下树林，不凡赶到时，白扇已经身受重伤，伽兰天师的长杖就要击下去了！

他大惊之下长剑出鞘，身形闪现，挡在了白扇身前。

“师父，不要！”

伽兰天师被长剑一挡，飞身后跃，在几步开外站定，眸光阴寒。

不凡扶起白扇，将真气输入她体内，一边望向伽兰天师急切问道：“师父，你不是答应徒儿不伤她性命吗？”

白扇原本准备半夜悄悄离开，却不想伽兰天师尾随她进了树林，不由分说便一番大战。

她初始念及不凡，未使全力，只想赶快脱身，伽兰天师却招招杀机毕现，全无白日里的从容气度。

他鹰爪似的手狠厉抓来，竟想直取她颈间的流云梳，她这才大惊，开始拼死相搏，若不是不凡及时赶到，只怕她就要命丧于他的长杖之下了。

伽兰天师似乎还是有些忌惮不凡，他手握长杖，冷眼看着不凡背着白扇离去。

月光将他的脸映照得分外骇人，他忽然对着林间一处厉声喝道："出来！"

树叶立时抖动起来，不多时，葵儿便瑟瑟发抖地走了出来。

她也是跟着白扇出来的，见到那一番恶战骇然不已，便立即回去叫醒了不凡。

伽兰天师知道有动静，却无暇顾及，此刻他阴笑地一步步向葵儿走去。

冷风吹过，葵儿惊恐地连连后退，却见伽兰天师诡异一笑，声音嘶哑刺耳："怎么会有你这样愚笨的女人？若是方才我杖毙了那扇妖,我的乖徒儿不就只属于你一个人了吗？"

月下林间，白扇伏在不凡背上，虚弱地将经过略说了一遍，她脸色苍白，强撑着最后在不凡耳边说了一句，便昏死过去。

不凡身子一震，那句话极轻极缓，却字字砸在他的心间——

"你的师父……好像有些……不对劲。"

（十二）

天上下起了瓢泼大雨，他们落脚的地方是一处破庙，葵儿回来时，全身都被淋湿了，一个人失魂落魄的。不凡正在替白扇疗伤，也没太注意，只叫葵儿快去火堆旁烤一下。

雨水从葵儿的睫毛上坠落，她直勾勾地望着白扇，耳边还响荡着那充满蛊惑的声音。

"我徒弟无父无母，在他心里我便如同他父亲一般，只要你将那扇妖脖子上的玉梳偷来给我，我便为你做主，叫他许你个名分。"

做主、名分、一生一世跟着公子，不再孤苦无依……

葵儿的身子不由自主地颤抖着，谁也没有发现，她纤弱的小手一点点握了起来。

白扇醒来时，身上的伤已好了许多，不凡守在她身边睡着了，俊朗的眉眼透着深深的疲倦。她想到他挡在她身前的样子，心蓦地一软，唇角不自觉地微微上扬起来，一只手下意识地抚上颈间的流云梳，脸上的笑却瞬间僵住，冷汗陡流。

她的流云梳不见了！

眼前一黑，就像那年在百灵潭撕心裂肺的痛楚一样，几乎让她快呼吸不过来。

不凡被惊醒时，睁眼便看见白扇惨白的脸，带着从未有过的慌乱："阿苏，阿苏，我的阿苏不见了……"

一声声凄惶间，白扇不安地颤抖着身子，不凡眸光几个变幻，忽地一把拥住她，心疼地安抚道："不要急，不要怕，我在这里，我在这里……"

天地间好像霎时静了下来，白扇长睫一颤，贴着不凡的胸膛，听着他的心跳声，眼眶不知不觉间湿润了。

她眼前仿佛浮现出阿苏的笑颜，百灵潭那些不安的日日夜夜里，阿苏也是这样抱着她，柔声对她说："不要怕，不要怕，我在这里，我会一直陪着你的……"

那时她和阿苏刚刚跟着主人春妖，从天上被贬下百灵潭，她一时适应不过来，看到百鬼夜行都会害怕好久。

阿苏就那样抱着她，在她耳边柔声安抚，让她安心地睡去，那温暖的怀抱，带她仿佛又回到天上的清风白云间一般……

"难怪你身上没有一丝妖气，反而仙气飘飘，原来你家主人大有来头，竟是那天上看守忘川百鬼的仙人，真是失敬失敬，我倒该称你声扇仙才是。"

不凡轻声打趣，见白扇苍白着脸一笑，情绪渐渐平复下来后，他取出怀里的罗盘，对她正色道："我想，我可能知道阿苏在哪里。"

眼前闪过昨夜葵儿那失魂落魄的脸庞，他沉声道："你说得没错，师父他确实有点儿不对劲，昨夜他身上的气息可像极了我们的一个老朋友。"

白扇眸光一动，与不凡同时说出那两个字："诡王！"

（十三）

人性复杂，善恶往往就在一念之间。

一念成佛，一念成魔。

人的欲望是永无止境的，诡王便是利用人性的弱点，潜入一个个执念深种的身体里。

伽兰天师一代高人，却也在练功时走火入魔，被诡王乘虚而入。

可到底不是一般人，虽然赶不走诡王，诡王却也一时吞噬不了伽兰天师，两人分庭抗礼，僵持不下。

晚上阴气重时，白日被伽兰天师压制下的诡王便会出来，占据他的身体，所以才会有那夜与白扇的一战。

不凡和白扇找到诡王的老巢时，就看见了那骇人的一幕——山洞里堆满了白骨，血腥气扑鼻而来，洞中央葵儿被高高地吊起，身上的血正被一点点放干。

不凡瞳孔骤缩，一剑携风而出，飞身将她救了下来。葵儿躺在他怀里奄奄一息："快走，天师……天师彻底变成了妖怪……他、他就要回来了……”

不凡悲痛难言，葵儿伸出鲜血淋漓的手，想抚上他的脸，她嘴角噙着笑，眸光一点点涣散：“姐姐，对不起，我不是故意偷你的东西……我只是想一生一世跟着公子……只是想有个家，有……”

声音戛然而止，纤秀的手倏地垂了下来，白扇瞬间煞白了脸，不凡一声痛彻心扉：“不！”

同心结，结同心，公子，我等你。

那个盈盈浅笑的身影终于离去，只可惜到死她都是伶仃的一人，这一生最美好的时刻，便是风月馆里她回头悄悄望他的那一眼。

她从懂事起的数十年期盼，这人世间的爱恨嗔痴，都不过在那一眼里罢了。

山洞里，正当白扇与不凡悲楚不已时，洞口忽然传来了一声阴寒长笑：“好好好，全都来送死了，我这便成全你们！”

（十四）

剑气暴涨，扇风如龙，不凡与白扇并肩而战，同伽兰天师缠斗在了半空。

一片飞沙走石间，白扇欺身上前，不顾危险，拼死夺过了伽兰天师脖上的流云梳，眼见伽兰天师的一掌就要击在她胸前，不凡一声厉喝，飞身扑了上去，护在白扇身前，被一掌击下，两人齐齐落地。

不凡支起长剑，撑着身子，嘴角流出鲜血，他对着面目狰狞的伽兰天师一声凄唤：“师父！你快醒醒！不要再被诡王控制了！”

伽兰天师的脚步停顿下来，他握住长杖的手不住颤抖着，似乎也在痛苦挣扎着。

不凡眼里闪过一丝亮光，他急切道：“师父，你还记得吗？小时候你最疼爱我了，那时我顽劣不堪，总不好好练功，你每次抽出木板，想打我却又舍不得……”

伽兰天师抱着头，声音嘶哑：“不要说了，不要再说了……”

他脸上闪现出痛苦的神情，一张脸竟从红转到白，又从白转到青，诡异骇人。

不凡仍在不停动情地说着，伽兰天师忽然一声大喊，吐出一口鲜血，叫了声：“凡儿！”

不凡大喜，刚想上前，却被伽兰天师抬手拦住，他奋力从怀里掏出符纸，一把掷在了他脚下。

“快！凡儿，快点燃五雷火，用你手中的伏龙剑杀了师父，快！”

不凡如遭雷击，瞬间泪流满面，他握着剑不停摇头：“不要，我不要……”

伽兰天师苦苦相劝，正僵持间，他的面目却忽然扭曲，白扇一惊，只见他已经露出獠牙朝不凡扑来，千钧一发之际，她不及多想，便飞身挡了上去。

鲜血顿时四溅开来，白扇的身子从空中软软坠下。

不凡一个激灵，鲜血溅上了眼睫，他这才醒转过来，一声痛呼："白扇！"

伽兰天师又是一掌击来，便在这电光石火间，不凡知道再不能犹豫，他长剑一挑，穿过地上的符纸，迅速念咒，满脸泪痕地一声破空喝道——

"五雷火，结！"

长剑直直穿过伽兰天师的身体，天师一声长号，身上猛地蹿起大火，熊熊燃烧起来。

不凡跪倒在地，号啕大哭。

火光中传来缥缈的一声："凡儿，做得好！"

大火越烧越猛，遥遥传来慈悲的声音，那是记忆里师父将他抱在膝头，轻轻地念诵——

"一切有为法，如梦幻泡影，如露亦如电……"

（十五）

月下林间，年轻的男人带着冰雪可爱的小女孩，一前一后地赶着路。

这些年他带着她去了许多地方，江南塞北，东海西域。

他的包袱里有三样东西从不离身，两坛骨灰，一坛是他最敬爱的师父，一坛是一个深爱他的女子。还有一样东西，却是一把扇子。

他常常会坐在某个山头，吹一曲长笛，抚着扇子，流下泪来。

他脑海里最想毁去的便是那一天的记忆。

那一天，将他从小抚养到大的师父化成了一堆灰烬，那个说只想要个家的女子死在了他怀里，而她连一丝念想也没给他留下。

那身白衣为他挡了一掌，她强撑着将全部灵力和一颗本元珠渡给了阿苏，让她拥有了实体，不再寄托在流云梳上。

而她却脸色苍白，身子一点点透明起来，她说，阿苏就拜托给他了。

她的脸上依旧是一贯的淡笑，他却哭成了一个泪人。

弥留之际，她凑在他耳边，歉意地说出了一个隐藏了许久的秘密，她说："其实，阿苏不是我的妹妹，他是我的夫君。"

天旋地转间，她露出苍白的笑容淡淡地道出了全部真相。

天上有位仙人，仙人看守着忘川，身上有一柄浮烟扇，一把流云梳。仙人寂寞，和自己的影子相爱了，浮烟扇和流云梳相伴千年，有了灵性，也日久生情。后来仙人因错被天帝贬下凡尘，困在百灵潭间，镇守百鬼群妖，她和阿苏也跟着下了凡。她每过五百年就要受一次天劫，就在一次天劫之中，阿苏为了保护她，被天雷击中，魂飞魄散。

主人春妖拼尽全力强留了阿苏的一缕魂魄，封在了他的真身流云梳里，从此她便带着阿苏，踏上了收集寿命的漫漫长路。

流云梳是一把阴阳子母梳，阴阳合体，成年后才会确定性别，且跟随拥有它的人而定。

春妖为男，阿苏便化成了一个温润如玉的男子；白扇为女，她便在流云梳上以小女孩的模样存在。

白扇本想筹满他的修为，让他在成年后再确定性别，变回以前的阿苏。

可这条路却没能走下去，她日日夜夜的期盼到底没能实现。

看过人世间那么多的爱恨情仇，每个人最终都因为自己的执念，伤人伤己。

如猩嗜酒，鞭血方休。这不仅仅是女子对容貌的痴迷追求，也是世人深种的执念。

佛语八苦，其中求而不得，却是苦中之苦。每个人都有自己的求不得，然后挣扎在苦海中，不得解脱。她的魔障便是阿苏。

她为他跋山涉水，为他等候一生，不弃不悔的漫长岁月中，只要再见他一面。

再见一面就好。风掠长空，白扇凄然一笑，落下了一滴泪，透明的身子终于消散如烟，飘过不凡的指缝间。

（十六）

又是一年草长莺飞，年轻的男子带着一个小女孩，一前一后地走在桥上。

“哥哥，我们接下来要去哪儿？”

“月梧花满城，哥哥带阿苏去南疆赏花，阿苏一定会喜欢的。”

“哥哥，那姐姐什么时候回来？”

男子脚步一顿，抬头望向万里无云的长空，唇角微扬，湿润了眼眶：“姐姐去了很远的地方，我们一处处地寻，总有一天能找到姐姐……”

第四章
素欢

一路相伴，风乍起，拂袖而过，跋山涉水，从此枕着他的余生，皓雪入眠。

（一）

素欢死在成亲的前一天。

她浑浑噩噩地飘进了百灵潭，恰巧撞见了百鬼夜行的骇景。

月光惨白，冷风飒飒，远处林间篝火点点，传来了载歌载舞的声音。

一个个虚影面无表情地经过她身边，看也不看她一眼，径直向篝火处飘去，她怔怔地站在月下，浑身湿漉漉的，脑中一片混乱，不知今夕何夕，身在何处。

素欢生来胆小，来来往往与她擦身而过的人中，她终于鼓足勇气拉住了一个妇人的衣袖，细声问道："大娘，您知道这是什么地方吗？"

那妇人背对着她，张嘴说了些什么，却含混不清，素欢不由得凑近了身子："大娘你说什么？"

那妇人陡然转头，一条长舌拖到了地上，声音含糊道："我说，你踩到了我的舌头。"

素欢滴着水的脚下正踩着妇人血淋淋的长舌。

一声尖叫划破夜空，所有人都转过头来看她，她这才发现这些人奇形怪状，有的还根本就不是人，而是些山野精怪，个个拖着尾巴扇着翅膀！

素欢大叫一声："鬼啊！"骇得魂飞魄散，抓着裙子转身狂奔，跌跌撞撞地往林间逃命。

那妇人收回长舌，揉了揉嘴巴，看向身边的吊死鬼，疑惑道："她在做什么？"

吊死鬼耸了耸肩："谁知道呢，是只疯鬼吧，咱们还是快点儿去赴宴吧。"

素欢心跳如雷，身子颤抖着就要哭了出来，狂奔间冷不防撞到一个人怀里。

她抬头一看，竟是张风华绝代的脸，长发如瀑，气质出尘，清冷的眉眼正望着她，男子淡淡开口："尔何故如此惊慌？"

她像一下抓到了救命稻草，紧紧抓住男子的衣裳，急声道："公子救命，那些鬼就要追上来了！"

"鬼？"男子皱眉，打量了她湿漉漉的一身，问道，"你不也是鬼吗？"

素欢一怔，看向地上，惨白的月光下，她竟然没有影子！

眼前一黑，尖叫声生生卡在了喉咙里，她头一偏，昏死过去。男子接住她，她耳边只听到最后一句——"此乃百灵潭，吾为百灵潭之主，春妖。"

春妖阅鬼无数，从没见过自己被自己吓昏过去的鬼，素欢的事迹瞬间传遍百灵潭。

小小新鬼，一夜成名。

她闹出的这个笑话为百鬼众妖津津乐道，更被列为百灵潭十大笑话之首，后来许多年都没有人能够打破。

百鸟之王乌裳的夫君孔澜更是捧腹大笑，每每见了素欢都要调侃一番，素欢只低着头，闷闷不言。

倒是乌裳过来，一巴掌把孔澜打飞，安慰素欢："那只烂孔雀就是嘴贱。"

素欢在很久以后才接受自己已经死了的事实，她生前就胆小怕事，死了也是个唯唯诺诺的鬼，怯生生的模样叫乌裳十分怜惜。

素欢常常坐在潭边的大石头上，望着天空发呆，一坐就是一整天。

她神情哀伤，像是有什么心事，浮衣拖着长长的蛇尾，仰着脑袋游走在她身边，问道："你在想什么？"

素欢抱住双膝，散了一头长发，失神地望着潭水，喃喃自语道："我在想我是怎么死的，可怎么想也想不起来，我好像忘记了一些东西……"

浮衣吐了吐舌头，卷了一只飞虫，一边吃一边道："反正都死了，计较那么多做什么？"

素欢不语，只眸子又添了丝悲伤，心头一片空落落的。

她记得自己姓秦，是一个大户人家的小姐，母亲早逝，父亲又娶了二娘，生了妹妹，后来父亲也因病去世了，家里只剩下二娘和妹妹。

二娘待她不是很好，她在家里也是像现在一样，常常坐在某个角落里发呆。

虽然活着和死了也没什么区别，但她还是不想做个不明不白的鬼。

活着已经那么不起眼，在世上都没有留下什么痕迹，死了也要这样吗？

在一个晴朗的午后，素欢终于下定了决心，鼓起勇气去求见了春妖。

她说，她想回去看一看，找回自己丢失的那部分记忆，她想知道自己是怎么死的。

她跪在地上，怯怯地说完后，春妖只叹了口气，一拂袖："去吧。"

离开百灵潭时，众妖来为她送行，乌裳在她手上套了一个镯子，孔澜笑嘻嘻地在她腰间挂了个牌子。

她胆小善良，这是他们送给她的护身符，孔澜一脸神秘："牌子后面暗藏玄机，不到万不得已可不能拿出来哟。"

其他百鬼众妖也纷纷送上祝福，素欢一一道谢后，毅然地踏出了百灵潭。

（二）

她回到了渝州城里，在城里飘荡了几日后，渐渐知道她离开后发生了些什么事情。

她死后的第二天，尸首停在棺中，尚未入土，秦家与安家的婚事照常举办，不过是她的妹妹筱雅顶替了她，嫁给了安家三公子，安云岫。

素欢轻声一叹，这样也好，妹妹一直说羡慕她能嫁给安公子，如此也算成全了她。

她不知道，二娘此刻在家里是捶胸顿足，精明了一世的二夫人，心机算尽，却没想到此番是赔了夫人又折兵。

风流倜傥的安公子竟一夜之间傻了，成了个只有六七岁智商的傻子！

洞房花烛夜，秦筱雅原本满心欢喜，当安云岫一揭开盖头，却指着她又哭又闹："你不是，你不是我媳妇！"

一番哭闹下来，她如坠冰窟，这时才知道自己嫁了个傻子，难怪安家会突然愿意安云岫入赘秦家了。

她们顶婚，安家也送了个傻子过来，两家都打着算盘互相算计，各自理亏，谁也怪不了谁。

可秦筱雅是一万个不甘心，她好不容易才嫁给了安云岫，当初安家来提亲时，她和娘是多么欢喜，哪知安公子要娶的不是她，竟然是她那个没用的姐姐！

安家在城里有头有脸，安云岫又才华横溢，俊朗非凡，不知是城里多少姑娘的梦中情人，可他现在却成了个傻子。

秦筱雅当然不会喜欢一个傻子。

她将满腹怨气都撒在了安云岫身上，从洞房那天起她就不准安云岫上床睡觉，平时对他更是非打即骂。

入夜，秦府。

秦筱雅一脚将安云岫踹下床，居高临下地叉着腰道："知道该怎么做吧？"

安云岫抱着被子，可怜兮兮地点了点头，开始默默打地铺，秦筱雅白了他一眼，嗤声道："傻子，早晚把你赶回安家。"

素欢站在窗下，将屋里的一切尽收眼底。她叹了口气，看来丫鬟们所言果然非虚，她一路进府，听得不少仆人窃窃私语，不想安公子竟真落得如此境地。

正感慨间，屋里忽然一声惨叫，素欢定睛看去，原是安云岫又不知哪里惹到了秦筱雅，正被她揪着耳朵训斥呢。

素欢不忍再看，正欲抬袖出手相助时，一个白影忽然凌空跃下，扣住她的手："你是谁？想做什么？"

素欢一惊，还不待开口，白影已掠过她飞入夜色，眨眼间她已身在林间月下。

那人放开她，在几步外站定，一声凌厉喝道："你是个什么妖精，也在打我元丹的主意吗？"

素欢张大了嘴，这才看清，眼前的白影竟是个六七岁的孩童，仰头眉宇傲然地望着她，一身皮肤从头白到尾，连眼睫毛都是白的，整个人在月下白得几乎透明了。

素欢一时哑然，只觉眼前场景莫名诡异，又好笑又荒唐，还来不及多想，白衣孩童忽然一把抓住她的手，挑眉问道："乌丫头的镯子怎么会在你手上？"

素欢怔了怔，老实回答："是乌裳姐姐送给我的，她怕我找不到回去的路。"

白衣孩童皱眉道："难道你也是百灵潭的人？我怎么从没见过你？"

素欢正要回答，白衣孩童忽然眼前一亮，伸手探向她腰间挂着的那个木牌，一声奇道："这不是骚孔雀的东西吗？"

白皙的小手轻轻一翻，木牌背面上孔澜潇洒不羁的字迹映入眼帘——

"百灵潭新鬼一只，秦素欢，善良温柔，胆小怯懦，望有幸碰到的兄弟姐妹多多关照，不要欺负老实鬼。"

素欢一下愣在了原地，耳边响起孔澜得意扬扬的声音："牌子后面暗藏玄机，不到万不得已可不能拿出来哟。"

她摇了摇头，有些哭笑不得，白衣孩童却一声冷哼，仰头望向她，眼眸明亮逼人："原来你是百灵潭的新鬼，难怪要觊觎我的内丹！"

素欢莫名其妙，被那灼灼的目光望得心头一跳，只觉眼前的小孩实在太过盛气凌人，才及她腰间的个子，却好像目中无人地傲视一切，她忍不住蹲了下来，友善地伸出手摸摸他的小脑袋，柔声道："小弟弟，姐姐没有想拿你的东西哦，你叫什么名字？怎么会一个人……"

她话还未说完，白衣孩童蓦地脸色大变，一下打开她的手，恶声恶气地道："什么小弟弟，我在百灵潭修行的时候，你还没出生呢！"

（三）

雪鸣是百灵潭最傲气的一只兔妖，不，他从不认为自己是妖，他幼年的时光全都是在天上度过的。

清冷的广寒宫里，天地间最美的那个女子坐在桂花树下，怀里抱着一团雪白——那是他的姑姑，陪在嫦娥仙子身边的玉兔姑姑。

雪鸣天生聪颖，悟性奇高，又借着广寒清辉，很快便习得了一身修为，本再过数百年便可晋升成仙，却不想在一次王母蟠桃盛宴中，他喝醉了酒，散宴后与姑姑走失，迷迷糊糊地误闯进了春妖的忘川界内。

恰逢春妖疏忽，忘川河内百鬼流窜，天地变色，他在这次劫难中稀里糊涂地也被打下了界。

飞来横祸的命格，一旦写就便再不能改，姑姑拉着他的手泪眼蒙眬，一个劲儿地拜托春妖多加照顾。

雪鸣如遭五雷轰顶。

天底下没有比他更倒霉的修仙者了，他反复尝试后终于认命，化悲愤为力量，开始在百灵潭潜心修炼，只盼能早日飞升成仙，重回天上！

为了补偿他，王母在嫦娥的恳求下，特赐了一颗雪蕊元丹给他，不仅将他在广寒宫的功力尽数返还，还多赐了他百年修为，助他早日成仙。

可就在两个月前，他视若生命的那颗元丹在渝州城的花灯节上不慎丢失了！

一下少了近千年功力，他内息紊乱，急火攻心下一口鲜血直直喷出，醒来时便已变回了一个孩童模样，荒唐的命运又一次狠狠地戏弄了他！

再过不久便是他的飞升日，他苦心修炼这么久才盼来这一天，如果不能在那夜月圆之前找回元丹，那他在百灵潭百余年的修炼就前功尽弃了，一切又得从头再来了。

“没了元丹从头再来，可就不是百余年那么简单了，不知要用多少漫长春秋才能换回……”

雪鸣与素欢一同坐在树上，他面色清寒，孩童纯净的眉眼却有着无尽的落寞。

他一路循迹找来，在渝州城里多方搜寻，终于发现了元丹的气息，那至纯的灵力不是萦绕在别处，就在秦家。

那夜他伏在屋顶，正静静感受着元丹气息，却忽然瞥到了一袭素衫，他心头一惊，以为素欢想出手夺去他的元丹，他这才飞身掠走了她。

如今误会尽释，才知他们一个是来寻找死因，一个是来寻找元丹，相同的地点却有着不同的目的。

素欢叹了口气，望着雪鸣的眼睛慢吞吞地说：“我原以为自己是百灵潭最可怜的鬼，连怎么死的都不知道，却没想到你比我还可……”

“谁说我可怜了！”雪鸣一声打断，双眼瞪向素欢，“我告诉你这些不是要你可怜我的，我只是怕你在秦府误打误撞地吞了我的元丹，碍了我的事！”

他说着一拂袖，翻身跃下了树，看也不看素欢，径直消失在了夜色中。

素欢张着嘴，欲哭无泪，不知自己又哪里得罪了这气焰嚣张的小孩。

世间之大，果然不是所有的小白兔都是乖巧温驯的。

接下来的几天，素欢继续在秦家飘荡，她发现安云岫似乎能看见自己，常常指着她虚无缥缈的身影兴奋不已，天真无邪的模样在秦家人眼里却是傻气十足。

这举动叫秦筱雅更加嫌恶，终于有一次，在她又动手打安云岫时，素欢忍不住吹了口气，将房中烛火熄灭，趁乱拉起安云岫的手带着他飞出了窗外。

秦筱雅气急败坏地跺了跺脚，只当是安云岫使的鬼，她追到门口，尖声道：“你倒长本事了，跑出去就别回来了！”该死的傻子，她咬牙切齿，一张俏脸在月光下显得分外狠毒，“我一定要赶走你，不能让你毁了我的一生！”

这怨恨的话语叫暗处的雪鸣全听在了耳中，他冷哼一声，想起素欢那张怯生生的脸，一种大胆的猜想在他脑中渐渐成形，他缓缓握紧骨节苍白的手，眸中涌起些许同情与叹息。

真是个没用的笨鬼，那样执着地寻找死因，怎么就没想过会是被至亲之人背叛的呢？

清冷朗月下，素欢拉着安云岫的手飞在了夜空中，夜风拂过他们的衣袂发丝，带着微微的凉意，安云岫激动地大叫着，眼睛闪闪发亮:“媳妇，媳妇，我就知道你会来救我的！”

（四）

月光倾洒，河水微微荡漾，凉风拂柳间水面一片波光粼粼。

安云岫的眼睛又清又亮，迷恋地望着素欢，摇着她的手，声音软软地一声声叫着:“媳妇，媳妇，猜灯谜，猜灯谜……”

素欢看着安云岫的眼睛，这才想起，数月前的花灯节上，她曾和安云岫有过一面之缘。

那夜渝州城烟花漫天，热闹非凡，她和仆人一起走在二娘和妹妹后面，熙熙攘攘的夜市中，她不知不觉就与仆人走散了，左顾右盼间撞上了一个人。

那是位年轻的公子，被她撞飞了面具，她脚下不稳，身子直直地向后跌去，那公子手疾眼快，一手接住了她，一手凌空接住了面具。

恰一烟花当头绽放，他们就这样相遇了。

她脸上绯红，心跳如雷地挣开那怀抱，低头匆匆离去，纷乱中只记得那双眼睛，清澈如水，在脑海里熠熠生辉。

没过几天，那双眼睛的主人便来秦府提亲了，她守在屋里未曾相见，所以不知道提亲的人就是花灯节上那位公子，只心里奇怪，却也未想太多，全凭二娘做了主。

如今想来，素欢明白了：“原来你是见过我，见过我才会想要来我家提亲，你是真的想要娶我……”

她看向安云岫，只觉这样的他可怜兮兮的，不谙世事，清俊的脸上满是委屈，像个受了欺负的孩子向娘讨糖吃一样，叫她心底不觉柔软一片。

素欢一边柔声哄着安云岫，一边伸出手抚向他眼角的瘀青，眸含心疼地低叹道：“都是我连累你受苦了。”

许是她的手冰冰凉凉的，安云岫眨了眨眼睛，一把抓住她的手贴在眼角，笑得一脸稚气：“舒服。”

素欢心头一动，像饮了杯浓茶，暖洋洋却又沉甸甸的，仿佛幼时母亲还在，她不小心摔倒了，母亲也是这样抚过她的脸，含笑温柔地哄着她：“不痛不痛，吹吹就好了……”

那是记忆里最美好的光景，午后暖阳投进凉亭里，满园花海如烟，她和母亲的身影交叠在一起，母亲在她耳边唱着童谣，如微风拂面、春水摇曳、长长久久……

母亲走后，她再也没有这样快活过，偌大的宅院里，她是藏在光影里最默默无闻的大小姐，从不引人注意，也从来无人问津。

这些年春夏秋冬，花开花落，始终只有她一个人。

素欢怔怔地看着安云岫粲然若星的眼眸，眼眶忽然一热，像有什么浸润开去，她轻声开口："你低下头来，我给你吹吹。"

安云岫乖巧地低下头，闭上眼睛，长长的睫毛投在白皙的面庞上，像两片美丽的蝴蝶之翼，微微颤动着。

素欢凑近他，吐气如兰，天地好像一下安静了下来，两个贴近的身影投在水面上，摇曳如画。

雪鸣站在树后，冷眼看着这一幕，哼道："真是个善心泛滥的鬼。"他伸出手，看了看自己孩童的身躯，忽然有些心烦意乱，狠狠一拂袖，转身正准备离去，却在这时，空气中倏然传来一股似有若无的气息，带着清冷的淡香，叫他身子一震，瞳孔蓦睁！那道气息正是他苦苦寻觅的雪蕊元丹！

（五）

安云岫开始频繁"失踪"，回来后就一个人乐呵呵地傻笑，身上的伤也莫名其妙地好了，连秦筱雅也觉得不对劲。

有下人提着灯笼去找安云岫，却在河边看见他对着空气手舞足蹈，兴奋不已。

他刚想凑近细看，林间却闪过一道白影，树枝飒飒作响，如鬼魅般，扑面而来的阴风吹熄了灯笼。

下人吓得将灯笼一抛，跌跌撞撞地跑回府，跪在二夫人和小姐面前一说，把她们也吓得脸色一白。

一些骇人听闻的流言开始渐渐在府中传开，大家都说大小姐的冤魂回来了，心有不甘，第一个就缠上了另娶的安姑爷，等吸干了他的精元后，不知下一个会轮到谁……

窃窃议论中，安云岫依旧笑得没心没肺，叫秦筱雅看着刺眼，积蓄已久的不满彻底爆发。

第二天她就命护院押着安云岫去了安家，买通好的女子站在大堂里撒泼，指着身上触目惊心的伤痕，哭得呼天抢地。

虎背熊腰的护院恶声恶气地道，安相公疯疯癫癫，不仅在外面寻花问柳，还打伤了二小姐，偷走了秦家的地契，这事定要闹得满城皆知。

安家书香门第，最重名声，此话一出，安家上下就白了一张脸。

护院趁机甩出一纸休书，扬言安家只有两个选择，要么签下休书，赔偿秦家一大笔钱财，要么看着安云岫去坐牢，安家也名声毁尽。

安老爷气得嘴唇发抖，正待理论，却看着安云岫躲在了安夫人后面，捂着耳朵，眼泪汪汪："凶婆娘，好凶，天天打我，还不准我上床睡觉……不要回去，我不要回去……"

安夫人抱着宝贝儿子，早已泪洒衣襟，再也顾不上别的，回来就好，回来就好。

素欢站在不远处的阴影里，亦是心疼不已，安云岫通红的双眼不经意地往她那边一瞥，立刻止了泪，眸光一亮，泪痕还挂在脸上，便大声叫着："媳妇，媳妇……"欢喜地向她跑去。

安家众人只当安云岫被欺负折磨得更傻了，纷纷伤心落泪，那秦府护院却在青天白日里打了个哆嗦。

入夜，万籁俱寂。一道身影飘进了安云岫屋里，在他的床边坐下。素欢伸出手，轻轻地抚向安云岫沉睡的眉眼，一寸一寸，目光如水，声音带着酸涩："是我害苦了你……"

空气中传来丝丝清寒淡香，气息缭绕中，雪鸣冷冷现身。

他望着这一幕，一声冷哼，在素欢耳边提醒道："你似乎忘了你出来的目的是什么了。"

素欢眸光一沉，垂首道："我没忘。"

雪鸣拂袖转身："那就跟我回秦家吧，替这傻子讨个公道，也替你自己讨个公道。"

（六）

送走了安云岫，秦府里闹鬼的传闻却并未停息，恰逢七月半鬼节将至，府里阴风阵阵，贴满了符咒，人人惶恐不安。

素欢瞧着又好笑又难过，孤零零地站在院中，任夜风吹过空荡荡的衣袖，心头也跟着一片空。雪鸣冷冷的声音在她耳边响起："你那二娘与妹妹不是什么好人，你这样冒冒失失，小心她们请来法师捉你，将你烧得灰飞烟灭，渣也不剩一点儿！"

素欢叹了口气，望向夜空，声音凉凉："烧就烧了吧，只是可怜了他。"

雪鸣当然知道"他"指的是谁，精致的眉眼瞬即冷了下来，嘲讽道："你们倒是情深意切，原本就要成亲了，可惜人鬼殊途，这辈子怕是无望了。"

素欢一怔，眼眸黯了黯，像被戳中了伤疤，默然不语。

这段时日的相处下来，真不知是她给了安云岫抚慰，还是安云岫给了她久违的温暖。

那干净的笑容像一团光，照亮了她心底的每一个角落，亮得她都快忘了自己的身份。

一个倒霉的女鬼，一个懵懂的傻子，多荒谬，本来就注定不会有什么结果。

望着素欢失魂落魄的模样，雪鸣眸中的刻薄尽皆褪去，他心头懊恼不已，恨不得咬掉自己的舌头，便在一片尴尬的气氛中，他悻悻地刚想开口，素欢却忽然望向虚空幽幽道："你说得对，我本就不该存什么奢望，等查清了死因我就会回到百灵潭，再也不出现在他面前。"

清秀的脸上藏着深不见底的哀伤，素欢转身欲飘然而去，雪鸣却出声叫住了她。

月光下，雪鸣眉眼如画，一向冷傲的脸庞对上素欢的目光，竟生了些不自然的神色。

"后天便是鬼节，我有办法帮你查明死因。"

"真的吗？"素欢眼睛一亮，雪鸣迎着她期待的眼神点了点头，在看到素欢莞尔一笑的那一刻，如一阵清风拂过，瞬间驱散了他心底所有烦恼与不快。

雪鸣的唇角不禁微微扬起，心头一片愉悦，他清声道："其实我已经知道我的雪蕊元丹在哪儿了，等到鬼节那天一切了结，我们……我便同你一道回百灵潭吧。"

转眼便到了七月半，阴风吹，乌云月，鬼门大开。

昏暗的屋子里，纤弱的背影跪在火盆前，一边烧着纸钱，一边瑟瑟发抖，嘴中念念有词："小姐，翠儿不是故意要害你的，你待翠儿一直很好，翠儿也不想的，都是二夫人和二小姐逼着翠儿干的……你要是有怨气，就去找她们吧，是她们逼着翠儿把你推到池里的……"

暗处的一个身影蓦地僵住，素欢咬紧唇，面色惨白。

雪鸣感觉到她的身子摇摇欲坠，连忙伸出手扶住她，口中数落着："真没见过你这么笨的鬼，早就该想到的不是吗？"眸中却满是不忍，"很早以前我就想告诉你了，却又怕你接受不了……这样的家人不要也罢，还不如百灵潭的妖精有情有义，我这就带你回去！"

素欢泪流满面，脑中一团乱，无数画面交织在了一起，她什么都想起来了。

那些她最不愿面对、最想遗忘的记忆，就这样猝不及防地一下被唤起——

那是她成亲的前一天，后花园里，阳光正好，她在贴身丫鬟翠儿的陪同下走到荷花池边。

满池清荷美不胜收，她痴痴凝望着，心中一点点哀伤起来。

对这个家她到底还是不舍的。正当她怅然若失时，肩头被人冷不丁地一推，她回首望去，只看见翠儿那双惊慌却又狠绝的眼睛……

难怪她第一次出现在百灵潭时，就浑身湿漉漉的，从头到脚都滴着冰冷的水。

原来她是溺水而亡。那样明显的证明，也许不是她失忆了，而是潜意识里她拼命抹去了那段记忆，根本就不愿再想起……

（七）

雪鸣陪着素欢去了安家，伤心过后，她终于释然了。

唯一放不下的，只有安云岫，她即将离开，要去和他做一场最后的告别。

星月下，雪鸣默默地看着他们相互依偎，坐在屋顶上，美好得像一幅画。

素欢抚着安云岫的脸，温柔地在他耳边絮絮交代着，说着说着她便忍不住落下泪来，叫安云岫一下慌了手脚。他叫着“媳妇”，笨拙地用衣袖去擦素欢的眼泪，那眼泪却越擦越多，像断了线的珍珠一样，在月下碎了一地。

雪鸣握紧了苍白的手，心头如被什么堵住了，难以呼吸，正犹豫着要上前时，他却瞧见了那情意缱绻的一幕。

如水的月光下，安云岫小心翼翼地吻上了素欢的眼角、脸颊、嘴唇……带着纯真的稚气，像素欢曾经给予他的安抚般，他一点点温柔地吻干了她苦涩的泪水。

素欢身子微颤，脸上染了抹云霞，却不敢动弹，心跳如雷间，只闻到了安云岫身上散发的清寒气息，如晨曦之露，带着淡淡的馨香，萦绕着她全身。

两道身影在屋顶上拥吻在了一起，月下交缠的画面如梦如幻，安宁静好得叫人不忍打扰。

暗处的那身白衣久久伫立着，握紧的手一点点松开，眉眼满是落寞，雪白的脸上透着说不出的不甘与颓然。

短暂的相处后，到底是该分别的时刻了。

安云岫在素欢怀中睡去后，雪鸣冷冷现身，看着素欢失魂落魄的样子，嗤之以鼻：“你这副模样倒真像极了天上的嫦娥仙子，我看她成天抱着姑姑坐在桂花树下，也是你这要死不活的样子。一个两个都是这样，可见情啊害人不浅，当真是天底下最麻烦的东西，我这一辈子都不想沾惹上。”

素欢木然地眨了眨眼，抬头望向雪鸣，轻声道：“你拿到了雪蕊元丹吗？”

雪鸣哼了哼，没好气地道：“还不是为了你最后的心愿，现在也道过别了，我这便取出雪蕊元丹！”

素欢这才似回过神来，怔怔问道：“你的元丹在……”

雪鸣一声冷哼，挑眉望向沉睡的安云岫：“我的元丹就在他肚子里。”

一切都源于两个月前的那个花灯节。

雪鸣路经渝州城，在飞过城里最高的摘星楼时，却与一条正要下凡的青龙迎面撞上，一颗元丹不慎掉了下去。那一点荧光坠入夜色，瞬间消失在了行人如织的夜市上。

他头昏日眩下不及细看，便被强大的冲力荡到了一片树林上空，一头栽了下去，醒来时，他已经变成了六七岁的孩童模样。

那青龙被他那一撞，也不知所踪，但他已无暇顾及，只一心想找到自己的雪蕊元丹。

就这样在渝州城里苦苦寻觅了两个月，那夜在河边他终于发现，那清寒之气就是从安云岫身上散发出来的。

那个花灯节上，素欢和安云岫撞上，一片混乱中，安云岫阴错阳差地吞了那从天而降的元丹。凡人的躯体哪儿承载得了这颗仙丹，安云岫回家挥笔画下素欢后，便昏昏沉沉地生了场病，嘴里念念有词地抱着画像不松手。

安老爷安夫人只道儿子相思成疾，赶紧上秦府提亲，只盼能好好冲一冲喜。

却不想，成亲前一天，素欢溺水而亡的消息便传来了，安云岫在病中听闻后大受打击，一口鲜血喷出，不省人事。醒来后，他便成了个傻子，只知道叫着："媳妇，媳妇……"因为体内的元丹，他也和寻常人不一样，能够看到身形缥缈的素欢。

素欢脸上一片惨白，难以置信地摇着头。

雪鸣哼了哼，却到底软了口气："你放心，只要我取回元丹，他便会好起来，恢复成以前的安云岫。"

素欢神色一动，抬起头还来不及欢喜，雪鸣接下来的一句话却叫她如坠冰窟。

"但他会忘记吞下元丹后发生过的所有事情，包括你们在花灯节上的相遇，更包括你们在一起的点点滴滴。"

素欢身子一颤，雪鸣却盯住她的眼睛，一字一句道："他的生命里将再也不会有秦素欢这个人，他会把你忘得干干净净。"

（八）

百灵潭，天上下了点儿小雨，打在水面上，泛起阵阵涟漪。

素欢孤影伶仃地站在潭边，雨水划过睫毛，顺着她的脸颊流下，一片冰冷。

如今的安云岫已经不记得她了。

"怎样才能不难过？我也想忘了他，可我又舍不得忘记。"

仿佛大梦初醒，迷雾散尽，她找到了死因，却宁愿从不曾知晓，她快活过，现在却只能独自守着回忆。空荡荡的天地间，到头来还是只剩下了她一个人。

身姿挺拔的少年一袭白衣，撑着伞站在不远处，默默地注视着那个伶仃背影。

他终于变回了原本的模样，俊美非凡，她却失魂落魄地视而不见。

她的一颗心全在那个人身上，他陪了她这一路，到底没在她心底留下半分。

雪鸣苦涩一叹，也罢，过几日他便要飞升成仙了，本就该无牵无挂地离开。

怅然若失间，“扑通”一声传来，雪鸣猛然一看，素欢竟一头跃进了潭里，水花四溅。

他瞳孔骤缩，飞身扑去：“不要！”

从潭里救起素欢后，雪鸣浑身是水，破口大骂：“怎么会有你这样笨的鬼，你想不开也不用跳河自尽啊，你已经是个鬼了，怎么可能再淹死第二次！”

素欢躺在他怀里，脸色苍白，如失了魂般喃喃道：“我，我想起来了，我想起来了……”

在她投入水里的那一刻，心弦触动，一切她都想起来了！

她浑身颤抖，望向雪鸣，一张脸笑得比哭还难看：“原来，原来我是自杀的！”

那场溺水背后的真相竟是这样荒唐可悲。

她原来什么都知道，二娘来买通翠儿时，她阴错阳差地没有喝那杯茶，躺在床上什么都听见了。她们要害死她，让妹妹秦筱雅顶替她成为新娘，嫁给安云岫。

那时她的心便彻底凉了，这些年孑然一人的孤单尽数涌上心间，她闭着眼睛泪流满面。

也许当母亲逝世时她便该跟着一起离开的，反正活着和死了也没有什么区别，这冰冷的世间没有给她一丝温暖，倒不如死了干净。

于是，带着这样的念头，她不动声色地配合着她们的计划。当被推下去的那一刻，她只有无尽的解脱。

可翠儿却在最后关头不忍心了，叫了声“小姐”便要拉住她，但她已经生无可恋了，她自己故意一脚踏空，在翠儿惊慌的眼神中滑了下去。

翠儿哭天喊地地想唤人来救她，府中上下心照不宣地接了吩咐，却没有一个人敢来。

她就这样淹死了。不是被翠儿推进了池里，而是自己心甘情愿地自尽了。

“原来我是自杀的，我是自杀的，我想起来了，我全都想起来了……为什么，为什么娘亲死的时候，不把我也带去了，为什么让我一个人在世上孤苦伶仃，从来都没有人要我好好活着，终于等到有人来爱我，我却已经死掉了，为什么……”

素欢埋在雪鸣怀中，哭得昏天黑地，雨越下越大，那凄楚的哭声飘在寒风中，尽情控诉着这世道的凉薄与不公，仿佛要将心中压抑多年的委屈全部宣泄出来。

雪鸣听得心如刀割，他紧紧搂住颤抖的素欢，不知不觉也泪盈于睫：“不要哭，不要为了那些人哭，他们都对你不好，我对你好，我对你好……”

（九）

在飞升前一天，雪鸣提着两坛酒去找了孔澜。

“骚孔雀，你说如果一个人看到另一个人伤心难过，自己也跟着不开心，那是为什么？”

孔澜打了个酒嗝，凑近雪鸣，笑得贼兮兮：“是一男一女吗？”

雪鸣推开孔澜的脑袋，做贼心虚地点了点头，孔澜一拍大腿：“那还不简单！这就是凡人说的红尘情爱呗，剪不断理还乱！”

雪鸣闷声不语，忽然心烦意乱地抓起酒坛，仰头一饮而尽。

身边的孔澜醉得东倒西歪，开始天南地北地胡扯了：“你这个来问我就问对了，想当年我可是万花丛中过，片叶不沾身……”

孔澜吹着吹着，一道乌影杀来，雪鸣的酒登时醒了一半：“乌丫头。”

满身煞气的乌裳眼睛一瞪，雪鸣赶紧改口：“大嫂！”

乌裳面如寒冰：“你把素欢那丫头怎么了？跟你回来后她就没笑过，男人果然没一个好东西，这笔账改日再和你算！”她说着上前一把拧住孔澜的耳朵，骂骂咧咧地就把他抓了回去。

雪鸣哭笑不得，望着他们远去的背影，摇了摇头，悠悠地叹了口气：“是不是陷进去的人都会和我一样傻？”

静谧的夜色中自然没有人回答他，他抬头看向天边月色，萧索一笑：“姑姑，鸣儿只怕回不去广寒宫了。”

春妖座前，雪鸣抱着昏睡的素欢，声音坚定：“我已经决定了。”

“飞升在即，这么多年的等候功亏一篑，你当真不悔？”

“不悔。”

“你历经此劫修为已是折损，若再失去元丹，恐怕就要被打回原形了，也不悔？”

“不悔。”

“即便你把元丹给了她，她醒来后也不会再记得你了，你还不悔吗？”

“不悔。”

低头望向怀中女子，雪鸣低低一笑，白皙修长的手指轻轻抚向她的眼角眉梢。

“笨鬼，你果然说对了，我比你还要可怜，可这又有什么办法呢？感情这种东西，我也说不清，那就不要说了吧，反正你也不会记得我了……”

带着清寒之气的雪蕊元丹飘在半空，散发着点点荧光，缓缓漫进了素欢的胸前，她苍白的脸上瞬间红润起来。

“希望这一世新生，你能得到自己想要的，不再被这世道抛弃。”雪鸣轻声喃喃，无比留恋地望了素欢最后一眼，挺拔的身躯却开始渐渐透明，如烟消散……

孔澜与乌裳赶来时，只看见素欢沉沉昏睡着，墨发如瀑，呼吸匀长，已脱离鬼形，与正常人别无二致。

春妖一声叹息："当真痴儿。"

素欢的旁边是一只如雪的白兔，柔软的身子贴在她的怀里，眼眸湿濡，长耳微颤，为她带去源源不断的温暖。

（十）

渝州城里最近又出了件大事，秦家大小姐秦素欢又活过来了！

秦家上下被吓得不轻，只当神仙显灵，再不敢欺瞒，在下人们的指认下，二夫人和二小姐锒铛入狱。

恢复了聪明才智的安云岫趁机出面，将秦家先前敲诈过去的大笔钱财尽数要回，他还去了一趟大牢。

秦筱雅在牢房里见到丰神俊朗的安云岫，又惊又悔，涕泗横流地苦苦哀求，安云岫摇了摇头，只说了句："自作孽，不可活。"

秦筱雅当夜就疯了。

素欢成了秦家的当家人，心软的性子到底不忍心，在衙门里为二娘和妹妹求情，她们被免于死刑，改判了流放。

纷纷扰扰的事情总算告一段落，不知不觉中，渝州城的花灯节又来临了。

行人如织，满城烟花中，安云岫与素欢在人群中相遇，明明从没见过，却仿若相识多年。

安云岫清浅一笑，拱手道："在下安云岫，见过小姐。"

第二年春天，安家与秦家再结良缘，举行了盛大的婚礼。

两人琴瑟和鸣，美满幸福。

桂花树下，素欢抱着白兔，依偎在安云岫怀里，浅笑盈盈。

微风拂过，怀里的白兔轻颤了一下，素欢低头安抚，若有所思："总觉得……我好像忘了些什么。"

第五章
茧儿

他要做人上人，要封侯拜相，要世上再也没人能够欺侮他。

但他还要她，枯荣一场，人心一赌，携手一段婆娑岁月。

（一）

古木参天，水雾缭绕，直入云霄。

树上结满了五光十色的灵茧，灵茧有大有小，个个散发着柔和的荧光，风一吹，便轻轻摇曳起来，发出飒飒清响，远远望去，如梦如幻。

少年跪在树下，蓬头垢面，衣衫褴褛，仰头望向树间的一张脸却是眉目俊秀，带着按捺不住的欣喜："俗子碧丞，千辛万苦才来到这福泽之地，求仙人成全！"

坐在树上的仙人拿着本书，一副懒洋洋的模样，月白的排须流苏带飘在发间，看起来就像凡间长得好看些的纨绔子弟。

他悠悠地打了个呵欠："等了百来年，总不见人来，好不容易才等来你这么一个毛头小子，真是快无聊死了，难道这里藏得太隐蔽了？"

少年一愣，不知该怎么接仙人这番牢骚，还好仙人打完呵欠，想起了正事，伸出手闲闲拨着树上的灵茧，问道："说吧，你要什么？"

这里是百灵潭最隐秘也是最与世无争的一处——有间泽。

传言有间泽里藏古木，古木身上生灵茧，灵茧里面孕育着各种各样的奇物，人世间所有的欲念都能在这里实现。

少年握紧拳头，带着抑制不住的兴奋，眸光大亮：“我要泼天的富贵，要至高无上的权力，要所有人都臣服在我脚下！我要做人上人，要封侯拜相，要世上再也没人能够欺侮我！”

仙人点了点头，宽袖一拂，化出一副弓箭，漫不经心地抛了下去。

“那就在树上挑一个灵茧射下来吧，富贵有命，能射下些什么全看你的运气了。”

少年用力拉开弓箭，望着树上层层叠叠随风摇曳的灵茧，又紧张又激动——

命运就在他手上，他不要再做乱世里任人践踏的蝼蚁，他要站在最顶峰，傲视天下，开辟属于他的一片苍穹！

积聚了全身力量的一支羽箭破空而出，满怀希望地射向了树上一个烟粉色的灵茧，仿佛心有灵犀，他几乎一眼就相中了它。

灵茧应声落下，周身萦绕着光晕停在了半空，少年睁大了眼，屏住呼吸，心跳如雷。

仙人也抬起了眼皮，伸长脖子，看着那半空中的灵茧一点点剥落，散发着烟粉色的荧光，一闪一闪，透着说不出来的蛊惑。

片片碎茧迎风消散，在少年与仙人目不转睛的注视下，茧中物一点点显现，终于在柔光中露出了真颜——竟是一个眉清目秀的小小孩童！她眨了眨眼，长长的睫毛像把羽扇，两片半透明的薄翼呈烟粉色，扑闪扑闪地飞在空中。少年怔在原地，如遭雷击。

空中那抹烟粉身影已扇着两片薄翼，飞到他身边，拉了拉他的衣袖，奶声奶气道：“主人射下了奴，奴会一生一世追随主人。”

水色动人的眼眸讨好地望着少年，少年却难以置信地摇着头，嘴角抽搐，一副濒临崩溃之态。怎么会这样？掉下的竟不是什么开天辟地的神器，不是传说中能够呼风唤雨的宝物，连最不济的金银财宝都不是，竟只是一个还没脱奶的小娃娃！

少年一个激灵，甩开那只胖乎乎的小手，抬头望向仙人，凄楚无比：“能换一个吗？”

仙人摸了摸下巴，笑得像个奸诈的商人：“买定离手，射定离手，你当我这是卖白菜呢？”

少年欲哭无泪：“可我要的是泼天的富贵，是至高无上的权力……”

“好了好了，啰里啰唆的，本大仙累了，带着你射下的小娃娃回去吧，日后一切全凭你自己的造化。”

仙人打了个呵欠，靠着粗壮的树枝躺了下来，将书盖在脸上，再不理会少年，任他在树下闹了半天，最终不甘心地跺跺脚，到底带着半空中可怜兮兮望着他的茧人离去了。

当四周恢复一片寂静后，仙人掀开了脸上的书，坐起身来，望着少年远去的方向啧啧叹道：“真不知是几辈子修来的福，这傻小子居然射下一个茧人来，本大仙可多少年没见过茧人了，真不知该说他命太好还是命太差，也不知日后是件好事还是件坏事……”

话音未落，风中便传来一个声音：“齐灵，说人家啰唆，你自己还不是一样喋喋不休。”

空中朵朵幽莲盛开，一道身影踏莲而来，墨发如瀑，衣袂飘飘——

百灵潭的主人春妖来了。

他衣袍拂动，施施然在树上站定，望着齐灵清浅一笑：“可敢与我打个赌？”

“赌什么？”齐灵弯了眉眼，来了兴致，“赌这碧丞能否实现心中所想，获取荣华富贵，成为人上人。”

“不，”春妖摇了摇头，望向远方，眸光绵长，幽幽叹道，“赌他还会不会再回来。”

（二）

承平三十六年，北陆丹国，相国府邸。

门前挂着琉璃盏，府中红烛喜字，张灯结彩，好不热闹。

这里即将办一场婚事，敲锣打鼓，大摆宴席，为相爷的掌上明珠陆宝筝冲喜。

陆小姐知书达理，娴静温柔，近来却不知为何生了场怪病，醒来后便性情大变，身子也一日不如一日。陆相爷遍寻良医也束手无策，眼看着爱女逐渐消瘦下去，他坐不住了，终是咬咬牙决定为她招个如意郎君。

陆相爷膝下只有一女，招夫婿上门除了向外宣称的冲喜外，更深一层的含义不言而喻，此言一出，立刻引得丹国上下蠢蠢欲动，适龄的男子们个个摩拳擦掌，只盼能娶得陆小姐，踏进相府，从此一步登天。

也不知陆相爷是如何层层甄选的，只知没过多久，相府外就挂出了红灯笼，相府的仆人们开始张罗起大婚之事。

众人多番打听下，终于见到了那个传说中的幸运儿，那是一个雨日，相府门前停了一顶轿子，一只修长的手掀开轿帘，走下一抹月白身影——

是个年轻男子，眉目俊秀，撑着伞走入淅淅沥沥的雨中，他身后跟着一个婢女，着一袭烟粉长裙，两人在蒙蒙细雨中望去犹如一幅山水画。

入赘陆府的年轻人叫碧丞，游历于各国，见多识广，是近几年北陆南疆迅速崭露头角的新秀俊杰。他进陆府时迎面撞上了陆小姐，陆小姐瞪大了眼正要呵斥他，抬起头人却是愣住了，脸上浮起两团红晕，竟是得病后难得的小女儿娇态。

碧丞挑眉一笑，施施然拱手，在陆小姐耳边轻声道了句抱歉，那声音酥酥软软，直钻进了陆小姐心底，又麻又痒。

她跑远几步后还不住回眸去看碧丞，碧丞站在原地，撑着伞，笑得越发温雅。

他身后的婢女低着头，乖巧安顺，眉眼一派宁静。

只是没有人看见，她指尖动了动，数道银光在空中一闪而过，瞬间化作几缕透明的银丝，牢牢附在了那眸光痴迷的陆小姐身上，悄无声息，几不可察。

陆相爷与碧丞关起门来，在房中交谈了一番后，这桩婚事就这样确定了。

陆小姐果然十分满意，听到消息后容光焕发。

碧丞带着他的婢女茧儿便在府里住了下来，只待半月后与陆小姐完婚。

一进房间，关上房门，碧丞就把靴子一蹬，大咧咧地往床上一倒，温文尔雅的一张脸眨眼间就像变成了另外一个人："真是累死老子了，怎么世间女子都爱娘娘腔这一套，折扇一打，只会吟吟诗，作作对，肩不能提，手不能扛的，十个公子九个短命，真是枉费老子一身的血气方刚了。"

茧儿抿嘴浅笑，弯腰麻利地收拾好地上的鞋袜，然后上前熟练地替碧丞揉肩膀，力道不轻不重，叫碧丞舒服得眯了眼。

他哼哼道："怎么样，茧儿，可如我所料？"

茧儿点点头："主人神机妙算，一切皆在掌握之中。"

碧丞得意地露出笑容，闭上眼睛若有所思，却只一下他又睁开了眼，回头抓住茧儿的手，兴致勃勃道："你瞧我这回装得可还像？够不够儒雅？够不够迷人？够不够厉害？"

茧儿眨了眨眼睛，十分配合地回答道："自然是像的，也够儒雅，够迷人，够厉害，总之主人是最聪明的。"

她认真的表情逗得碧丞笑出声来，不由伸手一把搂住茧儿，卷起她腰间长发，嬉皮笑脸道："马屁精！"

茧儿乖顺地任他搂着，水雾蒙蒙的眼中满是笑意。

一晃眼，不知不觉中，他们竟然已经相伴了十年。

（三）

起初碧丞真是对茧儿嫌弃得无以复加，他自己都是孤儿一个，在乱世中吃不饱，穿不暖，怎么还带得了一个奶娃娃？他随口帮她取了个名字，不过是看她从茧里掉出来的，就叫她茧儿，一听就知道敷衍得不行。

可茧儿却欢喜得很，黏着碧丞蹭啊蹭："茧儿，茧儿，这名字真好听，主人对茧儿真好。"

碧丞干干一笑，不动声色地抽出了衣袖。

他们坐在街头，碧丞腹中饥肠辘辘，只瞧着对面店铺刚出炉的包子吞口水。

茧儿巴在他身边，睡得正香，像只温驯的小猫。

碧丞戳了戳她粉嫩的小脸，把她戳醒后，指着对面热气腾腾的包子道："喂，你能不能使个法术，把那边的包子变过来？"

茧儿睁着迷蒙的双眼，摇了摇头。

碧丞不甘心，继续循循善诱："你就不会一点半点的法术？比如说，念个什么口诀，把身子隐了，别人就都看不见你了，然后你就可以大摇大摆地走过去，想拿多少包子就拿多少……"碧丞的声音越说越小，直到无力说下去，因为他发现茧儿眨巴着眼睛，一脸茫然地看着他，简直让他有种对牛弹琴的感觉。

碧丞绝望了。他终于确定，茧儿除了能把一对薄翼变进变出外，没有其他任何本事！他养了一个吃白饭的！

"要你有什么用？老子连自己都养不活，才不要后面跟个拖油瓶。"在心中默默生出这个念头后，碧丞把熟睡的茧儿抱到闹市中，转身悄悄离开了。虽然内心略有挣扎，但他到底不是圣人，没有平白叫人拖累的道理，乱世中人人还是自求多福吧。

回到落脚的破庙，他胡乱啃了半个饼，倒头就睡。却怎么也睡不着，脑海里铺天盖地都是那双水雾蒙蒙的眼眸，那只胖乎乎的小手抓着他，在他怀里蹭着，奶声奶气地叫他："主人，主人。"越想心中越堵，碧丞终于忍不住，深吸了口气，一个鲤鱼打挺，夺门而出，狠狠啐道："奶奶的，就当老子行善积德吧！"

等他急匆匆地赶到市集时，茧儿却不见了踪影。

他左顾右盼，好不容易才找到了那抹烟粉身影，茧儿不知怎么到了东边一处角落里，正被一群人团团围着，议论纷纷。

一拨开人群，他就看见茧儿坐在地上，眼里蓄满了泪水，仰头四处张望着，嘴里还可怜兮兮地叫着："主人，主人……"他瞬间心头一酸，还没来得及开口，就被空中抛下来的一块碎银晃花了眼，他这才发现，茧儿身前竟是一地的铜板碎银，还有人在不停地扔，口中叹着可怜造孽云云。碧丞脑子一热，心跳如雷间，狂喜不已，大步上前一把抱住了茧儿，做出一副激动不已的神情："小妹，哥哥可算找到你了！"

四周人群顿时一片哗然。

茧儿惊喜地扑上去，一声"主人"还没叫出口，便被碧丞紧紧按在怀中，声泪俱下道："就算爹娘都不在了，哥哥也会把你养大，只要哥哥还有一口气在，哥哥就不会让你挨饿受冻！”

他抬起一双泪光盈盈的眼眸，看得围观的一干大娘姑婶心头大悸，纷纷抹着泪掏出钱袋，钱如雨下。碧丞在漫天钱雨中抱着茧儿，幸福得泪流满面。

从此，碧丞终于挖掘出了茧儿的最大用处，开始带着茧儿四处坑蒙拐骗。

奈何好景不长，这一招很快便不能用了。

因为碧丞突然发现，茧儿居然莫名其妙地长大了！不是如凡间孩童般一点一滴地长大，而是每隔几个月就在熟睡中悄然变化，从幼童一下变成五六岁模样，再倏忽变成八九岁模样……如此望风而长，不过两年，碧丞便在一天清晨睁开眼，发现怀里搂着的茧儿长成了一个亭亭玉立的少女——

她揉了揉惺忪睡眼，望向碧丞，粉嫩的脸上露出浅浅微笑，软软糯糯地叫了声："主人。"

碧丞下巴都要掉下来了！

像莫名其妙地长大一样，她一下莫名其妙地就会了很多法术，碧丞这才知道，原来茧人的幼年期只有一到两年，当经历几次蜕变成长，彻底褪去周身稚气后，她们就会一直保持二八少女的模样，不再蜕变。

茧人的灵力与神志是与生俱来的，只是在幼年时期会封印在身体内，等到长大后一身本事就会苏醒过来，如蝴蝶破茧而出，所有灵力将彻底释放出来。

碧丞听得一愣一愣的，茧儿瞪着水灵灵的眼眸望着他，见他半天没说话，正有些忐忑不安时，碧丞一拍大腿，笑逐颜开："还好老子当年没有扔掉你！"

（四）

陆府后花园，喜宴欢庆，烟花漫天。

今夜是陆小姐成亲的大日子，她与碧丞一身喜服，并肩而坐，两人郎才女貌，分外般配。

席间觥筹交错，歌舞曼妙，一袭烟粉薄纱在舞姬的簇拥下款款现身。

茧儿粉面含笑，双袖飞舞，十指灵动间，手中翻飞着无数根闪闪发亮的银丝，那银丝在她手上像活过来一般，瞬息万变，犹如白发三千丈，又如千树万树梨花开，叫人眼花缭乱，目不暇接。高昂的乐曲声中，茧儿这一手绝活赢得了满场喝彩，将气氛推向了最高点。

那陆小姐睁大眼，也看得着迷了，浑然不觉身上几道透明的银丝在慢慢勒紧，随着茧儿的动作一点一点缚住她的纤腰……

碧丞状似无意地瞥了陆小姐一眼，修长的手把玩着酒杯，漫不经心地饮下一杯美酒，嘴边一抹淡笑隐隐浮现。

就在这时，满场琴弦骤断，乐曲声戛然而止，如一个暗号般，碧丞眸光蓦厉，与茧儿眼神碰撞间将酒杯奋力一掷——

茧儿身轻如燕，手中的银丝瞬间汇聚成了一把银剑，携疾风之势，朝正席的新娘直直刺去！身穿喜服的陆小姐立刻大惊失色，正要躲闪，她身上却忽然银光大作，透明的银丝越勒越紧，紧紧束缚着叫她不得挣脱，陆小姐痛苦皱眉，仰头发出了一声怪叫，竟不似人声，而是某种禽类的惨呼！

就在茧儿手中银剑刺向她的一刹那，一缕青烟在电光石火间挣脱出了陆小姐的身体，蹿向半空，扑翅欲飞。还没来得及逃之夭夭，茧儿扬手一射，无数根银丝撒向半空，刹那间布下天罗地网，将那缕青烟牢牢缚住，只听得半空传来一声凄惨鸟啼，一道青影便如落线风筝一样，颓然坠下，抽搐着倒在了地上。

这惊心动魄的一切不过发生在短短片刻间，陆相爷出了一身冷汗，紧紧搂住昏迷过去的陆小姐，直勾勾地望着地上挣扎的绿影。

众人也才回过神来，纷纷胆战心惊地围过来看，一看之下，个个猛地变色！

地上挣扎的绿影竟是一只巨大的绿毛鹦鹉！它浑身上下被银丝牢牢缚住，喉咙里不住地发出怪叫，漆黑的眼珠子死死瞪着茧儿，骇人不已。

有眼尖的婢女识出，一声叫道："这不是小姐收养的鹦鹉吗？前些日子不见了，还以为飞走了，原来……"

原来竟是附在了陆小姐身上，鸠占鹊巢，妄图取而代之！

难怪陆小姐生了场怪病，醒来后性情大变，行为也越发古怪，原来她竟是被这妖物乘虚而入，占据了身体！

众人啧啧称奇中，一身喜服的新郎扬眉一笑，朝陆相爷拱手道："碧丞不辱所托，这妖物已被打回原形，陆小姐再不受其牵制，只需好好调养，一清浊气，不日就会康复无碍，相爷无须担心。"

陆相爷舒了口气，命仆人将陆小姐扶下去歇息后，对着碧丞拊掌大笑，心悦诚服道："好！不愧是北陆南疆鼎鼎大名的捉妖师，老夫此番总算见识到了！"

几个月前，陆相爷派人请到了碧丞，求他出手搭救他的宝贝女儿。

陆小姐的异样陆相爷早有察觉，却一直不动声色，他先前已暗中找过不少高人，那些法师看出了陆小姐被妖物附身，却都没有十足把握能斗过那妖孽。

那妖孽在陆小姐体内，一日日吸食陆小姐的精气，壮大自身，妄图将陆小姐的芳魂斗死，永远占据这具躯壳，做陆家高高在上的千金小姐，享尽荣华富贵。

若是轻举妄动，将这妖孽逼急了，恐怕它会伤害到陆小姐，穷途末路下更不惜与陆小姐玉石俱焚。

陆相爷爱女如命，怎么敢冒这个风险，于是他多方打听下终于找到了碧丞。

书房中，陆相爷望着碧丞，抚须笑道："老夫曾说过，事成之后，许你一愿，你如今可想好了要什么？"

碧丞眼眸一亮，俊秀的面容更显意气风发，陆相爷在心中暗暗点头，他几乎可以猜到这年轻人接下来的回答是什么。

不外乎是做他陆相府的乘龙快婿，抱得美人归，从此平步青云，坐享锦绣前程。

陆相爷笑眯眯地等着碧丞说出这番话，他准备先端端架子，然后恩威并施地松口答应——事实上他早就看中了碧丞，对这乘龙快婿也甚是满意。

可叫陆相爷没有想到的是，碧丞颔首开口，声音清朗，一字一句道："只盼相爷将我引荐给神巫大人。"

（五）

圣女珠澜，北陆诸国这一代的神巫，她半年前来到丹国，扬言得仙人托梦，要在丹国选出上天为她指定的接班人。

神巫的名头由来已久，传说是连接天龙与地龙的使者，天龙是天上的神明，地龙便是地上的君王。

神巫身份特殊，具有呼风唤雨的本事，在整个北陆享有至高无上的地位，各国君主见了神巫都得恭敬行礼，不得怠慢。

碧丞千里迢迢赶赴丹国，区区一个丞相女婿的位置，怎么满足得了他的雄心壮志？

他醉翁之意不在酒，此行的目的，正是神巫珠澜！

一路直往神巫的宫殿而去，茧儿跟在碧丞身后，打量着庄重肃穆的四周，无来由地有些紧张。

碧丞却是踌躇满志，兴奋又激动，他不经意地回头望了眼茧儿，立刻一声低喝："快收起来！"

茧儿慌忙应了一声，原来她方才紧张之下，不小心伸出了背后的两片薄翼。

见她刚将薄翼收进去，碧丞松了口气，转身迎头就撞上一头小鹿。

那小鹿通体雪白，眉心一点嫣红，明明个头娇小，却将碧丞撞得一个踉跄，险些栽倒。

碧丞骂骂咧咧地站稳身子，一抬眼那头白鹿却不见了，前方带路的宫女仿佛无知无觉，依旧面无表情地走在前面。

碧丞揉了揉肩膀，自认倒霉地嘀咕道："神巫的宫殿里居然有畜生乱跑，真是稀罕事，老子见完神巫就把你捉来炖了吃！"

他说着加快脚步跟上宫女，身后的茧儿却怔怔地望着白鹿消失的方向，有些怅然若失。

她刚刚……似乎看见那白鹿一边跑一边变大，眨眼间就幻化成了一身白衣……一双漆黑的鹿眸似乎还回头看了她一眼……

深不见底，叫人心头发颤。

一踏进殿门，碧丞便按捺不住内心的喜悦，与茧儿依礼跪下："见过神巫大人。"

"你便是陆相口中的捉妖师，碧丞？"神巫懒懒问道，却不等碧丞回答，便接着道，"我有一个问题想要问你。"

碧丞低着头，屏气凝神，神巫顿了顿，冷哼道："你说谁是畜生？谁在宫中乱跑？你要把谁捉来炖了吃？"

接连的几声喝问让碧丞措手不及，他心下一惊，错愕抬头，这才看见神巫珠澜的真颜——

座上的女子白衣胜雪，倚在座上，眉心一点嫣红，一双漆黑的眼眸宛如小鹿般清澈明亮，此刻正似笑非笑地望着碧丞，妩媚又凛冽。

入夜，月白风清，偌大的神巫宫殿一片悄寂。

房中暖烟缭绕，碧丞搂着茧儿睡得正香。

虽然茧儿已是少女之身，可碧丞还是习惯搂着她睡，汲取她身上的温暖，他还抱怨过，茧儿长大后就没有小时候搂着舒服了。

书上写着男女授受不亲，茧儿曾缩在碧丞怀里，懵懂地问碧丞，碧丞咳嗽两声，故意粗声粗气道："我和你又不同，你是从茧里掉出来的，还是被老子一手带大的呢！再说，我是孤儿，你……姑且也算个孤儿，两个孤儿在一起，晚上互相搂着睡就不会冷了。"

茧儿点点头，觉得碧丞说得有道理——即使没道理，只要是主人说的，也是有道理的。

他们在神巫殿住了下来，虽然碧丞第一次见面就冒犯了神巫珠澜，但珠澜显然对碧丞很有兴趣，说要将他留下来考验考验，若是碧丞尽皆通过，就有希望成为神巫的接班人。

碧丞大喜，出了殿门就抱着茧儿兴奋地转起了圈，茧儿也十分高兴，主人的心愿就是她的心愿。

这些年她陪着碧丞奔波在北陆南疆一个个国家间，为碧丞收服了各种各样的邪魔妖物，助他一点点打开名声，渐渐在乱世中占据了一席之地。

如今，主人的多年心愿终于就要达成了！

可不知为什么，自从在神巫殿住下，茧儿晚上就总睡不踏实，还好有碧丞在身边，有时半夜惊醒，茧儿就会紧紧地抱住碧丞，在碧丞怀里蹭了又蹭，才能安心睡去。

碧丞却没有那么多时间理茧儿了，以往他们形影不离，现在碧丞却整天和神巫珠澜待在一起，听珠澜教他各种天文地理，俨然一副大力栽培他的模样。

碧丞听得很认真，他机灵聪敏，许多东西一学就会，神巫珠澜对他更加喜爱了。

可每次回来碧丞都累得倒床就睡，连和茧儿说话的时间也没有了，茧儿开始有些寂寞了。

直到有一天，碧丞兴冲冲地来找她，说神巫终于给他布置任务了，珠澜要他去找一件仙彤衣，能在十日之内找到就算完成任务，通过考验。

茧儿一愣："仙彤衣……"

碧丞兴致勃勃地，说他已经动用了一切人脉，去诸国各大绣庄问询了，其他相关的古籍孤本也在同时翻阅查看了，相信很快就会有消息！

茧儿看着碧丞踌躇满志的背影远去，她张了张口，却一句话也说不出来，失神的模样像丢了魂似的。

眼前闪过了神巫珠澜的那双鹿眸——她怎么会知道仙彤衣？

既然知道，她又为何要叫主人去寻？难道她不知道这天上地下再没有一件现成的仙彤衣了？

（六）

有间泽，古木参天，微风轻拂。

云烟缭绕的昆仑镜中，一袭烟粉纱裙的茧儿怔怔地伸出手，摸向自己的长发，水雾蒙蒙的眼底一片茫然。

"老妖，你说这傻茧人会那样做吗？"

昆仑镜外，齐灵与春妖比肩而立，一位灵秀，一位清冷，却都是足以入画的两道背影。

春妖淡淡道："你明明知道答案。"

齐灵长叹了一声："就不该和你打这个赌，我时时盯着昆仑镜，盼着里面风起云涌，可当局面一点点倾向我，我这个赌快要赢时，我却并不见得有多高兴。"

春妖摇了摇头，面淡如水："此刻断论怕是言之尚早，胜负未必可知。"还不待齐灵反驳，春妖便转头望向他，眸中升起一丝戏谑，"这白鹿精不会是你设的障吧？"

齐灵一声"呸"道："当然不是！你瞧我像是那种使诈作弊的人吗？"

春妖淡淡瞥了他一眼："我瞧着很像。"

齐灵气结，正要开口时，昆仑镜中又闪现出了新的画面——

离十日期限越来越近，仙彤衣的下落却还是没有一点儿线索，碧丞开始着急了，这是神巫交给他的第一项任务，他万万不能失手！

在期限的最后一夜，碧丞已经是焦头烂额，茧儿看着他在屋里来回踱步，嘴中喃喃着面见神巫时的说辞，一脸痛苦绝望的表情。

茧儿终于忍不住，上前轻轻安抚碧丞，在碧丞惊诧的眼神中柔声开口，似乎下定了什么决心："主人别着急，我……我有办法向神巫献出一件仙彤衣。"

昆仑镜外的齐灵叹了口气，这傻茧人到底还是踏出了这一步。

无数根茧丝从指尖吐出，茧儿十指翻动着，神情肃然地织绕着手中的茧丝。

那些茧丝五颜六色，绚丽异常，像是将天边的云霞扯了下来，泛着七彩荧光，一丝一缕地汇聚成了一件衣裳。

随着手中银丝不停地催动，茧儿的脸色越发苍白，她背后的一头乌发也在悄无声息中起了变化……

当第二天清晨，茧儿捧着衣裳疲惫地推开门时，碧丞还来不及欢喜，便震在了原地——

茧儿的一头青丝竟一夜变白！

长长的白发包裹着茧儿纤秀的身子，她抬起头，将手上流光溢彩的衣裳递给碧丞，苍白的脸颊对着碧丞笑了笑，声音虚弱："主人，快去把仙彤衣献给神巫吧。"

没有人知道，一件仙彤衣要耗损一个茧人多少的灵力，一夜白头也不过是意料之中的事。

"真是个傻子！"齐灵在镜外低声骂道。春妖沉默了许久，沉吟道："我记得元芜殿的白衡仙君曾有一件仙彤衣，也是茧人一族所制，可惜……时过境迁，没想到过了千百年，茧人一族的痴情却始终不改。"

镜中的茧儿被感动的碧丞紧紧搂在怀中，碧丞红了双眼，声音都哽咽了，茧儿却在他怀中浅浅一笑，水雾蒙蒙的双眼写满了心甘情愿。

但一切尚未结束，正如昆仑镜外的两位旁观者所料——

碧丞再次来找茧儿了。

这次却什么也没说，只搂紧了茧儿的纤腰，在她耳边喃喃道："两个孤儿搂在一起睡就不冷了。"

碧丞却睡得极不安稳，眉头都皱在了一起，仿佛正做着什么噩梦。

他忽然从梦中惊醒，失声道："我不会答应的，不会答应的……"

茧儿吓了一跳，抬眼望向碧丞，碧丞看着她盈盈若水的双眸，心头一颤，竟不敢再望。

白日里神巫召他，与他闲话家常，说自己夜里短视，缺一对夜明珠照明，他自然赶紧拍着胸脯表示，愿为神巫去找一对最好的夜明珠。

却没有想到，神巫懒懒打断了他的话，自座上起身，凑到他身边，慢条斯理道："世上最好的夜明珠，是你家婢女的一双水眸。"

那声音带着蛊惑，一下击中了碧丞的心，他猛地抬起头，不可置信地看向珠澜。

珠澜不闪不躲，弯起嘴角妩媚一笑，眉心的嫣红艳得醉人。

（七）

夜深人静，庭院里月光满地，竹影斑驳。

碧丞睡不着，披了件单衣就悄悄出来了，他凝眸望着夜空，狠狠呼了口气，似乎想将心头浊气一吐而光。

远处传来悠悠笛声，一头白鹿身姿优美地踏月而来，仿若在风中翩然起舞，那双鹿眸含情脉脉地望向碧丞——

极其诡异，也极其美丽的场景，碧丞却微微皱了眉，眸光几不可察地冷了下来。

茧儿来为碧丞送衣服时，正好瞧见了这月下的场景。

她醒来时发现碧丞不在身边，想着他可能在院中散心，晚上寒气重，她便起身取了件厚衣裳给他送来，却没有想到在暗处听到了那样一番对话。

神巫的短短数语叫她听得心惊肉跳，彻底明白过来，耳边是碧丞不悲不喜的声音："丹国君主的位子，的确是个很大的诱惑，可是，为什么……"

碧丞倏然拔高音调："为什么一定要……"

"不为什么，因为我喜欢。"珠澜懒懒打断碧丞的话，"因为我比你强，这个世道从来都是强者的天下，你不是一直想做强者吗？你甘心在这个时候抽身而退吗？”

她似乎在一步步走近碧丞，声音如冰冷的毒蛇，直逼人心。

“想做强者，想攀上最高峰，就不该有牵绊，你的软肋是敌人最喜欢的东西，他随时能抓住它给予你致命一击。”

“高处不胜寒，没有人告诉你，每一代神巫其实都很寂寞吗？凡事总得付出一些代价，通不通得过考验全凭你自己。”

一阵夜风将这些话吹散开去，茧儿捧着衣服的手揪得紧紧的，一颗心似沉入万丈深渊。

碧丞一脸平静地回来了，没过几天，他就开始收拾行李，对着怯生生的茧儿笑道："想来想去老子到底不适合追名逐利，还是做个捉妖师，逍遥自在来得好。"

碧丞笑眯眯地将茧儿揽入怀中，絮絮叨叨地说着话，不能说他掩饰得不好，只是茧儿太了解他了，了解他所有的言不由衷和那些深埋多年的宏图抱负。

茧儿怔怔地听着，眨了眨眼，眸里起了水雾。

她向碧丞点了点头，转身回房去收拾东西，可这一去却去了好久好久，碧丞等得不耐烦了，正要开口唤茧儿时，门推开了——

一只苍白的手颤颤巍巍地伸出来，染满鲜血的手心缓缓摊开，一对晶莹剔透的水珠瞬间艳光四射。

那样波光潋滟的色泽，美得叫人移不开目光，世上再没有比这更好的夜明珠了。

茧儿脸上是两道可怖的血痕，她“望”着碧丞，温柔地笑了笑，依旧是轻轻的一句："主人，快拿去献给神巫大人吧。"

昆仑镜外的齐灵别过头，不忍再看，春妖面色淡淡，却也一声轻叹。

人的欲念是无穷无尽的，一旦开了头就收不了手，只会索要得越来越多。

多可惜，这个简单的道理，单纯且痴情的茧人是不懂的。

（八）

十月初八，丹国上下一片欢庆，宫中烟花漫天，热闹非凡。

当今国君与陆相一样，膝下都只得一女，今夜便是公主大喜的日子。

碧丞以神巫接班人的身份迎娶公主，成为丹国的驸马，未来的皇位继承人。

满宫的欢声笑语中，却有一个地方是冷冷清清的。

漆黑的屋子里，茧儿在床上摸索着，不小心摔了下来，她忍着痛挪到门边，将耳朵贴在门上，听着外面的烟花丝竹声，痴痴一笑。

门却忽然打开了，一道身影如幽灵般飘进，居高临下地站在了茧儿面前——

是一袭盛装的珠澜。

她冷冷地望着趴在地上的茧儿，见茧儿瑟缩着身子抬起头，双眼蒙着白布，脸上带着惊喜，小心翼翼地问道："是主人吗？"

珠澜冷哼了一声，眸中有怜悯，有嘲讽，更有一种无以名状的怨毒，她仿佛透过茧儿看到了另一个可怜人的影子。

声音刻薄地响起，一字一句："真是作茧自缚，愚不可及。"

喜宴上，碧丞穿戴一新，丰神俊朗。

这梦寐以求的一天终于到来时，他神情却有些恍惚，举目望去，人人脸上都是笑容，一切却似乎不那么真实。

他低头看了看自己的双手，怅然若失，便在这时，神巫珠澜一袭盛装，拖着长长的衣摆走近他，附在他耳边轻声道："恭喜驸马，只是我还有一件事情要你去做，这是对你最后的考验。"

碧丞霍然抬起头，珠澜笑望着他，轻启薄唇："不知你有没有听说过，古木生茧，茧中人浑身都是宝，一双薄翼更是无价之宝。"

话音刚落，珠澜便蓦然转身，对着看守祭台的人打了个手势，祭台上的红绸布猛地被掀开——

满堂哗然，祭台上吊着的竟是一头白发的茧儿！

她双眼蒙着白布，背上伸出两片烟粉色的薄翼，在风中微微颤动着。

珠澜扬眉扫过众人，高声道："这就是我们今日祈福的祭品，请丹帝与驸马分别斩下这灵兽的两片薄翼，以贺公主大婚，佑国泰民安。"

说话间，已有侍卫为丹帝送上锋利的刀刃，搀扶着他登上祭台。

满场喜庆又庄重的氛围中，碧丞站在人群里，双手不可抑制地抖动起来，珠澜在他身边懒懒开口："你放心，个中利弊我均已向她陈明，她是自愿的。"

碧丞胸膛起伏着，眼睛眨也不眨地盯着祭台，涩声道："没了双翼她会怎么样？"

"不会怎么样。"珠澜把玩着手里的两颗夜明珠，眼眸含笑。

碧丞抬手一指，呼吸急促："那是什么？"

高高的祭台旁不知何时支起了一个铜鼎，花纹古朴，下面的柴火烧得正旺。

珠澜瞥了眼，漫不经心道："炼丹炉。"

碧丞遽然转过头，瞳孔骤缩，珠澜无视他眸中的精光，依旧是似笑非笑的模样。

“你该感谢我，留着一个没了灵力，没了眼睛，没了双翼的白头怪物在身边，想必你也不好受，等祭完天后我就会把她投入炼丹炉，炼化成一颗茧丹，不仅物尽其用，你也再无后顾之忧。”

祭台上忽然传来一声痛呼，丹帝握着刀，已经将茧儿的一片薄翼硬生生地割了下来，虽然极力忍耐着，茧儿却还是在薄翼撕裂的那一瞬间惨叫出声。

割下的那片薄翼晶莹剔透，迅速被搁放在了早已备好的水晶中保存，茧儿咬紧唇，鲜血淋漓的后背孑然立着剩下的一片薄翼。

那一片，要由驸马碧丞亲手割下，染了血的刀已经递至他的手中。

“去吧，你只差这最后一步，莫要妇人之仁。”

珠澜推了推碧丞，碧丞拿着刀踉跄而出，喉头滚动着，红了一双眼。

所有人都望着他，他深吸了口气，将眸中涌上的热流硬逼了下去，艰难地一步一步走近祭台。

祭台上的茧儿似有感应，苍白的脸颊“望”着碧丞，张了张嘴，无声地唤了句：“主人。”

碧丞身子一震，铺天盖地的酸涩漫过胸腔，耳边响起了那年在有间泽，少年信誓旦旦的声音——

我要泼天的富贵，要至高无上的权力，要所有人都臣服在我脚下！我要做人上人，要封侯拜相，要世上再也没人能够欺侮我！

风吹过茧儿的白发，纷飞的发丝刺痛了碧丞的眼，无数画面在他眼前纷沓闪过。

第一次在有间泽射下茧儿，她扑着一对烟粉色的薄翼，飞到他面前，奶声奶气地开口，不顾他黑着的一张脸，讨好地冲他笑：“主人射下了奴，奴会一生一世追随主人。”

后来带着她在乱世中挣扎求生，幼年的茧儿依偎在他身边，两人在街头对着一笼刚出炉的包子流口水，却无计可施，他对这个什么也不会、只会拖累着他的拖油瓶嫌弃至极。

长大了些，他终于忍不住，想将茧儿扔在集市，彻底甩掉这个负累，却到底良心不安，一奔到集市，就看见茧儿可怜兮兮地在地上爬，满眼的泪光他至今还记得。

再后来，她长成了二八少女，美丽得像枝头初绽的花骨朵，有了灵力有了本事，却仍旧对他百依百顺，像他冬天袖中的手炉，无微不至地温暖着他的生命，为他梳头，为他按肩，为他捉妖，照顾他一切的生活起居，从不喊累从不叫苦，永远只会温柔地对他笑。

他跑到丹国来谋划大计，迷惑了相府小姐后得意扬扬，向她讨夸奖，她也不嫌他幼稚，笑吟吟的一张脸配合得一本正经，夸他说：“主人自然够儒雅，够迷人，够厉害，总之主人是最聪明的。”

他们十数年来相依为命，不曾离开过一天，夜里总是搂在一起睡，她懵懂单纯，好奇地问他，书上明明写着男女授受不亲的，他故意粗声粗气地回答道：“我和你又不同，你是从茧里掉出来的，还是被老子一手带大的呢！再说，我是孤儿，你……姑且也算个孤儿，两个孤儿在一起，晚上互相搂着睡就不会冷了。”

是啊，这些年走南闯北，无论是苦是甜，她都陪在他身边，夜里那么黑，他们两个孤儿搂在一起睡就不冷了，搂在一起睡就不冷了……

碧丞忽然仰头发出一声凄厉长啸，将手中的刀狠狠地掷在地上，双眼血红地吼道：“老子不干了！老子不要了，什么都不要了！”

他在众人震愕的目光下，跌跌撞撞地冲上祭台，脸上已落满了泪，他不管不顾地去解茧儿的锁链，泣不成声道：“老子只要你，只要你！”

他扭头冲神巫吼道：“快放开，快放开我的茧儿，她是我的，是我的，我什么都可以不要了，我只要她，你这个疯婆子快放开她……”

在碧丞疯狂的举动中，众人还来不及有所反应，珠澜已经一挥衣袖，满场顿时定住，人人像被冰封住了一样，一动不动。

刹那间，整个皇宫就只有他们三人能够活动。

珠澜看着祭台上的碧丞与茧儿，像是松了口气，又像是不甘心：“你到底不忍……”

她眼眶一涩，怨毒的双眸起了泪花：“如果当年他能在最后收手，我也不会恨了这么多年……”

这场关乎生死的考验终于结束，碧丞该庆幸，他不仅救了茧儿，也救了自己。

世事轮回，当年珠澜尚不是神巫的时候，也曾如茧儿一样痴心过。

只是当年，她没有那么幸运，直到最后一刻，那个男人也没有回头。

她眼睁睁地看着自己的一张鹿皮被完完整整地剥了下来，她并非天生白鹿，而是一头梅花鹿，被上一代神巫救下后，她脱胎换骨，一身漂亮的花色却再也回不来了，只剩下惨白的皮子和一颗伤痕累累的心。

刀子是从眉心破开的，那只好看的手毫不留情地按着她，从那里一点点撕开她的鹿皮……

有多痛她已经忘记了，可眉心的伤口结了血痂，却再也无法冲淡，化作了一点嫣红，在每日照镜时都无情地提醒着她，再也不要做那愚蠢的痴心人。

她设下这近乎一样的局，看着碧丞与茧儿在局中挣扎，自得其乐，获取一种残忍的快意。

还好，这一回的结局，终是改变了。

珠澜仰头大笑，眉眼间是说不出的悲怆，她忽然一拂袖，半空中陡然浮起几道荧光，荧光中包裹着一件仙彤衣，一对水珠，一片薄翼。

“带着这些离开吧，将她送回她出生的地方，看守那的仙人或许能帮到你们。”

珠澜转过身，凄然一笑：“走吧，趁我没有反悔之前。”

（九）

有间泽，古木参天，云烟缭绕。

春妖将昆仑镜收进了怀中，看向齐灵：“你输了。”

齐灵笑道：“还好是我输了。”

他抬首望向天边，深舒了一口气，似乎受到了什么触动，喃喃道：“老妖，我忽然很想念一个人。”

春妖淡淡一笑：“我知道。”宽袖一挥，空中绽放开朵朵幽莲，他在风中踏莲而去，只遥遥传来一声：

“那个人如今应当是最后一世历劫了，你在这里躲避了几百年，也是时候去会一会故人了。”

而这里，也将换一个守护者了。

树上结满了五光十色的灵茧，灵茧有大有小，个个散发着柔和的荧光，风一吹，便轻轻摇曳起来，发出飒飒清响，远远望去，如梦如幻。

碧丞躺在树间，枕着头望着一个烟粉色的灵茧，唇角微扬。

那是茧儿曾经剥落下来的茧衣，被齐灵收着，如今派上了用场。

那日他抱着茧儿来求齐灵，齐灵将奄奄一息的茧儿和仙彤衣、水珠、薄翼全部封进这个茧里，让茧儿休养重生。

齐灵说这个过程可能会比较长，不知要等多久茧儿才能再次苏醒过来，可不要紧，他愿意等，愿意守在这片有间泽，陪着她度过一个个春夏秋冬。

终有一天，他的姑娘会再次从茧里掉出来，扑着烟粉色的薄翼，对他嫣然一笑。

第六章

齐灵

人生在世，如身处荆棘之中，心不动，人不妄动，不动则不伤，佛曰，放下，自在。

可三千年的执念，怎能说放就放得下呢？

（一）

齐灵离开百灵潭时，换回了在天上常穿的一袭墨衣，他面上含笑，灵秀中带了几分邪气，恍然间又回到了元芜殿中那任情恣意的模样，云雾缭绕间，他依旧是那位天不怕地不怕的妙棋灵君。

春妖负手而立，眉眼淡淡："见到故人替我问声好，他日若我三人有缘再聚，元芜殿中再把酒言欢，下完当年未竟的那盘玲珑棋局。"

"那是当然！"齐灵扬眉一笑，漆黑的眼眸不无感慨地看了一眼春妖身后，"到底也在你这守了几百年，真要离开……倒有些舍不得了。"

有间泽从今日起便换了守护者，那个叫碧丞的凡人，得他一口仙气，将在古木间守候百年，等待灵茧里的爱人再度苏醒，破茧而出。

而齐灵也不会再逃避，碧丞与茧儿的故事触动了他，他决定离开百灵潭，去往凡世，寻找梦中记挂的那抹月白身影。

放下心结的齐灵望向长空，唇角微扬，不知在想些什么，他蓦然望向春妖，不羁一笑："老妖，你还有什么要与我说的吗？"

春妖摇了摇头，水蓝色的眼眸波澜不惊，他宽袖一拂，朵朵幽莲在空中绽放开来，一转身，他就这样踏风而去，身影转眼间没入了林间，只留下齐灵在原地傻了眼。

“喂，老妖，你还真这么走了，一句道别的话都不说……”齐灵气急败坏地追出几步，耳边风声飒飒，传来春妖的一声低笑。

“弃我去者昨日之日不可留，乱我心者今日之日多烦忧，见了故人可别再这么沉不住气了，前路茫茫，珍重——”

清越的声音飘散在风中，齐灵哼了哼：“没诚意的家伙。”眸中却含着笑，掩不住漾开一丝暖意与怅惘。

他仰头望向万里长空，深吸了口气，潇洒地踏上了前方的路。

（二）

棋摊摆在东街，五文一局，赢了棋主就能拿走翻倍的钱，多赢多得，许多人跃跃欲试，却纷纷败下阵来。

年轻人吹着口哨，一袭黑衣，发间束着一根月白发带，得意扬扬的模样活脱脱像个纨绔子弟——

这棋主自然就是出来寻人的齐灵了，输在他手里的人甘拜下风，纷纷笑称他就是个棋灵。

齐灵听了，但笑不语，只心中悠悠一叹。

齐灵，棋灵，离了齐真的齐灵，怎么会是完整的棋灵呢？

齐真的十世历劫如今已是最后一世，这一世，她叫琴贞，是川城乔员外家的童养媳。

童养媳，齐灵想到这个词就牙酸，什么玩意儿？！真亏那命格老儿写得出来，他差点儿没将命格录撕掉！

一离开百灵潭，他就先上了一趟天，在元芜殿打扫的仙娥看见他眼睛都直了，结巴道：“灵、灵君，你回来了……”

是啊，他回来了，在百灵潭逃避了几百年的妙棋灵君，总算再次踏回自己的仙殿，摸一摸那久违的心爱的棋盘。

抬起头，他冲傻掉的仙娥一笑，眉宇间虽有些物是人非之感，声音却带着抑制不住的激动。

“传本灵君命，速速将元芜殿散落在各宫的旧人一一召回，重整棋师，布置大殿，共迎妙棋真君归位！”

忠心耿耿的小仙娥听得泪花闪动，欢喜不已地下去了，他欣慰地舒了口气，交代好一切，还没来得及和天上的一群老友叙旧，就马不停蹄地赶往命格星君的府邸，将命格那小老儿从被窝里拽出。

当年的事闹得人仰马翻，风云变色，天帝震怒，狠狠地惩治了妙棋真君，罚其轮回十世，受万般苦难，生生世世命途坎坷，不得善终。

齐灵翻着命格录，颤抖的手越来越厉害，瞪向命格星君的眼睛几欲喷火，这小老儿几时这般尽心尽职，竟将天帝的指令执行得不遗余力！

第一世，卖花女，被县衙大人强抢为妾，跳江自尽；

第二世，千金小姐，家道中落，为幼弟坠入风尘，含恨而终；

第三世，庵堂尼姑，引狼入室，被拐卖至千里之外的异族，孤苦一生；

……

苦命绣娘、痴情舞姬、亡国公主、战死沙场的女将军……各式各样的女子身份，种种恶俗情节，想买块豆腐撞死的凄苦人生，这命格写得还能再无所不用其极吗？

翻看齐真的十世轮回，就是一部集世间女子悲惨之最的斑斑血泪书！

父母不慈，丈夫不忠，儿女不孝，还有一世居然生来就患有腿疾，逃难时被公婆抛下，在白骨堆里活活饿死！

齐灵捏紧命格录，银牙都要咬碎了。

命格星君远避三尺外，哆哆嗦嗦道："灵、灵君息怒……"

息怒个屁！

那样风轻云淡的一个人，在花间执棋浅笑，一袭月白素衣纤尘不染，曾被春妖赞为九天之上最出尘的一道身影，却被无辜罚下凡尘，如此作践……还是因为他，因为他当年的一念之差！

齐灵红了双眼，心如刀割，这就是他几百年来逃避的原因，不敢直视，不忍直视。

从天上下来后，齐灵直接去了川城，前面九世他已错过，这最后一世就让他陪在她身边吧。

他不会改变既定的命运，他只想在远处看着她的一举一动，默默守护着她，让她少受点儿苦，直到劫难历完，真君归位。

在川城设下棋摊的第一天，齐灵就见到了齐真，不，确切地说，是琴贞。

她去接她的小夫君下学堂，穿着朴素的布衣，眉眼恬淡，如山水一般明净。

齐灵几乎一眼就认出了她，无论身份容貌如何改变，齐真的那身气质在转世轮回中却始终不变。

她显然对这个棋摊很感兴趣，每日去接乔少爷时都要站在外边看许久，虽然从不开口，却是沉吟思索，胸中自有沟壑的模样。

果然，无论命格老儿怎样写就，下棋都是她骨子里与生俱来的天赋。

久而久之，琴贞与齐灵也相熟了，她甚至会在齐灵下错子时脱口而出："先生错了，不可走这步。"

齐灵捏着故意下错的棋子，笑眯眯地望向琴贞："多谢姑娘提醒，赢了的钱请姑娘喝茶可好？"

略带调笑的话语叫琴贞微红了脸，她低着头挤出人群，匆匆离去。

那有些慌乱的背影叫齐灵不觉好笑，他闲闲挑起发间的月白发带，手中的触感熟悉依旧，心头一阵温暖。

可没过几天他就笑不出来了，因为正主来了，不知谁在嚼舌头，琴贞的小夫君乔少爷气焰嚣张地带着人马来砸摊子了——"你就是勾引我媳妇的奸夫？"

（三）

不足七岁，半人高的乔少爷叉着腰，在家仆的簇拥下颇具气势地瞪着齐灵，奶声奶气地将话重复了一遍："我问你，你是不是就是勾引我媳妇的奸夫？"

看着那粉雕玉琢、正义凛然的小脸，齐灵生生憋住笑，一本正经道："不是，乔少爷莫听旁人闲言碎语，在下与琴贞姑娘清清白白，绝无苟且。"

到底是不谙事的年纪，又加之齐灵的眼神太过真诚，乔小少爷迷糊了，歪着头嘟囔道："可贞贞最近都不理我，回了家就在房里研究棋谱，大哥说都是你这江湖术士迷去了她的心神……"

"你大哥骗你的……"齐灵随口道，话音未落，一个阴阳怪气的声音便由远及近，森冷冷地飘来。

"三弟若信了这江湖术士的话，那恐怕母猪也会上树了。"

来人是个锦衣公子，面庞甚是俊美，怀里却抱着一只黑猫，整个人散发着一股阴冷的气息，让人不寒而栗。

苍白、诡异，两个词足以概之。

齐灵敛了笑意，不可察觉地握紧了手心，虚眸对向那张脸。

是了，就是他，根据命格录上的记载，琴贞半生坎坷的祸源就是此人——乔家大公子，乔莲舟。

之前还有些喜感的气氛在乔大公子到来后，隐隐地剑拔弩张起来，一想到此人将来要对琴贞做些什么，齐灵就恨得牙痒痒，胸中的怒火都快忍不住了。

似乎感觉到了齐灵的敌意，乔莲舟冷冷一笑，一声喝道："还愣着做什么，还不把这棋摊给我砸了，抓了这奸夫去见官，为三弟出口恶气！"

家仆们被这声厉喝惊醒，个个回过神来，撸起袖子上前就要动手，却在这时，一个人影气喘吁吁地挤了进来，拦在了棋摊前。

"住手，都住手！"竟是满头细汗、一脸着急的琴贞。

"贞贞！"乔小少爷眼睛一亮，却见琴贞护在齐灵面前，立刻委屈地嘟起了嘴，拉过琴贞的衣袖，泫然欲泣，"大哥果然没说错，贞贞你变心了，你看上这臭下棋的，不要水儿了……"

这孩子气的话叫琴贞哭笑不得，还顾不上质问乔莲舟为何要造谣生事，就赶紧蹲下身来，伸手抚过乔小少爷泪汪汪的眼睛，柔声道："少爷你误会了，我只是喜欢下棋，痴迷棋道，遇到难解的棋局就偶尔来向齐先生请教，并无别的意思，少爷休听他人胡说。"

这"他人"指的自然就是好整以暇站在一边似笑非笑的乔大公子，琴贞咬紧唇看了他一眼，紧皱的眉头间有厌恶、有哀求，还有一种深深埋藏的恐惧。

这复杂的眼神被齐灵尽收眼底，心念倏动间还不待他开口，琴贞便回过头，眼含歉意地望向他，低声道："给先生添麻烦了，抱歉。"

一场闹剧就此匆匆收场，琴贞好说歹说才将安抚好的乔小少爷劝走了，看热闹的人也都嬉笑着散去了，齐灵立在原地目送着那道纤秀的背影远去，摇了摇头，在心中轻轻叹了口气。

却冷不丁射来一道目光，竟是抱着黑猫的乔莲舟，他不知怎么还没走，远远地望着齐灵，漆黑的眼眸深不见底。

齐灵一个激灵，莫名的寒意从脚底蹿起，冷得他打了个喷嚏，再抬眼乔莲舟已不见踪影，远处空无一人。

齐灵揉了揉鼻子，狠狠啐了口，差点儿着了乔莲舟那厮的道，还没见过这么阴阳怪气的凡人，本大仙早晚收拾了你!

（四）

深夜，乔府，万籁俱寂。

琴贞路过后院时，一道黑影如鬼魅般欺近，还没来得及出声，下一瞬她便被人捂住嘴，一把压在了墙上。

惊魂未定间，她只撞上了一双熟悉又畏惧的眼眸："大少爷！"

乔莲舟苍白的脸上挂着邪魅的笑，轻佻地贴近琴贞的唇，气息吞吐间，一只手不规矩地在琴贞身上游走。

"真没想到你今天会出来维护那小子，你不是一向不管闲事吗？见到我恨不能绕道走，为了他竟敢阻拦我，难不成你真对那小子动了心？"

琴贞扭着头拼命挣扎着，脸涨得通红，又羞又恼："放开我，快放开我！大少爷请自重！"

"自重？"乔莲舟啧啧摇头，捏紧琴贞的下巴，"不如你教教我如何写这两个字，我拜你作女先生怎样？"

一声冷哼，乔莲舟眸光骤厉："齐先生？倒叫得亲热，连人家是鬼是神都没搞清楚，你动的哪门子春心？别以为能瞒过我，这世上没什么我不能听到的！"

琴贞身子一颤，远处有脚步声传来，是夜间打更的下人过来了，她吓得赶紧推开乔莲舟，如受惊的小鹿般，没入了夜色中。

乔莲舟哼了哼，一声猫叫自墙角传来，通体光滑的黑猫跳入他的怀中，一双绿莹莹的猫眼精光四射，骇人不已。

乔莲舟一挥衣袖，状似不经意地瞥了眼身后的屋顶，俊美的面庞冷冷一笑。

他吟着诗走出角落，抱着黑猫的身影在月光下阴冷异常。

"花亦无知，月亦无聊，酒亦无灵。把夭桃斫断，煞他风景；鹦哥煮熟，佐我杯羹。焚砚烧书，椎琴裂画，毁尽文章抹尽名。荥阳郑，有慕歌家世，乞食风情……"

漫不经心的声音渐渐飘远，屋顶上的齐灵舒了口气，他盯着乔莲舟远去的方向，心头一动，皱起眉来，似乎想到了什么。

"别以为能瞒过我，这世上没什么我不能听到的！"

没什么不能听到？难道这家伙是……

还未等齐灵确认心中猜想，没过几天，一个意外却发生了。

乔家小少爷贪玩任性，把他大哥的黑猫不小心弄丢了，乔莲舟冲他发了好大的脾气，还不准他声张，只一个人气急败坏，如临大敌地出去寻猫了。

小少爷缩在琴贞怀里瑟瑟发抖，泪眼汪汪，全无半分平日里小霸王的嚣张模样。

琴贞柔声细语，好不容易安抚小少爷睡下后，望向窗外，飒飒的风声擦过树枝，院中竹影斑驳一地，在月下随风摇曳。

琴贞沉眸许久，又看了眼小少爷脸上未干的泪痕，终是咬咬牙，下定决心，提着灯出了门。

齐灵悄无声息地跟在她身后，看着琴贞寻到了街上，来到了小少爷白日里玩耍的地方，小心翼翼地摸进了一条漆黑的小巷中。

“猫儿，猫儿……”

声声轻唤间，琴贞提着灯仔细搜寻起来，她没有发现，自己已经不知不觉踏进了小巷深处……

冷风一阵，巷子中似乎传来了呜咽之声——夜半时分，久未住人的荒弃小巷，正是阴气最盛之时。

川城的人都说这里有些不干净的东西，平时无人敢轻易靠近，白日里琴贞便是瞧见那只黑猫跑进了这条小巷，眨眼间就消失得无影无踪。

她张了张口，却没有立即出声告诉小少爷，所谓厌屋及乌，她恨极了乔莲舟，对他的黑猫自然也没什么好感。

可她没有想到乔莲舟居然这么紧张这只黑猫，不仅对小少爷大发雷霆，还不准他声张，更是连夜亲自出来寻找……

琴贞深吸了口气，暂时按下心头疑惑，睁大眼睛继续搜寻起来。

随着她声声的呼唤，巷子里的风越来越急，寻常人听不到的呜咽声如泣如诉，整条小巷被一种诡异的兴奋笼罩起来，像是饿狼见到了什么美食……

阴风阵阵中，饿了多时的幽灵纷纷从地下蹿出，丝丝缕缕地向琴贞飘去，贪婪地包围住那道浑然不觉的纤秀身影。

齐灵瞳孔骤缩，电光石火间已经明白过来，幽冥巷，这竟是一条幽冥巷！

开启的天目中，一个个场景倏忽而过，厮杀的战场上，号角声起，马蹄纷乱，鲜血四溅，累累白骨成堆垒起，火光滔天，烧成了一座座人间地狱……

一将功成万骨枯，无数将士们战死沙场，英魂飘在空中，穿着各朝各代的戎装，向着家乡的方向眺望，千里之外的妻儿还在家中挑灯等候，而远赴前线的他们却再也无法归家，只能发出撕心裂肺的呜咽声，凄美壮烈，叫人闻之落泪……

齐灵心头大悸，赶紧收回神志，定下紊乱的心神，抬眼间，他竟看见那些战死的幽灵围在琴贞身边，争先恐后地趴在琴贞头上吸吮她的发丝，喉咙里发出满足的咕噜声。

惨白的月光下，琴贞扶着额头痛苦万分，手里的灯“扑通”落地，身子已是摇摇欲坠。

齐灵大惊失色，不及多想已现身飞至琴贞身旁，一把将她搂住，衣袍鼓动间，那些亡灵惊惶失措，被齐灵身上的仙气猛地震开，如汹涌的潮水四散开去。

呜咽声戛然而止，还不待齐灵施法，那些幽魂便吓得钻进了地下，转眼间消失无踪，漆黑的小巷刹那又恢复了静谧。

“先生，你怎么会在这……”琴贞头晕目眩，脸色苍白，话音未落，便头一偏，在齐灵怀中昏了过去。

一声猫叫划破夜空，齐灵赫然抬头，巷口走进一个人，行如鬼魅，正是抱着黑猫，一脸阴郁的乔莲舟。

齐灵见他掌风蓄势待发，似要从他怀中抢过琴贞，赶忙眼疾手快地拂袖一挡，护过琴贞，身轻如燕地飞上屋顶，遥遥站定。

“你究竟是何方妖物，竟敢在川城作乱？”

齐灵扬眉厉喝，一身黑衣在风中飘扬，飞舞的发丝间一根月白发带格外醒目。

两人月下对峙，乔莲舟却并不回答齐灵的问题，只死死盯着他的发间，眸如幽潭。

波诡云谲的气氛中，齐灵又问了一遍：“你究竟是谁？这幽冥巷是出自你之手吧，你把这么多战死的游魂野魄聚集在这里是想做什么？”

低声喝问中，乔莲舟似乎回过神来，望向齐灵，忽然笑了笑，声音透着说不出来的蛊惑：“你早已猜出来了不是吗？妙棋灵君。”

齐灵一震，眼眸遽紧，不可置信：“你当真是……”

乔莲舟早就料到他的反应，不以为意地哼了哼，修长的手抚过黑猫光滑的皮毛，挑眉目视齐灵，慢条斯理道：“坐地听八百，卧耳听三千，你道我是谁？”

（五）

黑猫虽然寻回了，小少爷许是受到了惊吓，却不知为何，竟一病不起，急坏了乔家上下。

琴贞尽心尽力地伺候在床前，闲暇时就抚着棋盘，不由自主地想到那抹俊逸的身影。

上回她无缘无故地在巷子里昏倒，是路过的齐灵将她送回了乔府，她对他感激有加，可内心深处却清楚地知道，她望向他的目光里不仅仅是感激……

仿佛命中注定，她总觉得对他有种一见如故的感觉，亲切莫名……

另一头的齐灵此刻却是心急如焚，自从月夜下知晓了乔莲舟的真实身份后，他就坐立不安，越想越怕。

据命格录上记载，小少爷病倒后，乔家会令琴贞冲喜，匆匆办场大婚，但在洞房花烛夜时，琴贞却会被乘虚而入的大少爷乔莲舟强占，此后受他百般折磨。

不仅如此，乔莲舟在日后还会害死两个弟弟，独霸家产，并与官府勾结，将一切嫁祸给前去申冤的琴贞，最后以煞星转世、克死至亲的名义对琴贞执以火刑，于闹市街头当场烧死。

这命格写得是既俗气又狠毒，齐灵火冒三丈，差点儿没掀了命格星君的府邸，命格那小老儿躲得远远的，对着他不住讨好道：

“只当是真君浴火重生，涅槃飞升了！”

齐灵咬咬牙这才算了，却没想到半路杀出个黑面神——

原本一切都按照既定的命格发展下去，只要琴贞被执以火刑殒身后，十世劫难就能历满，妙棋真君即刻归位。

可如今事情不会那么简单了，凭空竟冒出个地狱煞神要来和他抢人，乔家大公子早已被偷天换日，不是命格录上的那个乔莲舟了！

坐地听八百，卧耳听三千，那家伙居然是谛听，地藏王座下，神兽谛听！

耳边又响起月下那个阴冷冷的声音：“三千年前谛听便对妙棋真君一见倾心，好不容易等到菩萨闭关，谛听才能出来寻她，她此番历劫是谛听唯一的机会。”

漆黑的眼眸挑向齐灵，带着志在必得的决心与傲气。

“无论如何我都一定要将真君带回地府，与她长相厮守，再不分开！”

这番话听得齐灵胆战心惊，好一个谛听，居然想逆天而行，抢在齐真劫满归位前，将她苏醒的棋魂收入引魂皿中，瞒天过海地带回地府。

他不会改写命格，却会改变结局。所谓的引魂皿，不是别的，就是他怀中的那只黑猫！

为了隐藏自己的行踪，谛听利用引魂皿四处搜罗怨气最重的战灵，将那些游魂野魄聚集到了川城，汇成了一条幽冥巷。

幽冥巷中的冲天怨气能够掩盖他身上的气息，叫他不被地府的人发现，方便行事。

要不是引魂皿意外丢失，这幽冥巷也不会被齐灵撞破。

“谛听，你简直是胆大妄为，竟敢阻止真君归位，滥造幽冥巷，你不怕我在天帝面前告上你一状吗？”

齐灵怒喝，谛听抱着黑猫却是气定神闲，不见一丝慌乱。

“灵君放心，等办完事，我自会将这些战魂超度而去，不会给人间造成任何祸害，还会让他们往生回各自的家乡，平了千百年来的执念，反而是大功德一件。”

谛听顿了顿，别有深意地看了眼齐灵，一声嗤笑：“至于天帝面前，灵君以为自己还有说话的余地吗？这十世劫难本该谁来承受，灵君心知肚明，当年之事，根本就是真君替你这不成器的弟弟白白担了罪！”

话一出口，齐灵就煞白了一张脸，谛听冷冷一哼，在他耳边接着道：“便是告到天帝面前，我也不惧，六道之中谁人不知，谛听不受天地管治，独立五行之外，唯听地藏王差遣。灵君若有本事，就真刀实枪地来和谛听抢人，谛听拭目以待！”

（六）

九重天，碧乾宫，云雾缭绕，仙乐飘飘。

天帝登位时，曾亲封四大妙君，妙棋、妙音、妙笔、妙花，真君与灵君合为妙棋，五人交情匪浅，各怀绝技。

这碧乾宫正是妙笔华君，毕华的仙宫。

和风轻拂间，他立于案前执笔作画，身影淡雅清越，却有一个不速之客从天而降，打破了一室宁静——

正是火急火燎的齐灵。

“兄弟，大事不好了！小弟想来想去，只有请你的妙笔出山了，和那该死的独角兽斗斗法……”黑衣俊逸，急促的声音响彻宫殿。毕华放下笔，掸了掸衣裳，淡笑摇头：“几百年不见，灵君你还是这般冒失，有事慢慢说，上回你上天我们还未能好好喝上一杯……”

“喝什么喝，都火烧眉毛了！”齐灵心急如焚的模样叫毕华一怔，敛了笑意，也严肃起来，“究竟何事，灵君快说！”

原来为了对付谛听，齐灵先前就去了趟地府，想请地藏王出面，却连门都没能进，就被黑白无常拦了下来，他们说地藏王正在闭关，谁也不能打扰。

无奈之下，齐灵只能上天请老友相助了。

“十万火急，请华君务必用妙笔帮兄弟作幅画。”

“画什么？”

齐灵眸沉如水，深吸了口气，逐字逐句道：“地——藏——王。”

川城，幽冥巷，月冷风清。

当抱着黑猫的谛听应约而来，甫一看清眼前人时，立刻脸色大变，措手不及：“菩……菩萨……”

眼前宝相庄严、眉目肃穆的可不正是他家地藏王菩萨。

谛听说着慌乱跪下，额头上瞬间生出一个犄角："谛听跪见菩萨……您不是正在闭关吗，怎会被灵君请来……"

"本大仙精诚所至，金石为开！"齐灵一声打断，"如今地藏王都被请出来了，谛听你还有什么话好说？"

"大胆孽畜，竟敢偷了我的引魂皿，在人间为非作歹，还不速速随我回地府认罪。"地藏王周身金光环绕，肃然开口，眉宇间不怒自威。

齐灵抱肩站在一边，一脸的幸灾乐祸："快走，快走吧！"心里却是得意万分，华君的妙笔果然名不虚传，惟妙惟肖！

毕恭毕敬跪着的谛听闻言头一抬，似乎万般不甘，想要争辩，却终是对着地藏王肃然的神情不敢开口，缓缓将头低了下去，闷声道："是，菩萨……谛听遵命。"

就在这一瞬间，还不待齐灵喜上眉梢，跪在地上的谛听猛然出手，一个跃起朝地藏王冲去，额上犄角白光大作，疾风一阵间，他整个人如一把出鞘利剑，硬生生地穿过了地藏王的身体——

漫天纸片纷飞，如雪而下。

这突如其来的一幕叫齐灵始料未及，怔在了原地，回过神时，幽冥巷已是一地纸屑，耳边传来谛听冷冷的嘲讽。

"这点小伎俩也敢来糊弄我，灵君本事不如人，净搬弄些旁门左道，不觉得自己太可笑了吗？"

齐灵怔怔地看着纸屑，置若罔闻，谛听抱着黑猫哼了哼，转身拂袖而去，口中还嗤声道：

"枉费真君那等瑶池天仙，怎会有你这样的弟弟……"

"等等，你说什么？"

齐灵一个激灵，猛地拦在了谛听身前："瑶池天仙？"

"对，就是瑶池天仙，在谛听心中，天下没有一个女子能比得过真君，你与真君简直是天壤之别！"谛听高高昂着头，望向齐灵的眸中是毫不遮掩的鄙夷。

齐灵却毫不在意，望着谛听，嘴角抽了抽，像听到了世上最好笑的笑话，一副忍俊不禁的模样。

谛听不明所以，有些恼怒，正要开口，齐灵却咧嘴一笑，直直地目视着他，露出白晃晃的牙齿，故意慢悠悠道："独角兽，不好意思，本大仙只有哥哥，没有姐姐。"

（七）

“这天道人道，都一样无趣，叫人提不起兴致。”齐灵倚栏而立，看浮云掠过眼前，小老头似的叹了口气。他说这话时还不到一千岁，在人间就是个什么也不懂、为赋新词强说愁的小屁孩年纪。

“你这老气横秋的模样若叫其他仙僚看见了，包管要笑话的。”齐真坐在棋盘前，饮了一口茶，淡淡道。

“笑话就笑话，只要哥哥不嫌弃我就好！”齐灵扑到齐真怀中，摇着哥哥的袖子，一副天真无邪之态。

他二人本是上古太乙真人身边的一副棋子，随洪荒浮尘，久而久之，吸天地之灵气，得日月之精华，幻化成了一白一黑两只棋灵。

哥哥齐真，性如白子，清朗温润；弟弟齐灵，性如黑子，风流俊逸。

两人都是棋盘上流光溢彩的一道风景，聪慧敏锐，更在随太乙真人于剿灭魔族时立下了奇功，得天帝赏识，晋为上仙，亲赐府邸，封号妙棋真君与妙棋灵君。

彼时韶光正好，风头无二，九重天上人人见到他们兄弟俩都要拱手称一声“真君”“灵君”。

悠闲的日子过了上千年，不觉间齐真便到了成家立业的年纪。他一袭云衫，花间的身影不知迷了多少仙子的心，却不想在一次下凡时，他偏偏无意间救了魔族的小公主，生出了一系列牵绊。

那小公主对他情有独钟，追到了天上，大闹元芜殿，还和当时年少气盛的齐灵打了一架。

天帝有心拉拢魔族，思前想后便做了一回月下老人，大手一挥，赐婚妙棋真君与魔族公主。

消息很快传遍了四面八方，这场大婚被赋予了特殊的意义，仙界和魔族都十分重视，却有一个人如遭雷劈。

那就是齐灵。

他激动不已地去找齐真，哀求哥哥不要娶魔族公主，不要扔下他……

他们是一棋双生的棋灵，黑珠白子，棋盘上你中有我，我中有你，彼此相依，世上没有比他们更贴近的两个人了。

齐灵害怕失去哥哥，害怕外人插足，分散了哥哥对他的爱，强烈的占有欲与极端的情感让他丧失了理智，最终做了一件让他愧疚终生的事。

就是在那场四海皆知、普天同庆的大婚上，他潜入了新房，想劫走新娘，却在争斗中失手杀死了魔族公主，酿成了滔天大祸，魔族震怒，立时撕毁了两族永不侵犯的条约，举兵攻上九重天，战火一触即发，风云变色。

齐灵万万没有想到自己的一时冲动会引来如此大的祸事，虽然后来他奋勇保卫天宫，平息战火，但他犯下的错仍然罪无可恕。

是齐真跪在天帝面前，一力承担了所有责任。

他云衫轻扬，眉眼低垂，依旧是云淡风轻的气质。

"我是哥哥，弟弟做错了事只怪我没有教好……齐真愿受任何惩罚，恳请天帝饶过齐灵。"

这件事叫天宫上下唏嘘不已，往日与齐真、齐灵交好的众仙们纷纷求情，天帝念在他二人素日功劳，齐真又在事发后孤身一人赴魔族谈和，于平息战火功不可没的分上，便没将他推到斩仙台，只罚他下凡尘，经历十世劫难。

因小公主死于非命，天帝有意给魔族一个交代，便要齐真尝尽世间女子之苦，罚他每一世都为痴情女子，各种身份，却都是一样的失所爱，付错心，命途坎坷，不得善终。

齐灵醒来时，已经身在百灵潭，齐真怕他坏事，将他托付给了春妖，连一丝道别的机会也没留给他。

齐灵只隐隐记得，意识模糊间耳边有个声音絮絮叨叨的，带着他熟悉的气息。

"头发散了也不知道系上，还和个孩子似的……日后哥哥不在身边，要懂得照顾自己，别再冲动惹祸……"

他醒来时已躺在有间泽的树上，旁边是负手而立的春妖，眉眼淡淡，轻声转告了齐真对他的嘱咐。

他久久未动，木然地睁着眼睛望向上空，泪水从眼角滑下，却是风过无痕，像他再也抓不住的那袭白衣……

发间是齐真亲手为他系上的月白发带，俊逸的一身黑衣中，唯有头上飘扬着一抹清雅的白。

那是哥哥留给他唯一的旧物。

（八）

百灵潭，幽莲绽放，凉风习习。

支颊小憩的春妖一睁开眼，就是齐灵无限放大的一张俊脸："老妖，借你昆仑镜一用！"

饶是春妖定性再好，也被惊了一下，推开齐灵，好气又好笑："你这神仙真是做得比鬼还要吓人。”

齐灵干干一笑，不理会春妖的揶揄，只急声道：“快，快借我昆仑镜看一看二千年前那独角兽心仪之人究竟是谁。”

快速地将来龙去脉向春妖一说，齐灵就迫不及待地接过昆仑镜，看那镜面上光影流转，缓缓现出了地府的场景……

一幅幅画面倏然而过，不知看了多久，齐灵忽然怪叫一声，撒手丢了镜子，仿佛被电击到了一样。

春妖扬手接住昆仑镜，皱眉正要开口，看向齐灵的眼眸却愣了愣，迟疑道：“齐灵，你怎么……脸红了？”

齐灵赶紧摇头，摇得跟拨浪鼓似的，欲哭无泪的一张脸却更红了，像做了什么见不得人的事。

春妖更加好奇，埋首对着昆仑镜细细看了起来，没看多久，他便恍然大悟，向来不喜形于色的脸上也撑不住，失笑出声：“原来是这么回事，真是好大的一个乌龙，可怜这谛听痴心错付，白白相思了三千年！”

川城，乔家上空烟花满天，张灯结彩，好不热闹。

今夜就是琴贞嫁给小少爷，为他冲喜的日子。

人群里的乔莲舟抱着黑猫，眸光复杂，耳边不由得响起齐灵那讨厌的声音：“不好意思，本大仙只有哥哥，没有姐姐。”

怎么会这样，难道他真的弄错了？三千年前他在往生河畔遇见的小姑娘不是齐真？那他这么多年来心心念念的人又到底是谁？

心乱如麻的谛听皱着眉，不知不觉已经远离喧嚣，独自来到了后院的新房前，他伸出手，有些犹豫，这扇门还该不该推开？一切还该不该朝着原定的计划发展下去？

正心烦意乱时，半空中闪过一道蓝光，夜风迎面而来，不由分说地卷起他，还没等他多想，回过神时人已到了护城河边。

那道蓝影正是春妖，齐灵站在河边，看见春妖把人带来了，神色一喜，刚要上前，却不知想到了什么，轻咳一声，脸上生了些不自然的神色。

谛听一看清眼前场景，抽身拂袖，勃然大怒：“灵君你有完没完，又在耍些什么鬼把戏，别以为请了帮手来，我就会怕你！”

齐灵脸色讪了讪，却第一次没有和谛听针锋相对，反而左顾右盼，一副做贼心虚之状。

春妖赶紧上前施礼道："尊者误会了，我乃百灵潭之主，此番冒昧出手不过想请尊者看一样东西，看过之后，一切便都明白了。"

说着春妖向齐灵使了个眼色，齐灵不情不愿地点了点头，又小心翼翼地看了一眼面色阴郁的谛听，咬咬牙，转身跳入了护城河中。

谛听一惊，紧接着皱起眉来，不知齐灵又在搞什么鬼。

却见齐灵在水中摇身一变，荧光飘洒间化作了十三四岁的模样，一袭白衣，长发如瀑，一根月白发带随风飞舞，衣袂摇曳，回眸一笑。

那一笑，说不出的天真无邪，灵气逼人，娉婷清丽如水中花，直叫天地都失了颜色，美得叫人挪不开眼，不辨雌雄。

谛听原本不耐烦的表情在看到那一笑后，猛地一震，如遭雷击。

春妖的声音适时又委婉地响起："尊者瞧瞧，三千年前你在往生河畔撞见的小姑娘是不是这个样子？"

（九）

地府有条往生河，河畔开满了曼陀罗花，彼时还未成年的齐灵闹着要去看一看，采几朵传说中的地狱之花来，齐真怕他任性闯祸，便向南天门打了招呼，不要给他放行。

古灵精怪的齐灵哪会这么听话，他眼珠子一转，就想出一计，笑嘻嘻地偷了哥哥齐真的衣服，乔装打扮一番后瞒过了南天门的守卫，溜到了地府。

悄悄摸到往生河畔后，他喜不自胜，跳入了河里，想游到对岸去采曼陀罗花，没想到才刚下水，身后就传来一个着急的声音。

"快上来，你会被往生河的怨灵拖下去的！"

他回头一看，是个眉眼好看的紫衣少年，和他年纪相仿，正紧张地招着手要他上岸。

他眨了眨眼，水珠自睫毛上坠落，粲然一笑："谁敢拖我？"

那紫衣少年一下愣住了，波光粼粼的水面映着齐灵的倒影，他发间发带迎风飞扬，妖冶怒放的曼陀罗花开满他身后一路，衬得他眉目如画，绝美动人。

齐灵不知道，他那无心的一笑，叫不谙情事、未入红尘的谛听记了整整三千年。

他扭过头，正要继续朝对岸游去，身子却猛然一坠，有什么东西用力拽住了他的脚，力道之大竟叫他一时挣脱不得，他呛了口水，还没反应过来时，那河畔的紫衣少年已瞳孔骤缩，飞身掠来，一把将他拉了上来。

他一上岸就惊魂未定地咳嗽起来，浑身湿漉漉的，胸膛一起一伏，滴着水的发丝贴在脸上，一张绯红的脸艳若桃瓣，叫紫衣少年又看傻了眼。

终日侍奉在地藏王座下的谛听，平素深居简出，哪里见过这样机灵娇俏的小姑娘，一颗少年心立时萌动发芽，跳动得厉害。

他支支吾吾地开口，说自己没有朋友，想让齐灵留下来和自己做伴。

齐灵也不客气，眼珠狡黠一转，大咧咧地指向对岸："你给我把那曼陀罗花摘来，我就做你的朋友，与你朝夕为伴，可好？"

谛听大喜，立时当了真，二话不说便扑入水中。

却没有想到，那边齐灵还没等多久，齐真就找来了，齐灵乖觉，一见不对，便立刻转身逃之夭夭。

当谛听举着一捧曼陀罗花上岸时，就只看见一抹白影闪过眼前，瞬间消失不见。

那是去追齐灵的齐真，谛听却不知道，只急忙喊道："你怎么走了？你的花……你，你叫什么名字？"

远处的齐真听到身后的呼唤，虽不明所以，却出于礼貌，以千里传音遥遥道："齐真。"

齐真，齐真，谛听呢喃着这两个字，失魂落魄地凝望着白衣消失的方向……

昆仑镜上的画面戛然而止，一切真相大白。

谛听抱着黑猫几个踉跄，几乎站不稳，齐灵眼疾手快想扶住他，却被他狠狠甩开，扭头死死瞪向齐灵，眸欲滴血。

当年他情窦初开，天天在往生河畔等她，她却再也没有出现过，他多方打听后才知她是天上的妙棋真君。他心生自卑，以为她这瑶池仙子是看不上他这地下的独角兽，才迟迟不来赴约，于是他黯然伤神下只能将爱意埋在心底，继续守在地藏王身边，在地府过着与世隔绝的日子……

后来无意间他听说她出了事，具体却不得而知，只知道她是为闯祸的弟弟担了罪，被打下凡尘，历经十世劫难。

压抑许久的爱火重新燃起，他好不容易等到地藏王闭关，寻了个机会出了地府，决心再也不要错过她……

没有想到的是，他苦心经营的一切，到头来竟不过是个笑话！

齐灵摸了摸鼻子，望着满脸痛不欲生的谛听，笑得尴尬："那个，千错万错都是我的错，只怪我当年少不更事，一时胡言，戏耍了你……可这些都与我哥哥无关，还望你大人有大量，不计……"

齐灵话还未完，便被一阵大笑打断，谛听按着心口，笑得癫狂，似乎气急攻心，他一口鲜血直直喷出，看向大惊失色的齐灵，眼眸染了凄色，目光灼灼，似深情，似恨意，似痴迷，变幻莫测，复杂万分。

“别再让我见到你！”

一声凄厉长啸，乔莲舟的身体忽然软下，头顶蹿出一缕紫烟，飞向半空，瞬间消失在了夜色中。

齐灵怔在了原地，久久没有回过神来，耳畔还不停回荡着谛听的那句话，怅然若失。

春妖在他身旁一声轻叹，孰是孰非已无从计较，不管怎么样，一切都结束了，三千年来的一场错缘终是了结。

尽管它不是真的了结，从来雾里看花，看不清的总是自己，未来如何，谁又知道呢？

（十）

妙棋真君回到天上的那一日，元芜殿个个欣喜不已，热泪盈眶。

齐灵紧紧拥住哥哥，红了双眼，哽咽得说不出一句话来。

满殿欢喜间，没有人发现，屋顶上悄无声息地伏着一抹紫影，将殿中一切尽收眼底。

漆黑的眼眸流连在齐灵身上，眸含痴迷。

人生在世，如身处荆棘之中，心不动，人不妄动，不动则不伤，佛曰，放下，自在。

可三千年的执念，怎能说放就放得下呢？

外面天高辽阔，长风万里，俊美的脸庞唇角微扬，似乎下了什么决心。

第七章

薛连

春有百花秋有月，夏有凉风冬有雪。

她流连人间，看遍千帆，惩治着一颗颗充满欲念的心。

唯愿寻得一个拥有赤子之心的人，共度此生。

（一）

大雪三日，湖中人鸟声俱绝。

亭中坐一人，围炉暖酒，身后站着两个黄衫小婢，水雾缭绕，宛若仙境。

一只乌鸦扑翅飞来，摇身一变，化作了一身乌衣的清秀姑娘，施施然落在地上。

“薛姐姐，好久不见。”

亭中人抬起头，莞尔一笑，如冰雪消融：“乌裳妹妹，别来无恙。”

乌裳是奉主人春妖之命来给薛连送信的，薛连的真身是一株千年雪莲，她出身于百灵潭，早年习法多亏了春妖相助，后前往长白山修行。

看完信后，薛连五指翻飞，掌心蹿起火苗，眨眼间烧掉了信笺，她望向乌裳，眸含笑意：“劳烦乌裳妹妹回去告诉潭主，薛连必将竭尽全力将饕餮千夜带回百灵潭，不负潭主所托。”顿了顿，她脸上难得地闪过一丝绯红，“也多谢潭主亲赠的八字真言，薛连铭记在心，感激不尽。”

乌裳点了点头，转身就要飞起，薛连却出声叫住了她：“听闻妹妹做了百灵潭的百鸟之王，还与孔雀公子成了亲，姐姐在长白山未能赶回，现在补上迟到的贺礼，聊表心意，贺妹妹双喜临门，还望妹妹不要嫌弃。”

说着还不等乌裳推却，她便转头对身后的两个黄衫婢女笑道："你二人也跟我随份礼吧。"

她两个婢女一唤五儿，一唤七儿，也是一样的清丽动人。

五儿活泼，笑嘻嘻地变出一把剪子，随手剪下自己的一缕长发，放进了锦盒里。

七儿娴静，也接过剪子，抿嘴淡笑地剪下一缕长发，放入锦盒。

那两缕长发一进了盒中，便流光四射，瞬间化作了几十根长长的人参须，品相大小俱是百里挑一，珍贵异常。

乌裳瞪大了眼，薛连笑着解释道，这五儿乃是长白山修行五百年的云参，七儿则是长白山修行七百年的紫参，因一次机缘巧合，她在一个牛鼻老道手中救下了她们，从此她姐妹二人便长随她左右，朝夕为伴。

说着薛连也拔下头上的银钗，在酒杯里挑了几挑，荧光一阵，那钗头上雕工精细的六片雪莲瓣便化成了实物，晶莹剔透，寒气沁人。

乌裳还来不及开口阻止，薛连就顺手摘下一片，放入锦盒，眉眼含笑地递给了乌裳。

"好……好大的手笔，薛姐姐你太客气了……"乌裳有些结巴，接过锦盒的手微微颤抖，心中只道，这要拿回去给孔澜那骚孔雀看，他一定乐得眼睛都睁不开了！

目送着乌裳的背影消失在万里长空中后，薛连斟了一杯酒，摇晃着酒杯，看眼前红泥慢火，沉眸不语，似乎在想些什么。

许久，她唇角微扬，清浅一笑："晚来天欲雪，能饮一杯无？千夜，我倒要会你一会。"

（二）

"你这婆娘还有完没完，牛皮糖似的跟了小爷八千里，甩都甩不掉，信不信我一口把你吃了！"

少年暴跳如雷，一身红衣在风中翩翩飞扬，衬得整个人俊美无双，一张脸却是气鼓鼓的，眉宇间带着些孩子气。

这便是红叶宫主——饕餮千夜了——上古神兽中最为贪吃，也是心思最单纯的。

"这番话你已说了几十遍，我也很纳闷，为何现如今我主仆三人还没到你的肚子里去？"

薛连坐在亭中，好整以暇地望着千夜，闲闲地饮了一口茶，她身后的五儿"噗嗤"一声笑了出来。

千夜恼了，指着薛连气不打一处来："你、你别欺人太甚！"

数月前，薛连带着五儿与七儿来到了红叶宫外，用一壶百花酿将千夜引出后，自报家门，说奉春妖之命，来劝他归顺百灵潭。

千夜哼了哼，不屑一顾，开玩笑，他在红叶宫当大王当得好好的，统领一众妖兽，独霸一方，逍遥自在，干吗要去春妖的破潭子受罪！

正要打道回府时，薛连却忽然开口："宫主不挂念乌裳妹妹了吗？"

千夜立时回头，薛连含笑望着他，不紧不慢道："是谁曾经扔下豪言壮语，说总有一天，要杀到百灵潭，抢了人家做新娘，做你红叶宫的夫人？"

论起千夜与百灵潭的渊源，却是说来话长。

他曾因馋嘴潜入琼花娘子的紫云洞，想偷一壶百花酿，却误打误撞钻进一个龙蛋里，被花仙白兰扔在了百灵潭，成了乌裳与孔澜争夺鸟王之位最后一关时的任务。

他对乌裳一见钟情，化身龙娃与他们同行了一路，整日赖在乌裳身边叫她"娘亲"，最后还差点儿抢了乌裳拜了堂……春妖那时就说，要带他回百灵潭修行，没想到竟真派人来了。

"是又怎样，与你何干？"千夜挑了挑眉，"莫非你看本宫主长得俊，想二女共侍一夫？"

薛连笑了笑，并不理会千夜的揶揄，只清声道："不，我只是来为乌裳妹妹带个话，她与孔雀公子夫妻恩爱，难舍难分，容不下外人插足。现如今她已怀有身孕，更加无法回应宫主的一片痴情了，只能叫孩子认宫主做个干爹，不知宫主意下如何？"

"什么？娘亲有了身孕？"千夜脸色大变，一跺脚，"好个孔澜，下手真快，还想要我做什么鬼干爹，做他爹还差不多！"

千夜气急败坏的模样就像个被抢了心爱糖果的孩童，薛连看在眼中，心头暗笑，果真是性子单纯的饕餮，不谙世事，听到消息后恼怒大于伤心，自己根本都没分清楚爱情为何物。

气归气，千夜骂骂咧咧一通后，到底没真想杀到百灵潭，只是没好气地要薛连回去告诉孔澜："让那斯好好照顾我娘亲和我干儿子，不然我就把他那孔雀毛拔下来做屏风，叫他吃不了兜着走！"

恶狠狠地交代完后，千夜吸了吸鼻子，摸向肚子，自己方才发力过猛，现下又饿了，眼珠一转，他清了清嗓子，回首笑眯眯地对薛连下起了逐客令："时候不早了，薛姑娘请回吧，寒舍简陋，就不留你们吃饭了。"

话音刚落，红袍翻飞，千夜掠身而去，风一阵地就要溜之大吉。

薛连在他身后气定神闲，笑得别有深意："宫主慢点儿，路还长着呢。"

千夜万万不会想到，他惹上了一个多难甩掉的麻烦，他千不该万不该，不该低估春妖的识人之毒！

从这一天起，他就再也没有甩掉过薛连和她的两个婢女。

这一路她们对他紧追不放，如影随形，每每他忍无可忍要开打了，薛连就纤手一挥，幻个雪罩将自己和五儿、七儿罩得严严实实，只守不攻，和他耗内力，他哪耗得过她这千年雪莲啊，天杀的她两个婢女还是人参精！

每次他那边精疲力竭了，里面却还在优哉游哉地剪头发，喝人参水，源源不断地滋补，利用自身优势打持久战，简直是无耻至极，欺人太甚，把他气得七窍生烟！

和薛连斗法，千夜觉得自己饿得都比以往快，每天都是前胸贴后背，如狼似虎地狠狠瞪着薛连，恨不能一口吞了她们主仆三人。

凉亭里，千夜深吸了口气，一撩红袍坐在了薛连对面，好歹按捺住心头怒火，决心和薛连好好谈一谈。

"薛姑娘，世人都道女子矜持，怎么偏你这般不害臊，对一个大男人穷追不舍，你还是不是女人啊？"

话出了口，却还是免不了满肚子怨气。

薛连不以为然地饮了一口茶，面不改色，目视着千夜笑道："世人也说，男追女，隔座山，女追男，隔层纱，怎么偏你这般不爽利，对一个小女子拒之千里，你还是不是男人？"

千夜一下被噎住，梗着脖子说不出话来。

七儿定性好，倒是五儿"噗嗤"一声笑了出来，惹得千夜恼羞成怒，恶狠狠地瞪着她："笑什么笑，再笑小爷就把你吃了！"

五儿才不怕千夜，做了个鬼脸，古灵精怪地在薛连身后比出一个雪罩，把千夜气得差点儿拍案而起。

天杀的春妖，派来的都是些什么人啊！

"好好好，我认输了，我不和你们斗了行不行？"

这主仆三人是软硬不吃，如此下去不是办法，千夜心念倏转间生出一计，哼了哼，望着薛连挑眉道："请小爷去春妖那破潭子也行，不过得有个条件，小爷饿了，想吃……"

"你不会想吃了我们吧？"五儿惊声插嘴道。

千夜不屑地瞥了她一眼："小人参精，你想舍身喂虎还得看小爷成不成全呢，就你那点儿分量，还不够我塞牙缝的。"

说着他倏然起身凑近薛连，盯住她的眼眸，露出一个大大的笑容。

“薛姑娘，我想吃的是醉——陶——然。”

红袍一拂，千夜站起身来，居高临下地看着薛连，笑得意气风发：“如果你能弄到这样东西，就算你有本事，百灵潭人才济济，小爷二话不说就和你去拜见春妖，解散红叶宫，从此归顺百灵潭，怎么样？”

言下之意自然是……如果弄不来，就给小爷有多远滚多远，再不要出现在小爷面前！

千夜抱着肩，笑眯眯地看着薛连，眸中得意扬扬，怎么着，这招就叫以退为进，还不叫你这婆娘知难而退，乖乖认输！

却没想到薛连笑了笑，眼睛眨也不眨，伸出手爽快应下：“好，就这样说定了！”

千夜愣住了，呆呆地与薛连击掌为誓，在碰上薛连手心的那一瞬间，他忽然有了一种自己将自己卖了的错觉……

（三）

所谓醉陶然，是昔年女娲向天帝献上的一道佳肴，沧海桑田间早已成为传说中的美食，莫说寻到，许多人就连听都没听过。

它由三种食材组成，缺一不可。

醉——紫云洞，琼花娘子的菊花酿。

陶——平月林，陶修老人的风满袖。

然——西昆仑，凶兽混沌的混沌肉。

这三样东西珍稀异常，就算费尽九牛二虎之力弄到前两样，第三样没弄来也是白搭，而第三样正是这道美食的关键，也是最难弄到的。

混沌初开大道传，天地继然而生成，相传西昆仑睡着一只混沌，脾气暴躁，要弄到他的一块肉几乎是有去无回。

说起混沌，和千夜倒有些交情，他们与穷奇、梼杌并属上古四大凶兽，洪荒浮沉中，千夜建了红叶宫，独霸一方，混沌去了西昆仑长眠，穷奇跟梼杌那两家伙却不知所踪。

因千夜最贪吃，凶狠的饕餮本性早已在岁月长河中被磨平，身上反而是满满当当的人间烟火气，故薛连打趣道，世人将他也归为四大凶兽，着实是委屈了其他三位，难怪混沌要愤然地躲起来长眠。

千夜哼了哼，也不恼，只抱着肩看薛连要如何取来这道醉陶然。

薛连亦不多说，拔下头上银钗，浸入茶杯中，钗头的雪莲瓣遇水即化，摇曳生姿。自上次送与乌裳一片后，钗头又长出了新的，依旧是六片雪莲瓣。

薛连摘下两片，一片给五儿，吩咐她拿着去紫云洞找琼花娘子讨一壶菊花酿。一片给七儿，要她去百灵潭见春妖，请春妖出手，一同去平月林找陶修老人讨一小盒风满袖。

五儿与七儿得令而去，留下了薛连自己，自然是去西昆仑取最难得的混沌肉。

千夜站在一边，看薛连调派有度，淡定自若，也不由暗自佩服她的果敢。

事不宜迟，薛连即刻动身，千夜也好奇地要跟她去西昆仑走一趟。

一路景致越发荒芜，天气也越来越无常，他们紧赶慢赶，总算到了西昆仑这片极寒之地，千夜哆嗦着身子抱怨道：“真搞不懂那家伙怎么会喜欢这种不毛之地！”

薛连淡淡一笑，她本就是长白山修行的千年雪莲，并不畏寒，见千夜冷得不行，直在后面跺脚，她停下脚步，转身忽然握住了千夜的手。

千夜一下瞪大双眼，还没来得及开口，手心便传来一股暖流，源源不断地涌进体内，瞬间将寒意驱走，舒服得全身都舒展开了。

薛连收回手，笑望了他一眼，转身继续走在了前面，千夜挠了挠头，跟上去，神色竟有些腼腆：“多谢。”

不知走了多久，穿过了多少大风雪，他们终于在冰洞中见到了传说中的混沌——

他竟没在长眠，而是守在一座冰棺旁，一动不动，静静凝望着棺中人。

千夜兴冲冲地正要上前，却被一道透明的冰墙阻了回来，他吃痛出声，声音却如针坠雪里，无声无息，瞬间被冰墙吞没。

千夜一惊，扯开嗓子开始大喊大叫，却没有一点儿用，任凭他怎么叫喊，都发不出一点儿声音，一道冰墙将里外彻底隔绝，吞噬了一切的声响，整个冰洞静得可怕！

这里居然死一般的寂静！

千夜从未遇到过这种情况，他心跳得厉害，那冰墙仿佛能惑人心神，叫人越是听不到自己的声音，就越是慌乱得拼命大叫。

正当千夜呼吸急促，失控得近乎癫狂时，一只冰凉的手覆住了他的眼眸，清冷的气息迎面而来，让他的心一下静了下来。

是一身雪衣的薛连，她贴近千夜，以冰肌玉骨驱散千夜的燥热，呼气如兰间，她抓住千夜的手轻轻地按在自己的唇上，以唇语缓缓吐出四个字：“不——要——硬——闯。”

千夜身子微颤，眼前看不见，触觉就格外灵敏，黑暗中他只觉手触之处无比柔软，唇瓣的一启一动间，他仔细又辨出四个字：“我——有——办——法。”

如一粒石子投入湖面，荡漾开层层涟漪，千夜心头忽然升起一股奇异的感觉，心跳得厉害，无端地口焦舌燥起来。

还好薛连说完就放开了他的手，他咽了咽口水，勉力平复下翻滚的心绪，看薛连从怀中掏出一只古埙，对着他点了点头。

悠长的乐曲声瞬即响起，带着跨越千年的古朴味道——这古埙竟能发出声音！

直逼人心的埙声中，仿佛光阴陡转，前尘旧梦翻越而出，整个冰洞霎时流光四射，千夜惊讶地看到冰墙竟在一点点融化！

薛连目不转睛，继续吹着古埙，却终是松了口气。

传言混沌生四翅，通歌舞，唯有动人的乐声才能融化西昆仑的冰墙，若贸然横闯，只会落得尸骨无存的下场。

她此番来取混沌肉，上路前便做了万全的准备，千夜还不知她跑哪儿去了，其实她正是去托齐灵向天上的妙音仙君借了这古埙。

冰屑飞扬，飒飒而下，守在棺边的混沌终于在乐声中动了动眼皮，慢慢抬起头。

冰墙轰然坍塌，那张脸赫现眼前——

明明是张年轻英俊的面容，浑身上下却没有一丝生气，如暮年老者，透着枯井般的衰败气息。

他似乎很久没有见过生人，涩然地眨了眨眼，嘶哑开口："千……夜？"

（四）

抬眼处，黄沙漫天，烟尘滚滚，炙热的骄阳烤着大地。

千夜搀扶着面色发白的薛连，风沙呛得他咳了几声。

"这、这就是混沌之境了吗？"

薛连无力地点了点头，凑到千夜耳边，嘴唇因缺水而泛白，声音虚弱："这只是其中一处……这里千变万化，荒诞丛生，我们得走过重重幻境才能出去……其实你没必要陪我进来冒险的……"

冰墙坍塌后，他们向混沌说明来意，混沌并没动怒，只是指着棺中人，要他们走进她的梦中，过混沌之境。

若是能活着出来，他便割下身上的混沌肉赠予他们。

这也在薛连的意料之中，她来之前就知晓混沌之境，要吃混沌肉，必过混沌之境。

所谓一花一世界，混沌之境包罗万象，幻景迭生，为人心中贪、嗔、痴、恨、爱、恶、欲所反映，其中海市蜃楼无数，怪诞连连，只有在过每一层幻境时找到一个触发点，才能触发下一层的幻境，如此接二连三，方可走到尽头，走出混沌之境。

只是薛连没有想到，这混沌之境竟是在一个女子的梦中——知道后却又是恍然大悟，如此一来，混沌之境的种种荒诞不就可以解释了，这不正是庄周梦蝶，人生如梦？

混沌长袖一拂，在冰棺上方化出一道光晕，薛连深吸了口气，就要走进时，千夜忽然一个激灵，伸手拉住了她，对着混沌紧张道："等等，如果走不出来会怎样？"

混沌面无表情，抚上冰棺，垂眸凝望着棺中人。

"走不出来……就永远困在则容的梦中，与我一起生生世世陪着她。"

在这个永远寂静的地方，不会有任何声音打扰他们，通晓歌舞曲乐的混沌，在则容睡去的那一刻，就抛弃了所有的喜好，与世隔绝，日复一日地枯守棺边，惩罚着自己——

再也不能歌唱，再也不能起舞，封闭了一切，只因为，你的永世长眠。

烈日持续炙烤着沙漠，一支商队骑着白骆驼从黄沙中走过，当先一人蒙着面纱，腰肢曼妙，透着浓郁的异域风情。

有笛声不知从哪儿传来，慵懒而妩媚，丝丝渗进人的心底。

薛连从千夜怀中挣起，脸色苍白却急声道："快，快射下那蒙面胡女……"

千夜立时明白过来，那定是此层幻境的触发点，他赶紧扬手幻出一支羽箭，也不多说，奋力一掷，对着蒙面人穿心而过，那个婀娜的背影应声栽下。

如一面铜镜支离破碎，天地霎时颠倒，暴尘扬起，千夜扯过红袍护住薛连，两人被卷进了风沙中，头晕目眩，再次睁开眼，却已经来到了下一层幻境。

竟是一座富丽堂皇的宫殿，桌上摆满了各种各样的美食佳肴，山珍海味，应有尽有，千夜一下看直了眼，风一样地扑了过去，狂吃海喝起来，再也挪不开步子。

薛连急忙上去拉住他："快别吃了，这些都是假的，这是贪之境，是你心中无穷无尽的贪婪啊！"

可千夜哪里停得住，此刻怕是要他死在这里他也心甘情愿，薛连着急地左顾右盼，忽然看见头顶有一盏巨大的灯烛，她神色一喜，来不及想便飞身上去，用力一把将灯烛扯了下来。

顿时滔滔江水倾泻而下，淹没了整座宫殿，薛连抓着千夜卷入了水中，浮浮沉沉中，眼前场景陡转……

"快快投降，不然本帅就将你的二位夫人推下去！"

一声厉喝惊醒了千夜，他猛地回过神来，竟发现自己骑在一匹骏马上，白袍银枪，身后是千军万马。

城楼上，一左一右站着两道身影，赫然正是被敌方将士挟持的薛连与乌裳！

"不要！"千夜惊叫出声，此情此景下他仿佛被蛊惑了心神，完全忘了自己在混沌之境中，而是彻底沉浸在了这场幻景中。

"我数三声，你再不缴械投降，我便推下你的一位夫人，你自己选，要舍弃哪一个？"

"不要！"千夜大惊失色，那敌方主帅却毫不留情地数了起来，有如毒蛇般的声音在他头顶盘旋着，千夜双手颤抖，看看左边的薛连，又看看右边的乌裳，额上冷汗直流，痛苦万分。

"快说，你选谁？"

这一声如雷霆万钧，喝得千夜身子一震，在马上濒临崩溃。

城楼上的薛连见状心急如焚，千夜俨然已入了梦魇，她却被堵住了嘴不能出声提醒，一身法术也根本使不出来。

"我选，我选……"千夜浑身颤抖着，就在这千钧一发之际，薛连灵机一动，奋力挣脱身后的士兵，一把扑向那敌方主帅，两人双双坠下了城楼。

"不要！"千夜目眦欲裂，雪衣绽放在空中，凄美绝伦，却是画面陡转，一阵撕心裂肺的痛楚中，他猛然睁开眼，正对上薛连关切的眼眸。

她紧紧握住他的手，将他从梦魇中拉了出来，他们此刻已身在下一层幻境。

"好险，差点儿破不了方才的局，你该一箭射死那主帅的！"薛连惊魂未定，千夜更是喘着气后怕不已，一句话也说不出来。

心跳如雷间，两人的手握得更紧了。

前方有水声传来，他们循声而去，一下惊在了原地。

这里竟然是百灵潭！

水面上幽莲神秘，潭中一人正在沐浴，如瀑的墨发湿漉漉地披在肩上，修长的脖颈沾满了水珠，若隐若现的背影极具诱惑——

不是春妖还能是谁？

这回千夜倒反应得快，反手一把捂住薛连的眼睛，红袍一拂幻出弓箭："看小爷一箭射死他！"

"等等！"薛连一惊，赶紧拉住了千夜，"触发点不是他！"

望着千夜疑惑的眼神，薛连纤手一指：“你将潭中央那朵莲烧掉就行。”

她指的正是春妖身边的一朵幽莲，它纯白如雪，晶莹剔透，在满潭蓝莲中格外醒目。

千夜不解地脱口而出：“为什么？”

“因为……”薛连顿了下，素来淡定自若的脸上难得地生出一抹红晕，“那株雪莲是我在百灵潭修行时的本体。”

（五）

长白山，白雪皑皑，一片苍茫。

五儿与七儿端着汤，朝房中走去。

“都吃了我们几把头发，人怎还不见醒？”五儿嘀咕着推开房门，却正看见榻上的那道红影晃晃悠悠地坐了起来。

五儿猛地瞪大双眼，下一瞬，一声欢喜尖叫划破夜空：“姑娘，他醒了！”

千夜扶着头，只觉耳边嗡嗡嗡作响，脑海中一幅幅画面倏然而过，像做了一场好长的梦……

他与薛连去西昆仑取混沌肉，然后一起进了混沌之境……

是了，在烧掉那株雪莲后，他们又跌入了新的幻境中，经历了各种荒诞离奇的遭遇，破了一层层幻景，终于到了最后一步，却被困在了大风雪中。

冰洞里，薛连抱着他，他那时已神志不清，嘴里说着胡话。

“小爷真他娘的后悔了，好端端地要吃什么醉陶然……我们、我们会死在这里吗？”

这里的一切都是假的，唯有死亡是真的。

迷迷糊糊中，千夜望见薛连拔下发间的银钗，以雪水相融，将上面的六片莲瓣一一摘下，不由分说地轻轻含住，俯身覆上他的唇，以舌尖抵着送进了他嘴里。

唇齿相依间，他只听到她的声音清婉而坚定地响起：“我不会让你死在这里……绝不会！”

还未等千夜反应过来，薛连就已经解开了自己的衣裳，紧紧搂住他，温香软玉扑了他满怀，红袍雪衣下裹着他们交缠的身子，他贴在薛连心口，汲取着那源源不断传来的温暖。

千夜打着哆嗦，天昏地暗中却还有一丝清明：“你们女子不是最重名节吗？你如今这般为我……日后、日后还找得到婆家吗……”

“你想得还真远……”薛连柔声笑开，声音却越来越虚弱，“实在不行，我就嫁给你吧，你肯不肯娶我？”

“我……”

“你不肯？你可是嫌我太烦了？你还在挂念着乌裳妹妹？那……那在城楼上时，你为何犹豫不决，你心中当真一点儿也没有我吗……”

絮絮叨叨的话语中，不知是玩笑还是认真，薛连似乎也快支撑不下去了，却仍旧一直说个不停。

千夜知道薛连这是故意在引他说话，不让他睡去，他心头忽然像火烧一样，眼眶酸涩，有什么汹涌地漫进胸腔，叫他心绪激荡得不能自已……

他猛地翻身压住了薛连，狠狠欺上那对嫣红的唇瓣，以吻缄口。

天地霎时静了下来。

只有缠绵的吻与炙热的泪，千夜泣不成声：“我娶你，只要你肯嫁，我一定娶你！”

灼灼的气息萦绕在薛连耳边：“我不是说笑的，如果我们能活着出去，一生一世，我必不负你！”

无数画面在脑中闪过，回忆至此戛然而止，千夜一回过神来，便对上了薛连的一双蒙眬泪眼，他长睫微颤，哽咽了喉头：“我们现在是在混沌之境中，还是在现实里？”

薛连笑了笑，拭去眼角的泪，将五儿手中的汤端给千夜：“醉陶然都给你做出来了，你说这是在哪里？”

他们到底是破了最后一层幻境，泪如雨下的拥吻中，那滚烫的泪水滴滴落在冰面上，寒冰竟不可思议地瞬间消融了……

原来他们千方百计也没有找到的触发点，竟是有情人的泪水！

薛连温柔地喂了千夜一勺汤，千夜在咽下的一刹那，心头大悸，百般滋味涌上心间，在身体里千回百转地流淌着，前尘旧梦轮番上演，不知今夕何夕。

他忽然怔怔地落下泪来，情难自已，原来这就是醉陶然的味道——

携手同度朝与暮，免将生死作离别，共君一醉一陶然。

掺杂了人间百味的醉陶然，直叫人恍如隔世。

过一遍混沌之境，他们就像携手走过了几辈子，人世间的贪嗔痴爱尽皆尝透，蓦然回首，只觉旧梦依稀，往事如烟，不胜唏嘘。

千夜抬起头，情不自禁地一把拥住薛连，唇角微扬，在她耳边轻声道：“我们请春妖做证婚人，回到百灵潭就成亲吧。”

（六）

在长白山休养了一段时日后，薛连与千夜恢复得差不多了，就在他们启程前往百灵潭时，变故陡生——千夜居然又跑了！

薛连带着五儿与七儿好不容易在树林里追上了他，五儿气得上前质问："我家姑娘哪点对不住你，你为何说悔婚就悔婚？你知不知道我家姑娘有多伤心？"

千夜铁青着脸，不发一言。

薛连推开七儿的搀扶，颤巍巍地走了出来，脸色苍白。

千夜见她泪光闪动的模样心如刀割，却硬是忍住满腔翻滚的情绪，听她一字一顿地问出三个字："为——什——么？"

千夜红袍一拂，转过身不忍面对薛连，只涩声开口："我不喜欢强人所难，你心知肚明。"

话音刚落，他便飞身一掠，身影几个闪跃，消失在了林间。

五儿气急败坏地追出几步，破口大骂，骂着骂着却顾及身后的薛连，转过头怯生生地问道："姑娘，咱们还追吗？"

薛连深吸了口气，忍住眼角泪，咬牙道："追，追到天涯海角我也要找他问个究竟！"

一旁的七儿还在苦苦思索着千夜说过的话，不喜欢强人所难，心知肚明……想着想着七儿忽然眼睛一亮，脱口道："我知道了，宫主定是误会了！"

几天前，千夜找到七儿，神情古怪地问了她薛连与春妖是何关系……

薛连哪里会知道，这场变故都得从几天前的一个深夜说起，那夜千夜来看她，还未进门，便在窗外听到了里面传来的对话。

五儿笑嘻嘻地问薛连："姑娘心中此刻最想见到的怕就是宫主了！"

薛连但笑不语，倒是七儿柔声接口道："若是七儿没猜错，姑娘心中此刻最想见到的应当是百灵潭之主——春妖。"

此话一出，千夜脸上的笑意就瞬间凝固了，如冷水浇头，他勉力平复下心绪想听薛连否认，里面却传来一声："不错，还是七儿最懂我，我已迫不及待想回百灵潭面见潭主……"

千夜如遭霹雳，身子一个踉跄，心乱如麻间再听不下去，一拂袖，身影掠入了夜色中。

他自是没有听见房里薛连接下来说的话："……我要当面感谢潭主，多谢他亲赠的八字真言……"

离开的千夜越想越不对，他忽然忆起薛连曾说过，混沌之境在不同程度上反映了人心中所想，那百灵潭的幻境中，春妖身边为何会出现薛连的本体，这又说明了什么……

千夜一颗心七上八下的，终于忍不住，故作不经意地向七儿问起，七儿想了想，说其间旧事她也不是很清楚，只知道潭主曾助姑娘修行，对姑娘有恩，姑娘感念于心，时时想着要报恩……

报恩……原来是报恩！

她所做的一切原来都是为了春妖，她舍命救他，说要嫁给他，不过是想骗他回百灵潭，她真正想嫁的人根本不是他！

千夜一声怒吼，在七儿惊诧的眼神中夺门而出，一口气跑到了山脚下的小酒馆，喝得酩酊大醉。

正当他痛苦万分时，他对面不知何时坐下了一个灰袍老道，那老道抚须一叹："无量天尊，贫道知施主所忧，有一物可解施主烦恼。"

瘦削的手将一对造型古朴的铜铃推至他眼前，他醉得迷迷糊糊，只听得耳边那个苍老的声音不住说着些什么……

等到一觉醒来时，千夜对面已空无一人，他扶着额头，正以为昨夜不过是一场梦时，一抬头赫然发现桌上竟真的摆着一对铜铃！

千夜浑身一震，那个声音仿佛又在耳边蛊惑响起："只要将这铜铃摇一摇，就能摆脱掉你不想面对的人……"

树林里，千夜身形如风，身后遥遥传来薛连三人的呼唤，眼看着她们又要追上他了，千夜咬咬牙，终是下定决心，从怀中掏出了那对铜铃……

（七）

红叶宫，烛光摇曳，歌舞升平。

千夜懒懒倚在座上，抱着酒坛，喝得醉眼蒙眬。

那日在树林里他摇响了铜铃，定住了薛连三人，顺利甩掉了她们，回到了红叶宫。

他宫中弟兄日日好吃好喝地伺候着他，大殿歌舞不断，他夜夜笙歌，胡吃海喝，如此过了半月，居然还是没有忘记那身雪衣。

红叶宫的妖兽们不会知道，就算吃再多的美味佳肴，他们的大王也是不快活的。

填饱了肚子，却填不满心。

这日，红叶宫忽然闯进了一个不速之客，打破了一片祥和——

竟是遍体鳞伤、面目全非的五儿！

她身上已被烧得不成样子，指着千夜咬牙切齿："你好狠的心，为何要害我家姑娘……"

千夜震惊莫名，赶紧抱住摇摇欲坠的五儿，猛地将真气输入她体内，却已是无力回天。

在五儿气若游丝的叙述中，千夜这才知道自己犯了多大的错，他竟上了那牛鼻子老道的当，亲手将薛连她们送进了那老道的炼丹炉！

薛连曾在那老道手中救下五儿与七儿，与他结下了宿怨，那道士发誓要将薛连三人捉来炼丹。

他乘虚而入，利用千夜用定魂铃定住了她们，千夜前脚刚走，他后脚就来了，不费吹灰之力地捉住了薛连三人，将她们带回去投入了炼丹炉中。

薛连被单独置于内室，五儿在七儿的拼死相助下逃了出来，七儿却被那老道活生生地烧死了。

"快，快去救我家姑娘……"五儿双目圆睁，颤抖着身子，不甘心地咽下了最后一口气，在千夜怀中变回了原形，化作了一支滚烫烧焦的人参。

"不！"千夜撕心痛呼，满宫妖兽还未反应过来时，那身红袍已经风一阵地掠出了殿外。

一路上，千夜眼前全是薛连那张淡淡含笑的脸。

携手同度朝与暮，免将生死作离别，共君一醉一陶然。

混沌之境中，他们生死相依，她亲手喂他喝下了醉陶然，明明已经向他表明心意，他为什么那么笨，为什么还要怀疑她——

竟是他，亲手将她置于了死地！

大风凛冽，刮过千夜的发丝，他红袍鼓动，心跳如雷。

来得及，一定来得及！

（八）

百灵潭，有间泽，云烟缭绕，古木参天。

郁郁葱葱的树叶间，架起了一个木屋，这些年碧丞就是住在这里，看守着有间泽，等待着茧儿苏醒过来。

千夜归顺百灵潭后，常常提着酒来到木屋与碧丞做伴，两人云中对饮，有时一坐就是一下午。

他们会望向窗外，树上结满了五光十色的灵茧，灵茧有大有小，个个散发着柔和的荧光，风一吹，便轻轻摇曳起来，发出飒飒清响。

他们相视一笑，笑得寂寥，摇摇头，碰杯痛饮——

整个百灵潭怕没有比他们更同病相怜的了，都因一念之差伤害了所爱之人，让她们沉睡在了茧里，不知何时才会苏醒。

碧丞守着的是茧儿，而千夜守着的则是他的新娘。

那日当他赶到药庐时，那牛鼻老道早已闻声而逃，他打破了炼丹炉，救出了奄奄一息的薛连。

薛连的身子渐渐透明，他抱着她赶到百灵潭，让春妖封住了她即将消散的元神，送进了灵茧里，沉睡休养。

千夜永远也忘不了，薛连在他怀中说的最后一句话。

其实她那日追上他，还没有来得及告诉他，她对春妖有多感激，只因春妖赠给她的八字真言——赤子之心，归顺为卿。

她流连人间，看遍千帆，常常以世人为赌，惩治着一颗颗充满欲念的心。

她曾对春妖说过，看过太多人心的贪婪，太多的丑恶，她只愿寻得一个拥有赤子之心的人，共度此生。

春妖便为她留意起来，直到千夜的出现，他心思至纯，正是薛连渴求的拥有赤子之心的人。

于是春妖便命乌裳去给薛连送信，信笺上除却布下的任务外，末尾更是写了意味深长的八个字——赤子之心，归顺为卿。

薛连一见便明白过来，欢喜不已，对春妖感激不尽，感激他，让她在茫茫人海中能够遇见命中注定的那个人。

微风轻拂，百灵潭的水面泛起涟漪，千夜和碧丞醉醺醺地倒在一起，窗外下起了蒙蒙细雨。

千夜做了一个梦，他梦见花好月圆，他牵着薛连的手，在所有人的注目下拜堂成亲。

烟花在头顶绽放，他们共饮交杯酒，从此携手走过春秋冬夏，看斜阳照水，共君一醉一陶然。

第八章

沈慈

世上万物皆可算，唯有人心是不能用来算的。

天地为盘，苍生为棋，他什么都能赌，就是不该拿心头之爱赌。

沈慈千辛万苦地来到有间泽时，春妖与齐灵正在树上对弈，只听到“扑通”一声，满身狼狈的女子跪在了他们面前，脸色苍白，眼神却很坚定。

有间泽的规矩不用多说，射下树上五光十色的灵茧即可，但这唤作沈慈的柔美女子却摇摇头，轻声开口：“我身中奇毒，至多还有三个月的命……”

“你想续命？”树上的齐灵把玩着棋子，似笑非笑，打断道，“姑娘，不好意思，擅改生死簿这样的事情，本大仙和老妖可是不做的……”

树下的沈慈沉默了片刻，抿了抿唇：“不，不是续命。”

她仰头望着五光十色的灵茧，一双清柔的眼眸若有所思，却又含着说不出来的隐隐哀伤。许久，她长睫微颤，望向春妖与齐灵莞尔一笑，放柔了目光：“我是为他而来。”

跋山涉水，为他而来。

（一）

沈慈第一次遇见衡，是在漓城郊外的河边。

她是怀安郡主的婢女，郡主好玩，每到春暖花开时，就带领浩浩荡荡的一群人在此扎营狩猎。

郡王府的渔网材质特殊，分别撒在沿河各处，只要一有动静，上面的铃铛就会响个不停，显示猎物落网。

当沈慈闻声赶去时，她万万没想到，网里困住的竟是一个人，不，确切地说，是一条人鱼——

和她年纪相仿的少年，一头银发，肤色雪白，漂亮的五官在阳光下熠熠生辉，下身却是一条修长的银色鱼尾，片片鱼鳞泛着柔和的光芒，美得纯粹而惊艳。

少年在网中挣扎，慌张而不安，漆黑的眼眸警惕地望着沈慈，沈慈一个激灵，这才反应过来："你，你是……赤羽鱼人？"

赤羽鱼人存在于北陆南疆的传说中，真正见过的人少之又少，他们是上古就繁衍下来的灵兽，天生貌美，银尾红翼，既能在水陆中生活，亦能张开一对红色的翅膀，翱翔于天际。

但在许多年前，赤羽鱼人一族不知为何触犯了神灵，被永久剥夺了翅膀，从此再也不能飞翔于蓝天白云间，偌大的家族也迅速衰败。

如今为数不多的赤羽鱼人被抓住的下场，便是供达官贵族豢养赏玩，终生不得自由。

想到"自由"二字，又恰对上少年惊慌绝望的眼眸，沈慈心头一动，鬼使神差地就把网绳解开，冲网中的少年低声道："快，快走吧！"

少年感激地望了她一眼，银光一闪，水花四溅中，已消失不见。

沈慈松了口气，一个声音却陡然在身后响起："你这贱婢，好大的胆子，竟敢私放本郡主的猎物！"

回头一看，竟是带着人赶来的怀安郡主，以及她身旁云衫翩翩，面如冠玉的邻国质子，谢长夜。

沈慈脑子一蒙，第一反应不是去管郡主，而是紧张地看向谢长夜，那双狭长的眼眸依旧波澜不惊，只是眼角微挑着，含了一丝不易察觉的愠怒。

沈慈身子一颤，坏了，她知道，她又给公子添麻烦了。

私放猎物的下场就是怀安郡主的几个耳光，外加饿着肚子罚跪一夜。春寒料峭，其他人早已在帐篷里温暖入睡了，只有衣衫单薄的沈慈还跪在漫天星野下，瑟瑟发抖着。

谢长夜悄悄出来看了她一次，给她带了点儿吃食，还抿紧唇扔了个小药瓶给她，示意她敷在脸上红肿的地方。沈慈小心翼翼地接过，不敢去看谢长夜，倒是谢长夜悠悠一叹，问道："我们离开陈国几年了？"

文盛武衰的陈国，是他们心心念念的故土，谢长夜是陈国皇子，十三岁时就被送到南诏做质子，沈慈六岁就跟在他身旁，后辗转安插进了郡王府，如今粗粗算来，不知不觉间已经八年了。

“阿慈，你还想回陈国吗？”

谢长夜眸光深邃，看得沈慈越发愧疚，那一字字沉重得就像巨石压在她心口一般。

“如履薄冰走到今天，大事在即，一步都错不得了，你的仁慈只会是多余的累赘，对我们回到陈国没有任何帮助，你明白吗？”

直到谢长夜拂袖而去许久后，那些话仍萦绕在沈慈耳畔，她跪得手脚发麻，风吹发梢，不防间被一只湿漉漉的手搭在了肩膀上。

赫然抬头，沈慈还没来得及出声，已惊诧发现——竟是白日里她放走的那个少年！

他已化出了人形，十四五岁的模样，穿着一袭银白相间的衣裳，长发如瀑，雪白的面庞在月下泛着柔和的光芒。他显然刚从水里出来，长睫上还挂着水珠，沈慈不知道他在水里藏了多久，更不知道他听到了些什么。

公子的话还响荡在耳畔，沈慈下意识地绷紧了弦，准备一有异动就立刻开口喊人，绝不再心慈手软。但她没想到的是，下一瞬，少年竟然摊开手心，冲她一笑：“送给你。”

沈慈愣住了。那是一条银链，在月下闪闪发光，看起来就像是工匠精心打造的饰品，但实际上，沈慈细细辨出，那不过是少年用一根发丝串起来的鱼鳞，美得浑然天成。

已经很久没有人送过她礼物了，沈慈颤着手接过银链，再看向少年真诚的眼眸，忽然觉得身上的酸痛一刹那都消失了。

天地间静悄悄的，安详得像个梦。

（二）

少年叫衡，许是没有伙伴，寂寞了太久，在接下来的半个月里，他开始时常在深夜来找沈慈，悄无声息的没让任何人发现。

沈慈也渐渐习惯了衡的“相扰”，她发现和他在一起很舒服，赤羽鱼人的心思非常单纯，他们虽然聪慧，但不会去算计，许多心里话也能尽数倾诉。

衡告诉沈慈自己的经历，沈慈也会提起在陈国时发生的趣事，他们枕着头躺在草丛里，望着满天繁星，说到这辈子最大的希冀时，竟然同时沉默了。

最后还是沈慈先开了口，她满怀憧憬着：“自由，我想要自由，想和公子回到陈国，想……”

想永远陪在公子身边……后面半句沈慈不好意思说了，伸手去推衡催他说，衡躲不过，笑吟吟的眸子望着夜空，才终于轻轻开口："天空。"

他说他一直向往着头上的那片天，在很久以前，他们的族人还是能够飞翔的，能够张开漂亮的羽翼，穿梭在云雾里，无拘无束……

他不知道多少次梦见过天，即使徜徉在大海里，他也没有一次忘记过对天空的追寻，那是他一辈子的梦，是他们赤羽一族千百年来呵护的一片净土。

高高在上的神灵可以折断他们的翅膀，却无法折断他们心中最纯净的信仰。

这种信仰是刻在骨髓里，融在血液中，至死也不会磨灭的。

郡王府开始拔营启程，沈慈却找不到衡了。

那一夜衡对天空的执着震撼了她，她原本绣了一对翅膀想送给衡，衡却不辞而别了。

回去后的沈慈怅然了好一阵子，但那时的她并不知道，衡不是不辞而别，而是被她家公子一箭射中了肩头，负伤而逃。

到底还是被谢长夜发现了，他不动声色地跟上前，看着他们躺在星野下，亲密无间，像重逢的青梅竹马一样，说着各自最大的希冀。这画面让谢长夜觉得很刺眼，他好像从没见过沈慈这样无所顾忌地笑过，她在他面前永远是温顺的姿态，即便他们同甘共苦了这么多年。他深吸了一口气，莫名地有些烦躁，但还是耐着性子听了下去。

希冀么？一个要自由，一个要天空，那么他呢？

狭长的眸中闪过一丝杀机，谢长夜捏紧了双拳。他要的，自然是一步一步，攀上皇权的顶峰，不再屈服于任何人，包括狠心将他送来当质子的陈国王！

于是，在又一次深夜，谢长夜手持弓箭，早早地守在暗处，还没等到沈慈赶来赴约，他就抢先一箭射中了衡，衡仓皇间与他对望一眼，负伤而逃。

沈慈的生命中就这样没有了衡。她想，也许他去寻找自己的天空了，而她，要走的路还很长，长到一片茫然，看不见自由在哪里。

尤其是谢长夜和怀安郡主订婚的消息传来时，沈慈如遭五雷轰顶，身子摇摇欲坠。

但她很快掩住脸，告诉自己，这一切都在公子的计划中，难道不应该高兴吗？

（三）

婚事这便筹办起来，郡主身份显赫，彩礼都置办了一年多，等到沈慈再次和衡相遇时，却是在南诏最大的奇珍异宝贩卖街市。

她从没想过，他们的再次相遇，会是在这种地方，这种情景下——

那个一头银发的少年，蜷缩着身子，伤痕累累，被关在一个大笼子里，作为奇珍异兽公开贩卖！

围观的百姓指指点点，有"识货"的人已经开始出价了，价钱一个比一个叫得高。

笼中的衡颤抖着，漆黑的眼眸里透着深深的绝望，他仰头看着天空，饱含悲怆，眼角分明滑下一行泪，晶莹地破碎在地上。

沈慈再也忍不住，拨开人群，叫出了一个没有人跟得起的数字！

满场顿寂，齐刷刷射来的目光中，沈慈却视而不见，只紧紧贴在铁笼外，伸出手，红了双眼："衡，是我，是我……"

笼中的少年一颤，周遭仿佛都不存在了，只有他们四目相接，泪光闪烁，从彼此的眼中读到了只有对方明白的东西。

"你还是……没有找到你的天空吗？"

救出衡后，沈慈将他安置在了一家客栈，等到衡沐浴完，上好药换好衣裳后，开始向沈慈讲述起了分别后的经历。

直到这时，沈慈才知道当年衡不辞而别的原因是什么，一时间只觉五味杂陈。

衡却似乎不太介意谢长夜伤他的那一箭，反而不停地宽慰内疚不已的沈慈，末了，有些犹豫地说："你家公子貌似待你不好……"

他当年养好伤后，循着沈慈的气息一路寻去，直跟到了郡王府，却发现郡主刁蛮歹毒，对侍女非打即骂，有一次甚至当着谢长夜的面，故意寻事地掌掴沈慈，而谢长夜只是在一旁看着，淡漠得连眼皮都懒得抬起。

衡又气又急，本想悄悄带走沈慈，却不料被人发现，他一头银发实在显眼，抓住他的人瞧出他赤羽鱼人的身份，反将他囚于笼中，当街贩卖。

这段时日他千方百计地想逃走，吃了不少苦，可即便是这样，如今他望向沈慈的一双眼眸依旧干净纯粹，没有半点儿怨怼，反而是情真意切的关怀。

沈慈心中感动酸楚，低下头："不怪公子，他……也是很苦的。"

太多东西不能向衡言明，有衡的关切，沈慈已经觉得很温暖了。

守着衡睡着后，沈慈赶紧出了客栈，她知道，回到郡王府后等待她的是什么。

自从有一次她去给公子密送情报，不小心被郡主撞破后，郡主只当她倾慕谢长夜，是私会勾引他，便开始处处针对她。

她有苦难言，此番来这街市，也是因为郡主嫌普通饰品俗气，差她来淘些珍宝，若完不成任务，回去少不了又是一顿鞭子抽。

但为了救衡，她一掷千金，哪还有钱去买珍宝，只能随便选支簪子对付过去。

果然，回去后，面对她呈上的那支平平无奇的簪子，郡主勃然大怒，狠狠教训了她一番，叫她躺在床上仍旧浑身酸痛，冷汗直流。

半夜时分，一道身影如鬼魅般摸进了沈慈的房间，坐在床头，一手捂住了她的嘴。

那是她万分熟悉的气息，她家公子，谢长夜。

微凉的指尖划过她背上的鞭伤，她颤了颤，那只手便徐徐收了回去，耳边只响起意味不明的叹息："三年，至多三年，再等等……"

等？等什么？

一颗跳动的心莫名有了期待，沈慈大气也不敢出一声，黑暗中，谢长夜就那样静静地坐在床头，不知在想些什么。

外头有风轻轻拍着窗棂，暖炉里云烟缭绕，一室静谧。

修长的手指卷过沈慈的长发，不知过了多久，谢长夜终是起身，一拂袖，依旧扔了个小药瓶给沈慈，语气也恢复了一贯的淡漠，将几道指令吩咐下去，只是临走前却话锋一转："你究竟将那些钱用到了何处？"

沈慈一怔，嗫嚅着："就是、就是那支簪子……"

眸光陡厉，谢长夜冷冷一哼，也不再多说，径自拂袖而去。

（四）

衡再一次消失在了沈慈的生命中，任她如何也找寻不到。

与此同时，在郡主大婚前，他们一行人去了一趟陈国，为谢长夜的父皇贺寿。

那是沈慈阔别十年后再次踏上故乡的土地，她闻着风中陈国特产的兰芷花香，几欲流泪。

但她知道，这次回来还不算真正归乡，公子要抓紧时间做的事情还很多，她也带着艰巨的任务，那就是——

在寿宴上刺杀怀安郡主，再嫁祸给陈国王！

是的，没有人会相信，外表看似柔弱的沈慈，却是深藏不露。

她确信能做到全身而退，但行动前，谢长夜却忽然问她："如果不能全身而退呢？"

沈慈愣了愣，谢长夜一拂袖，眸中闪过一丝决绝，声音陡厉："如果失败了，你将是颗弃子，没有人会保你，你只能自生自灭，明白吗？"

即便追随了谢长夜这么多年，沈慈也一直明白自己的地位，从不敢逾越，但她以为，他叫她"阿慈"时是清楚她的心意的，不是拿她当一般死士对待的，所以当这番话毫不留情地坦露出来时，沈慈还是觉得心口被重重一击，几乎喘不过气来。

她低下头，努力平复气息："是，公子。"

那夜的计划果然出现了点差池，沈慈连宴席都没能挨近，半路便叫人拦截了下来。

那个身影从水里跃出，在一片黑暗间，不由分说地抱住她潜入湖底，她在触到手间光滑的鱼鳞时，倏然停止了挣扎，欣喜地顿悟过来——

是衡，是消失了许久的衡！

果然，当衡带着她浮出水面时，在月下她又见到了那张漂亮而干净的脸，还没等她开口，衡已经对她急声道："你别去刺杀陈国王，你家公子存心让你去送死！"

一句话叫沈慈的笑容凝固，如坠冰窟。

如果说在女人和皇图霸业中选择，以谢长夜的性子，他会毫不犹豫地选择第二个，所以当怀安郡主识穿沈慈的身份，要与他做笔交易时，他只想了想，便含笑答允了下来。

"不过是从小长大的侍女，虽跟久了有了些感情，但毕竟是个死士，有何不可？"

就是在那次无意撞破后，怀安郡主起了疑心，暗地里调查出了沈慈的底细，并恍然明白了谢长夜娶她的目的，但她不仅没有声张，反而向谢长夜挑明，愿意跟他联手，以郡王府之势，助他一臂之力，回到陈国夺取王位。

只是条件有两个，一是登基后立她为后，二是除掉沈慈。

方法很简单，安排沈慈去刺杀她，让沈慈被埋伏好的侍卫擒住，当场诛杀，不留任何退路，这样既能挑起陈国与南诏的矛盾，又能叫对他忠心耿耿的死士物尽其用，简直是一箭双雕。

对于怀安郡主的计划，谢长夜没有异议，只是似笑非笑道："区区一个死士也劳郡主这般算计？"

怀安郡主也跟着笑了："防患于未然，只要有万分之一的可能，我都要扼杀掉。"

这场交易，其实就是对谢长夜的考验，两头孰轻孰重，一目了然，所以他放弃了沈慈也在怀安郡主的意料之中。

只是这一切，都被顺着河流潜入宫里活水湖中的衡听到了。

他上一次消失也是因为谢长夜，那天在客栈若不是他恰巧出去，早被谢长夜派去的杀手乱剑刺死，抬到荒郊埋了。

“人跑了如何回去向谢公子交代？”

他在窗下屏气凝神，黑暗中心跳如雷，瞬间明白过来，只觉谢长夜那个人实在太可怕，他不放心沈慈，便一直暗中跟着她，想默默保护她。

从南诏跟到陈国，衡穿过了一条条湖泊河流，锲而不舍，终是没有白走一趟，及时救了沈慈一命。

衡的心思依旧那样单纯，他不懂那些阴谋算计，他只知道，如果沈慈按照谢长夜的计划去行刺，必将有去无回。

而沈慈，在听了来龙去脉后，手脚一阵阵冰冷，也终于在这时明白，为何临行前，公子会问她：“如果不能全身而退呢？”

因为在他的计划里，根本就没有她的全身而退。

（五）

衡要沈慈跟他走，远离纷扰，海阔天空，为自己活一次。

她要自由，他要天空，他们相伴而行，也许终有一天，他能够长出双翅，带着她翱翔天际，看长风掠过浮云，随心所欲。

但沈慈不肯走，衡漆黑的眼眸水汪汪地望着她，沈慈却终是摇了摇头，目光有些哀伤。

她还是选择回到谢长夜身边，即使等待她的是刀山火海。

有些人的命注定就不属于自己，在公子从雪地里救出她时，她的命就已经是他的了。

她追随他这么多年，始终执拗地相信，或者说愿意相信，他对她是有一丝丝不同的。

她想赌一赌。

在前往驿馆的一路上，沈慈听到百姓都在议论。

行刺一案闹得沸沸扬扬，陈国王焦头烂额，极力撇清。

沈慈这才知道，那夜没有了她的计划却依旧执行得完满，谢长夜早做准备，将所有可能都算到了，如果她没有出现，那么提前安排的另外一个死士就会出来，替代她完成任务。

沈慈混迹于人群中，在城楼底下看见了行刺失败的那个“倒霉蛋”，他的身体被桅杆穿透，血淋淋地挂在风中。

和衡说的结局一模一样。

如果不是衡的阻止，挂在上面的早就是自己了吧。

不知是怀着怎样的心情，沈慈摸进驿馆，不出意料地见到了谢长夜。

“回来了。”他只看了她一眼，依旧在灯下研读地形图。淡淡的语气，仿佛什么也没有发生，沈慈一怔，紧接着却是沉默。

他们心知肚明，却谁也没有揭破。

这很奇怪，就连怀安郡主见到沈慈也没有意外，反而笑得古怪，叫人不寒而栗。

直到沈慈浑浑噩噩地跟着他们回到了南诏，她才明白，这不奇怪，一点儿都不奇怪。

因为公子能卖她一次，就能卖她第二次。

在沈慈没有出现的那晚，谢长夜接到一封密函，索性配合她的消失，将计就计，对怀安郡主说计划有变，她的用处不仅仅是刺杀陈国王。

她将代替怀安郡主，远嫁大渝，进行和亲。

密函上所报，便是大渝使臣来南诏，替汗王求赐郡王府千金的消息。

届时运作之下，谢长夜将不仅多了郡王府的势力，还将通过沈慈与大渝牵线，得到大渝的支持，这其中环环相扣，滴水不漏，唯一不确定的就是，沈慈会不会回来。

但显然，这从没在谢长夜的考虑范围之内，因为他算准了她会回来，即使前面是刀山火海。

直到这时，沈慈才真正感觉到一种无以名状的悲凉，她彻底赌错了，她从头到尾都在自作多情，她与那些死士没有任何不同。

唯一的不同也许就是，她更温顺，更忠心，更会心甘情愿地去卖命，并且永远不会背叛她的公子。

想通了这点后，沈慈对谢长夜的一颗心终于死了，这世上大概只有衡，只有那个心思至纯的少年，不会利用算计她，是一心一意对她好。

他还说要带她走，去寻找他们希冀的自由和天空，但那片天，她此生应该是看不到了。

她只盼衡能带着他们的心愿，不负毕生信仰。

（六）

远赴大渝前，谢长夜召见了沈慈最后一次，看着那双空如死灰的眼眸，他心头一悸，竟有种冲动想拥她入怀。

“你……恨不恨我？”

沈慈摇头，眼底再无一丝波澜，温顺而疏离。

那陌生的疏离终叫谢长夜有些慌了，他忍不住伸出手："阿慈，大局一定，我必将你从那苦寒之地接回来……"

沈慈退后一步，垂首不语，姿态恭敬。

她太清楚，等到她没有利用价值的一天，她很可能突然"暴毙"，公子大抵会接回她的骨灰，撒在陈国故土，也算主仆一场，没有亏待她了。

果然，平复下翻滚的心绪后，谢长夜的语气又恢复了一贯的冷静，他轻拈起一颗药丸："那把这个吃了吧。"

沈慈看了一眼，默默接过，毫无表情地吞了下去。

"这叫寒玉蛊，若没有定期服用解药，寄主的五脏六腑将被体内的寒虫冰冻起来，手脚僵硬，不知不觉地停止呼吸，成为一具冰封的尸体。"

即使做好了心理准备，但在谢长夜淡淡的描述中，沈慈仍煞白了一张脸，那个声音却陡然一厉，在她耳畔一字一句："上次你因何消失，我不去追究，但同样的事情，我不希望发生第二次。"

出发那天，谢长夜与怀安郡主站在城楼上，目送着送亲队伍如一条长龙蜿蜒而去。

那马车上坐着自小跟他颠沛流离，一路追随他长大的姑娘，他说过终有一天要带她回到故乡，再不受一点苦。

她从前很信他，现在不知道是否还愿意相信，但没关系，即便她不知，天知，地知，他知，足矣。

大风凛冽，谢长夜衣袂飞扬，一旁的怀安郡主紧盯着他，似笑非笑地一挑眉："怎么，舍不得？"

"舍得舍得……"谢长夜也跟着笑，唇边低喃着，"有舍才有得。"

他一只手伸向半空，五指朝下，缓缓并拢，一字一句的话飘入风中，不知是说给怀安郡主听，还是说给自己听——

"我从来舍不下的只有王图霸业，无限江山。"

寒风刺骨，漫天雪花纷飞，送亲的队伍在行进了两个月后，终于抵达了大渝边境，只要再过了那片结了厚厚冰层的湖泊，就能进入大渝都城。

马车里，沈慈粉面红妆，穿着鲜艳的嫁衣，就像个了无生气的木偶娃娃。

这一路上她都沉默寡言，除了经过山川河流时，她会掀开车帘，不由自主地望向波光粼粼的水面，想着衡如今会在哪里，过着怎样的日子，他是否还在执着地追寻着自己的天空……

不知从什么时候起，她竟不再想起谢长夜，只是一遍遍回忆着那个银发少年。

她想起当年在漫天星野下，他们相枕而聊，说着彼此的希冀，对未来充满憧憬。

那大概是她生命中最无忧无虑的一段日子。

“咔嚓”一声，沈慈回过神来，她似乎听到了什么破裂的声音，她以为是自己的幻觉，但随着那声音越来越大，一路随行的队伍也纷纷感觉到了，终于，有人发出了一声惊叫：“看，冰层在开裂！”

皑皑白雪中，队伍正行至湖中央，脚底下厚厚的冰面却一点点在裂开，就在所有人都惊骇不已时，意想不到的一幕发生了——

轰然一声，冰屑横飞间，一道银光破冰而出，湖水瞬间涌上！

人仰马翻，一片惊慌失措的哭喊中，沈慈的马车跌入破开的冰洞里，湖水扑鼻灌来，一双手紧紧抱住她，带着她潜入湖底，刹那消失在众人眼前。

直到这时，才有侍卫反应过来，惊声叫道：“王、王妃被人劫走了！”

深不见底的湖水下，沈慈又摸到了那熟悉的鱼鳞，她颤着身子，在无边的黑暗中抱紧那个少年，再也克制不住地泪流满面。

衡，是她的衡。她无法想象他是如何做到的，从南诏跟到大渝，突破重重险阻，破冰而出，如神祇般降临在她面前，点燃了她枯槁般的一颗心。

如果说生命中还有值得留恋的东西，那就是他，这一次她不会再松开他的手了。

（七）

仿佛得到了一次重生的机会，前尘往事皆如梦幻泡影，沈慈决定像衡说的一样，为自己活一次。她跟着衡去了一个山谷，那里的天很蓝，水很清，却寂静得空无一人。

衡拉着她的手仰望长空，眸中依旧是深深的眷恋与向往。

他说，这是他的家乡，赤羽鱼人曾经生活的地方，千百年以前，这里十分热闹，那时他们一族还没有被剥夺翅膀，还能自由自在地翱翔。

但神灵夺去他们的羽翼后，这里就迅速衰败下来，有族人不辞辛苦去往蓬莱仙境，想求得神灵的谅解，重赐赤羽给他们，可统统没有用，赤羽鱼人一族再也不能飞翔了，从此彻底告别天空，只能仰头悲鸣，在梦中徜徉天际。

一代代族人在这样的遗憾中死去，他们心思至纯，所以才会有那样深刻的执念，千百年来从未忘记过对天空的追寻。

沈慈静静地听着，和衡依偎在一起，久久没有说话。

她手心冰凉，越发地怕冷了，但她没有告诉衡，她知道，这是她体内的寒玉蛊发作了。

如果不回去找公子拿解药，她恐怕就活不了多久了，但她更清楚，一旦回去，她就再也挣脱不出来了，她将失去自由，失去衡。所以，她宁愿用剩下的生命陪伴着衡，在这个与世隔绝的山谷里安详地死去。但死之前，她还要做一件事。

与此同时，南诏国，漓城。在得知王妃中途被劫的消息后，谢长夜几乎将银牙咬碎："找，掘地三尺也要把人给我找出来！"

他没有想到，事情的演变会一次次超出他的预计，倘若沈慈再等等，再等等就好了，她就会发现，一切根本不是她想象的那样。

他与怀安郡主周旋，是费了很大的力气想要保全她的。

行刺一事，他表面答应郡主，定下置沈慈于死地的计划，但实际上，那是置之死地而后生，她若不"死"，怀安郡主如何安心放过她，用来替代沈慈的那具易容尸体他都已经准备好了！让沈慈代替郡主去和亲，也是绝境之下的将计就计，即使她没有中途被劫走，他也会安排人将她替换出来，神不知鬼不觉地"偷龙换凤"，避开怀安郡主的耳目。

城楼上一番对话也是一半野心一半做戏，不过是为了骗过怀安郡主，那样精明的女人，连他一丝一毫的表情都不愿放过，他又怎敢在大局未定之前行错一步。可简直是天意弄人，他精心筹划，沈慈却偏偏没有一次能走到那一步，亲眼看到他后来的安排。

他喂她寒玉蛊，不是想控制她，只是害怕她会像上次一样，消失不见。

在看到她疏离的眼神后，他已经不确定，这一次，她还会不会回来。

所以他宁愿以这种方式，强硬地留住她，待到大局定下后，他就会将一切和盘托出，她跟着他在南诏吃了那么多年的苦，步步为营，好不容易看到胜利的曙光，她为什么就不能再忍忍呢?

"阿慈,你会回来的对吧,即便是为了解药……"轻声呢喃着,谢长夜疲倦地闭上了眼眸。

他还不知道，世上不是每件事他都能算透的，更不知道，有些东西，比生命更重要。

（八）

"没有水，他会死，没有我，他会悲伤，但没有天空，他……就不是他了。"

百灵潭，沈慈向春妖与齐灵提出了心中所求。

她想用余下的生命，为衡做出一对翅膀，一对能真正翱翔天际的翅膀，实现衡和赤羽一族千百年来的梦。

来有间泽的凡人多了去，但这般故事还是少见，听得齐灵唏嘘不已，当下就拉着春妖动身，去了一趟北伏天，拿到了青鸾一族的两片羽毛。

但将羽毛交给沈慈后，齐灵却又有些迟疑："你……当真不后悔？"

她将借助这两片灵羽，以耗损心头血的方式绣出一对翅膀，当赤羽绣成的那一天，她的生命也将到尽头了。

沈慈摇摇头，脸色苍白："本来也活不了多久，倒不如成全衡的向往……"

海阔天空，看长风掠过浮云，那样的场景一定十分美丽。

能和衡自由地飞翔一次，她还有什么不满足的呢？

谢长夜来到有间泽时，已经是一个月后，他千方百计才查到沈慈曾来过这儿，可当他知道她向有间泽的仙人提出了怎样的请求时，他瞳孔骤缩，难以置信。

齐灵捏着棋子，抬头望了望天，叹息道："算算日子，衡的翅膀应当绣好了……"

当齐灵与春妖带着谢长夜终于到达了那片山谷时，恰好看见一双赤羽从他们面前飞过。

夕阳西下，盛大的霞光笼罩着天地，风声飒飒，一草一木都带着一种动人心魄的美。

赤羽银尾的少年，银发如瀑，张开双翅，背着衣袂飞扬的沈慈，在风中自由自在地翱翔着。他们笑得是那样欢快，交叠的身影在霞光中朦胧柔和，震撼莫名，而又美得像个梦。

谢长夜怔怔地仰头，望着长空里的那两道身影，跌跌撞撞地想奔上前，却终是无力地跌跪在地，"滴答"一声，水雾模糊了眼前。

他还是来晚了吗？

她宁愿变成一具冰封的尸体，也不愿再回到他身旁，他以为他算无遗漏，处处为她安排好了后路，但恍然间他才发现，他从一开始就错了，世上万物皆可算，唯有人心是不能用来算的。

天地为盘，苍生为棋，他什么都能赌，就是不该拿心头之爱赌。

耳边仿佛又响起当年星野下，他在暗处听到的那番对话，一个要自由，一个要天空，那么他呢？他殚精竭虑一世，兜兜转转，到头来却失去了最宝贵的东西。

风吹山谷，白云浮衣。坐在衡背上的沈慈，感觉到身体渐渐冰冷，浓重的疲倦向她袭来，她缓缓将脸颊贴近了衡的背，唇边含笑，似乎就要这样睡去。而全然不知的衡依旧兴奋着，摆动着波光粼粼的鱼尾，展开双翅，带着沈慈飞过了金黄的夕阳。

霞光笼罩在他们身上，长风掠过衣袂，发丝飞扬，离头顶那片苍穹越来越近，就像衡曾经无数次梦到的天一样。

第九章 东篱

耳边是东篱清朗的声音，诗句伴着雪花飞过湖面，小船摇摇晃晃的，不知载着谁的梦，漂向了远方。

（一）

夜凉如水，月朗风清。

酒是一等一的酒，浓郁甘美，唇齿留香。

年轻人一袭枫叶红，倚在树下，即使抱着酒坛，喝得醉眼蒙眬，也不像个烂酒鬼，反倒平添了几分清越洒脱。

但下一瞬，一声冲天惨呼就暴露了他的真实身份。

“酒，我的酒，我才埋了两个月的春日晖！”

手中灯盏坠地，宁双难以置信地瞪大了眼，树下一片狼藉，泥土凌乱，当日埋酒的地方早已空空如也，只剩下一堆七零八落的酒坛。

宁双风一样地掠至年轻人身边，从他怀中一把抢过酒坛，低头一看，最后一丝希望也破灭了，她千辛万苦酿成的春日晖竟一滴未剩！

罪魁祸首显然毫无自知，主人家来了也不慌，只一拂衣袖，嘴中咂咂有味，摇头晃脑地吟道：“天若不爱酒，酒星不在天。地若不爱酒，地应无酒泉。天地既爱酒，爱酒不愧天……”

这番恬不知耻的爱酒论还未完，宁双已气得浑身发抖，操起手中的酒坛恨恨砸去：“小贼，你还我酒来——”

酒坛应声而碎，偷酒贼却只翻了个身，轻巧避过，晃晃悠悠地站起来，对着宁双拱手一笑："新丰主人新酒熟，旧客还归旧堂宿。在下东篱，姑娘家的酒甚合我意，不知还有无？"

话中虽还带着几分醉意，眼眸却是又清又亮，望得宁双一愣，待她反应过来这偷酒贼说了些什么时，手忍不住抓起地上的酒坛向他砸去，一声怒吼划破夜空："无耻之徒，赔我酒来！"

东篱与宁双的初遇就这样上演了，在这个鸡飞狗跳的夜晚，不温柔，不美好，日后回想起来，两人却都馋得很，因为如何也忘不了那夜树下萦绕的酒香，丝丝缕缕混着春日的气息，在脑海中挥之不去。

宁家本是北陆鼎鼎大名的酿酒世家，几年前却不知为何家道中落，在乱世里苦苦求生，风卷残叶，几番挣扎下，偌大的宁家只剩了宁双一人。

半年前，她辗转来到川城，独自住在城郊的小院，潜心酿酒，每月给城里各大酒坊茶楼送一回。

她酿的春日晖尤其受欢迎，风流别致的韵味中，宁家的手艺被发挥得淋漓尽致，让人回味无穷。

埋在树下的这批春日晖是两个月前就酿好的，宁双格外用心，并不急着卖出，而是准备等到来年春日再开封，却没想到从天而降一个偷酒贼，好好的美酒被莫名出现的东篱给毁了！

可恨的是，这东篱看起来明明是个翩翩公子，身上却搜不出一文钱，宁双气不打一处来，举着扫把抵在东篱胸前，恶狠狠地道："没有钱，就拿人来赔！"

东篱听了也不急，只嬉皮笑脸地问道："老板娘能包酒吗？"

宁双呸一声："你在我这儿打长工，以身抵债，还想喝酒？"

（二）

宁双再次给酒楼送酒的时候，身边多了一袭枫叶红的身影，有人问起，她为免麻烦，惹来闲言闲语，就随口道："我家乡来的远方表侄。"

话一出口，宁双就恨不能咬掉舌头，她本想说表弟的，却一时口误，刚要改口，一旁的东篱却抢先一步，上前握住她的手，笑得光风霁月："是啊，我双姑最疼我了。"

宁双当下回头瞪了东篱一眼，东篱却目不斜视，笑得愈加灿烂。

说是打长工，宁双觉得自己更像好吃好喝地在养亲侄子，东篱除了衣冠楚楚地走在街上，蒙蔽川城无知妇孺外，真不知还有什么用！

他还自命风雅，老喜欢念些酸不溜丢的诗，成天不是对月“今朝有酒今朝醉，明日愁来明日愁”，就是望天“醉卧不知白日暮，有时空望孤云高”。再或者掸掸衣袖，做出一副昨日之日不可追之状“新丰美酒斗十千，咸阳游侠多少年”。

宁双上来就一扫帚飞去，咬牙切齿：“酒窖清理了没？衣服洗了没？饭做了没？”

狮吼功震得东篱堵住耳朵，一跃三尺后，脸上却依旧笑嘻嘻：“好酒好诗，几多逍遥，双姑你太不解风情了，须知窈窕淑女，君子好逑，你这般下去小心嫁不……”

话还未完，另一把扫帚已经挟风飞来，东篱闪身一避，眉眼嬉笑着拂袖开溜。还不忘遥遥冲宁双喊一句：“我去清理酒窖了！”

宁双紧追几步：“呸，又偷喝我的酒去了，不要脸的小贼！”

如此日复一日地嬉笑怒骂间，虽然东篱的酒钱还是没能赔上，但他扬扬自得，丝毫不以为耻，反倒说自己是宁双的贵人，双姑不仅不能使唤他，还得好好供着他。

这无耻言论自然逃不了宁双的一顿扫帚，但仔细一想，也不无道理。

自从东篱来后，宁双酿出的酒就分外甘醇，本就超群的技艺仿佛一夜之间更上了一个台阶，赢得了无数主顾的称赞。

宁双嘴上不说，但夜深人静时，她会对镜细细审视自己的一双手，想着想着，脸上便会浮现出笑容……

连压在心底的仇恨一时间都淡去不少。

也许，不是什么技艺的突飞猛进，只是心境的一点点变化，因东篱的到来，曾经死寂的院落有了生气，有了生气的地方酿出的酒自然不一样了。

酒通人性，一双充满凄苦怨恨的手，如何能酿出美好醉人的酒？

当日故作凶狠留下东篱，究竟是因为心疼酒钱，还是只不过因为自己孑然一人，寂寞了太久？

抬眸望向镜中，宁双有些失神，正胡思乱想时，颈间忽然传来一阵灼热感，叫她心头大悸，猛地回过神来，按住心口。

似乎是感应到她的松懈，那里一波又一波地袭来灼人的炙热，无情地提醒着她，不能忘，不能忘……

大口喘着气，宁双痛苦不已，她咬着牙撑在梳妆台前，不知过了多久，那直逼人心的痛楚终于平息了。

擦去额上的细汗，宁双缓缓抬起头，苍白了一张脸，望向镜中的眉眼却蓦然狠厉起来——不能忘，绝对不能忘！

无边夜色中，有什么在窗外一闪而过，风过无痕，只留下了一声似有若无的叹息。

（三）

去给蔡侯爷送酒的路上，宁双又问起了东篱的来历，东篱依旧是折扇一打，笑得狡黠：“天子呼来不上船，自称臣是酒中仙。”

宁双一个白眼，伸手作势就要去撕他的折扇，东篱却轻巧避过，衣袍翻飞间好不得意。

先前宁双就问过东篱来川城做什么，东篱只说是家中老大丢失了一物，差他出来寻，再具体的就怎么也问不出了。

宁双气得直拿扫把追他：“记住了，你可是卖身给我了！卖身卖身，懂不懂什么叫卖身？”

如今老话重提，东篱却冲宁双眨眨眼：“可双姑你也有秘密瞒着我呀，是不是？”

宁双蓦地一愣，伸出的手停在半空，东篱忙趁机跑远，飘逸的身影衣袂飞扬，那抹鲜艳的枫叶红刺得宁双心头一跳。

今夜是川城蔡侯爷大寿，蔡府管家点名要宁双酿的春日晖做宴酒，这可是笔大买卖，宁双爽快应下，一大早就开始忙活。

她本来怕东篱笨手笨脚坏事，不准他跟来送酒，可东篱却非得随她来蔡府凑一凑热闹，宁双拗不过他，只好作罢。

进了蔡府，老管家收下货后，客气地要留宁双和东篱喝杯水酒，东篱也不推辞，道了声谢，与宁双跟着蔡府下人来到了最外圈的普通席上，眉开眼笑地坐了上去。

宁双嘱咐他别乱走动，只老实埋头吃喝就是，她去同老管家结账。

可这账一结就结了好久，宴席都开始了，烟花丝竹响个不停，宁双还是没回来，东篱仰头将杯中酒一饮而尽，正准备起身去寻她时，府中忽然传来一声尖叫——

抓刺客！

满堂顿惊，人人惶恐不安，混乱间，传来了更让人震惊的消息——

破开房门的下人们悚然发现，迟迟未出来迎客的蔡侯爷竟变成了一尊青铜像！

消息一出，整个蔡府炸了锅，先前还一派喜庆的气氛荡然无存，取而代之的是一片惊慌。

满堂骚乱中，东篱瞳孔骤缩，眸中几个变幻后，握紧折扇，离了席朝侍卫追踪的方向而去。

搜捕声由远及近，火把通天，水下的宁双屏住呼吸，心跳如雷。

她纤秀的身子藏在一池荷叶下，双手紧紧按住怀里的竹筒，极度的紧张中，一股按捺不住的快意却涌上心头。

第四个，这是第四个，她终于又收了一个狗官的魂！

今夜机会难得，不枉她等了这么久，在川城潜心酿酒半年，取得了所有人的信任，总算能接近仇人，报仇雪恨。

方才潜在房里，她亲眼看着那狗官吓得目眦欲裂，身上溢出丝丝青气，眨眼间就化作了一尊青铜像。

青气飘进了她的竹筒里，合上盖子，轻轻摇一摇，就化成了幽绿的魂水。

带着魂水，她悄无声息地跃出窗外，却因太过兴奋而失了谨慎，发出声响被人发现，一路被侍卫追到了这里。

远处搜寻的脚步声越来越近，宁双在水下屏气凝神，心跳得越来越快……

（四）

东篱回到小院时，已是半夜时分，宁双正在屋里沐浴，他一推开门，只见水雾缭绕，屏风后传来淅淅沥沥的水声。

折扇一打，东篱也不急着回避，反倒挑眉一笑："双姑好雅兴，这常言道，花看水影，竹看月影，美人看帘影，隔着这屏风看双姑果然和平日很不一样，别有一番风流韵味……"

"那你愿意天天看吗？"突如其来的一句话打断了东篱，叫他蓦地一愣，不料宁双豪放至此，他要流氓不成竟反遭调戏。

见东篱被噎住，宁双在里面哈哈大笑，笑过后，她似乎有些累了，声音低了下来："小贼，我过几日要收拾行李离开川城，回老家酿酒，还缺个伙计……你跟不跟来？"

酝酿许久的话到底是问出了，房中一时安静了下来，宁双咬紧唇，心口处灼热难耐，她强忍着不发出声来，只一心等待东篱的回答。

不知过了多久，在宁双以为桶里的水都要冷掉时，那边终于传来一声笑，清朗的声音响起："老板娘包酒吗？"

仿佛冰雪消融，宁双紧绷的身子瞬间软了下来，雾气氤氲中，她靠在木桶上，捂住了眼睛，有什么夺眶而出，欢喜得她承受不住。

在蔡府的荷花池中，搜寻的侍卫越来越近，正当她的心跳到嗓子眼，准备殊死一搏时，半空中忽然传来一声长笑，人影闪现间侍卫们齐齐掉头去追，她趁机而逃。

这个在千钧一发之际发出一声怪笑救了她的家伙，除了东篱，她不作他想。

虽然她还是不打算告诉他一切，但至少，她希望他再陪自己一程——

她不再去追究他的来历与目的，他也别过问她的曾经与秘密，就这样，留七分正经以度生，留三分痴呆以防死。

所幸，东篱是个有酒品也有风度的小贼。

宁双知道他本来是想来问个究竟的，可最后还是尊重了她的选择，掩门而出的那一刻，他们心照不宣。

蔡侯爷的案子在川城闹得沸沸扬扬，活生生的人变成了一尊青铜像，人们私下议论纷纷，说蔡侯爷定是作恶多端，冲犯了神灵，被菩萨收去当座下弟子了。

直到宁双同东篱坐上马车离开川城时，官府也没理出个头绪来，蔡侯爷和此前北陆出过的三位身居要职的大官一样，都离奇地化作了青铜像，这桩案子也和那三桩案子一样，成了北陆南疆不了了之的一桩悬案。

马车上，东篱闲闲饮着酒，听着外面车夫有一搭没一搭地和宁双说着蔡府的悬案，说到惊险处，他不由得一笑，眼前却有些恍惚起来。

他记得那夜在引开官兵时，他回首瞥了一眼，黑暗中一道身影恰跃出水面，水花四溅，月下他看得清清楚楚，那身影波光粼粼，在风中稍纵即逝——

分明是一条鱼尾。

（五）

深夜，万籁俱寂。

荒废的宅院一片破败，残竹摇曳，树影斑驳，泥土里弥漫出醉人的酒香，丝丝缕缕飘荡在夜空，显露着这座老宅曾经的似锦繁华。

东篱信步走过庭院，身形一晃，人已在酒窖中了。

这是宁家的一处密地，白日里他悄悄尾随宁双，见她在地下挖出了几坛好酒，面露喜色，藏进了这隐秘的酒窖中。

闻着酒香像是春日晖，细细辨去，却又不似寻常滋味，沁人心脾的春日气息中隐隐混杂了一些说不出来的味道，叫躲在暗处的东篱不由皱眉。

趁宁双睡下，东篱决定来宁家老宅一探究竟。

酒坛一列排开，上面贴着醒目的宁家红笺，东篱手握扇柄敲了敲坛身，略一思索后，掀开了红布。

浓郁的酒香立刻扑鼻而来，东篱折扇一打，掩住口鼻，定睛一瞧，却是“咦”了一声。

坛底一物闪闪发亮，纹理细腻，在暗室中散发着银白色的光芒，美丽而诡异，气息混着酒香飘入空中，带着无尽蛊惑钻进人心底，叫人昏昏沉沉，仿若置身仙境，眼前琼楼玉宇，歌舞曼妙……

东篱一个激灵，抬首间回过神来，赶紧挥袖拂去，满室酒香立时散去，眼前幻景也随之烟消云散。

心念倏转间东篱已明白过来，凑近酒坛捞出那“罪魁祸首”，倒吸了一口冷气——

竟是一大片鱼鳞!

触手滑腻，魅香阵阵，非普通大小，而是整整大了几十倍的银白色鱼鳞!

东篱神色一凛，扬手将其余酒坛一一掀开，果然，每坛春日晖中都多了这样一片鱼鳞，难怪那酒香不似寻常滋味。

将酒窖恢复原样后，东篱深吸了一口气，平复住心神，上下打量了酒窖一番，忽然眼前一亮，快步走入酒窖更深处，停在了一只巨大的酒鼎前，手握扇柄就是一敲。

他一边敲着酒鼎，一边念念有词：“酒曲酒曲，快快出来，快快出来……”

幽光大作间，白雾涌上，一个白发白须的老者自雾中现身，他像是强行被人从鼎里拖出来一样，拄着拐杖，踉踉跄跄地跌在了东篱面前。

东篱收回扇柄，啧啧一叹：“这家的酒曲倒有些年头了！”他还没见过这么老的酒曲呢。

那老头儿显然还未睡醒，打着呵欠哼哼道：“吵什么吵，哪来的龟孙子敢捉弄小老儿，打搅了小老儿的美梦，真是不知死活……”

骂骂咧咧的话在看清眼前人是谁后，一下戛然而止，白发老头儿张大了嘴，看着满面笑容的东篱，好半天“哎哟”一声，诚惶诚恐地跪了下来：“小老儿拜见酒君，不知是酒君驾到，小老儿多有冒犯，还望酒君恕罪……”

“好了好了。”东篱扶起老头儿，也不啰唆，开门见山道，“本君今日召你出来是有一事相问。”

拂袖转身，东篱扫了眼偌大的酒窖，清朗的声音一字一句响起：“我想知道，曾住在这里的酿酒世家宁氏是如何败落的？当年宁氏一族究竟发生了何事？”

（六）

当宁双半夜换好夜行衣，一切准备妥当后，出门时却被一袭枫叶红身影拦了下来。

夜凉如水，桌上两壶美酒，头顶一轮明月，东篱脸上依旧挂着不羁的笑容。

“双姑怎知今夜是赏月的好时候？快快坐下，你我二人对饮一番，莫辜负了这良辰美景，花好月圆……”东篱兀自说着，宁双却一言不发，面罩下看不出是何神情，她走近东篱，却没打算坐下，而是深深看了他一眼，绕过他就要出门。

“这是第五个了吧。”

轻悠悠的叹息声忽然在宁双背后响起，她陡然转过身，只看见东篱收敛了笑意，眸光沉沉地望着她。

是，是第五个……裴大将军回乡祭祖，现下就住在普华寺里，明日大典完后他就会携一家老小离开渝州，今夜是动手的绝佳机会，过了今夜不知又要等多久。

宁双正是为此赶回老家的。

“当年造成宁氏血案的七个人，双姑已经解决了四个，如今这裴大将军是其中官阶最高最难下手的，平日难寻机会，若我此时叫双姑放下，解开腰间竹筒，双姑定是不甘心的。”

东篱轻描淡写的一番话刚刚出口，宁双便猛然变色，双手按向腰间，死死盯住东篱的眼眸。

五年前，酿酒世家宁氏正是在北陆风光无二的时候，谁也没有想到偌大的家业说败就败了，而引来杀身之祸的源头不过是一道祖传的酿酒秘方。

匹夫无罪，怀璧其罪，不知从哪儿传来的风声，说只要得到宁氏的秘方，就能酿出让人心想事成的美酒，求富者喝了财源滚滚，求权者喝了步步高升，求什么便能得什么。

这本是夸大的无稽之谈，却没想到盛名之下，真引来了一帮豺狼之徒！

这帮人是渝州结党营私的一群官吏，大大小小共七人，他们费尽心机，想弄到传说中的宁氏秘方，便不择手段，软硬兼施，最后以莫须有的罪名抄了宁氏的家，流放了宁氏一族，到底从宁双父亲手中逼出了秘方。

当宁双的父亲同几位叔伯从牢狱里被放出来时，已经奄奄一息，昔日繁华似锦的宁家一夕败落，但这——还不是最终的结局。

流放途中，宁家老小离奇死亡，他们这才发现食物里竟然有毒，那帮狗官竟是要杀人灭口！

押送他们的官兵挖了一个大大的坑，把宁家人的尸体一一抛了进去，宁双恰巧没吃什么东西，却急中生智，屏住呼吸，躺在娘亲的尸体下跟着装死。

被活埋时她神志完全是清醒的，大把的泥土砸在她脸上，叫她不能呼吸，铺天盖地的恐惧和绝望将她淹没，身上身下全是亲人的尸体，那是她第一次真真切切地嗅到死亡的气息……

陷入回忆的宁双不知不觉湿润了眼眶，东篱见她凄惶模样，不由心生怜惜，一声叹息，缓缓开口道："也许是天意弄人，那七人得到你父亲交与的假秘方后，竟真的心想事成，官路平坦，一路扶摇而上，封侯拜相。后来他们各奔东西，离散在北陆南疆各国，你费尽心机，这些年四处奔波，一个个寻去，叫他们相继化成了一尊青铜像……"

东篱瞥了眼宁双腰间的竹筒，那里装的正是他在宁家老宅发现的鱼鳞酒，能够蛊惑人心智，让人产生无尽的幻觉，悄无声息中魂魄就随着酒香丝丝缕缕飘入竹筒中。

那几个狗官到死时都是沉浸在幻境中，可谓真正的"含笑九泉"，他们万万不会想到是宁家遗孤回来复仇了，当年那桩事淹没在他们辉煌的仕途生涯中，不值一提，早被抛诸脑后，更不会想到宁家还有人活着。

宁双这些年隐姓埋名，只叫人称她双姑娘，她独来独往，从不与人结交，也从不在一个地方逗留过久。

只有东篱，从天而降的东篱，是她枯槁似的生命中唯一的意外。

在她提灯奔出来看的第一眼，那个倚在树下喝得醉眼蒙眬的偷酒贼就偷走了她的心，于是她只能用凶巴巴的话语来掩饰纷乱的心跳，以为如此就能不让任何人察觉。

笨拙又可笑，未经情事的一颗心懵懂如孩童，与酿酒娴熟的一双手截然相反。

夜风吹过宁双纤秀的身子，许久，她凄然一笑："你什么都知道了？你是官家的人？原来你所做一切不过是……"

后面的话到底不忍说出口，明明知道是饮鸩止渴，宁双却仍不愿醒来，东篱知她有所误会，更知晓她的心思，赶紧开口解释："我这么贪杯，又喜欢四处游荡，谁敢让我入官门办差？我的身份不是早告诉过双姑了吗？"

宁双一怔，东篱摇了摇酒杯，长吟道："天子呼来不上船，自称臣是酒中仙。"

他弹袖起身，一双清雅的眼眸直视宁双，笑得灿烂："双姑，我从未骗过你。"

东篱把酒黄昏后，他没骗她，他当真是酒中仙，掌管天下所有美酒的东篱酒君。

"双姑不是一直想知道我的来历吗？其实我早已如实相告。"

他早就说过来川城是因为家中老大丢失了一物，差他出来寻，而那一物恰与宁双相关。

他那夜跃入她院中，不仅是为泥土下春日晖的酒香，更是为那一物的气息所吸引。

东篱含笑望着宁双，折扇轻摇，声音温和，却是笃定得不容置疑。

“我所住之处叫百灵潭，家中老人叫春妖，是百灵潭的主人，你也许不认识他，但有个人一定认识他。”

（七）

天一亮，一个惊天的消息就传遍了渝州，回乡祭祖的裴大将军在普华寺遇害，诡异地化作了一尊青铜像！

房间里，水雾缭绕，屏风后的身影若隐若现，幽绿的魂水包裹着宁双的身体。热气氤氲了她的眉眼。

正咬牙忍受时，屋外忽然传来砰的一声——

东篱一脚踹开了门，怒气腾腾，直杀到了屏风后，不复平日的风雅洒脱。

“姓余的，你他妈躲了这么多年还没躲够呢，缩在女人身后算什么，有本事放掉我双姑跟我出来单打独斗！”

怒不可遏的声音划破一室静谧，在看到雾中宁双的一瞬间，东篱折扇坠地，愣在了原地。

惊慌失措的宁双猛地捂住胸口，抬起头，脸上是从未有过的自卑与慌乱，但还是来不及了，在闯进来的那一瞬间东篱已看得清清楚楚——

雪白的胸前银光粼粼，片片鱼鳞蔓延开去，构成了一大片触目惊心的景象，任宁双怎么捂也捂不住，幽绿的魂水丝丝浸入她心口，滋养着心口处镶嵌的一块玉石，水雾缭绕间诡异而凄艳。

东篱颤抖着身子，尽管宁双拼命遮掩着，可那一大片骇人的鱼鳞还是强烈冲击着他的眼眸，宁双自卑不安的模样更是刺痛他的内心，叫他眼眶一涩，再也说不出一句话来。

原来这才是全部的真相，比他猜想的所有都要残忍百倍！

他苦寻已久的石中鱼，竟然是与宁双的身子融为一体了，难怪他明明在宁双周围感觉到了余仲那小子的气息，却一直怎么找也找不到……

昨夜他在院中拦下宁双，刚说到百灵潭时，宁双就像变了个人似的，突然对他出手，一阵魅香扑鼻袭来，他猝不及防，在漫天飘洒的银光间倒了下去……

失去意识前的最后一眼，他仿佛瞧见光晕里闪过一条银白鱼尾，少年银发蓝瞳，回眸狡黠一笑，瞬间游弋进了无边夜色中。

那该死的笑容化成灰他也记得，分明就是余仲那条天性狡猾的烂鱼！

春妖丢失的一物正是他，石中鱼。

石中有水，水中有鱼，是谓石中鱼，传说吃了石中鱼的肉便可长生不老。

这本是天上的妙棋灵君赠给春妖的奇珍异宝，制成玉坠的模样在春妖腰间挂了几百年，却没想到几年前那石中鱼修炼成精，化名余仲，趁春妖与东篱月下对饮，喝得酩酊大醉时逃出了百灵潭。

石中鱼浑身戾气，不甘为玩物，又耐不住寂寞在百灵潭潜心修炼，妄图走旁门左道，一步登天，春妖担心他为害人间，故派东篱去将他寻回。

东篱与余仲几番交手，余仲被打得身受重伤，却每每在最后佯装投降，百施诡计，逃之夭夭。

东篱这些年一直天南地北地在找他，途中恰巧撞上了南疆一桩青铜悬案，东篱辨出了余仲的气息，开始着手调查，循着蛛丝马迹找上了宁双。

他本以为是余仲控制了宁双，夺人生魄来修炼精魂，但他后来发现其中隐情不似他所想的那么简单，而他也无论如何都寻不到那条烂鱼的踪影，明明感觉就在身边，却抓不到，摸不着，叫他好生困惑。

如今真相揭晓，原来余仲竟是与宁双共生了，他的真身玉石就镶嵌在宁双胸口！

（八）

宁双遇见余仲，是在五年前那个大雨倾盆的日子里。

天不绝人，那群官兵刚走，天上就下起了滂沱大雨，泥土冲散，她拼尽全力，奄奄一息地爬了出来。

刚一爬出，她就看见远处树林里走出来一个身影，踉踉跄跄地由远至近，似乎受了很重的伤。

那人并没看清地上的她，还没等她出声，就被她绊住，“扑通”一声，两人在雨中摔作了一团。

遍体鳞伤的少年，银发蓝瞳，恶狠狠地瞪着双眼：“哪来的臭东西，给老子闪开，老子现在遇神杀神，遇佛杀佛！”

她被压在他身下，浑身骨头像断了一样，痛得说不出一句话来，两人一伤一残，相互挣扎间不小心双双滑进了尸坑里。

她头晕目眩，迷迷糊糊间听到有人在耳边惊声道：“这他妈是哪里，怎么这么多死人？”

“这是我全家……七十六口人的尸体。”她气若游丝地开口，话音刚落，便眼前一黑，彻底晕厥过去。

像做了好长的一个梦，身子如在海水里浮浮沉沉，她梦见自己踏进了一个潮湿的石洞，石洞里分外安静，只有滴答滴答的水声。

她小心翼翼地往里走去，没走多久就被一道银光吸引住，她一步步踏上阶梯，上前一看，却看见了平生最匪夷所思的一幕——

一口巨大的池子里，游着一条巨大的鱼，每一片鱼鳞都有她两个手掌那么大，波光粼粼，闪闪发亮，将石洞照得如梦如幻，散发着极致的诡谲与美丽！

她目瞪口呆，怔在原地，也不知过了多久，耳边忽然传来一声：“喂，小鬼，看够了没？”

她惊吓不已，只见水中鱼眨眼间消失无踪，一道银光伴着白雾袅袅升到了半空中，化成了一个清俊少年的模样。

少年一头银发，幽蓝的眼眸望着她，唇角微扬，颇有些盛气凌人的傲意。

“喂，你好像全家都死光了吧，在这世上孤零零的，正巧老子也是一个人，要不咱俩做个伴？”

说是做个伴，其实不过是一笔交易。

他身受重伤，又后有追兵，走投无路下打起了她的主意。

明白少年的意图后，宁双眼中燃起了熊熊火焰：“好，我愿意，只要能帮我报仇，我什么都愿意！”

两个穷途末路的人，就在这一天，遇上了同样狼狈不堪的彼此，他们一拍即合，达成交易，决定依靠对方的力量，各取所需。

她用她的血肉滋养他，替他遮掩气息，取魂水疗伤，助他修炼。

他帮她报仇，传她秘术，随她踏遍北陆南疆，一一杀掉她的仇人。

余仲住进宁双身体的那一刻，宁双只觉撕心裂肺的痛，他问她后不后悔，宁双咬紧牙，握紧双手，额上渗出了细汗，声音却是坚定无比：“宁家人活着的一天，宁家的酒就会在世上存留一天！只要我宁双在，宁家就不会倒，哪怕宁家只有一个人！”

为了讨回公道，重振家族，此生她愿倾其所有，哪怕坠入地狱，万劫不复。

往后的路有多艰难她都知道，她知道自己再不能像个正常的女子一样生活，她不能嫁人生子，永远地被剥夺了为人妻母的资格。

她不怕，她什么都算好了，可充满仇恨的一颗心唯独没算到的是——

东篱的出现。

本甘心孤寂的心就此起了波澜，再也压制不下去。

夜深人静的时候，余仲怒气冲冲地现身，质问她还想不想报仇：“什么眼光，你喜欢他什么？成天只知吟诗喝酒，文绉绉的酸酒鬼，还没老子生得俊呢！”

收完蔡侯爷的魂时，她泡在木桶里，身体里的余仲贪婪地吸吮着魂水，东篱忽然破门而入，站在了屏风后。

她的心都跳到了嗓子眼，她答应过余仲杀了蔡狗后，就和东篱分道扬镳，再不要有瓜葛，可天知道她发了什么疯，竟鬼使神差地问出了那句：“小贼，我过几日要收拾行李离开川城，回老家酿酒，还缺个伙计……你跟不跟来？”

余仲简直被她气死了，融在她胸口处的玉石滚滚发烫，带着惩戒性的灼热却仍无法唤醒她，她执拗地想等一个答案。

即使她知道这有多可笑，她根本不是个完整的女人了，此生绝无可能拥有情爱。

可她还是贪心地想让他多陪她一段时间，再多一下下就好了，让她至少多拥有一些回忆，余生至少能在月下想着那段嬉笑怒骂的日子，一点点熬过她枯井般的生命。

但这，到底是奢望了。

（九）

“新丰主人新酒熟，旧客还归旧堂宿。满酌香含北砌花，盈尊色泛南轩竹。云散天高秋月明，东家少女解秦筝。醉来忘却巴陵道，梦中疑是洛阳城。”

东篱吟着诗，坐在船头，看雪花纷纷扬扬，飘满了天地之间，远山近湖一片苍茫。

他握着酒葫芦饮了口酒，回头望去，宁双靠在船舱里睡得正香，她身上裹着狐裘，只露出一张雪白的脸，脸上却没有一丝血色，虚弱万分。

东篱心疼地伸手抚过她的脸，却不小心将她弄醒，宁双缓缓睁开眼，望着东篱笑了笑，东篱柔声道：“双姑，接下来想去哪儿？”

“想去……姬国看月梧花开，听人说过无数次，我很久以前就想去了……”声音虚弱，宁双依偎进东篱的怀里，轻声道，“我好怕……这是一场梦……醒过来时，你就不在我身边了……”

东篱抱紧宁双，温声打断她的话：“不会的，我会一直陪着你，陪你看遍北陆南疆的风景……”

一片雪花悠悠落下，落在东篱肩头，瞬间无声融化，此情此景下，东篱一时都分不清，自己做这些究竟是因为答应了余仲，还是因为同情怜惜……或者根本就是不知不觉里，他也对她生出了别的情愫？

那日他撞破真相，却又拿余仲无计可施，余仲与宁双共生，若要强抓他回去，势必就会伤害到宁双，只能落得玉石俱焚的下场。

余仲早料到如此，所以才有恃无恐，看东篱恨恨拂袖而去。

可余仲没有想到的是，东篱回了一趟百灵潭，竟将春妖请来了。

春妖从齐灵那儿借来了一件法宝，能将宁双与余仲分离，但需双方自愿，强行分离只会鱼死网破。

东篱守在门外，也不知春妖用了什么法子，一天一夜后，他出来了，腰间重新挂上了那块石中鱼。

宁双躺在床上沉沉昏睡，东篱激动地奔了进去，坐在床边握紧她的手，一瞬间竟有一种失而复得之感。

东篱问春妖是如何说服余仲的，春妖叹了口气，只说他对余仲道，宁双长期用血肉滋养他，凡人之躯已是强弩之末，若他继续赖在宁双身体里不肯出来，练那魂水修炼之法，宁双很快就支撑不了多久，会血崩力竭而死。

宁双听了这番话并无多大反应，只神色平静地说反正她活不了多久了，她不会违背约定，倒是余仲，沉默了许久后，出其不意地点昏了宁双。

他低着头，闷声道："我没想过榨干她，开始的确只是想利用她，让她做我的容身之所，可时间久了……好像有个伴也不错，我倒愿意和她一辈子相伴共生。"

所以才拼命地修炼，吸收魂水，以为如此就能对宁双大有裨益，叫她脱离凡胎肉骨，和他一起做逍遥自在的石中鱼。

如果不是春妖这番话，他还不知道自己是在将宁双推入死地。

"她还能活几年？"余仲的蓝瞳定定地望着春妖，像蒙了一层水雾，柔化了他一身戾气。

传说中吃了石中鱼的肉可长生不老，但这只是个传说，余仲曾经很厌恶这个传说，可此时此刻，他第一次希望这个传说是真的。

他答应了随春妖回百灵潭潜心修炼，但临走前还要做两件事，一件事是去解决宁双剩下的那两个仇人，让她解脱，不再受仇恨折磨；另一件事是要东篱的一个承诺。

"我要那酒坛子答应我，剩下的这几年，好好陪着她，寸步不离……叫她快活无忧。"

深不见底的蓝瞳最后望了一眼床上的宁双，苍白修长的手指抚过她的唇瓣，低声笑道："笨蛋，成天说自己孤苦一人，嫁不出去，明明老子在身边，却总是视而不见，一个臭酒鬼就把你迷住了，你挑男人的眼光还真是差劲……等老子回百灵潭修炼成仙了，就去阎王殿翻生死簿，去六道轮回里寻你，你可不能再对老子视而不见了……”

悠扬的曲声飘过湖面，宁双在东篱怀里又疲惫地睡去，她一只手习惯性地摸向胸口，那里却是空空的，再没有了火一样的炙热。

冷风一阵，冷得刺骨。

“天若不爱酒，酒星不在天。地若不爱酒，地应无酒泉。天地既爱酒，爱酒不愧天……”

耳边是东篱清朗的声音，诗句伴着雪花飞过湖面，小船摇摇晃晃的，不知载着谁的梦，漂向了远方。

第十章

假面

戴了七十七年的面具终于滑落下来，面具下的那张脸依然不变，年轻如昔，还是那个春日湖畔，意气风发，打马而过的翩翩少年。

（一）

百灵潭最近出了件大喜事，百鸟之王乌裳与孔雀公子孔澜的孩子出生了！

小家伙完全继承了父母所有的优点，一出生，灵光冲天，照亮了百灵潭的上空，他既不像母亲乌裳一样浑身乌黑，也不似父亲孔澜一样五彩斑斓，他竟是一只纯白的灵鸟——生来就带有灵力，白得动人心魄，像揉碎了九重天上的祥云，雪白圣洁得纤尘不染。

这可把孔澜嘚瑟坏了，抱着儿子逢人就夸，恨不能天上地下都知道他有个多厉害的儿子。

那边乌裳还没开口呢，这边孔澜就乐滋滋地学人间摆满月酒，要在百灵潭广发请柬，好好庆祝一番。

百灵潭很久没有这么热闹了，浮衣拖着长长的蛇尾，自告奋勇地要去替孔澜送请柬，孔澜大笔一挥，分到浮衣头上的任务就成了这么五个——

千夜、碧丞、齐灵、东篱、假面。

乖乖，这可把浮衣难住了，这五人可都不好请，她想了想，先去了趟有间泽。

不出所料，千夜和碧丞又在树上的木屋里喝酒，两人喝得醉眼蒙眬，听浮衣说明来意后，同时望向窗外，古木上的灵茧随风摇曳，看得他们凄凄楚楚。

"乌裳都生了，薛连/茧儿还是没有掉下来……"

千夜抹了把辛酸泪，对浮衣道："告诉我干儿子，干爹要守着他干娘，等过段时间，干爹就带他干娘一起去看他……"

千夜如此，碧丞自然也要守着茧儿，哪儿也不愿去，浮衣沮丧地收回请柬，游下了树。

这两个算黄了，剩下的齐灵回了天上，最近不知和地藏王座下的神兽谛听结下了什么梁子，听说正在四处躲着谛听，怕是也来不成了。

酒君东篱现下也不在百灵潭，听主人春妖说，他答应了石中鱼，要在外面陪着一个凡人踏遍北陆南疆，度过生命中的最后几年，更是来不了的。

五人中只剩下了最后一个，假面，百灵潭最孤僻的怪人。

浮衣深吸了口气，不管如何艰难，这最后一个她怎么也得成功，一定要将请柬送到假面手上，让他来参加庆宴！

她摇了摇蛇尾，踌躇满志，向着假面的石洞游去……

（二）

说假面是百灵潭中最神秘的人，恐怕不会有人反对。

没有人知道他是何年何月来到百灵潭的，也没有人知道他的真实名姓，更没有人知道他是何来历，本体为何妖。

之所以叫他假面，是因为从来没有人见过他的真面目，他长年戴着面具，离群索居，住在一个偏僻的石洞里，睡在一口古旧棺材中，与世隔绝。

孔澜曾闲得发慌，给百灵潭的百鬼群妖写判词，写到假面时，就只有孤零零的十四个字：无亲朋，无好友，孑然一人，独行天地。

若不是这次来送请柬，浮衣还不会踏入假面的住处，和这怪人有了第一次接触。

又粗又长的蛇尾游走在潮湿的石洞中，浮衣四处打量着，小心翼翼地喊着："假面先生，假面先生……"

满室昏暗中，一个人忽然从棺材里坐起，吓了浮衣一跳。

那人戴着鬼谱面具，阴森诡异，盯着浮衣看了许久，看得浮衣额上都渗出了冷汗，无边死寂中，那人终于开口，却是嫌恶地吐出了三个字："真难看。"

声音有些嘶哑，却意外地低沉动听，浮衣愣了半天，顺着假面的视线看去才反应过来，他竟是在说她的大蛇尾难看！

浮衣“腾”的一下涨红了脸，伸长了脖子据理力争道：“哪、哪里难看了？明明这么好看的尾巴……你的真身还指不定多丑呢！”

“真身……我没有真身，我只是个不老不死的怪物……”假面喃喃自语着，如幽魂一样从棺材里飘了出来，居高临下地站在了浮衣身前。

“你是谁？何故闯我石洞？”

浮衣被那双冷如冰霜的眼眸望得一个哆嗦，这才想起正事，从怀里取出请柬，绽出一个大大的笑容：“假面先生，是这样的，乌裳姐姐生了个好漂亮的娃娃，要给娃娃摆满月酒，我是来请你……”

饱含真情实意的话还未说完，洞里忽然飞沙走石，浮衣被一阵强风刮出了洞外，在半空中尖叫连连，狠狠地摔在了地上，只听得洞里遥遥传来一声——“已过午时三刻，洞里不留闲人，有事无事都勿扰。”

紧接着是棺材合上的声音，假面显然又入棺去休息了。

浮衣手握请柬，揉着摔疼的蛇尾，看向黑森森的石洞，欲哭无泪。

（三）

离满月酒的日子越来越近，浮衣也越发起劲地去邀请假面，就这样，她天天去，天天摔，连孔澜都不忍心看她每天摔得鼻青脸肿，劝她放弃算了，可浮衣偏偏就和假面杠上了，一股拗劲上头，越挫越勇。

渐渐地，浮衣摸清了假面的性子，有时还能死皮赖脸地和他说上几句话。假面脾气很古怪，心情好时会让浮衣盘旋在洞顶睡觉，心情不好时就直接赶人，一股风把什么都吹出去。

他的石洞里冰冰凉凉的，浮衣很喜欢睡在里面，她对假面的一切都好奇得不行，可惜假面从来不回答她的疑问，问什么都说忘了——不是欺瞒，不是敷衍，而是真的忘了。

只有一次浮衣说到孔澜与乌裳夫妻情深时，假面破天荒地皱了眉：“妻子？我似乎也有过妻子的……”

浮衣大奇，刚想刨根问底，假面却抱住头，痛苦不已，他似乎在拼命地回想，却怎么也想不起来，浮衣担心地想上前扶住他，却在假面的一声长啸中猛地被震开，又被大风吹出了石洞。

自此以后，浮衣再不敢在假面跟前提到“夫妻”“眷侣”这些字眼了，孔娃娃的满月酒她也不奢望假面去了，她这才知道，假面足不出户原来是在等一个人，那个人没有来，假面就不会踏出石洞。

浮衣问他在等谁，他果然又是摇摇头，说忘了。

假面身上实在有太多谜团，浮衣想解也解不开，直到有一天，石洞来了个不速之客，替浮衣解开了心头所有疑惑……

那天恰是孔澜为孩子摆满月酒的日子，百灵潭烟花漫天，热闹非凡，席间觥筹交错，庆祝到一半时，浮衣忽然像想到了什么，悄悄离了座，带着好酒好菜，向假面的石洞游去。

假面从棺材里被叫醒时很生气，也不管浮衣说什么给他带好吃的来了，衣袍鼓动间就要赶人，浮衣赶紧把包袱挡在脸前，颤颤巍巍地道："假、假面先生，外头的凡人老说，朋友之间不就该有福同享吗……"

正准备动手的假面闻言一愣，漆黑的眼眸透过鬼谱面具，深深地看了眼抖成个筛子似的浮衣。

一阵风迎面而来，浮衣紧闭双眼，却不是预料中的扫地出门，睁开眼，才发现假面一把将包袱卷进了棺材里："好了，东西我收下了，你走吧。"

浮衣眨了眨眼，半天才反应过来，他竟然没有吹她出去！

按捺不住的欣喜涌上心头，浮衣刚要开口，下身却忽然灼热起来，长长的蛇尾一鼓一鼓，散发出幽绿的光芒。

浮衣眉间一跳，难以置信地看向长尾，几乎瞬间明白过来，她这是要蜕皮化人，蛇尾修炼成双腿了！

在百灵潭修行了这么久，她做梦都盼着这一天，如今终于实现了！

浮衣忍住疼痛，心中欢喜万分，她环顾了下四周，假面已合上了棺材，她不敢惊动他，更不好意思让他看见她蜕皮的全过程。

时间刻不容缓，咬咬牙，浮衣拖着蛇尾，游进了石洞深处。

刚藏好身子，洞外便闪过一道蓝光，朵朵幽莲在空中盛开，一人踏风而来——墨发如瀑，衣袂飞扬，赫然是潭主春妖！

"段陵，七十七年之期已至，吾依约前来，尔速速起身，取回属于尔之物。"

清越的声音在石洞里响起，棺材动了动，不一会儿，假面破棺而出。

藏在暗处的浮衣瞪大了眼睛，乖乖，原来假面先生一直在等的人竟然是潭主！

蛇尾火辣辣地蜕着皮，浮衣却浑然不觉，目不转睛地盯着那道黑影，若有所思。

段陵，原来他叫段陵。

“七十七年前，你来到百灵潭时，在我这里寄存了一件东西，你可还有印象？”

春妖淡淡问道，假面摇了摇头，忘了。

“忘了就对了，”春妖挑眉淡笑，“因为你寄存在我这的东西，正是你的回忆。”

一拂袖，春妖伸手在空中画了个圈，云烟缭绕间，半空中缓缓现出一面昆仑镜。

“七十七年前，你将回忆尽数托付于我，我替你保管了这么多年，如今依约前来，是时候完璧归赵了。”

指尖一弹，昆仑镜慢慢启动，银光飘洒间，幻化出人间的场景……

春妖的声音在假面头顶响起：“可看仔细了！”

假面闻声抬头，暗处的浮衣也好奇地伸长了脖子，强忍住下身的灼热，凝神看了起来……

（四）

段陵被迫入赘进叶家时，满心怨恨，只想着有朝一日扬眉吐气，一雪今日之耻。

他将新婚这一天当作生命中最耻辱的日子，新房里，红盖头下的叶禾却羞涩含笑，将这一天当作生命中最美好的日子。

叶禾并不知道，这场婚姻是父亲用怎样的手段换取的，她彼时满怀憧憬，还一心期待着见到她的恩公，她朝思暮想的人，她的夫君。

“夫君”，一想到这个词，叶禾就会绯红着脸露出笑意，她轻轻呢喃着，在唇齿间不由自主地将这个词回味了千百遍。

爹说她性子腼腆，容易害羞，大婚前特意嘱咐她，要她大胆一些，不要像平常一样，与人说话都脸红，那是她的夫君，是爹亲自为她招上门的如意郎君，没什么好怕的。

于是她鼓足了勇气，想着等段陵掀开盖头，她一定要好好看他一眼，不闪不躲，大胆地唤他一声夫君。

可叶禾满怀柔情的一颗心在红盖头揭开的那一刻，如坠深渊——

那是怎样一双冰冷怨毒的眼睛，盯得她心头发颤，似乎恨不得她立刻死去。

红烛摇曳，极度压抑的气氛中，段陵猛地欺近瑟瑟发抖的叶禾，有力的手紧紧捏住她的下巴，脸上带着刻薄的笑，一寸一寸地打量着她，声音如毒蛇般，一字一句嘲讽地响起：“好一个叶大小姐，好大的本事，翻手为云覆手为雨，我段家百年基业可全捏在你手中，我堂堂七尺男儿舍弃所有，没脸没皮地做你叶家的上门女婿，不知叶大小姐可还满意？”

叶禾面如白纸，寒气从脚底蹿起，颤抖着身子说不出一句话来，段陵冷冷一笑，双眸遽紧，蓦地拔高声音："我段某人立于天地间，自问所行所为无愧于心，这一生唯一后悔的事情就是那日在树林里救下你！"

叶禾身子一震，煞白了一张脸，段陵却仍不愿放过她，死死盯住她的眼眸，给了她最后的致命一击："我宁愿你死在那里，也好过你如今毁掉我整个人生！"

声音在新房里久久回荡着，像一把重锤狠狠击在叶禾的心底，打碎了她所有的幻想与憧憬。

窗外风声飒飒，如奏一曲哀乐，凛冽而绝望，就是从这一天开始，她开始枯守一段无望的爱，穿着讽刺的红嫁衣，卑微到了尘土里。

像所有话本戏折里写的俗套故事一样，同居长干里，两小无嫌猜，一对青梅竹马，郎情妾意，正待谈婚论嫁时，却忽然冒出了一个恶人，硬生生地棒打鸳鸯，拆散了这对有情人。

是的，段陵正如故事里所说，有个从小相伴长大的青梅竹马，而她也阴错阳差地，恰恰做了那个面目可憎的恶人，那个万人唾弃的罪魁祸首。

叶禾的父亲富甲一方，财势遮天，却是半入黄土时才得了叶禾这一个独女。叶禾身体孱弱，母亲难产而死，叶老爷将她捧在手心，呵护倍加。

与许多刁蛮任性的大户小姐不一样，叶禾的性子很温柔很和善，甚至有些过分腼腆，叶老爷十分担心，害怕自己百年之后，宝贝女儿无人倚仗，受尽欺负。

于是他开始为叶禾物色如意郎君，一个品行才貌、家世门第皆般配，又愿意做叶家上门女婿，一生一世照顾叶禾的人。

恰在这个时候，段陵出现了，像老天爷挥挥手赏赐般，一切来得刚刚好。

打马而过的清俊少年，在树林里救下了出门踏春、与家仆走散的叶禾，萍水相逢的缘分，少女萌动的心，如羽毛轻轻拂过，不多不少，却足以化为一段佳话。

但天意往往弄人，落花有意，流水无情，叶老爷做梦都没有想到段陵会不答应这桩婚事。

意气风发的少年，言谈举止有礼有度，却是不容商量的口气——

心有所属，非卿不娶。

八个字干干脆脆地挡回了叶老爷所有的期许，但商人总是不那么容易放弃的，打蛇打七寸，叶老爷也不多说，直接捏住了段氏家族生意的命脉，又安排了一个美貌戏子，柔情蜜意地哄走了段陵那位青梅竹马的心。

到底是多年摸爬滚打起家的商豪，狠辣手腕这才叫人真正见识到，段陵被逼上绝路，怀着满腔屈辱入赘进了叶家。

个中曲折内情，叶禾起先并不知，直到婚后才断断续续知晓完全，她终于明白，为何段陵会那样恨她。

纵然无心，但段陵的人生也确确实实是因为她才发生了彻底的改变。

我不杀伯仁，伯仁却因我而死，两人之间的隔阂深深种下，如坚冰般不可消融。

叶禾甚至都不敢告诉父亲，段陵自始至终都没有碰过她，因为生下的孩子要姓叶，段陵直言不讳地告诉她，他觉得恶心。

可不管他怎样冷言冷语地对待她，在父亲面前，她总是笑得很满足，小心翼翼地瞒下一切，生怕再加深父亲与夫君之间的矛盾。

但这一天，无论她如何害怕，还是避无可避地来了。

叶老爷老谋深算，却忘了一个词——“养虎遗患”。

即便是一只拔了牙的老虎，奋力一扑，也能要人性命。

（五）

叶家在段陵入赘后的第三年春天，大厦倾塌，偌大家业说败就败。

段陵以彼之道，还施彼身，终是得偿所愿。

这几年他与段家暗度陈仓，处心积虑，步步为营，一点点将叶家账目转移，抽丝剥茧，等到叶老爷猛然发觉时，已经来不及了。

叶家已换了新主人，所有地契店铺都改成了段姓，连叶家大宅也无可幸免。

段陵站在长廊中，负手而立，冷冷地看着叶家老小搬离出去，连一干仆人也通通赶出，换成了段家的人。

所有人中，他唯独留下了叶禾。

当然不是出于情意，他只是不愿放掉她，他要看着她从云端跌下，亲眼见证她落魄的后半生。

“别怪他，是爹错在先，毁了他，也害苦了你，你就留下来跟他好好过日子吧。”叶老爷仿佛一夜苍老了十岁，却还惦记着女儿，叶禾拼命摇头，泪水夺眶而出。

她转身去找段陵，跪在地上，苦苦哀求，求他不要赶走她爹，让年事已高的叶老爷留在府上，能有片瓦遮头。

段陵居高临下地看着叶禾，眸光复杂。

不知怎的，他忽然想起与她成婚后不久，他骗她一起去听戏，自己却中途离席，趁机去找了柳妹，想亲耳听旧时的情人说，她没有变心，她还爱着他。

可女人薄情起来，比男人甚过百倍。

往日的青梅竹马像变了个人似的，狠狠地甩开他的手，背影决绝。

他喝得酩酊大醉，三更半夜才回了叶府，一抬头，却看见门前一道光，叶禾披着衣裳，提灯坐在风中等着他。

一见他，她便怯生生地站起，上前去扶他。

什么也没说，也不问他去做什么了，为何丢下她中途走了，只搀着他，细声细气地开口："夫君，小心点儿。"

他烦闷不已，一把推开她，她垂下眼睫，不再凑近他，只提着灯走在了前面，不时回头看他："夫君，这边。"

叶府大得如迷宫一般，夜色中没有叶禾在前方带路，他也许真摸不到房门。

灯火摇曳，他醉眼蒙眬地看着前方那道纤秀的背影，浮浮沉沉如水面上一朵清荷，夜风拂过她散下的长发，看起来是那样单薄柔弱。

段陵深吸了一口气，有些心烦意乱地转过身，他从没见过叶禾哭成这样，不知为何他心头忽然堵得慌，皱眉挥挥手，他到底无奈地应允了她。

叶老爷就这样留了下来，住进了叶府，不，是如今段府的一个小别院里。

不知是想补偿自己，还是要故意羞辱叶禾，段陵开始隔三岔五地带一些女人进门，夜夜笙歌，还一定要叶禾作陪。

叶禾推脱不掉，就坐在一边，垂眸埋首，静静地听着段陵与那些女人在耳边调笑。

没有争吵，没有哭闹，久而久之，段陵也觉得索然无味了，像是失望，又像是愤怒，有什么情绪梗在心中，无从发泄。

直到有一日，他在花园里无意中撞见了那一幕。

他带回来的一群头牌花魁团团围着叶禾，似乎抢走了她什么东西，在空中互相抛来抛去，嘻嘻笑笑地捉弄着她。

叶禾嘴笨，被戏耍得团团转，额上渗出了细汗，只知道绯红着脸急声道："还给我，还给我……"

那些伶牙俐齿的风尘女子你一言我一语，无所忌惮地笑叶禾是个弃妇，将叶禾贬得一无是处，极尽嘲讽。

府里的下人只远远地看着，摇摇头叹口气，却明白叶禾在府中的地位，不敢出手相助，显然对她的遭遇也习以为常。

段陵站在长廊上，叶禾的无助窘迫直直映在他眼中，伴随着那些女人的嬉笑，他忽然觉得烦躁起来，明明应该高兴解气的时候，却反而一股无名怒火蹿上心头，像控制不住自己的脚步般，他一个跨步走上前，一声怒喝："住手，统统给我住手！"

满场顿寂，那些花魁没有想到会被段陵撞见，更没想到段陵会发这么大的火，一个个吓得面如土色。

段陵劈手夺过那件被众人哄抢的东西，一挥袖："滚，都给我滚！"

当花魁们慌乱地作鸟兽散后，段陵这才转身，没好气地将东西一把塞给傻愣愣的叶禾，粗声粗气道："段家的脸都让你丢光了，蠢得和木头一样，再不济你也是我段陵的夫人，叫群妓女骑到头上，传出去不是在打我的脸吗？"

叶禾仍未回过神来，张了张嘴，不敢相信自己的耳朵。

段陵哼了哼，不自在地将目光移到叶禾怀里的东西上，不由得一愣，他这才看清，原来方才叶禾被她们抢去的东西竟是一双平平无奇的鞋底。

雪白的料子，针脚拙劣，边边角角却缝制得紧密细心，大小尺寸一看便知是为谁做的。

段陵心中蓦地一暖，却一声哼，抑住心中的暖意，做出冷冰冰的样子想拿过细看，叶禾却赶紧将鞋底藏在了身后，如受了惊的小鹿般。

像知道他会不高兴一样，她低着头，不敢看他，嗫嚅了好半天后，才怯生生地开口："我爹昨夜又咳了，夫君，你，你再替他请个好点儿的大夫……"

"这点小事也来烦我！"段陵猛地打断叶禾的话，他的眸光倏然冷了下来，先前心里还有的一些莫名期待被冲散得一干二净，道不上来的情绪迫不及待地想要宣泄，他狠狠地拂袖而去，只留下叫叶禾煞白了一张脸的一句话——"少做些有的没的，你知道你做的东西我碰都不会碰的！"

（六）

春去冬来，落叶纷飞间又是两年过去，叶老爷的身体越来越差，他握住叶禾的手，眉眼间满是遗憾，他怕是等不到抱孙子的那一天了。

从小别院出来后，叶禾靠在墙上，身子无力地软了下去，像空中的一片落叶，在风里飘零无依。

这几年段陵待她虽说不上好，却也是衣食无缺，至少府里的下人不敢太放肆，对她表面上还算尊敬。

但有时段陵会莫名其妙地对她发火，脾气阴晴不定，前一刻还好好的，后一刻就不知她说错了什么话，一下就变了脸色。

于是她越发沉默，可沉默也是错的，去年除夕夜，他破天荒地带她去城楼上看烟花，才看到一半，他就气冲冲地丢下她走了。

“最讨厌你这副要死不活的样子，不知道的人还当你是个寡妇！”

她无端端地挨了骂，不明所以，怯怯地在身后喊了他几声，他头也不回，她只能叹口气，裹着披风自己一点点下了城楼。

反正也不是第一次被他丢下，她早就习惯了，马车就停在下面，她自己也是可以回去的。

这件事过后，段陵又去忙各种生意应酬了，不再理会叶禾，叶禾被冷落在角落里，却是知足的。

至少他再没娶过别的女人，偌大的宅院中始终只有她一位夫人。

叶禾抬头望着天，痴痴地想，也许他对她还是有一丝丝情意的。

深吸了一口气，叶禾望向小别院的方向，想到父亲殷切的眼神，终是咬紧唇，下定了决心。

夜幕降临，月光如水，叶禾踏进了段陵的房中，

段陵刚刚沐浴完，只穿一件单衣，浑身上下笼罩着一层氤氲的水汽。

叶禾的心忽然跳得很快，她抿了抿唇，不知哪儿来的勇气，竟走上前，伸出手从后面一把拥住了段陵。

段陵身子一僵，却没有推开她，房中一下静得可怕，只听得到两人紧挨的心跳声。

这是他们第一次这么接近，也是叶禾第一次这么主动。

不知过了多久，段陵才嘶哑地开口，呼吸粗重，唤了叶禾一声。

叶禾猛然被惊醒，吓了一跳，身子习惯性地哆嗦起来，却咬咬牙，鼓起全身的勇气，又贴紧了段陵的背，颤声道：“夫君，我……我想要一个孩子，只想要一个孩子……”

细声细气的话里带着哀求，如飘飘洒洒的雪花，在段陵心中柔软地化开，却又酸涩无比。

见段陵迟迟不说话，叶禾慌了，急忙补充道：“我不会再来烦你的，有……有了孩子后，我就搬去和爹一起住……你也可以……也可以再娶其他……”

话还未说完，段陵霍然转过身，狠狠地甩开叶禾，漆黑的眼眸满是戾气，像头随时要扑上来咬人的猛虎——

“滚，给我滚！”

怒不可遏的声音如一道闪电，吼得叶禾瑟瑟发抖，她霎时红了双眼，所有幻想与希望全部坍塌。

她被粗暴地推出了房门，身子摇摇欲坠。

从这一天后，段陵再也不愿见她，整天在外面忙得昏天黑地，回来就将自己关在房里，喝得酩酊大醉。

两人的关系一夜之间回到了不堪的最初，叶禾搂紧被子，夜夜泪湿枕巾。

她想不通，她那么卑微地恳求他，这么多年了，她只想要个孩子，很过分吗?

叶禾不知道，日日买醉的段陵并不比她好过，他饱受煎熬，恨自己不该沦陷，不该不知不觉对她生了情，更恨她不是真心想要他的孩子，而只是想要一个依靠，为了摆脱他，她甚至不惜劝他纳妾!

日子在相互的折磨中一天天过去了，眨眼间，就到了段陵曾经入赘进叶家的日子。

这一天，段陵心里格外烦闷，推掉了一切事务，早早地吩咐管家，去红袖楼叫了一群莺莺燕燕，关上房门，大肆歌舞，不许任何人来打扰。

却没想到入夜时分，门外忽然传来了女子的哭喊，那柔柔细细的声音，正是叶禾。

管家忧心忡忡地进来通报了几次，段陵左拥右抱，醉得东倒西歪，在满室笙歌中，一把摔了酒杯：“不要再跟我提夫人两个字！”

门外的哭喊声越来越大，叶禾疯狂地拍着门，却一次次被人拖开，她撕心裂肺地喊着：“夫君，夫君，求求你出来见我……”

凄厉的哭喊一句句敲击着段陵的心，满腔苦涩中，他几乎就要心软，却又被怀中的美人劝下一杯酒，精明的女人们互相使着眼色，满屋歌舞声骤然变大，渐渐遮盖了门外的嘈杂。

段陵也在这时陡然忆起，就是几年前的今日，叶老爷将他逼上了绝路!

心一横，他痛苦地闭上了眼，再不去管外间的动静，昏昏沉沉地躺了下去……

等段陵一觉醒来时，悔恨来得措手不及。

府里全都挂起了白灯笼，临时设下的简陋灵堂中，远远地传来悲怆的哀乐，段府上下，一片愁云惨雾。

就在昨夜，他无论如何也不肯见叶禾的昨夜，叶老爷撒手人寰，一生叱咤风云的大商豪在女儿肝肠寸断的哭喊中，终是不甘心地一点点合上了眼眸。

当段陵跌跌撞撞地赶去灵堂时，只看见一袭素衣跪在棺木前，披麻戴孝，孤零零的背影在空旷的灵堂里显得格外单薄瘦弱。

段陵眼眶忽然一酸，一步步艰难地走近叶禾，涩声道："昨晚，我……"

"昨晚我去找你，"不悲不喜的声音打断了段陵，叶禾纤秀的脊背伶仃地挺着，却并不回头，只轻轻开口，"想求你帮帮我，看在人之将死的分上，在我爹面前同我做场戏，说你会好好照顾我，不让他老人家下了黄泉也不安心……"

冰凉的声音回荡在灵堂里，木然，苍白，如一口枯井，再掀不起一丝波澜。

"可爹说得没错，是我太傻，不该奢望，还误以为你就是我的良人，只要我一心一意地等在原地，总有一天能等到你回头看我一眼……"

叶老爷至死都放心不下她，她守在床边，颤抖不已的身子是从未有过的害怕与无助，她不管不顾地奔去找段陵，一道门却将她隔得彻彻底底，里面歌舞升平，外面却是漆黑寒冷，她拍着门撕心裂肺地哭喊着，将一辈子的眼泪都流尽了，可没有人出来，到最后都没有人出来……

夜里那么黑，那么冷，在大风肆虐的小别院里，父亲的手倏然垂下，她的世界轰然坍塌。

这个世上待她最好的那个人就这样走了，天地之间一片昏沉，没有光，没有父亲，没有希望，前路茫茫，她……什么也没有了。

背影动了动，叶禾缓缓转过头，那一瞬，段陵仿佛觉得时间都要静止了，他按捺住纷乱的心跳，正要上前，却对上了一双枯槁般的眼眸，叶禾定定地望着他，带着直逼人心的绝望与寒意——

"可现在我才明白，如果那年在树林里，我没有遇上你，该有多好。"

（七）

浮衣跟着假面离开百灵潭时，长长的一条蛇尾已经不见了，取而代之的是一双窈窕修长的腿。

她小心翼翼地把腿晃给假面看："这下你没那么讨厌我的尾巴了吧。"

假面瞥了一眼，面无表情："这叫腿，不叫尾巴。"

浮衣吐了吐舌头，紧跟上假面："都差不多嘛。"

那日在石洞中，她痴痴地看着昆仑镜中的景象，从不知情爱为何物的一颗心像浸泡在海水里，苦涩无比，看到最后，脸上有什么情不自禁地落了下来，滴在她蜕下的蛇皮上，带着温热，晶莹剔透。

假面要动身的前一夜，她不知哪来的冲动，去找了主人春妖，跪在春妖座下，执意请命愿跟假面一同出海寻妻。

像在台下听一曲戏，台上唱到扣人心弦的地方却戛然而止，他们的故事触动了她的心弦，她急切地想陪着主人公一同走下去，亲自揭开这场七十七年后的结局。

浮衣从没离开过百灵潭，春妖多有嘱咐，末了，一声轻叹："也算作你的一番历练吧，只愿你将来不要后悔。"

假面走时，春妖将一物放入了他手心，面色淡淡："这是你曾托我找的东西，上穷碧落，我始终不希望你会用上。"

一路上，假面都很沉默，浮衣变着花样想讨他开心，假面却不理会她。

眼看着离那座传说中的海中岛越来越近，浮衣明显感觉到假面开始紧张起来，整个人交织着兴奋与不安。

浮衣拍拍他的肩膀："你放心，你一定会见到你的妻子的！"

假面转过头来看了她一眼，面具下的眼眸深不见底，许久，他嘶哑着声音开口："谢谢。"

天高辽阔，海水蔚蓝，假面坐在船头，大风凛冽，吹得他衣袍飞扬，浮衣见他这副模样，知道他定是又想起了叶禾。

叹了口气，浮衣安静地坐在了假面旁边，双腿还像蛇尾一样慵懒地搭着，不知怎的，她眼前又浮现出了昆仑镜中的画面……

叶老爷去世后，叶禾心如死灰。

像忽然看破了一切般，你若无情我便休，她拟了一封又一封休书，送去给段陵，要段陵休了自己，放她海阔天空。

休书却都被段陵撕得粉碎，漫天纷飞的纸屑中，段陵拉住她的手，几近哀求："我们忘记一切，从头来过，好不好？"

她求了他这么多年，等她终于累了的时候，他却反过头来求她不要离开。

叶禾笑了笑，轻轻抽出手，在段陵一点点黯淡下的眸光中，转身而去，毫不留恋。

既然段陵不肯休掉她，她也不再强求，反正那薄薄的一张纸也改变不了什么，她搬去了父亲生前住的小别院，一个人养花种草，过起了清心寡欲的生活。

段陵每天都会来看她，她却不管他说什么都不理会，只当他不存在。

有一回段陵终于忍不住了，红着眼紧紧地抱住了叶禾，下巴抵在她头上，嘶哑的声音带着哀求："你不是想要孩子吗？我们生个孩子好不好，我会教他……"

"不想了，"淡淡的话打断了段陵，叶禾从他怀里挣脱，抬起头，面淡如水，"现在不想要了……总要不到也就不想了。”

门慢慢地关上，段陵心头大悸，觉得有把刀子将他的心一点点割得七零八落，再也拼凑不完整。

日子如流水般淌过，许是经历的事情太多了，到底无法真正地忘却，后来的叶禾压抑成疾，本就孱弱的身体一病不起。

段陵心急如焚，到处寻医问药，为了叶禾停了一切生意，带着她踏遍北陆南疆每一个角落，几乎将大半家财都散尽。

但叶禾的病始终没有好转，像是老天爷对他的惩罚，叶禾的身体每况愈下，眼看就不行了。

段陵仿佛坠入了无底深渊，七尺男儿跪在床头哭得像个孩子，就在他最痛苦绝望时，生机转现——

他得到了一份残缺的古书。

书上记载着，蓬莱之地有座海中岛，岛上有座仙人墓，墓中有无数的金银财宝，还有传说中的长生之药，可消除百病，起死回生。

仙岛藏在海水下，每七十七年海面会退一次潮，露出下面的海中岛。

按书上记载的上一次退潮时间来推算，今年不多不少，正好是又一个七十七年后的海中岛重现。

段陵激动不已，像溺水之人抓住了救命稻草般，赶紧带着叶禾，立刻动身。

他散尽最后的家财，雇了一艘大船，带上足够的人手，按照书上的指示，浩浩荡荡地启程了。

他做的这一切叶禾都看在眼底，心里不是没有触动的，她曾劝过他：“其实……你没必要这样……人总是要死的，何必为了我……”

“你是我的妻子，为你做什么我都愿意！”段陵急急打断她，像害怕听到后面的那些话一样，他紧紧搂住她，身子不住颤抖着，“我们一定会找到药，你会好起来的，会好起来的……”

海风拍着船舱，呜呜作响，这一回，叶禾没有推开段陵，只是怔怔地贴在他胸口，听着他急促的心跳声，茫然若失……

大船在海面上行驶了两个多月后，眼看就要到达目的地时，却突发意外。

海上忽然刮起了大风，前一刻还晴空万里，眨眼间就电闪雷鸣，风云变色。

昏天黑地间，大海像一条狂躁的俊龙，吼叫着要将他们全部吞噬。

船员们惊叫着，是海神的惩罚来了，一片混乱中，段陵牢牢护住叶禾，在她耳边不住道：“别怕，别怕，有我在，我在呢……”

男人有力的臂弯紧紧圈护着她，叶禾怔怔地抬起头，狂风暴雨中，他们互相看不清楚彼此，于是有什么再无顾及，就这样混着大雨，怆然落下。

她忽然想，如果时间能在这一刻停止，该有多好。

当众人九死一生地登上岛时，满船人手已折损大半，可段陵无论如何也想不到的是，下到了仙人墓时，才是灾难真正的开始……

“到了，前面就是海中岛了，七十七年后，它果然又浮出水面了！”假面欣喜的声音惊醒了浮衣，她蓦地回过神来，船已徐徐靠岸。

跟着假面下了船，浮衣脑海里的景象还挥之不去。

她望向假面，忽然有一种冲动，很想伸出手摘下他的面具，看一看他面具下的脸庞是否还像昆仑镜里的段陵一样，英俊潇洒，情深不悔。

（八）

摸索着走过长长的甬道，假面对古墓中的机关已是驾轻就熟，又仗着死不了，一路横冲直撞地在前面开路，看得浮衣心惊肉跳。

漫天箭雨中，假面猛然回首将浮衣一拉，浮衣猝不及防地跌入了他怀中，被护得滴水不漏。

脑袋晕乎乎的，浮衣心头莫名地升起了一股异样的感觉，双腿似蛇尾一样软绵绵地贴着假面。

机关一破，假面就毫不在意地拔下身上的毒箭，继续火急火燎地往前冲——

为了这一天，他已等待了太久！

当年他们一行人踏入古墓，他护着叶禾，一心只想找到传说中的长生之药，其他人却被墓中的金银珠宝所惑，开始自相残杀。

无法言说那场灾难有多残酷，人心被欲望所遮蔽，那群人像疯了一般，为了富贵对着同伴手起刀落。

空气中满是血腥的味道，段陵拼命也阻止不了，反而在争斗中身受重伤，抱着叶禾滚下了一条窄道。

叶禾在他怀中泪如雨下，所有爱恨纠葛在那一刻都不重要了，正当他们以为要一同命丧于此时，却没想到天不绝人，当睁开眼时，他们已经身处在了一个巨大的密室中。

密室洞若白昼，中央摆放着一口漆黑的木棺，木棺顶上镶嵌着一颗明珠，柔和的光晕轻轻流转着，照映着周围壁上刻满的古老文字。

这里的场景与古书中描述的一模一样。

他们竟然误打误撞地跌入了仙人墓的内室，书上说的长生之药就藏在棺木上的那颗明珠里！

段陵欣喜若狂，颤抖着手按照书上的方法取下了明珠，明珠一落入手心，立刻白光大作，转瞬间剥落成了一颗纯白的丹丸——

这就是他们千辛万苦要找的长生之药！

段陵激动不已，迫不及待地递到了叶禾嘴边，叶禾脸色苍白，眸含泪光地望着段陵："那你呢？"

她怎会看不出，段陵为了保护她身受重伤，此刻已是强弩之末，全凭一口气在撑着，只怕是她一吞下药丸，他就会心弦松懈，软下身子，再无牵挂地撒手而去。

仙药只有一颗，他二人中注定只能活下一个，叶禾在段陵灼热的注视下，缓缓低下了头，潸然泪下。

直到这一刻，他还不明白，如果世上没了他，她孤零零的一个人，纵是得到了寂寞的永生，又有什么意思呢？

叶禾接过药丸，泪中含笑，当着段陵的面放入了嘴中……

却就在这一瞬间，她忽然扑上去，不由分说地吻住了段陵，段陵难以置信地睁大了眼睛，笑容刹那凝固在脸上。

一切发生得太突然，段陵措手不及，天旋地转的拥吻中，药丸被叶禾用舌尖抵着直直送入了他嘴中，唇齿相依间，耳边是叶禾的轻声呢喃："夫君，原谅我自私一次，我到底，没有勇气……承受失去你的痛苦。"

段陵不防之间吞下药丸，又急又怕，抱住脸色越发苍白的叶禾，痛不欲生。

却像蓦地想到了什么，他颤抖着身子，赶紧掏出怀里那本残缺的古书。

书上染了鲜血，他翻着翻着，忽然眼前一亮。

破败的书页上，模糊地记载着一首诗，大多行句已看不清楚，其中一句更是染了鲜血，只依稀辨得出后半句，但却足以给段陵带来莫大的希望——

仙人棺里得永生。

段陵如失而复得般，搂紧叶禾又哭又笑，他二话不说，咬紧牙，奋力推开了密室中央的黑棺。

棺木里面竟然空空如也！

还无暇细究，却不知触动了什么机关，密室里一下狂风大作，墓洞开始摇晃，有海水慢慢注入……

段陵脸色大变，陡然记起，书上说过，一旦动了仙人的棺木，海水就会立刻升起，盖过这座岛屿，海底的仙人墓将等待又一次轮回才会浮现出来！

叶禾躺进了棺木中，叫段陵快走，大风狂吹中，段陵死死抠住棺木，血红了眼，他如何也忘不了，最后的最后，叶禾猛地一把推开了他，凄声叫着："走啊——夫君，好好活下去，若是有心，你七十七年后再回来找我，我会一直等着你！"

声音不断盘旋在段陵耳边，他在大风中伸出手，目眦欲裂地唤着叶禾，却只能离她越来越远，眼睁睁地看着她眸中含泪，笑望着他，慢慢躺了下去……

整个世界瞬间轰然坍塌，支离破碎。

（九）

海水顷刻间淹没了岛屿，当段陵再次醒来时，已经身在百灵潭。

是百灵潭的无垠路过这片海域，救下了被海水冲到岸上，昏迷不醒的他。

海中岛已经沉下，消失无踪，他踉踉跄跄地奔到海边，大声喊着叶禾的名字，直到声嘶力竭，扑通一声跪了下去。

大海波涛汹涌，他双手死死抠进了沙中，哭得撕心裂肺。

他被无垠带回了百灵潭，眼前无时无刻不浮现着叶禾最后泪眼含笑，慢慢躺入棺材中的模样，直到此时他才发现，原来长生是件多么残忍的事情。

没有叶禾，他不死的生命、不老的容颜都成了罪过。

他戴上了面具，住进了昏暗的石洞，睡在了棺材中，与世隔绝。

那段痛苦的记忆被寄存在春妖的昆仑镜中，等待七十七年后再度开启，海中岛重现之日，就是他寻回叶禾的时候……

而这一天，终于来了。

转动石烛，墓门缓缓打开，漆黑的棺木赫然出现在眼前，假面身子一颤，激动得不能自持。

在浮衣的注视下，他一步一步走近棺木，时光仿佛凝固在这一瞬，他心跳如雷，屏住呼吸，一点点推开了棺盖——

“夫君，好好活下去，若是有心，你七十七年后再回来找我，我会一直等着你！”无数片段闪过眼前，前尘往事扑面而来，流光飞舞间，似乎有个女子倚栏而立，眸光如水，笑得温柔。

颤抖着身子，假面狂跳的心却在棺木打开的那一瞬，如坠深渊——

棺木里竟是一具白骨！

没有叶禾，没有那声等待已久的夫君，竟只有一具白骨！

浮衣贴着棺木，张大了嘴，失声道：“怎么会这样？”

叶禾原来早已死去！

那些被尘埃掩盖的秘密，那些沉浸在岁月长河中的真相，谁也不知道，七十七年前，痴情的女子躺进了棺木中，泪流满面，至死也没有告诉她的夫君，她其实知道古书上那被血染糊的前一句：明珠不灭浮屠阵，仙人棺里得永生。

棺木上的明珠灭了，里面的长生之药被段陵吞下，留下的只是一具普通的棺材。

她在船上早已看过那一页，却在墓里没有告诉段陵，反而与他定下了七十七年之约。

她骗了他，为了让他好好活下去，她合上棺木，编造了一场七十七年的谎言——“若是有心，你七十七年后再回来找我，我会一直等着你。”

仿佛一切都没有了意义，假面抱着白骨，泣不成声：“你骗我，你骗我……”

戴了七十七年的面具终于滑落下来，面具下的那张脸依然不变，年轻如昔，还是那个春日湖畔，意气风发，打马从树林里经过，救下她的翩翩少年，可是她却再也不能睁开双眸看他一眼，轻轻唤他一声“夫君”了——

物是人非，故人永不再。

声嘶力竭的哭声中，假面忽然从怀中掏出一物，浮衣还来不及阻止，他已经仰头吞下，跳入棺中，那是他离开百灵潭时，春妖亲自交予他手中的，他做过最坏的打算，她若有不测，他定不独活。

他吞下长生之药，不老不死，唯一能做的只有永世长眠。

春妖交给他的便是能让他永远睡去的药。

君既为侬死，独生为谁施？欢若见怜时，棺木为侬开。

假面搂紧叶禾的白骨，像他们曾经紧紧相依一样，慢慢地闭上了眼。

既然我不能陪着你共赴黄泉，那就让我拥着你永世长眠吧。

棺木缓缓合上，海水升起，墓洞摇晃，浮衣却抓住棺木，不愿离开。

耳边恍惚想起，离开百灵潭时，主人春妖饱含叹息的声音：只愿你将来不要后悔。

她那时看不懂主人眼中的悲悯之色，现在想起，什么都明白了。

原来看戏的人，戏看久了，就出不来了，在感慨戏中人悲欢离合的那一瞬，自己也不知不觉入了戏。

她终于知道情爱为何物了，却再也没有机会尝试，双腿不知不觉化为了蛇尾，她在大风中变回了蛇身，紧紧盘踞在了棺木上。

墓门一点点合上，她闭上眼，在不断涌起的海水中，流下了一滴泪。

她知道，她再也无法走出这座古墓了。

第十一章 卿平

凉风习习的月夜下，他问她叫什么，她回过头莞尔一笑，山水明净：『我叫卿平，白衣卿相的卿，平平安安的平。』

那一年的那一眼，牵绊就此而生……

（一）

烟花漫天，欢喜热闹，百鬼齐出。

今天是百灵潭的茧儿与薛连出嫁的大喜日子。

碧丞同千夜日日守在有间泽，总算等到了心爱人再次从茧里掉出。

铜镜前，两位新娘梳妆完毕，一者清柔，一者端华，本就姣好的容颜更显流光溢彩。

卿平舒了口气，收好妆盒，回首在银盆里净了手。

薛连莞尔一笑："卿姑娘不愧是息良第一妙手，我与茧儿妹妹谢过你了。"

卿平摇头淡笑，眸光却有些失神，怔怔地望向茧儿与薛连身上大红的喜服，似乎想到了什么……

小鬼抬轿，新郎迎亲，首座上的春妖墨发如瀑，额间闪烁着幽蓝的光芒。

卿平站在人群中，看着这难得的盛事，唇边含着笑，脸色却有些苍白。

她身边站着的是百鸟之王乌裳与她的夫君孔澜，孔澜手抱一个白玉奶娃，正仰长脖子嬉笑着看热闹。

那奶娃正是他与乌裳的孩子，前不久才学人间办了场满月酒，纷纷扰扰总算把名字定了下来——

孔七。

依孔雀公子那好卖弄学问的风骚性子，是断不会给宝贝儿子起个这样平平无奇的名字，他恨不能引经据典，把全天下的书籍都翻烂，怎奈媳妇乌裳是个实在人，瞧不上他那华丽矫情的一套，最后说了句“贱名好养”，不耐烦地大手一挥，就把孩儿名字定下来了。

孔七，孔七，百灵潭众人私下都笑得贼兮兮的，这可不就是拐着弯儿彰显了孔澜的悲惨命运吗——兄弟，恐妻啊！

“浮衣那丫头跟着假面出了趟海，不知为何还没回来，大家伙儿都挺想她的，千夜和碧丞前几天还说要请她坐上座，聊表上次未收请柬的歉意……”

乌裳嘀咕着，转头望向卿平，笑道：“卿姑娘，你手艺好，等浮衣那丫头回来了，老大不小要出嫁时，少不了又要请你这息良第一妆师出马了。”

卿平点了点头，眉眼含笑，一派恬淡。

却就在两对新人出现，叩请春妖，百鬼欢腾时，卿平心口忽然一阵绞痛，冷汗直流。

她身后的无垠察出不对，赶紧上前搀扶住她，“卿姑娘，你怎么了？”

一片欢声笑语、热闹喧嚣中，卿平面如白纸，凑近无垠耳边，艰难开口：“我……我恐怕不行了，劳烦先生把我送到清风小筑，禀告潭主一声……”

清风小筑，月冷云淡，竹影斑驳。

百灵潭有三个特殊的存在：假面、丘芷、卿平。

假面，是人非鬼；

丘芷，不人不鬼；

卿平，则是半人半鬼。

听闻凡尘有个一国君主，找来奇珍异宝，硬生生地吊着她一口气，使她不能“死透”，肉体封在冰棺中，成了个活死人，灵魂无法转世投胎，便随风飘到了百灵潭。

春妖接到消息，喜宴未过半就急匆匆地赶来了，空中绽开朵朵幽莲，他踏风而来，一拂袖，立于卿平榻前，叹了口气：“他为你求来的长明灯终是要灭掉了，你……可以解脱了。”

卿平眼眸含笑，望向春妖，气若游丝：“潭主，往生前可否允我一事？”

“我想……再去息良见他一面，然后去找一位故人，亲口向他说声抱歉……”

（二）

卿平遇上慕容斐时，他正被高高地吊在宫门前，满脸愤恨，眸欲滴血。

他是邻国东穆的小王子，被送到息良来与三公主“和亲”，表面上是当驸马，实际上只是一个被皇室遗弃的可怜质子。

彼时卿平接任母亲的妆师一职，刚刚入宫，侍奉在三公主左右。

母亲对她多有叮嘱，息良上下也无人不知，这位三公主的“特殊”——

从母胎带出来的心智不足，堪比几个成年男子的食量与力气，肥硕而丑陋的形貌，蛮横暴躁的脾气，嗜血残忍的爱好。

用慕容斐的话来说，就是“又傻又凶的臭肥婆”。

这样的女人，若不是贵为公主，恐怕一生都不会有人敢娶。

慕容斐被送来时才刚满十四，比三公主整整小了七岁。

息良国君正愁着女儿的婚事，东穆作为臣服的小国，投其所好，给息良王连夜送来了一个现成的驸马，俊秀美貌的皇族少年，堪堪抵了十座本要献出的城池。

皆大欢喜中，唯慕容斐紧握双拳，如遭奇耻大辱，血红了眼。

婚事这便定了下来，只等慕容斐过完十五岁的生辰，就正式迎娶三公主。

而在这之前，他被安顿在了三公主的永乾宫，陪伴她，不，确切地说，是供三公主玩乐解闷。

卿平已经不止一次看见慕容斐被吊起了，倔强的少年怎么也不肯配合三公主的“游戏”，每每死不低头，被暴戾的三公主施以各种惩罚。

这一次，三公主更是拿出了自己心爱的长鞭，一鞭鞭狠狠地抽下去，肥胖的脸颊一颤一颤，挂着兴奋快意的笑：“说，你还顶不顶撞我了？还给不给我当马骑？”

鞭风如雨中，永乾宫的人个个心惊胆战，噤若寒蝉。

慕容斐被抽得遍体鳞伤，鲜血飞溅中却始终抿紧嘴唇，瞪着三公主不发一言。

卿平看在眼中，呼吸急促，几次三番都想迈出脚，耳边却响起母亲的声音：“进了宫只管做好自己的分内事，闲事莫理，卿平，清贫，母亲宁愿你清贫一世，默默无闻，也要平平安安。”

卿平勉力平复下翻滚的情绪，紧咬嘴唇，再不忍看少年。

那样的韶华年纪，总让她想起她早逝的阿弟，阿弟是饿死在她怀中的，她那时无能为力，绝望得几乎崩溃，如今又只能眼睁睁看着少年受苦，拼命压下那汹涌漫上的愧疚。

好不容易三公主打累了，骂骂咧咧地抡着胳膊休息，满宫人都舒了口气时，慕容斐却忽然一口血水吐去，不偏不倚地吐了三公主一脸。

少年扬眉一笑，露出血森森的牙齿，对着那个肥硕的身影比出挑衅般的唇形：“死……

肥婆……”

满堂大骇，三公主勃然大怒，擦了把脸就想冲上去，那架势像是要将慕容斐撕烂。

就在这狂风暴雨之时，一袭素衣霍然出列，一下跪在了三公主面前。

“公主息怒，若打死了驸马，后果不堪设想！”

正是脸色煞白的卿平。她此话一出，永乾宫鸦雀无声，吊在半空的慕容斐也怔了怔，眸光复杂地看向她。

倒是三公主，认出了这是平时为她梳妆的小宫女，不怒反笑：“你是晴仪的女儿？你说说，能有什么后果？”

卿平深吸了口气，抬起头，望着三公主饶有兴致的模样，犹犹豫豫地道：“公主殿下会，会……沦为新寡。”

话音刚落，宫人们不约而同地打了个寒战。

三公主却歪着头，想了半天后，哈哈大笑。

她素来喜怒无常，也不知卿平哪点让她欢喜了，许是从来没有宫人敢在她面前说这样的话，她颇觉新鲜，竟然扔了长鞭，拍拍手，似累了样向里走去。

“你进来为本宫更衣梳妆，要梳最漂亮的流云髻！”

（三）

风声飒飒，夜阑人静。

卿平一手提着灯，一手提着食盒，悄悄地来到了宫门前。

慕容斐还被吊在上面，已经整整一天滴水未进了。

看到卿平时，他有些难以置信：“是你……”

卿平做了个噤声的动作，小心翼翼地踩上台阶，凑近慕容斐，拿出食盒里的水粮与伤药。

她眸含心疼，仿佛那鞭鞭都抽在自己阿弟身上一般，简单为少年处理了下伤口后，又一勺勺喂他喝下一碗米粥。

慕容斐眸光闪动，意味不明地看着卿平，月色笼罩着她的眼角眉梢，草木幽香中，秀气的五官未施脂粉，倍显清婉柔和。

离开时，慕容斐迟疑地开了口：“那肥婆没有为难你吧……”

卿平摇摇头：“没有，公主殿下只叫我为她梳妆打扮。”

“梳妆打扮？”慕容斐哼了哼，嗤之以鼻，“那肥婆再打扮也不过是母猪上色，能好看到哪里去？”

卿平无奈地笑了笑，小声道：“这些话日后还是少说为妙……公主吃软不吃硬，驸马顺着她一些也能少吃些苦头。”

慕容斐眼眸黯了黯，闷着头不接话。

卿平叹了口气，转身就要离开，却提灯没走几步，又被一声叫住：“你叫什么名字？”

回眸望向少年，四目相接间，卿平弯了嘴角，薄唇轻启：“我叫卿平，白衣卿相的卿，平平安安的平。”

不知是不是听进了卿平的话，慕容斐开始收起锐气，隐忍不发，态度的明显转变让三公主都吃了一惊。

他对为他上药的卿平道：“你说得没错，留得青山在，不怕没柴烧，日子还长得很，总有一天……”

少年说这话时，眸中闪过一抹狠厉之色，正一心埋头包扎的卿平却没有看见。

他们在偌大的皇宫里彼此亲近，不知不觉中生出了一种相依为命之感，卿平将慕容斐当作弟弟般来疼爱，慕容斐也对这个长他两岁的姐姐越发依赖。

当母亲去世的消息传来时，卿平刚出了慕容斐的住所，阳光洒满她一身，她眯了眼还来不及享受，噩耗从天而降，手中食盒“哐当”一下，坠落在地。

那是卿平生命中最昏暗的一段时期，她已记不清自己是如何熬过去的。

一片悲恸中，只记得三公主找到她，出人意料地对她说：“晴仪……待我很好。”

三公主大概从未安慰过人，有些手足无措，只派人送来许多东西，等到所有人都离开后，慕容斐轻轻推开了门。

外头正淅淅沥沥地下着雨，她那时刚办完母亲的丧事回了宫，缩在房间的一处角落里，长发裹住了整个颤抖的身子，泪流不止。

支离破碎的世界中，一双手忽然拥住了她，湿漉漉的怀抱，带着雨水与少年青涩的气息。

天地霎时静了下来，静得能听到彼此的心跳。

他在她耳边开口，声音略带哽咽：“姐姐，你别这样，你还有我……”

怀抱渐渐用力，她只听到他不断地重复着，是压抑到极点的情感：“……你等我长大，等我长大……”

像回到那年阿弟还在的时候，她有一瞬间分不清今夕何年，却是紧紧抓住少年，在他怀中失声痛哭。

（四）

卿平开始经常奔到后山散心，捧着母亲的画像，一坐就是半天。

山野间的风吹过她的发梢，落叶飘零，便是在这时，施云出现了。

“人总有生老病死，你成天对着你娘的画像她也活不过来，你又何必徒增伤感？”慵懒的声音像从天边传来，一阵风掠过她头顶，她抬起头时，树上已多了一人——云衫翩翩，墨发飞扬，修长的手指轻敲着树干，漂亮得不像话的一张脸，灵秀得宛如神仙下凡。

卿平愣住了，旋即反应过来，将母亲的画像按在胸口，红了眼：“我愿意对着，不要你管！”

她性子原本最是柔和，却头一次冲一个陌生人发火，树上的人也不生气，反而笑眯眯地摊了摊手：“我也不想管啊，谁叫你天天来哭，无端端地扰人清梦。”

还不待卿平反驳，树上人接着悠悠一叹：“说起你娘，我倒是十几年前见过，带着息良皇宫那个胖公主来玩，瞧着是个和善的女人，不承想斗转星移，一晃眼她走了，留下的女儿都这般大了。”

话音刚落，卿平尚自震惊中，树上人已勾唇一笑，拂袖跃下了树，轻巧地一把夺过她手中的画像。

“光看画像有什么味？亏你还是个妆师，双手万能，丰衣足食的道理难道不懂？若我能再让你见你娘一面，你该怎么感谢我？”

云衫一拂，不知从哪里变出了一个木匣，年轻人眉开眼笑地打开匣子，里面竟是各色胭脂水粉，应有尽有，叫人眼花缭乱。

匣盖上还挂了一排雪白人偶，一只只穿着各种各样的服装，有男有女，有闺秀有少侠，种种身份琳琅满目，唯独一张脸是空白的，像是等着主人家亲手为他们勾勒画颜上去。

卿平一时看呆了，脱口而出：“你……你也是妆师？这些小人儿是用来画面的？”

年轻人咳了咳：“姑且算同行吧，你就算叫我声祖师爷也不为过……至于这些木偶，都是我自己做的小玩意儿，平时用来练练手，解解闷。”

说着他手指一勾，取下了一个素衣宫装的木偶，那木偶一入他手心，瞬间望风而长，眨眼间就变得同真人一般大小，除了脸面是空白的，其余各处均栩栩如生，材质摸着触手生温，更是与真人的肌肤纹理贴合得天衣无缝。

卿平吓了一跳，瞪大了眼难以置信。

年轻人已经摸摸下巴，挑出几色粉妆，自顾自地忙活起来。

卿平吞了吞口水，开始相信年轻人之前说的“疯言疯语”了。

这个出现在山野间、来去如风、貌如神仙的年轻人……难道真是神仙？

却到底是好奇与期待占了上风，她小心翼翼地凑上前：“你真的……能让我再见到我娘？”

年轻人头也不抬，笑声清越：“你等着便是。”

接下来的一幕若不是亲眼所见，卿平是做梦也不敢相信的，妆师的手艺竟能达到如此境界，在那双妙手的鬼斧神工下，人偶脸上的五官缓缓成形……

卿平眼前也一点点升起水雾，当母亲慈祥温婉的面孔终于彻底浮现出来时，她眸中的泪水夺眶而出，情不自禁地扑入“母亲”怀中。

那个怀抱还是和记忆中的一样温暖，音容笑貌无不逼真到了极致，叫她几乎有种母亲活过来的错觉。

年轻人收好妆盒站在一旁，看着卿平泣不成声，山风吹过间，他嘴角的笑却有些苍白，像是画了一次人偶妆，耗费了太多精力。

“尽情哭吧，哭过这最后一次可就得放下了，人总得向前看，你娘在天之灵也定是不愿见你成天这般模样的。”

清冷的声音中，人偶渐渐透明，随风飞出了卿平怀中，飘向半空。

似一幅画卷铺陈开来，如梦如幻，半空的人偶一点点化为无数片花瓣，随风四散，缥缈如烟，瑰丽凄美得撼人心魄。

卿平泪眼蒙眬，仰头痴痴看着，仿若母亲在柔声告诉她，路还很长，往后的岁月她必须坚强地走下去，好好为自己而活。

这一刻，春风拂面，像有什么在心中生根发芽，如获新生。

卿平似乎体会到了年轻人的用意，转眸望向他，脸上泪痕还未干，却在漫天纷飞的花瓣中，莞尔一笑。

（五）

与施云的接触开始频繁起来，卿平一有空就会提着妆盒奔到后山，双手拢在嘴边，对着漫山遍野大声喊着：“施云——施云——”

她原本想叫他仙人的，他却摆摆手：“当神仙有什么意思，还不如逍遥四方，闲云野鹤来得自在，你便叫我施云吧。”

于是，每当卿平得了空就会来找他，没叫几声，那袭云衫就不知从哪棵树上懒洋洋地探出脑袋："小徒弟叫魂呢，给师父带了美酒佳肴没？"

她时常向他讨教手艺，久而久之，他也就玩笑地自认为师了。

卿平对施云的一切都好奇不已，他们席地而坐，胡天海聊，气氛轻松而惬意。

问到施云的来历时，他云衫一拂，偏头想了想后，清清嗓子道："有个地方叫百灵潭，你十之八九从没听说过，我在那里住过一阵，那里的老大叫春妖，生得风华绝代，却冷冰冰地不爱理人，不过相熟了还是很好说话的，只要不趁他睡着给他画女人妆……"

像是想起曾经捉弄老大的事情，施云顿时乐不可支，卿平也掩唇笑道："你是被那个春妖赶出来的吧？"

"怎么会，老妖想求我回去我都不回呢，我可好不容易才寻到这块风水宝地，一个人别提多逍遥自在了。"施云眉眼止不住笑意，末了，冲卿平扬起酒坛，晃了晃，"这酒也没那儿酿得好喝，那里可是住了个酒中仙，不过说多了你也不明白……"

"还有，傻徒儿，你以为人人都能看见这处地方？那我得受多少打扰？外头设了结界，寻常人看不到更进不来，也不知你娘当年是怎么发现的，过了十几年你又误打误撞地踏进来了，莫不是你们家族有何特殊之处？"

卿平摇摇头："乱世中挣扎求生的平民百姓罢了，若有特殊之处，哪会叫我阿弟饿死？"

从小她就与幼弟跟着母亲四处漂泊，三人相依为命，那年闹饥荒，要不是弟弟饿死了，母亲也许还不会进息良皇宫当妆师，她也是从那时起才知道母亲还会这门手艺，她也开始跟着学以谋生了。

这一学，就喜欢得不得了，仿佛有与生俱来的天赋，调制水粉，画眉施妆，双手十分灵活。

母亲却不肯教她更多了，只叫她记着手艺够用，饿不死就行，切不可张扬炫耀，拿来出风头，宁愿她粗茶淡饭，清贫一世，默默无闻，也要平平安安。

说起这些过往，卿平怅然若失，施云却兀自沉吟，喃喃道："听你这么说，我大概知晓……你是谁的后代了。"

除了妆艺，卿平说得最多的就是慕容斐了，倔强又聪明的少年，长得高长得俊，文武双全，和她在宫里相互扶持，对她特别好，当然，她也待他像阿弟一样疼。

说到这些时，卿平眼里是满满的自豪与欢喜，施云失笑："不知道的人还以为你看上了那胖公主的小驸马呢。"

卿平啐了一口，脸上绯红升起，抓起妆盒就跑。

纤秀的身影闪跃在山间，没了深宫的束缚，像自由飞翔在天地间的百灵鸟，含笑的声音飘荡在风中，携着青草的幽香远远传来："就会胡说，明天不给你带酒了，想喝自己开妆盒画——双手万能，丰衣足食的道理难道不懂？"

竟拿初次见面时的话来揶揄他，施云一愣，随即哈哈大笑，却在笑完后往草地上一躺，随手甩了酒坛，望着长空悠悠一叹："可怜闻人氏曾经何等的辉煌，被逐出揽月岭后，才不过短短数百年，如今竟只剩下这一根独苗了……"

（六）

三公主近来情况不大好，许是饮食未加节制，心悸之症时有发作，那是她从母胎中带出来的病根，只能用各种名贵药材缓着。

她卧病在床的日子，慕容斐衣不解带地照顾着，性子越发和顺。

大家私下都说，三公主对驸马非打即骂，驸马还为她端汤送药，整日侍奉在床前，真不知三公主是几世修来的福分。

福分？慕容斐念到这个词时暗自好笑，脸上却不动声色，任三公主掀了药碗，嫌药太苦，骂骂咧咧地发脾气。

卿平进来时，就只看见慕容斐跪在地上收拾碎碗残汁，头发上粘着药渣，衣服也湿了一片。

她心头一酸，赶紧走上去替慕容斐收拾，嘴里还急念道："驸马快去换身衣裳吧，别着凉了。"

少年轻轻触到她的手，漆黑的眼眸快速地扫了她一眼，眸含万千，却什么也没说。

倒是三公主，见到卿平高兴不已，伸手招呼她坐到床边："阿卿，你前些日子的梅花妆研究得如何？那妆你画上一定极美，你现在就画给本公主瞧瞧！"

已要跨出房门的慕容斐听到身后的动静，脚步不由顿住了，余光一瞥，恰巧看到三公主拉着卿平，肥硕的手紧紧揽住卿平的腰肢，那古怪的亲昵姿势叫他呼吸一窒，卿平却浑然不觉。

心跳如雷间，慕容斐咬紧牙关——

恶心的臭肥婆！这已经不是他第一次撞见了，次数频繁到绝不是他敏感多疑，再这样下去……不行，他要快点儿采取行动了！

承华十二年九月，东穆皇子慕容斐迎来十五岁生辰，一直紧锣密鼓准备的大婚终将举行，宫中上下一片喜庆。

三公主的病才好没多久，看起来还是无精打采的，特制的大号喜服也没兴趣试。

息良王倒是老怀安慰，慕容斐聪颖好学，温顺有礼，与一众王子读书，成绩名列前茅，太傅也对他交口称赞，尤其是三公主卧床期间，他更是忙前忙后地侍奉，叫息良王备受感动，对这小女婿越看越满意。

大婚前一夜，慕容斐悄悄来房中找了卿平，月光下，少年似乎有些不安，又夹杂着些道不明的隐隐情绪，叫卿平看着眼眶一涩，颇感酸楚。

在她眼中，慕容斐说到底还只是个孩子，这场畸形的大婚人人都有打算，却没有一个真正为他考虑过，他……究竟害不害怕？愿不愿意？

似是看出卿平所想，慕容斐上前握住她的手，少年比刚进宫时高了不少，身子也不那么单薄了，眼眸漆黑发亮，望着卿平笑。

"姐姐你别想太多，过了明天，一切都会好起来的。"极力克制的语气中，压抑着卿平没有听出来的隐隐兴奋。

想到三公主对慕容斐的态度，成婚后的日子也一定不好过，卿平忽然难过不已，无能为力的感觉汹涌漫上，她赶紧低下头，不让少年看见自己眼角的泪水。

慕容斐却一下慌了，伸手就去擦："姐姐，你别哭，我以后会让你过好日子的，真的……你信我！"手忙脚乱间，少年蓦地将她拥入了怀中，天地霎时静了下来。

他下巴抵着她的头，嘶声喃喃："父皇把我送进息良宫中，我那时绝望得不行，即使知道母妃早逝，自己不受宠，却也没想过会被弃如敝帚，落得如此田地，我甚至想过鱼死网破……可还好，还好遇见了……"

略带哽咽的声音中，慕容斐手下的力度又重了几分，他深吸了口气，眸光陡厉，杀机毕现——

既然世人欺他负他，就莫怪他一一讨回来！

（七）

三公主的喜妆是卿平画的，描眉施粉，认真细致得一丝不苟。

脂粉幽香中，三公主眼睛一眨不眨地盯着卿平看，好似能看出朵花来。

大功告成后，卿平在银盆里净了手，垂首低眉："只盼公主与驸马百年好合……互敬互爱。"

话中的深意不言而喻，三公主看了卿平许久，终是长长叹了口气："罢罢罢，那就听你的吧。"

喜宴上，烟花满天，普天同庆。

息良公主纳驸马的仪式较为特殊，行完大礼后，要在宫中大摆盛宴，首座帝后，文武百官列坐其次，公主与准驸马作陪，欢喜热闹地共进新人宴，然后公主再盖上红盖头，就可叫宫人抬着送入洞房了。

却就在这新人宴上，变故陡生——

三公主旧病突发，不治身亡，皇宫上下乱作一团！

宴席上的一道必备汤肴，三公主平时就最爱喝，却过于滋补，容易引起她的心悸之症，太医一直嘱咐她不可多食，三公主却哪听得进去，宴席上照喝不误。

这回却还没喝几口，她就捂着心口喘气不已，面色煞白，一头栽了下去。

这一栽，就再没醒过来。

朝野震惊，息良王大怒，一番人仰马翻地大彻查，到头来却只得出一个结论——

汤无毒，喜宴无碍，每个环节都无纰漏，三公主的的确确是死于心悸！

太医们围在一起，最终商讨出来的结果是，三公主的病大概才痊愈不久，甫一触忌，症状发作得不如往日平和，来势汹汹下才当场毙命。

这怪天怪地都怪不着，只能怪三公主自己贪嘴不听劝，息良王也无从追究。

一场大风波就这样不了了之，只有慕容斐，成了息良第一个还未行房就守灵堂的驸马，惹得众人不胜唏嘘，息良王也颇感怜惜与愧疚，挥挥手，封了慕容斐永安驸马的头衔，赐华服加身，与众王子平起平坐。

慕容斐成了永乾宫的新主人，在宫中的地位一夜飙升，清贵无双，再不是曾经那个无权无势的卑微质子。

所有人中，却唯有卿平，如坠冰窟。

慕容斐来看她时，她抱着妆盒，身子不住颤抖，一回头，对上少年的眼眸，哆嗦着开口："是不是、是不是你？是不是你做的？"

慕容斐脸色大变，嘴角的笑意瞬间凝固，望向卿平手中打开的那盒胭脂，失声道："姐姐你、你知道了？"

晶莹剔透的红胭中，被人悄无声息地掺入了一味香料，确切地说，是一味草药研磨而成的香粉。

这香粉于寻常人而言并无不妥，甚至患有心悸之症的三公主平时用也没事，但恰恰就是遇上那道喜宴上的汤肴，与汤中加的药羹相融合，就会发生恐怖的变化，大大地刺激患病之人，神仙也无力回天。

唇上的胭脂融进了汤水里，神不知鬼不觉，饶是经验丰富的老太医也查不出，更加不会想到。

这就是慕容斐前些时日守在三公主床边的原因，他每日为她送药，将她的病情与禁忌摸得一清二楚，接着在大婚前一夜，来看卿平时在她的妆盒里做了手脚，整个计谋无一纰漏，天衣无缝。

包括一步步取得息良王的信任与喜爱，少年的城府与隐忍此时才显露出来，要不是卿平心细如尘，根本不会发现真相！

竟然是她为三公主画上喜妆，亲手将她害死的！

卿平身子摇摇欲坠，指着慕容斐语不成调："你、你怎么能这般伤天害理……"

"伤天害理？"慕容斐冷冷一哼，"我若不先下手为强，难道眼睁睁地等着日后那疯婆娘把我活活打死？弱肉强食，这个世道向来如此，我被人吊在宫门前抽打羞辱时，除了姐姐，又有谁站出来为我讨个公道了？"

更何况，若再不动手，那疯婆娘还不知会对卿平做出什么举动，他可以被欺负，但绝不容许有任何人伤害她，一丝一毫都不行！

慕容斐深吸了口气，眸中精光大作，望着卿平恶狠狠地道："姐姐若是看不过去，就去息良王那告发我吧，叫他将我打入死牢，受百般酷刑，五马分尸，挫骨扬灰，为他的好女儿偿命……"

他每说一句，卿平的脸就白上一分，最终浑身颤抖着再也听不下去，一把推开慕容斐，捂住耳朵，泪流不止地夺门而出。

（八）

"施云——施云——"卿平站在山野间，双手拢在嘴边，撕心裂肺地大喊着，脸上已落满了泪。

等到那袭云衫出现时，她再也忍不住地一下扑入他怀中，放声大哭。

那些不能向人道的真相隐情，那些汹涌漫上的愧疚自责，那些说不清楚的酸痛委屈，通通化作泪水，在那个温暖的怀抱里尽情宣泄……

施云眸含心疼，只能不停安慰："好了好了，傻姑娘，又不是你的错……"

他叹了口气，望向长空："难怪最近星相不稳，帝星转移，息良的天恐怕要变了……你那位小兄弟，绝非池中物。"

卿平倏然抬首，施云难得地肃然起来，望着她难以置信的眼眸，郑重地点了点头。

果不其然，接下来几年，慕容斐不知用了什么法子，讨尽了息良王的欢心，自己又苦心经营，培植势力，在息良几次战事中，更是出谋划策，亲上战场，为息良立下赫赫战功，赢得了百姓无数称赞，永安驸马的名号一时响彻息良。

等到几位皇子为了帝位明争暗斗，只剩下最后的赢家九皇子时，蓦然回首，慕容斐刚率兵班师回朝，百姓夹道欢迎，万人空巷——

九皇子这才骇然发现，早在不知不觉中，他真正的敌人已变成了慕容斐！

这个不声不响积累实力，揽过大权，冷眼坐山观虎斗的永安驸马，早不是当年初进宫时稚气青涩的单薄少年了！

最重要的是，息良王对成天钩心斗角的几个儿子心灰意冷，反而是脚踏实地做事情的慕容斐甚得他心，他俨然已将慕容斐当作半个儿子来看待了……甚至，犹胜亲儿！

朝中的大臣们开始看清局势，渐渐分成了两派，一派拥九皇子，一派拥永安驸马。

承华十七年，息良王一病不起，像一个信号般，所有人都绷紧了弦，剑拔弩张的气氛一时微妙不已，帝位之争已到了最后的关键时刻！

卿平此时已在慕容斐的提拔下，升为了宫中的女官之首，但她却整日提心吊胆，梦里全是慕容斐被九皇子一箭穿心，血淋淋地悬于城楼示众的画面。

在三公主逝去后最初的那段日子，她始终心有介怀，对慕容斐不理不问，少年却依旧对她好得无微不至，为她送去各种所需，一没人时就叫她姐姐，拉着她的衣袖，甚至带了些讨好的意味。

那时的永安驸马已清贵无双，在外面还从不曾向人低过头，却在她身前，软磨硬泡，语带哀求，可怜兮兮的模样让人不敢相信。

真正叫她心软的是他第一次带兵打仗回来的时候，脸上还带着伤，身形比离开时瘦了一大圈，一敲开她的房门就不由分说地抱住了她，声音发着颤，是从未有过的后怕："我还以为……还以为……再也见不到你了……"

无人不知那场战事有多么惨烈，她天天守在皇宫等消息，一有风吹草动就担心得不行，看得施云直皱眉，摇着酒坛哼了哼："你这牵肠挂肚的小媳妇样子，叫那小子瞧见了，保准乐得飞上天！"

就在这日复一日地等待中，她终于实实在在地触碰到了他，而不是午夜梦回里的一个虚影，那一刻，她什么也顾不上了，紧紧搂住少年，泪如雨下。

九月，秋风萧瑟，宫中传来老王病危的消息，恐怕支撑不了多久了。而帝位继承人的问题依旧悬而未决，叱咤风云的一世帝王，垂死前也在挣扎犹豫，私心里他更喜欢慕容斐，但毕竟九皇子才是他的亲生儿子……

山雨欲来风满楼的局势中，慕容斐也是整夜难眠，卿平看着又心疼又不安，欲言又止："要不，放手吧，我只求你平平安安。"

慕容斐抓住卿平的手放在嘴边，低低笑着："我的傻姐姐，现在哪是你想放就能放的，箭在弦上，不得不发——"

卿平听出慕容斐的言下之意，煞白了一张脸，正要开口，慕容斐却有些疲倦地将她拉入怀中，抵着她的头顶喃喃道："更何况，我说过，要让你过好日子，我要让你……"

穿上华衣，执掌凤印，与他并肩而立，做息良皇后，携手睥睨天下。

（九）

息良王终于在一个风雨飘摇的夜晚驾崩了，举国哀丧，他传下来的遗诏却是引起了一场轩然大波。

出乎所有人的意料，遗诏上并没有写明传位于谁，而只有高深莫测的八个字——

天佑息良，神巫指路。

老王到最后一刻也没有下定决心，而是将难题交给了上苍，由英明的神巫大人来决断。

神巫的名头由来已久，纵横诸国，传说是连接天龙与地龙的使者，天龙是天上的神明，地龙便是地上的君王。

神巫身份特殊，具有呼风唤雨的本事，在整个北陆南疆享有至高无上的地位，各国君主见了神巫都得恭敬行礼，不敢怠慢。

息良在数百年前出过一位神巫，在神巫的带领下，息良走向了全盛时期，神巫在息良百姓心中的地位不容侵犯，是他们顶礼膜拜的至高信仰。

神巫飞升后，脱下来的肉体凡胎经过火化，骨灰混在了金粉中，塑成了一尊宝相，庄严地供奉在了息良太庙中。

朝中大臣们琢磨着遗诏的意思，难道是要永安驸马与九皇子去太庙请出神巫，在黎民百姓面前开祭坛设法，谁能求得神巫显灵，谁就能坐上帝位？

两派争论不休，最终接受了这个玄之又玄、谁也占不到便宜的办法，便都开始着手准备。

息良百姓们也是兴奋异常，纷纷奔走相告，拭目以待。

一片喧闹中，慕容斐却疲惫不堪，揉着额角对卿平道："不过一尊金身，怎么可能还真叫它显灵？台上做戏，台下才是见真章，各路人马都已聚集，只等那日兵戎相见，鹿死谁手，还未可知。"

卿平听得心惊肉跳，抓住慕容斐："你有几成胜算？"

慕容斐闭了闭眼，良久，望着卿平苍白一笑："原本有七成，倒有四成是押在先帝身上，却没想到……如今，只能孤注一掷了。"

大风凛冽，山野悄寂。

"施云——施云——"

卿平越想越怕，到底还是坐不住，奔来后山想求施云相助。

这回却叫了许久，那袭云衫才翩然而至，脸色有些泛白："行了行了，小徒儿果真见色忘师……"

他像是知道来龙去脉般，还不等卿平开口，已然挥挥袖："帝龙相争这种事我不好插手，若被九重天上知晓了，十座斩仙台也不够我受的了……"

况且，他现在就算是有心也无力，又一次天劫将至，他得去春妖那避避。

"你来了正好，走走走，快跟我走，别去搅那摊血雨腥风了……"

天色说变就变，前面还一派晴朗的天空转眼间就乌云密布，电闪雷鸣，哗啦啦地下起了倾盆大雨。

卿平回来时浑身湿漉漉的，抱着个妆盒不住哆嗦着，奔到永乾宫，对着愕然不已的慕容斐颤声道："神巫显灵……我有法子叫神巫显灵……"

（十）

"我那时也许真是鬼迷心窍了……"

半空中，春妖携卿平赶往息良皇宫，一路上，女子凄凉的声音徐徐道来，随风揭开了那段前尘往事。

"接下来的一切潭主应当猜到了，是，是我偷了施云的妆盒，在开坛设法那天，当着黎民百姓的面，为神巫金身描眉施妆，替慕容斐制造出了神巫显灵的奇迹……"

凄楚的语调断断续续，她一把捂住脸，泣不成声，再也说不下去。

那时施云说要带她走，远离是非，她嘴上应承下来，却如何放得下慕容斐，她带去好酒好菜，说要最后同施云畅饮一番，然后就随他离开息良。

他到底太信任她了，浑然不觉地被她灌醉后，云衫一拂，倒在地上呼呼大睡。

卿平也就在这时，咬咬牙，偷过他身旁的妆盒，转身就跑。

她心跳如雷,天上哗啦啦地下起了大雨,她脸上落满了雨水,还混杂着簌簌流下的泪水。

等到慕容斐将她拥入怀中时，她嘴唇发白，身子依旧颤抖得厉害。

开坛设法那一日，当金光大作的神巫在半空中显灵时，举国轰动。

慕容斐握着她的手激动不已，而她却望着神巫渐渐缥缈的身子，脸色苍白，恍惚间好像看见了那袭云衫。

片片花瓣四散开去，漫天似下了一场红雨，绝美震撼。

息良子民纷纷虔诚地跪了下去，连同九皇子那边的人也被震慑住，情不自禁地全都跪倒在地，高声呼喊着："天佑息良，神巫指路。"

他们臣服在慕容斐脚下，喊着"新皇万岁"，大局就此而定!

人山人海的喧嚣中，祭台上的卿平望着漫天飞花，痴痴一笑，似耗尽了浑身气力，再也支撑不住，眼前一黑，昏死过去。

慕容斐眼疾手快地接住她，她只听到最后一句："姐姐！"

醒来时，已是翻天覆地的变化，她不仅得到了息良第一妙手之称，更是被新帝册封为皇后，母仪天下，享尽殊荣。

可她的身子却再也没有好过，像是老天爷的惩罚来了，后来的日子里，她总是郁郁寡欢着，心事久压成疾，一病不起。

慕容斐为她请了息良最好的太医来看，为她寻了无数珍贵药材，更是在她床前信誓旦旦，不要后宫三千佳丽，此生此世只娶她一人。

北陆南疆没有哪个帝王能痴情如许，为一个女子做到如此。

她不是不欢喜的，但永远有个心结解不开——她是个骗子、小偷、忘恩负义的无耻之徒!

她再也没脸见施云，再也没有去过那片后山，再也没有用过那个偷来的妆盒。

她忐忑不安地等着施云来找她算账，指着她的鼻子大骂无耻小人，可等到快死了，施云也没有出现过。

可怜她直到临死前，也没有勇气去后山看一眼。

慕容斐跪在她的床头,大风大浪从不曾畏惧过的年轻帝王,那一刻却哭得像个孩子:"姐姐你别走，你别走，我说过要让你过好日子……"

过往种种通通失去了意义，他那么拼命地得到了帝位，踩上了最高峰，到头来，却留不住想要与之共享的人。

就在慕容斐万念俱灰时，他得到了一盏长明灯。

那是南疆黎族的圣物，灯不灭，魂不息，能用这样的方式将她留在世上。

把卿平置于冰棺中时，慕容斐也坐了进去，抱着卿平奄奄一息的身子，絮絮叨叨地说着话。

从哪里说起？就从初见那一年说起吧，凉风习习的月夜下，他问她叫什么，她回过头莞尔一笑，山水明净："我叫卿平，白衣卿相的卿，平平安安的平。"

那一年的那一眼，牵绊就此而生……

（十一）

息良皇宫的密室中，白发苍苍的老君主站在冰棺前，惊惶失措地伸手去掩那盏长明灯，似乎生怕风将它吹灭，可摇曳了五十四年的灯火，此时还是已微弱到近乎熄灭，老人嘶声泪流："不要灭，不要灭……"

卿平飘在虚空里看得心如刀割，潸然泪下，春妖在她旁边轻声一叹。

人世匆匆，如白驹过隙，那些留不住的爱恨情仇，终将像这盏长明灯一样，湮灭了无。

当春妖携卿平离开密室，飘向皇宫上空时，忽然听到身后传来一声撕心裂肺的哭喊："姐姐——"

风声飒飒，卿平一下捂住心口，感觉有什么贯穿进来，她半人半鬼的生涯终于结束——

长明灯彻底熄灭。禁锢了五十四年的三魂七魄瞬间完整起来，能够过奈何桥，投胎往生了。

身后的皇宫一片混乱，各种各样的声音充斥耳间，皇后殁了的消息转眼传遍了每个角落，皇宫上下愁云四布。

卿平不忍再听身后那痛彻心扉的凄唤，忍住热泪，随着春妖飞入半空。

山野悄寂，风过无痕。

再次踏上这片故土，卿平百感交集。

她跌跌撞撞地奔去，双手拢在嘴边，像当年一样，在风中大声喊着："施云——施云——"

她来道歉了，来向他说一句晚了大半生的"对不起"。

可没有人出现，不管她怎么声嘶力竭地呼喊都没有人出现，记忆里的那袭云衫像一场梦，仿佛根本不曾存在过般。

但她分明记得，记得和他一起坐过的草地，一起饮过的烈酒，一起看过的万里长空。

身子摇摇欲坠间，卿平终是跌坐在地，失声痛哭。

远处的春妖看着这一幕，眸含叹息，耳边似乎又响起那个清越的声音："老妖，说句实在话你别笑我，我喜欢上了凡尘一个姑娘，她是揽月岭闻人氏的独脉，她祖先是我父亲的大弟子，说起来她应当算是我的小小徒孙了……"

揽月岭是为天宫供应各种精致物件的地方，织品、胭红、扇面、青瓷……种种风雅物件，巧夺天工，岭主红叶先生在天界享有妙手无双之称。

施云正是他最小的儿子，揽月岭的三少主。

因生性洒脱不羁，他曾被父亲送到百灵潭，托春妖管教过一段时日。

后他游历凡尘，看中息良的美景，来到息良皇宫后的一片山野修炼，无拘无束，自得其乐。

却没想到会遇见卿平，开始只是出于怜悯，后得知她身份后，便多了层亲近，却在朝夕相处间，不知不觉中，那份亲近就发生了变化……

闻人家的姑娘似乎天生痴情，数百年前就因情误事，被逐出了揽月岭，而现如今他遇见的这根独苗，更是情深不悔。

他看她为慕容斐喜，为慕容斐悲，为慕容斐牵肠挂肚，心里五味杂陈，竟然头一次嫉妒起了一个凡夫俗子。

他生来即是半仙，历满六次天劫后就能修成正果，位列仙班。

他对修仙不是太执着，但前五次都挨过去了，这最后一次，他原本打算去春妖的百灵潭避避，却没想到在离开前，她来找他帮慕容斐夺皇位……

酒是一等一的好酒，他喝在嘴里却索然无味，不是不知道里面下了些什么，他却暗自好笑，他的傻姑娘难道还真指望靠那放倒一个半仙？

他笑着笑着，却禁不住满心的苦涩，闭上眼，故作醉醺醺地倒了下去。

他那时才知，原来陷进去的人都一般傻，谁也不能笑谁，甚至明知她会拿走他的妆盒，明知天劫即将到来，明知他拼着最后一点法术去帮她必定力竭而崩，却还是忍不住想要成全她——

他不愿她有一丝一毫的难过，慕容斐死了和他死了，想必前者会更令她伤心。

乌云密布，电闪雷鸣，天劫终至。

他拖着伤痕累累的身子，在开坛设法时，附在了神巫的金身上。

那是他第一次和她靠得那么近，她身上有淡淡的青草香，让他想起他们在漫山遍野间，席地而坐，胡天海聊的快乐日子。

描眉施粉间，他强撑着最后一口气，带着金身缓缓升入半空，在息良百姓的震撼瞩目下，制造了神巫显灵之状。

他在空中望着她，似乎有一瞬间的错觉，在她漆黑的眸中看见了云衫翩翩的自己。

风过嫣然，他的身影渐渐缥缈起来，一点点化为花瓣，如烟消散。

他从没和她说过，其实他的本体，是一株红鸾花。

漫天红雨中，绚丽至极的花魂，只为她而存在。

即使天知，地知，他知，而她，永不知。

第十二章 小山

韶华错付，情根错种，白山黑水一世诺，心中自定夺。

悲欢一腔，归途不望，劫缘堪破，一株清明雪。

万事从来风过耳，一生只是梦游身。

（一）

小山是百灵潭的战神。

见过她的人都不会相信，这样一个文文弱弱，说话还带点傻气的小姑娘，会使得一手好铜锤，力大如牛，打遍四海无敌手，一人可抵百万师。

虽有战神之名，小山的性子却很和善，还十分古道热肠，但凡百灵潭谁有个三难五急，她都愿意拍着胸脯，提着铜锤，跳出来帮忙。

不过她的援手许多人都无福消受，甚至还避之不及，只因为这小山战神别的都好，就是有些迷糊，往往好心做了坏事，一身猛力更是恐怖得叫人胆寒，大家伙都生怕一个不小心，就被她那对铜锤震成个重度内伤。

这日云淡风轻，小山正在坡上练铜锤呢，半空中忽然绽开朵朵幽莲，一道身影踏风而来，墨发如瀑，眸光清冷——

是百灵潭的主人，春妖来了。

无事不登三宝殿，潭主此次而来，是要交予小山一件任务。

“你力大无穷，在潭中素有战神之名，此番夷云顶之行，非你莫属。”

清冷的声音中，小山跪拜于地，受宠若惊地抬起头，接过半空中飘来的檀木匣子，潭主在她耳边接着道：“夷云顶上坐有一人，唤作朽婆，你将这匣子交到她手上便可。三月后北伏天将生异象，记住，你即刻动身，务必在那之前赶到，不得有误。”

个中细节春妖又嘱咐了一番后，拂袖翩然而去，只留下抱着匣子兴奋不已的小山。

微风拂过，郁郁葱葱的一片树林发出飒飒清响，小山头顶的一棵大树上，一袭白衣的少年倚在树间，闭眸养神中，将方才潭主布下的任务一字不漏地听去了。

树下传来女子摩拳擦掌的动静，白衣少年长睫微颤，悠悠睁开眼，眸光深不见底，似乎是想到了什么。

一翻身，他轻巧地跃下了树，在小山的惊愕中，猝不及防地夺过她手中的木匣，上下打量起来。

“阿七孙儿，哦不，阿七，”小山连退几步，指着少年语无伦次，“你，你又在偷看我练功！”

少年闻言一顿，淡漠抬首望向小山，俊秀的脸庞面无表情，只抛去一个“你想多了”的眼神。

“毫无美感的一对铜锤有何好看？”

还不待小山为自己的爱锤叫屈，少年已经淡淡开口：“若孙儿没记错，姑奶奶似乎曾在百灵潭里迷过路，住了几百年的地方也能走错，诚然是个不折不扣的路痴，不知潭主怎会放心让你去那夷云顶？”

陈年糗事被揭破，饶是小山一向以粗人自居，此时老脸也不禁红了一红，伸长脖子辩道：“潭主给了我地图的！”

少年一声嗤笑，眸中是毫不掩饰的怀疑：“姑奶奶确定看得懂？”

小山一噎，瞪大了眼睛正待反驳，少年已经挥挥手，将匣子塞入怀中，自顾自地摊手叹道：“好了，同为宗族，这趟苦差孙儿少不得要为姑奶奶担待了……夷云顶是吗？只好舍命陪君子，勉强同姑奶奶走一趟了，正所谓孙儿不入地狱，谁入地狱？”

叹息的语气中饱含无奈，继承了父亲伶牙俐齿的孔家阿七，一番话将小山噎得哑口无言，她还未回过神来时，少年已揣着木匣往前走了，没走几步，扭过头来冲她道：“还愣着做什么，走啊！”

（二）

孔七在百灵潭配得上八个字：家世显赫，天之骄子。

他父亲是孔雀公子孔澜，母亲是百鸟之王乌裳，干爹是上古神兽饕餮千夜，干娘是长白山莲主薛连，还有一对有间泽的神仙眷侣，古木守护者碧丞与茧儿，从小看着他长大，对他疼爱有加。

浮衣还在之时，曾摇着蛇尾笑言道，孔家阿七完全继承了父母所有的精华，一出生，灵光冲天，照亮了百灵潭的上空，他既不像母亲乌裳一样浑身乌黑，也不似父亲孔澜一样五彩斑斓，而是一只纯白的灵鸟——

生来就带有灵力，白得动人心魄，像揉碎了九重天上的祥云，雪白圣洁得纤尘不染。

孔七天资聪颖，骄傲而不自矜，性子恰到好处地综合了父母的特点，既没父亲孔澜那么自恋风骚，也没母亲乌裳那般泼辣，人前有礼有度，不骄不躁，自有一番独一无二的清贵风华。

但要小山来评价她这孙儿，就两个字，狡猾！

听到这评价时，孔七不以为意，对着小山挑眉一笑，笑得意味不明："若没孙儿的狡猾，哪衬得出姑奶奶的朴实无华？"

说起孔七与小山的关系，活活应了一句话——

辈分这回事，简直就是用来伤人的。

初次见面时，小山笑得一脸灿烂，随手摘下自己两个耳坠，往手心一摊，变出一对铜锤，虎虎生风地朝大树一挥，哗啦啦地震下一地野果。

"阿七孙儿，这是给你的见面礼！"

彼时的孔七仍是孩童的模样，站在漫天果子雨中，却已出落得白衣胜雪，他仰头望着小山，漆黑的眼眸一眨不眨，不发一言。

等到小山席地而坐，撸起衣袖，抓起野果吃得欢快时，孔七仍是站得挺直，小小的身影在树下风姿秀逸，与小山的对比颇为鲜明。

小山挠了挠头，觉得这孙子实在有些内向，不够豪爽，但孔澜既然把孩子送到她这来学艺，她就得负起责来，不然可对不起孔澜那一声表姑，虽然只是八竿子打不着的远房关系。

于是小山绽开大大的笑容，伸出沾满果汁的手，热情地去拉孔七的衣袖，嘴里还一边套着近乎："阿七孙儿，我听人说，你的名字很有来头，孔七，恐妻，是说你爹很怕你娘吗？"

孔七不露痕迹地把衣袖抽出，瞥了眼染红的雪白袖口，长睫微颤，终是对着小山缓缓开口，说了见面以来的第一句话："关于这点，你不妨亲自去向我爹求证一番。"

说完，转身离去，一身白衣头也不回，孑然孤傲，隐隐含着莫名的愠怒。

小山坐在树下傻了眼，一张白皙秀气的小脸张大嘴，半天没合上。

她委委屈屈地去找千夜解惑，千夜接过她"孝敬"的美酒佳肴，不客气地畅饮起来，酒足饭饱后，他红袍一甩，笑眯眯地开口指点：

“第一，你日后唤他阿七便好，什么乖孙儿就免了；

“第二，他不喜甜食，你震下一山头的果子给他，他也不会看一眼；

“第三，他虽不像他爹那样风骚，却到底有些洁癖，你莫随便去摸他那白衣就是；

“第四嘛，”说到这，千夜不厚道地笑了笑，凑近小山耳边，“虽然我也觉得那骚孔雀是只恐妻的鸟，但血脉相连，当面揭人短的话，你日后还是少说为妙。”

（三）

有了孔七的相伴，夷云顶之行异常顺利。

小山这才知道，带上阿七是多么明智的选择，在那身白衣又轻而易举地破了一道阵法后，她跟在后面，挥舞着铜锤笑呵呵地道：“阿七阿七，你有巧谋，我有蛮力，咱俩真是天生一对！”

前头的孔七脚步一歪，咳嗽一声后，也不去纠正小山乱用的词语，只唇角微扬道：“姑奶奶所言甚是。”

两人一路过沼泽，穿妖雾，破了九九八十一道阵法，终于到了夷云山脚下。

小山兴冲冲地就要上去，孔七却拉住了她，向来波澜不惊的一张脸微蹙了眉头，欲言又止：“当真要上去吗？”

小山眨着眼点头：“当然了，这是潭主布置的任务，咱们早点儿完成，就能早点儿回家了！”

“回家……”孔七神情有些恍惚，掏出怀中的木匣轻轻一转，发出一声似有若无的叹息，再抬头，神色已恢复如常，对着小山一笑，“早闻北伏天景致秀丽，我们跋山涉水，千里迢迢而来，反正离三月之期还有些时日，也不急着上云顶，倒不如先在山脚住下，松花酿酒，春水煎茶，过些寻常百姓的日子，也算一番凡尘历练，姑奶奶以为如何？”

那语气是难得的温柔，小山听得酥酥软软的，被孔七勾勒的场景迷住了，喃喃道：“松花酿酒，春水煎茶，该是多美的画面啊。”

她拉住孔七的衣袖，眉开眼笑道：“行，阿七说好便好。”

就这样住了下来，天地做庐，竹林为家，他们还去逛了夷云山外头的城镇，人间的夜市热闹非凡，烟花满天，处处荡漾着祥和的气息。

他们坐在摘星楼的屋顶看星星，靠着彼此饮酒沐风，小山喝得醉醺醺的，嘴里说着胡话：“阿七，为什么这场景那么熟悉？我好像曾经也经历过，只是记不清什么时候了，那时好像只有我一人……”

声如梦呓，却夹杂着莫名的哀伤，连那一向无忧无虑的眉头也皱成了一团，像是做了不好的梦。

孔七凝视着小山酡红的脸颊，许久许久，终是深吸了口气，望向皓月长空，眼眸一片漆黑。

回去的一路上，孔七背着小山，听她在耳边匀长的呼吸，身上传来淡淡的酒香。

夜阑人静，空荡荡的街道，冷风呜咽，吹过孔七的白衣黑发，他忽然开了口，声音低不可闻，仿若自言自语：“你还记不记得，那一年的端阳，你也是这样背着我回去的……”

风中自然没有人回答他，天地间静悄悄的，只有月光流转，似是投下一面水镜，一点点浮现出过往云烟。

（四）

起初的很长一段时间，孔七都对小山不冷不热的，小山虽是向千夜请教过，却仍是摸不准她那古怪孙儿的脾气，更不知自己哪里得罪了他。

直到几年后的一个端阳节，那时的孔七正处于羽化期，即将褪去稚嫩的孩童模样，长成玉树临风的翩翩少年。

乌裳为了磨炼儿子，竟狠心将孔七抛下了魍魉渊。

那是百灵潭阴气最重的地方，鬼火万丈的深渊，封印着无数恶灵邪魂，生前全是些十恶不赦之人，死后连佛祖都超度不了，只能囚禁在渊底，相互吞噬，此消彼长，慢慢耗尽冲天怨气。

大风凛冽，孔七白衣翻飞，凌空跌下，众人赶来时，只听到乌裳冲下面喊：“害怕就哭出声叫我来救你，否则就自己张开翅膀飞上来！”

孔澜几步上前，一把推开乌裳，看着已经坠下去的那身白衣，脸色大变。

那是他顶着“恐妻”的名号，头一次冲乌裳发了雷霆怒火：“臭乌鸦，你疯了是不是？下面那么危险你把阿七丢下去，儿子又不是你一个人的，你有没有问过他老子，你夫君我的意见？”

千夜与薛连两口子赶紧来劝架，碧丞与茧儿也连忙拉开乌裳，一片混乱的场面中，一道人影义无反顾地冲了上来，拎着两个大铜锤跃下深渊。

“阿七孙儿，姑奶奶来救你！”

声音震耳欲聋，在万丈深渊久久回荡着，众人齐齐探出脑袋，惊声叫道："小山！"

小山一向勇猛非凡，跳下去的那一刻并未想太多，只想着依她那古怪孙儿的别扭性子，就算被一群恶灵团团围住，咬死了也不见得会哭出声来求助，她不能白白地见娃送死啊。

于是下了深渊后，小山果然看见了骇人的一幕。

不计其数的恶灵如潮水般围住了孔七，贪婪地想要将他吞噬，那身小小白衣幻出一柄羽剑，奋力厮杀着，却还是禁不住一拨拨袭来的恶灵，浑身已是鲜血淋漓。

小山血气上涌，大吼一声，两个铜锤重重打去，瞬间打散一片恶灵，如天神降临般，护在了孔七身前。

彼时的孔七遍体鳞伤，长睫上还挂着血珠，仰头摇摇欲坠地看着小山，眼前被血雾模糊了一团，耳边只不停回响着小山跳下时那气壮山河的一句——

"阿七孙儿，姑奶奶来救你！"

无法言说那一战有多么惨烈，小山背着孔七，两个大铜锤挥舞如风，硬生生地杀出一条血道。

一步一步，深渊里绽开血莲，染出一地绝美的触目惊心。

孔七伏在那个温暖的肩头，周遭凶险万分，他半昏半醒间，一颗心却是从未有过的安定。

醒来时，床头守着父亲母亲，干爹干娘，碧叔茧姨……连潭主都来了，唯独不见那两个大铜锤。

养伤的日子中，他才听说，魍魉渊下面，小山一战成名，杀得风云变色，引起了百灵潭的轰动，人们啧啧惊叹，都在议论她的"战神"之名。

小山却耗损了太多力气，把他交到众人手上，回去后就开始呼呼大睡，整整睡了十天十夜。

等到小山神清气爽地来看孔七时，孔七已在房中闷坐了大半月，小山背着他到院中去散心，他在她背上默然了许久，忽然没头没脑地说了一句："其实白菜也不错……如果白菜一辈子都是白菜，我就考虑原谅你，怎么样？"

声音极低，像是喃喃自语，却还是叫小山听到了，好奇地问道："原谅我什么？"

背上又是一阵沉默，在小山几乎以为孔七不会回答时，他却幽幽开了口："你明不明白那种感受？就好比春天播了一颗种子下去，你满心期待，天天跑去看，悉心照料，给它浇水，为它施肥，陪它说话，可等到了秋天，它长出来的竟不是一朵花，而是……"

"而是什么？"

阿七顿了顿，终是闷声道："而是一棵大白菜。"

小山眼睛一亮："大白菜好啊，我最爱吃大白菜了！好吃又营养，花有什么稀罕的，又不能吃，没开几天就凋谢了，中看不中用……"

絮絮叨叨的话语中，含了七分安慰，孔七听得嘴角抽搐，无奈又好笑，暖风迎面而来，却是吹散了积压许久的阴霾，漆黑的眼眸望着小山白皙的侧脸，终是浮现出了一抹笑意。

小山却说着说着顿住了，背上的人怎么越来越重了……

她回首一瞥，瞬间瞪大了眼，震惊莫名——

她，她，她的阿七孙儿竟然在她背上羽化成人了，不知不觉褪去了孩童模样，变成了一个翩翩少年！

而那身白衣却还浑然不觉，对上小山的眼眸，唇角一弯，声音已带了少年独有的气息，温柔得似在梦中："那就说好了，我的白菜，一辈子都要做我的白菜。"

（五）

见到朽婆时，她坐在霭霭云烟中，守着一道青玉门，鸡皮鹤发的脸孔望向来人，伸手抚上了自己的白发："该来的总是会来……"

像是对他们的到来毫不意外，朽婆平静如水，只在看到小山手中的木匣时，身子才几不可察地微颤了一下。

她转头看向身后的那道门，眼神绵长而复杂："北伏天即变，青玉门将开……"

接过木匣前，她竟要他们先听一个故事。

孔七长睫微颤，看了一眼小山，小山却笑眯眯地望着朽婆，好奇地竖起了耳朵，只见朽婆抚着白发，一声叹息："那是七百年前……"

说是故事，其实不过是仙界帝君青羽衣的一段情史。

青羽衣在天帝赐婚下，迎娶了雪域的萧三公主，但他却不爱三公主，他爱着的是三公主的贴身婢女，涟漪。

这场阴错阳差的婚事，从一开始就是一场悲剧。

新婚那天，三公主独守空房，青羽衣来了一趟又走了，只留下一句："我要娶的人不是你，三公主是有多怕自己嫁不出去，堂堂雪域萧家做此行径不觉可笑吗？"

是他向天帝求的赐婚，送来的新娘却不是心心念念的那个人，其中萧家动的手脚自是可想而知。

三公主却感到冤枉，黑白分明的眸子望向青羽衣，在红烛摇曳间抿紧了唇："明明是你向我萧家提的亲，你为何不认？”

青羽衣冷冷一哼，转身拂袖，踏出新房，头也不回。

此后的漫长时光中，他再不曾踏入三公主的房间。

三公主性子也倔，总不肯服软，就那样看着青羽衣一天天冷落自己，却对涟漪好得无微不至。

那时涟漪已不是她的婢女了，转而去伺候青羽衣了。

她起初不愿放人，涟漪虽没跟她几年，情分也不深，但好歹也是她萧家带过来的人，而青羽衣不仅想让她放手，更想立涟漪为二夫人，与她平起平坐。

她干脆利落地一口回绝了："恕难从命。"

这门婚事是天帝钦赐，她是萧家的女儿，代表着萧家的颜面，青羽衣向萧家提亲的那一刻起，这一生就只可能有她一位夫人，她的地位谁也不能撼动。

却还有个原因深深埋在她的心底，没有人知道，其实她很早以前就喜欢上了青羽衣，那个青翼伸展，翱翔天地间，每一片羽毛都漂亮得闪闪发亮的帝君。

她此生从没见过那样美的青鸾，从雪域的上空飞过，云雾缭绕间，带起烈烈长风，高贵清傲得不可一世。

她当时惊呆了，尚是人间十来岁的小丫头模样，拉过身旁的奶娘，指着长空兴奋不已："大鸟，大鸟飞过去了……"

奶娘吓得赶紧去捂她的嘴："哎哟，我的三公主，可不能乱说，那是帝君，北伏天的帝君青羽衣！"

她眨了眨眼，望着青鸾消失的方向，嘴里喃喃着："青羽衣，青羽衣……"

像是鬼迷了心窍，隔天她就画了一张像，拿去给奶娘看，眉开眼笑地问："像不像他，像不像他？"

末了，她叹了口气，不知道还有没有机会再见到他……奶娘见她怅然若失的样子，故意打趣道："公主，你是雪域白驼，人家帝君是青鸾神鸟，一个地上跑的，一个天上飞的，八竿子打不着，哪还有机会再见？"

她不死心，天天跑去仰头望天，只盼那道青影能再次飞过雪域的上空，大哥二哥都笑她，说小妹情窦初开了，不仅害了单相思，还单相思上了一只鸟。

她也不恼，只娇憨地笑，才知书中写的一见倾心，原来是那般奇妙的感觉。

如此年复一年，她从小丫头长成了亭亭玉立的少女，终是等来了那道青影。

却是眼睁睁看着他从空中坠下，华美的翅羽伤痕累累，巨大的身躯跌在了雪地里，奄奄一息。

她急忙奔了过去，雪地里的青鸾已幻化成了一个青衣男子，墨发薄唇，满身血污。

那是她第一次见到他的面容，比她在心中勾勒了无数遍的模样还要好看。

他被大火灼伤，眼睛也看不见了，躺在她怀里气若游丝：“送我，送我回……北伏天……”

她心跳如雷，急得眼泪都要流下，还来不及叫人，已被出来寻她的奶娘看见了，吓得大惊失色。

奶娘捂住她的嘴，叫她千万不可声张，她这才得知，原来仙界发生了那样大的事情。

大家都不忍告诉她，就在她痴痴等待的这段日子中，她心心念念的帝君青羽农叛离了仙界，成了人人不齿的叛徒。

他投入魔道，不知与魔道少主达成了怎样不可告人的交易，助魔道一路杀上南天门，掀起了一场血雨腥风。

瞧青羽农如今这遍体鳞伤之状，定是在此番仙魔两界大战中受了重伤，飞过雪域上空时，支撑不住坠落下来。

这烫手山芋萧家怎么敢管？不交到天帝手上已是仁慈，怎么可能还放虎归山，将他送回北伏天？

奶娘对她道，只能将青羽农送出雪域，任其自生自灭就是了，万万不可惹祸上身。

她抱着彼时已昏迷过去的男子，心乱如麻，咬咬牙，做了生平第一个明知不可为而为之的决定。

（六）

青羽农终是将涟漪要了过去。

三公主从没想过，为了从她手中要走涟漪，那身青裳竟会对她扬起利剑。

他的声音没有一丝温度，冷得直透人心底：“若未记错，你先祖乃武将出身，神勇非凡，你萧家世代也是骁勇善战，我们不妨来比试一场。”

“你赢了，我二话不说，从此绝口不再提要人之事；若我赢了，你也二话不说，立刻放人，如何？”

三公主脸色一点点煞白，青羽农却一拂袖，露出身后一排兵器：“这里的神兵利器任你挑选，我也可让你三招，怎样？”

满室冷凝的气氛中，涟漪站在一旁，与青羽农四目相接，眸光盈盈若水，我见犹怜。

三公主别过头，紧咬下唇，不愿再看。

袖风疾扫间，她越过那道青影，利落地挑起一杆长枪，转过身手腕一个漂亮的翻转，对准他，竟笑了。

“你当知我萧家风骨，即便你是我夫君，我也不会手下留情。”

他也冷冷一笑：“如此甚好。”

长枪利剑，白衣青影，就此一触即发。

底下的仙仆们看得目瞪口呆，叫一声帝君，又叫一声夫人，却终究无人敢出手阻止。

半空缠斗间，三公主心神却恍惚起来，仿佛还是那年的冰天雪地中，她变回白驼之身，驮着昏迷不醒的他一步一艰难，在大风里踽踽前行。

她到底舍不下他，她不忍看他自生自灭，趁奶娘转头回去放药箱，她咬咬牙一把背起了他，现出了原形。

前路茫茫，不管如何艰辛，她也要倾一人之力，送他回北伏天。

那段路是从未有过的漫长，风雪中，她温暖着他，源源不断地为他灌输着真气。

他时醒时昏，一双眼看不见，只能下意识地抓紧她的皮毛，在她背上迷糊呓语。

两颗心贴紧彼此，那是他们此生靠得最近的距离。

一路跋山涉水，风餐露宿，她好不容易护送着他抵达了北伏天的边界，却被大哥二哥追了上来，一片混乱间，她连句道别都来不及和他说，只能匆匆放下他，被大哥二哥强扭了回去。

回到雪域后她被禁足，不久就听说了青羽衣为仙界立下大功的事情。

原来一切只是一个局，青羽衣并未背叛仙界，投入魔道只是卧底，只为将他们引上九重天，助天帝将他们一网打尽。

他那日受伤坠下，其实是因为在仙魔大战中倒戈，为狂怒的魔道少主所伤。

等到大战结束后，天帝才发现青羽衣已回到北伏天养伤。

中间这一段插曲却是谁也不知。

恐怕连青羽衣也是稀里糊涂的，一无所知。

他不知道她救过他，不知道她驮着他一步一步走出大风雪，不知道她是以怎样的一颗心爱着他……

他通通不知道，而她，也再没有机会问出口。

嫁过来时她满心憧憬，原本想告诉他的，可一腔柔情还来不及出口，已被他冷入骨髓的一番话打下深渊。

她其实多想对他说，她喜欢他很久了，从懵懂的少女时期就开始喜欢了。

她千里迢迢嫁到北伏天，有好多话想和他说，她想和他好好过日子，她会努力学着做个贤妻良母，她还想和他开玩笑，谁说地上跑的和天上飞的就不能在一起……

可一切都像个荒唐的噩梦。

他那样待她，视她如蛇蝎毒妇，比待陌生人还不如，她所有幻想顷刻间破灭，所有话也都不能说出口。

她的心不是铁做的，不是任他刺上千百刀也不会痛，她也有自己的傲气，即使她再喜欢他，也容不得他肆意践踏她的尊严。

于是外人见到的他们，便是针锋相对，相看两厌的一对怨侣。

他嘲讽她无一丝女子的温柔，她冷冷回敬："只是你没看见而已。"

他说她舞剑招招毒辣，对敌时一定像个女阎罗，她面无表情："彼此彼此。"

日子就在这样的唇枪舌战中度过，谁也不甘示弱。

可这一次，她却败了，败得彻彻底底。

当手中的长枪挟风刺出时，青羽衣不及闪避，她瞳孔骤缩，手一偏赶紧收势，她知道他那有处旧伤，是当年仙魔大战留下来的，可还是为时已晚，一道人影凌空飞出，堪堪挡在了青羽衣面前——

竟是满脸急切的涟漪！

长枪刺入肩头三分，鲜血四溅，青羽衣脸色大变，一掌击开怔住的她。

还未回过神来，她已如断线风筝，直直坠地。

先落地者输，他胜了。

可却胜得咬牙切齿："萧家多悍妇，此话果真不假。"

她眼睁睁看着他抱着昏迷过去的涟漪头也不回地走了，只手撑地间，她喉头翻滚，终是再也忍不住，一口鲜血喷出，不知是伤了经脉……还是伤了心。

她独自在院里养伤，听闻青羽衣天天守在涟漪床边，不眠不休地照顾她。

她心头酸涩，却对身边人强颜欢笑："不过才三分力，哪伤得那么重？"

无心的一句话传了出去，青羽衣隔天就来找她了，眸中恨意汹涌："竟不料你狠毒至此！"

她反应过来后，冷笑不止："我连说句实话的地位也没了吗？"

青羽衣一下目眦欲裂，像是下一瞬就要扑上来掐死她："你往那长枪上抹了何种奇毒？圣医昨日才查出，难怪涟漪总醒不来，你原是想毒死我的罢，可怜涟漪无辜受累，你这毒妇快交出解药！”

她瞬间如坠冰窟，蒙在了原地。

此后不管她如何否认，如何辩解，青羽农乃至整个北伏天的人都不信她没有下毒。

她恶名昭著，死也不肯交出解药，青羽农差点儿让她为涟漪殉葬，所幸最后妙手圣医研制出解药，才治好了涟漪。

而她的恶毒名声却是甩不掉了，在北伏天被传成了连自己夫君都想加害的毒妇。

没有人相信她，她最后也不争辩了，只看着躲在青羽农身后瑟瑟发抖的涟漪笑，笑得残忍至极：“你最好祈求帝君日日夜夜带着你，否则难保我寻得一丝机会下毒，也不枉费我白担了个虚名。”

说完她转过身，神形癫狂，大笑着扬长而去。

（七）

故事听到这，孔七沉默不语，小山却已气得挥舞着铜锤大叫：“我要是那三公主，一定把他们两个捶飞到天边去！”

朽婆笑了笑，浑浊的眼眸望向长空：“谁说不是呢，可那时的三公主那么傻，孤零零地一个人远嫁到北伏天，没有人待她好，她有苦也无处说，直到那一次……”

那是三公主最不愿想起的惨痛回忆，她接到消息，雪域遭宿敌寻仇，外族入侵，战火纷飞，向北伏天发来求援。

她惊惶失措地去找青羽农，放下所有身段，急得眼泪都要流出，求青羽农带着人马与她一同去增援雪域，救救她的父兄族人。

事情紧急，青羽农虽不喜她，也不敢怠慢，当即便要动身。

却在这时，涟漪那边传来喜讯，她怀上了青羽农的孩子。

她那时虽还有三公主压着，得不到名分，但实际地位已俨然是北伏天之母。

帝君有后这般的大事简直是普天欢庆，在一片欢声笑语中，三公主却是心急如焚，她不断催促青羽农动身，甚至不惜低下头去求涟漪。

就是这一次相求，求出了意外。

三公主本是好言好语劝说，却到底被涟漪不温不火的态度惹恼了，争执拉扯间，不知怎么，竟把涟漪的孩子撞没了，青羽农赶来时，只看见地上一摊血，触目惊心。

涟漪哭得昏死过去，三公主脸色煞白，不停摆手：“我没有推她，我没有推她，是她……”

话还未完，却被盛怒之下的青羽农一记耳光打去，红了半边脸。

“你萧家的命是命，我孩子的命就不是命了吗？”

嘶声怒吼中，青羽农抱紧涟漪，再不看三公主一眼。

战事越来越急，三公主什么也顾不上了，连夜跪在门前磕头认错，磕得额头鲜血渗出，斑驳了门前玉砖。

她哭着求他，不再连名带姓地叫他，而是第一次叫他“夫君”，叫得撕心裂肺：“夫君，求求你，求求你带兵同我去救人，求求你……”

从来没有人听过那样凄厉的哭喊，她哭得嗓子都哑了：“我错了，都是我的错，我是十恶不赦的毒妇，我该千刀万剐，等救了人回来我任你处置……”

直到最后一刻，那扇门也没有打开。

在北伏天所有人复杂万分的目光中，她血红了眼，终是绝望地仰天一声长啸，跌跌撞撞地奔回去换上戎装，束了发别了银枪，以遇神杀神遇佛杀佛的姿态，一人一马地奔出北伏天，赶往雪域战场。

她不会再哭了，她的眼泪已经流干了，既然他不肯出手相助，那么她的族人就由她自己来救，哪怕死在战场上！

可她连浴血奋战的机会都没有——

等日夜兼程地赶到雪域时，她只见到断壁残垣，尸横遍野，昔日繁华的城池一片死寂，她萧氏全族已尽数被灭！

她几近虚脱，却疯狂地去死人堆里找寻她父亲、母亲、大哥、二哥的尸首，她最先看到了一具女尸，那个从小疼她到大的奶娘血肉模糊地躺在尸堆里，惨不忍睹。

她心头狂跳，连哭的力气都没有了，只知道机械地把族人们的尸体拖出来，一具具摆好，摆到满身血污，指甲里全是血泥也浑然不觉。

直到一只手把她拉开，回首望去，只看见青羽农沉痛的一张脸，他铠甲森然，身后是一片黑压压的大军。

他终究赶来了，却来得太晚。

她眨了眨眼，眼前蒙了层血雾，看不清他的身影，但那麻木的痛感却是一点点迟钝地复苏。

她甩开他的手，转身摇摇欲坠地继续去拖尸体，嘴里一边念叨着：“我要找我爹娘，找我大哥二哥……”

风雪中她的身影单薄不已，一袭戎装已血渍斑驳，几缕乱发贴在脸颊边，是从未有过的凄惨模样。

青羽农终于看不下去，喉头哽咽，大手强硬地拉住了她，用力地将她搂入怀中。

那是他第一次抱她，下巴抵在她头顶，是心与心贴得最近的时候。

可她只安静了一瞬，下一刻，仿如狂风暴雨来袭，她疯了似的一把推开他，目眦欲裂。

长发被大风吹散，死寂的战场响起了歇斯底里的哭声，她不管不顾地扬起银枪刺向他，凄厉的哭喊划破天际。

“我当年为什么要救你，为什么不让你死了才好！”

那些积压在心底不敢说出来的话，那些被岁月长河掩埋的过往，那些经年累积刻入骨髓的恨意……在这个血染的大风雪中，统统彻底剥落，化作无数利剑，齐刷刷地刺向青羽农。

他无力招架她的猛烈攻势，越听手越抖，直到煞白了一张脸，踉跄地跌跪在地，被她一枪横在脖子上，身后大军失色。

他终于开了口，仰头望向她，浑身抖得不成样子：“当年救我的……不是涟漪吗？”

（八）

那年在北伏天边界放下青羽农后发生的事情，三公主可能永远不会想到。

她前脚刚跟着大哥二哥一走，后脚半空就跃出了一道人影——

正是在暗处跟踪了他们一路的涟漪。

那时的涟漪才进雪域为婢不久，柔弱温婉的面容下，谁也不知道她的真实身份。

她其实是个探子，是个外族派去埋伏的探子，从一开始被安插在雪域中，就处心积虑地只为覆灭雪域。

她等三公主一走便现出身形，眸光深不见底地停在了青羽农面前。

她将他安置在一处山洞中，悉心照料，为他养好了眼伤。

青羽农睁开眼的那一天，只看到一团光晕中，涟漪温柔的笑脸。

他只道她冒着重重危险，一路护送他来到北伏天，对她感激不尽，情根深种。

他们相拥在一起，定下了终身，他问她叫什么名字，她抿嘴浅笑，并不回答，只从怀中掏出了一对耳坠。

“我来自雪域萧家，帝君日后可携此信物前来提亲。”

耳坠是三公主掉落在途中的，涟漪收了去，心生一计。

而后来事情的演变，也的确如她所料，天帝赐婚，她服侍着三公主远嫁北伏天，开始一段纠缠不清的局。

青羽衣成功地相信是萧家仗势欺人，从中做了手脚，硬将三公主塞给了他。

于是她看着他们日日冷战，针锋相对，误会越滚越大，打成了死结，解也解不开。

三公主孤立无援，心思又实在，没那么多弯弯绕绕，怎会是涟漪的对手？

她一边将三公主逼至绝境，一边与本族私通密函，只等着雪域覆灭的一天。

终于，万事俱备，战争一触即发。

当三公主去求青羽衣出兵相助时，涟漪也恰好“怀孕”了。

青羽衣根本不知道，所谓的孩子，所谓的流产，其实统统都是假的，不过是个掩人耳目的小小法术，却将三公主最后的希望，将雪域唯一的生机利落斩断，毫不留情。

但涟漪的败露也来得那么快。当她听到青羽衣抱着三公主的尸体去了百灵潭，找潭主春妖借昆仑镜一窥往昔时，她心跳如雷，明明应该是功成身退，及时抽身的时候，她脑中却尽是青羽衣那张俊美的脸，她控制不住自己的脚步连夜赶赴百灵潭。

高台之上，昆仑镜浮于半空，那身青裳抱着死去的三公主情难自已，悔恨莫及。

涟漪赶到时，一下捂住了嘴，身子委顿在地，泪水夺眶而出。

她从没见过青羽衣那样绝望的神色，那双漆黑的眼眸望着她悲痛欲绝：“涟漪，百年夫妻，你骗得我好惨！”

（九）

三公主是死在青羽衣怀中的。这些年的心力交瘁，全族被灭的惨重打击，陈年旧事的荒谬揭开……种种不可承受之重，终将她逼至了生命的尽头，她口吐鲜血，倒在青羽衣怀中，长发散了一地，是凄美到悲凉的场景。她在大风雪中伸出手，颤抖着的手抚上青羽衣泣不成声的脸，她虚弱地笑着，对他说了最后一句话：“如果还有下辈子，我再也不要遇见你……”

百灵潭，风声飒飒。

三公主的鲜血滴上了昆仑镜，缓缓开启了前尘往事，那些青羽衣曾经错失过的画面。

白驼背着他穿过风雪，跋山涉水，他们紧紧挨着彼此，她在他耳边不停念叨着：“别怕，我会送你回去的，我会送你回北伏天的……”

声音那样温柔，和她后来对他的冷冰冰截然不同。

他忽然想起，他曾嘲讽她无一丝女子温柔，她只是冷冷回敬：“只是你没看见而已。”

是啊，只是他不曾看见，她曾缩在空无一人的新房里，泪湿了枕巾，死死咬住唇，是用怎样一颗心爱着他。

赶来的涟漪惨白了脸，一下委顿在地，再也无从抵赖。她哭着请求青羽衣的原谅，泪如雨下，迟来了多年的真相终于大白，包括三公主遭受的那些算计陷害。

原来涟漪也早已不知不觉假戏真做，同三公主一样爱上了青羽衣。

纠缠不清的一场局，绕进了别人，也绕进了自己，纷纷扰扰直到此刻才彻底了结。

青羽衣怒吼着抬起手，欲自涟漪头顶劈下，浑身却止不住地颤抖，红了双眼，如何也下不去手。无数情感汹涌漫上他的心头，这些年的花前月下，这些年的朝夕相伴，即使是一段不应存在的错位岁月，可他却早已付出了整颗真心，视涟漪为妻，爱入骨髓。

命运弄人，他本该爱着的是三公主，可却在一开始就爱错了人，这一错……就再也回不了头。

"这一世我们都对不住她，纵然你欺我骗我负我，无情践踏我拱手送出的真心，我却仍要为你，为她……做这最后一件事。"

像是心灰意冷了，又像是放下一切了，青羽衣竟在涟漪婆娑的泪眼中笑了起来，他抱住三公主的尸体，仿若自言自语。

我辜负了你那么多年，如今唯一能做的也只有那一件事了。

上穷碧落，还救命之恩，还冷落之愧，还他与涟漪这一世的累累亏欠。

"不！"涟漪满脸泪痕，惊觉出声，却已来不及了，只见漫天荧光间，青羽衣义无反顾地剥落下了自己的羽衣，在撕心裂肺的痛楚中，将毕生神元汇入了三公主的体内。

三公主被青色的光晕包裹着，缓缓飘进了青羽衣剥落下的羽衣中。

她将开始一段漫长的凝魂重生之路。

青羽衣在将三公主托付给春妖前，亲手为她戴上了那对耳坠，以低沉的声音满怀歉意地开口："今生蒙你错爱，伤你体无完肤，愿你结魄新生后，忘却一切，彻底解脱，重遇相守相依之人，白头到老，一世平安喜乐，永不被辜负。"

涟漪哭得撕心裂肺，疯狂地想冲破结界，却只得青羽衣最后深深的一眼。

那一眼，墨眸如许，是浓烈到极致的复杂情意。

大风凛冽中，他说："涟漪，珍重。"

（十）

青羽衣的魂魄归往了北伏天，封于青玉门后，等待着休养千百年后的神元复苏。

这千百年来，有一道身影守在青玉门外，从不曾离开过。

云烟缭绕的夷云顶，朽婆泪湿衣襟，拂袖一抛，将木匣抛上半空，打开了青羽衣那留在百灵潭守候三公主的最后一缕魂。

风云变色间，天地间大风凛冽，北伏天生异象，青玉门即开——

沉睡了千百年的青鸾帝君就要复苏。

一片地动山摇间，小山头痛欲裂，拼命捂住耳朵，但朽婆的声音仍直直穿透她的心间，前尘往事纷沓而来，像将灵魂生生撕裂一般的痛楚。

“三公主，你全都想起来了吗？你不是百灵潭的小山，你是萧山，雪域萧家的三公主。”

而她也不是朽婆，她是涟漪，那个守在青玉门外，守过最美好的青春年华，用一生来忏悔的涟漪。

伴随着阵阵轰隆之声，大门缓缓打开，青光四射……

没有人注意到，孔七痛苦地闭上眼眸，且叹且退，白袍凄然转身，悄无声息地离去了。

这一路相伴终是结束了，即使他如何不舍，如何不愿，如何不想登上云顶，她也终是要离开她了。她不属于他，他连故事里的配角也不算，他充其量不过是她生命中的一道流星，稍纵即逝。如果不是当年在百灵潭的青鸾羽衣中多看了一眼，也许他就不会和她生出日后那诸多牵绊。

那时他尚年幼，家中忽然多了一团散发着青光的羽衣，高高地悬浮于花房中央，如有间泽的灵茧一般，层层密密，里面不知包裹着什么。他好奇不已，问父亲里面是什么，父亲想了想，摸着下巴笑得神秘，凑到他耳边道：“是花，是世上最好看的花。”

父亲无心的一句玩笑却在他心中生根发芽，从此他天天跑来看“花”，陪“花”说话，等“花”长大。

他心里有说不出的欢喜，他的花是开在羽衣里的花，是世上独一无二的花。是只属于他一人的花。带着这样的小心思，他满怀憧憬地等着花儿绽放，可有一天他再去看时，那团羽衣却不见了，他的花儿不见了！他急得不行，跑去找父亲，父亲告诉他花儿没有消失，只是被潭主取走了，因为时辰到了，羽衣中的人要出来了。

父亲说得很隐晦，他似懂非懂，问那是花儿要绽放了吗？

父亲顿了一下，摸着下巴缓缓道：“要这样说也行。”

于是他又欢天喜地地跑走了，他想着等花开后，潭主就会把花还给他。

可等啊等，不知等过了多少春秋，他望眼欲穿，等到的却不是世上最好看的花，而是——挥舞着两个大铜锤，能吃能喝，力大如牛的小山……姑奶奶！

当父亲指着那道凶猛捶树的身影对他道："喏，那就是羽衣里的人，也就是你小时候养的花。"他如遭晴天霹雳，天旋地转间，瞬间被劈焦在了原地。

她怎么可能是他的花？绝对搞错了！

直到被父亲送去小山姑奶奶身边学艺很久后，他还是不能接受那个事实。

他对她冷言冷语，厌恶不已，在他幼时的心中，她就是棵粗鄙不堪的大白菜，破坏了他童年所有的美好幻想。

但就是这棵大白菜，率真地一点点地打动了他的心，更是在他身陷魍魉渊下时，奋不顾身地扑下来救了他。

"阿七孙儿，姑奶奶来救你！"

她背着他，两个大铜锤挥舞如风，硬生生地杀出一条血路。

一步一步，深渊里绽开血莲，染出一地绝美的触目惊心。

他伏在那个温暖的肩头，周遭凶险万分，他半昏半醒间，一颗心却是从未有过的安定。

后来她来看他，背着他到院中散步，他在她背上默然了许久，忽然想通了。

"其实白菜也不错……如果白菜一辈子都是白菜，我就考虑原谅你，怎么样？"

他听她说白菜的好处，听得闷笑不已，却像一阵暖风迎面吹来，吹散了他积压许久的阴霾。他浑然不觉地在她背上羽化成人了，对上她惊愕的眼眸，唇角一弯，声音已带了少年独有的气息，温柔得似在梦中。

"那就说好了，我的白菜，一辈子都要做我的白菜。"

可那时多傻呀，一心以为不会有人和他抢白菜，他能一辈子守着白菜。

直到无意间翻看到了阁楼的宗族史册，他才终于明白为什么父亲要叫小山表姑了。

原来她竟是帝君青羽衣的妻子，青鸾神鸟，与他父亲的孔雀一脉是同根，按辈分来，青羽衣是他父亲的表叔，所以小山才是他的表姑奶奶。

他这才知道，原来那个无忧无虑的小山是不属于百灵潭的，甚至……根本不属于他。

她有自己的故事，有那样一段刻骨铭心的过往。故事里没有他，过往里没有他，她此后的生命里也不会有他。他合上卷宗，滑坐在地，生平第一次落下了泪。

真是不划算的买卖呐，他不过陪她一程，她却在他心里霸占一生。

（十一）

孔七在黯然行至半山腰时，忽然听到身后一声叫唤："阿七阿七，等等我，我们说好一起回家的！”

猛然转过身，他瞪大了眼，竟看见小山拎着两个大铜锤，眉开眼笑地朝他奔来。

“你，你不是……”孔七指着小山结巴起来。

小山一把勾过他的肩，笑眯眯地道：“不是什么？咱们不是说好送了木匣一起回百灵潭吗？”

长风掠过浮云，小山长发飞扬，喃喃道：“终归是帝君说得对，前尘往事，纷纷扰扰，爱着他的是萧山，被他辜负的也是萧山，而重获新生的小山却不必记挂……”

到底是放下了执念，前尘太痛，痛得她只想忘却，在青玉门大开的那一瞬间，无数记忆闪过她的脑海，她第一个想到的人不是青羽衣，竟是与她在百灵潭朝夕相处了无数个日日夜夜的孔七！

她想起了她还在羽衣中的时候，曾有个傻瓜，把她当成了一朵花，每天都来陪她说话，一陪就是好多年；她想起了他们初次见面时，风吹林间，一地野果的树下，他白衣墨发，薄唇紧抿，一身纤尘不染，好看得不像话；她想起了他时常伶牙俐齿地堵得她说不出话，却会在半夜提着灯踏入丛林深处，没好气地捞出她这百年不变的路痴；那年端阳节的魍魉渊下，她背着他一步一步杀出重围，早已是将生死置之度外，而那时不谙情事的她却还浑然不知……

是从什么时候开始的？许多东西不知不觉地生了根，在她尚懵懂不察时便已牢牢霸占了她整颗心，再不能挥去，只待那迟钝的心在有朝一日被重新唤醒。

和风轻拂，小山深吸了口气，拉着孔七，眉眼间竟多了几分小女儿的娇态。

“咳咳，阿七啊，既然我和那青鸾帝君再无瓜葛了，那么咱们婆孙关系是不是也得从头开始？”

从哪儿开始呢？就从自我介绍开始吧。

蓝天白云下，两人望着对方傻笑，四目相接间竟都绯红了脸颊。

还是小山挠挠头，笑呵呵地先开口：“小山，我叫小山，力气很大，会使铜锤，打架很厉害的小山。”

孔七弯了唇角，漆黑的眼眸粲然若星，一袭白袍纤尘不染，一字一句的话语久久回荡在风中，他说的是——“孔七，我叫孔七，不羡鲜花，只爱大白菜的孔七。”

第十三章 晏西

媚者无疆，独不生情。

她不知道，这长久流传后来的祖训后面还有一句：生情者，虽万劫不复，却不枉矣。

（一）

晏娘嫁给南襄三年了，未诞下一儿半女。

说不失望是假的，她温婉笑颜的背后，是深藏心底的落寞与哀伤。

但南襄却一点也不在意，事实上他除了痴迷武学外，对世上任何事情都漠不关心，包括他的妻子——晏娘。

新婚第二天，晏娘坐在铜镜前，一头长发拥着如花容颜，南襄穿好衣裳走近她，她满心欢喜，绯红着脸拿起手边的眉笔，鼓足勇气刚想学凡间的女子细声道：“请夫君为晏娘画眉。”

话还未出口，南襄却直直地伸出手，一声问道：“剑谱呢？”

如冷水浇头，她一下愣住，手中的眉笔还不及递出，笑容凝固在嘴边，只能张了张嘴，慌忙道：“我，我这就去取。”

这场婚姻是她用一份剑谱换来的，满腔柔情在一个武痴眼中还不如一份剑谱珍贵。南襄是那样不解风情，她却还是义无反顾地嫁给了他。

三年里，她守在他身边，不悔不怨，只是每回坐在竹屋前，手里缝制着衣裳看他舞剑时，都盼他能多看她一眼。

清风吹过她的发梢，有时她看着看着就会恍惚起来，眼前身影重叠，分不清今夕何年。

仿佛还是很多年前的那个春日丽景，漫天梨花飘飞，纷落如雪，树下舞剑的少年身姿翩若惊鸿，回过头冲她一笑，意气风发："晏弟，你瞧我这招"龙翔九天"可还使得漂亮？"

入夜，月朗风清。

床上的晏娘忽然睁开眼睛，眉间一跳。

她望了一眼身边熟睡的南襄，犹豫片刻，终是咬咬牙，起身下床。

外头月光正好，晏娘身轻如燕，穿过林间，停在了一棵大树下，面沉如水。

"别吹了，平白地引来孤魂野鬼，扰人清静。"

乐音戛然而止，树上的女子一收骨笛，笑吟吟地望向晏娘："这声音旁人又听不见，我可是专门要引你出来的。"

笑声酥媚入骨，伴着那张明艳绝美的脸，在月下显得妖冶异常。

晏娘仰头皱眉："你又来做什么？"

"好妹妹，如今姐姐也不叫一声了，可见你心里当真没有我了。"

女子把玩着骨笛，眼底闪过一丝黯然，却依旧笑得风情万种："枉我成天挂念着你，你却只知守着那个臭男人，姐妹情谊、百年修行通通都不要了，我都得赞你一声潇洒。"

晏娘默然不语，女子又冷冷一哼："便是一块木头也叫你焐热了，别傻了，那臭男人根本就是没心的。"

晏娘猛地抬起头，女子却不依不饶，美眸睨向她，笑得刻薄至极："一只艳鬼也想学人做贤妻良母，究竟该说你痴心妄想，还是天真可笑？"

（二）

百灵潭有二美。

两只艳鬼，一唤流瑟，一唤晏西，姿容绝世。

遇上南襄那天，晴光正好，少年背影俊挺，蹲在溪边拭剑。

晏西按捺住内心的激动，整了整衣衫，上前咳嗽两声道："小弟晏西，久闻南少侠大名，如雷贯耳，今日一见，果然……果然……"

那套词怎么说来着，晏西握紧折扇，额上渗出了细汗，明明出来前都背得滚瓜烂熟的……

"扑哧"一声笑，少年抱剑站起身，眉眼一挑，满脸促狭道："果然雷从耳出？"

晏西愣住了，少年哈哈大笑，年轻的面孔沐在阳光下，飞扬的剑眉星目一时迷了晏西的眼。

就这样相遇相识，开始了一路的结伴同行。

南襄只当晏西是哪家出来历练的名门子弟，与她兄弟相称，带她游历江湖。

他却不知，这凭空掉下来的“晏弟”是只艳鬼，而自己正是她的第一次任务。

身为一只艳鬼，勾引人的本事与生俱来，晏西于这方面却不是笨了一点半点，叫好姐妹流瑟看着干着急。

艳鬼在艳，妩媚惑人就是她们最大的武器，如果失了这项本事，无异于猛虎拔牙，雄鹰折翅。

于是流瑟安排晏西出去历练，艳鬼爱美，南襄的一副好皮囊秀色可餐，正是她们喜欢的上等货色。

为确保成功，流瑟给晏西先示范了一下，纤腰曼曼地出马先去勾引了南襄一回，这一勾引却叫流瑟欲哭无泪。

天可怜见，南襄竟然对她毫无兴趣！

跌进水里的流瑟被南襄救起，衣裳湿透，玲珑有致的身材一览无遗，她贴上南襄的胸前，媚眼如丝，声声唤着“恩公”，白皙玉手还来不及进一步撩拨，南襄便喷嚏连连地一把推开她，捂住口鼻：“姑娘抱歉，你身上脂粉味太浓……我自小就闻不得，一闻就会起红疹……”

流瑟的一张倩脸瞬间就绿了。

躲在暗处的晏西叫苦不迭，连流瑟“艳不独返”的名头都失了手，自己这点段数可怎么办……

出师未捷，回去多方调查下她们才知，南襄游侠一个，是近年武林蹿起的新秀，不近女色，一人一剑闯荡江湖，身边有美酒有兄弟，就是没有女人。

乖乖，第一回历练就偏偏撞上这样的主，晏西无语凝噎。

流瑟却不服输，知己知彼后，巧手一弄，将晏西扮作了一个眉清目秀的白净书生。这还不将南襄手到擒来？

在流瑟的拼命鼓动下，晏西拿着折扇，忐忑不安又悲壮难言地踏上了漫漫勾引之路。

一路上果然状况百出，啼笑皆非，南襄只当晏西是个念书念傻的书呆子，懵懂单纯，有趣得很，为自己添了不少乐子。

意外却在一个夜晚发生了——晏西穿帮了。

（三）

客栈里，夜阑人静，明月临窗。

晏西对着镜子演练许久后，终于鼓足勇气，蹑手蹑脚地摸进了南襄的房间。

她清了清喉咙，坐到床边，伸手抚上南襄的脸，结结巴巴道："长夜寂寞，无心睡眠，见南兄被衾单薄，小弟不禁心如刀割，愿用我冰烫的手来暖和你炙冷的心，与君一起共赴巫山……"

"扑哧"一声，装睡的南襄再也忍不住笑出声来，反手抓住晏西，一把将她压在身下，笑得嘴角上扬。

晏西大叫一声，吓得瑟瑟发抖，对上南襄近在咫尺的眼睛，一下没出息地脸红了。

南襄笑得更欢了，挤眉弄眼道："你的手果然又冰又烫，快来安慰我炙冷的心吧……"

晏西抿住嘴不开口，内心又委屈又耻辱，眸中已因为再次失败涌起了闪闪的泪花，南襄哼了哼，捏住她粉嫩的脸颊嬉笑道："不知跟谁学了些淫词秽语，偏又说得颠三倒四，就你这模样还敢来捉弄本大侠，晏弟你真是越发大胆了。"

南襄说着伸出手去挠晏西的痒，晏西尖叫着左右躲闪，两人一时在床上闹了起来。

忽然，南襄停住了手，神色古怪地望向晏西——

"晏弟，你为何在胸前垫了两个馒头？"

世上最悲惨的事是什么？是一个初出茅庐的艳鬼遇上一个不近女色的公子！

世上最幸运的事是什么？是一个初出茅庐、什么也不懂的艳鬼遇上一个不近女色、什么也不懂的公子！

从南襄房中落荒而逃后，晏西心跳如雷，悲怆难言——

她居然就这样暴露了！

勾引大计还没个影，自己居然就被看穿女子身份了！

她凄凄惨惨地飘回房，准备收拾行李回百灵潭，太欺负鬼了，她是一辈子也学不会这妩媚惑人的本事了，她不干了，她要回去脱离艳籍，求主人春妖另指条出路。

可没有想到，南襄在屋外别别扭扭地敲起了门。

一开门，就看见他手里捧着两个白白胖胖的大馒头，他小心翼翼地看了一眼晏西泛红的眼睛，赔着笑道："晏弟，是大哥不好，大哥向你道歉……"

南襄挠了挠头，英俊的眉眼满是诚恳："大哥平日不该笑你手无缚鸡之力，胸无四两之肉，没有一点男子气魄，叫你不得已想出这法子充门面……"

说到这，南襄咳嗽两声，瞥了一眼晏西胸前，压低声音道："方才没有压坏你的……吧，大哥特意拿了两个新的来赔给你……"

晏西脸色一变，南襄赶紧道："要我说，晏弟你不必死要面子活受罪，赶明儿就跟着大哥练剑，强身健体，身子硬朗了，自然就英武非凡，也不用那东西充场面了……"

晏西一把接过南襄手中的馒头，迅速关门闪人，靠着门一口气大声道："谢谢大哥关心，小弟感激不尽，夜深露重，大哥请赶紧歇息吧，免得感染风寒，一病不起，那小弟怎过意得去，便是万死也难辞其咎！"

这次居然一气呵成，没差一个字，晏西头上出了层细汗。

收下馒头，原谅他了？南襄愣了愣，随即笑逐颜开，在门外高声喊道："那明天一早我们就去庭前练剑，梨花树下，不见不散！"

靠着门，听到脚步声走远，晏西的心跳也总算慢慢平复下来了，她舒了口气，低下头，目光落在手中两个白馒头上。

热气缭绕中，有些哭笑不得又有些失神的眼眸望向窗外，久久的，抿嘴一笑。

窗外皓月长风，枝叶拂动，发出飒飒清响，像一首动听的歌谣，温柔醉人。

（四）

又有人前来挑战南襄了，这已是这个月的第三次比武，晏娘轻轻抚摸着腕上的玉镯，幽幽叹了口气。

自从一年前武林榜上有了南襄的名字，前来挑战他的江湖人士便络绎不绝，有身怀绝技的老前辈，也有血气方刚的毛头小子，众人都想打败他取而代之，一战成名。

有一个唐门女弟子甚至用上了美人计，在对战时装作跌倒，"哎呀"一声地作势扑入南襄怀里，露了香肩——

满满一筒毒针却也在同时蓄势待发！

但她失败了，直到死前她都难以置信地睁着眼睛，看着南襄面无表情的脸。

天下恐怕没有几个男人能抵抗得了唐门第一美人的投怀送抱，可南襄偏偏是这几个人之一。

晏娘站在暗处，轻声一叹，手上的玉镯闪着翠绿的幽光。

武学的最高境界是忘我，试问有谁能敌得过一个无牵无挂、心思至纯的武痴？

这回来挑战南襄的是个使流星锤的彪形大汉，晏娘看着他在南襄剑下只走了不到十招，便像风筝一样重重摔在了地上，口吐鲜血，双眸不甘心地瞪着南襄。

南襄的背影远去后，晏娘走了出来。

地上那人还有一口气，痛苦地向晏娘伸出手，却说不出一句话来。

晏娘叹息地摇摇头，蹲在了大汉身边。

找南襄比武的人都是签下了生死状的，技不如人也不能怪怨。

南襄从来不会点到为止，却也不会刻意要人性命，他就像个完全沉浸在武学中的孩童，只知尽情施展，不懂阴谋勾当，所以下手轻重也是随着对方的轻重而变换。

许多人心无仁义，出手便是死招，到头来却只能是害了自己。

大汉死死拉着晏娘，身子不住地抽搐着，晏娘目视着他，柔声道："你心脉尽断，已是将死之人，借我心头一口热血可好？"

大汉脸上现出惊骇的神情，还来不及挣扎，下一瞬，他的身子便僵硬了。

晏娘的手直直穿过他的胸前，鲜血四溅，漫过了腕上那只玉镯，殷红一片。

翠绿的光芒中，那玉镯如嗜血的恶灵一般，贪婪地吮吸着那滚烫的心头血。

晏娘皱着眉，微微别过了头。

就在这时，疾风一阵，一只长袖迎面拂来，流瑟的声音急切响起："住手，阿晏你疯了吗？"

晏娘向后一跃，轻巧避过那水蛇长袖，在几步开外稳稳站定。

她眉眼淡淡，望向流瑟："我不取他这口血，他也会死。"

"可只要还有口气在，他就是个活人！"流瑟艳丽的面庞一改妩媚之态，难得地厉色起来，却是又气又急，心疼不已，"你当真不要命了？接二连三纵那妖物吸取人心头血，这般伤天害理迟早会遭到天谴的，到时霹雳火打下，你就得落个魂飞魄散的下场了！"

她们虽为艳鬼，却从不随意伤人性命，百灵潭受春妖管治，纵然三年前晏娘叛出，但所行之事若叫春妖知道，一样逃不过惩罚。

晏娘抚上玉镯，依旧面色淡淡："我知道。"

她腕上的玉镯便是流瑟口中的"妖物"——乌衣。

这原本是块五华山的仙石，通体黑亮，故名乌衣，因身上的妖邪之气，被五华仙君冰封在了湖底，晏娘在一年前探入湖底，九死一生下，终于得到了这块黑石。

她将乌衣制成玉镯，戴在手上，看着它吸了第一口血。

墨色的玉镯在鲜血浸润下，一点点发生蜕变，化为了如今的翠绿光泽，却还远远不够，只有不断地吸取人的心头血，让玉镯转为月白色，最后彻底变成赤红，方可大功告成。

妖邪之气的乌衣将被炼化为一块宝玉，触体生温，于修行大有裨益，是件不可多得的仙器。

这原是在百灵潭时春妖随口提的，晏娘却在一年前蓦然想起，心念一动。

她不求飞升，不愿成仙，只为心中一个遥不可及的奢盼。

流瑟似乎明白了什么，美眸颤动，抬手指向晏娘："你，你不惜逆天而为难道是为了那臭男人？"

晏娘幽幽一叹，波澜不惊的眼眸生了柔情："我只想为他生个孩子。"

（五）

南襄最喜欢孩子，晏西和他并肩坐在梨花树下，南襄抱着剑，说得神采飞扬："以后若成家立业，一屋子小家伙跟在身后叫爹，男孩子我就带着他们舞剑，教他们练就一身本事，女儿我可就舍不得苛责了，必定疼在手心……"

兴高采烈的声音忽然戛然而止，南襄像想到了什么，久久的，一声叹息，看向晏西，漆黑的眼眸有些懊恼，又若有所思："可惜……"

晏西心领神会，生生咽下了那句"可惜你对女人不感兴趣"。

流瑟来找晏西时，正看见这幅场景，南襄那望着晏西有些失神的目光叫她心头无来由地一颤。

无人时流瑟现出身形，面有愠色，不由分说地就要拉晏西回百灵潭。

晏西不明所以，直问怎么了，不还在历练吗？流瑟一怔，讪讪地松开了手，也不知自己在气什么，闷声道："你这笨蛋迟迟学不会媚人之术，再耗下去只会丢了老祖宗的脸。"

晏西眨了眨眼，惑道："谁是老祖宗？"

流瑟一戳她额头："连老祖宗都不知道，你真是投错了胎，枉为艳鬼。"

她们的老祖宗，正是史上为求美人一笑，引得周幽王烽火戏诸侯的那位——褒姒。

"竟是她？"晏西张大了嘴。

流瑟点了点头，觉得晏西惊奇的模样甚为可爱，不禁伸手为她别了别耳边的发丝。

"听说老祖宗原本最爱笑，一笑漫山遍野的花儿都失了颜色，便是那狐族的先祖妲己也比不上。"

"那她后来为什么不笑了？"

流瑟一时语塞，艳丽的面庞想了想，道："这我也不知道，年月太久远，中间的故事曲折隐秘，只隐约听说是为了一个琴师。"

晏西"哦"了一声，不知怎么，脑海中竟闪过白日里南襄那张失神的脸。

流瑟伸出五指在她眼前晃了晃，哼道："又在想些什么，老祖宗的本事不学，可别学着把自己搭进去，媚者无疆，独不生情，这传下来的祖训你得给我记牢了。"

流瑟离开后，晏西躺在床上辗转反侧，苦苦思考一个问题，之前流瑟说要带她走时，她怎么会一下子慌了？

有了心事的晏西吃不好睡不好，没过几天，人就怏怏的，有气无力，更别提先前一门心思勾引南襄的雄心壮志了。

南襄也脸色不佳，教着晏西练了会儿剑人就不见了，也不知跑到哪里去了。

等晚上南襄回来后，一身酒气，推开晏西的搀扶，不敢看她的眼睛："我，我去……妓院了。"

晏西一愣，南襄忽然抬起头，灼灼的目光望向她，咬牙切齿道："我找了几个俊俏的小倌！"

晏西如遭五雷轰。她身子颤抖起来，悲愤欲绝。

堂堂百灵潭的一只艳鬼，苦心勾引了他数月，竟还比不上风月场中的几个凡俗女子！大辱，奇耻大辱！

南襄此时也回过神来，酒醒了大半，悔得恨不能将舌头咬下。

他见晏西身子颤颤巍巍，一副不能接受、备受打击的模样，不由上前一步："晏弟我知道你现在一定很瞧不起我，心里一定对我很失望……可我就是控制不了我自己……"

晏西摇头后退，满眼悲愤。失望，当然失望，简直失望透顶，竟不曾想你如此没有眼光！

南襄被晏西毫不遮掩的眼神伤到，身子一顿，苦恼地抱住脑袋，嘶声道："我也不知自己发了什么疯，心烦意乱的，拼命想也想不通，就去了妓院……我想试一试，我以为我可以，可当他们扑上来解我衣服时，我竟恶心地一把推开他们，夺门逃了出来……"

南襄忽然抬起头，一把扣住晏西的肩头，眸光炙热："我这才发现，原来我根本不喜欢男人，我只是对你有感觉，只是对你！"

晏西脑子一声嗡，尚未反应过来时，便被南襄猛地扯入怀中，一个灼热的吻迎面而下，带着酒香的少年气息瞬间萦绕全身，吻得她晕晕乎乎，分不清西东。

她怎么会知道，南襄这段日子快被折磨得发疯了！

天晓得这是个多么大的误会，一个根正苗红、未经情事的好少年只因闻不惯胭脂水粉的味道，对美娇娘敬而远之，身边从没出现过女人，便被两只艳鬼当成了断袖，而生平第一次萌发的情意也自以为是对一个“男人”，所以稀里糊涂地还真以为自己是个断袖，内心饱受折磨……

天旋地转的拥吻中，南襄忽然睁开眼，一把推开晏西，抬手给了自己一个耳光：“畜生！”

他急退几步，颤抖着身子，红了双眼。

“我明明不好男风，却对你生了这样龌龊的念头，你敬我为大哥，我却……我真是禽兽不如，罪该万死！”

南襄满脸通红，再不敢面对晏西，踉跄着转身掉头，晏西还来不及叫住他，那道身影便风一样地消失不见了。

只留晏西站在原地，张大了嘴，伸出的手像空中飘零的落叶，欲哭无泪。

（六）

腕上的玉镯在黄昏中泛着月白荧光，晏娘坐在桌前，细细地穿引着针线。

她这段时日做了不少婴孩的衣物鞋袜，等乌衣彻底变成赤红色，触体生温，她就能改变至阴的体质，生儿育女了。

心中有了期盼，恬淡的眉眼都仿佛镀上了一层光，在黄昏中显得分外柔美。

南襄便是在这时出现在了她身前，面无表情：“饿了。”

晏娘倏然抬起头，这才惊觉天色已晚，她太过入神，竟忘了做饭。

平日南襄在林间练完剑回来，都是直接吃热气腾腾的饭菜，今日居然没有，他便提着剑来问晏娘了。

晏娘还不待开口解释，南襄便已看向她手中的绣鞋，问道：“你在做什么？”

晏娘一愣，张口道：“我……”

心头微动，她不觉就放柔了声音，目视着南襄道：“我为你生个孩子，好不好？”

南襄皱眉：“孩子生来做什么用？”

晏娘有些哑然失笑，想了想，道：“若是个男孩，就可以跟着你练剑，学一身本事，若是个女儿，就能叫你宠着，叫你带着四处……”

“哦。”南襄不在意地应了一声，转身又出去练剑了，“饭菜做好再叫我。”

晏娘叹了口气，略带落寞又习以为常地笑了笑，准备去生火做饭。

南襄却忽然折了回来，看了她一眼，伸手摸向她的腹部，一本正经道：“就生三个男孩，一个女孩吧。"

"为什么？"晏娘按捺不住激动，意外又欣喜。

南襄看着她的眼睛认真道："我最近新创了一种阵法，需要四个人。"

晏娘怔住，反应过来后哭笑不得，脱口而出："那为何还要个女孩？"

南襄不耐，又皱起了好看的眉眼，似乎嫌晏娘问的问题太笨："和你一起给我们做饭啊。"

秋意渐浓，晏娘的身子越发清冷，背上的旧伤隐隐作痛，刻骨的寒意漫布全身，冷得她晚上直往南襄怀里缩。

她身子一年到头都沁凉沁凉的，夏天还好，南襄喜欢搂着她睡，冬天到了，南襄就躲得远远的，她一贴近他就生气，皱着眉孩子气地把她推开。

可这回，南襄却只推了几推，见推不动晏娘，便皱着眉，嘟囔了些什么就作罢了，任由晏娘瑟瑟发抖地抓着他，汲取他身上的温暖。

黑暗中，晏娘贴在南襄胸口，哆嗦着问道："你方才说什么？"好一会儿，南襄才闷闷不乐地道："书上说，孕妇不宜多动，不然，会滑胎的。"

晏娘一怔，失声笑出，一股暖流在心头荡漾开去——

一瞬间，背上的那三道伤痕似乎都没那么冷了。

（七）

三年前，也是这样一个萧瑟的秋天。

梨花树下，晏西拉着流瑟的手，满脸绯红地说着她和南襄的喜事。

真相大白后皆大欢喜，南襄看到恢复女装后的晏西，眼睛都直了。

啼笑皆非的误会彻底解开，晏西只隐瞒了自己艳鬼的身份，她决定离开百灵潭，和南襄成亲，远走他乡。

"世间情爱的滋味真的很奇妙，他说要带我去看各地的美景，品尝各地的佳肴……日后我还会回来看望姐姐的……"

落叶纷飞，流瑟煞白了一张脸，还不等晏西说完便甩开她的手，狠狠地道："他说你就信，你忘了独不生情的祖训吗？男人都是毒药，你怎么能真的对他动心？"

那张艳丽的面容失控地颤动着，近乎扭曲，声音又尖又细："我不会答应的，我不会让你们走的！你休想抛下我，我们六百年的姐妹情谊还比不上那个臭男人吗？"

恨恨拂袖，绝美的身影头也不回地转身而去，只留下晏西，无力地瘫倒在树下，任秋风吹过她的脸颊——

那一年的秋天，真是比往常任何一年都要冷。

晏西到底还是叛出了百灵潭，她和南襄一人一马，驰骋在星夜下。

她说自己是逃婚出来的，怕被堡主抓回去，南襄握紧她的手，眉眼坚定。

他说别怕，他会带她走，闯荡江湖也好，浪迹天涯也罢，总之会陪在她身边，一生一世都不松开她的手。

风中南襄的话掷地有声，一字一句砸在晏西的心头，化成了无数烟花，点亮她所有期盼。

他们准备先去塞外，看辽阔的草原，成群的牛羊，一望无际的天空。

美好的憧憬才刚刚出口，劫难却来得那么快。

路的尽头，幽蓝的荧光笼着一道身影，墨发如瀑，清清冷冷，是叫漫天星光也失色的绝代风华。

春妖来了。

晏西瞬间面无人色，不可置信——流瑟竟然背叛了她！

她最后明明答应了，说既然强留不住，还不如放手。

晏西绝望地闭上眼眸，几乎在瞬间明白过来，恐怕她才和流瑟依依惜别过，流瑟转身就去了百灵潭面见春妖。

这所谓的放手原来从一开始就是个骗局，只等着她自投罗网。

那是晏西永远忘却不了的一夜。

天地之间，一片肃杀。

南襄的身子高高荡起，鲜血四溅。

心像被撕开一样，她血泪满脸，怔怔地眨了眨眼。

耳边是流瑟撕心裂肺的一声："不！"

好吵，好吵。

晏西奋力地向南襄爬去，血泊中的南襄一动不动，像睡着了一样，她伸出手，紧紧握住南襄的手，痴痴一笑——

就这样死在一起吧，再也不分开了。

疲倦的眼眸缓缓闭上，脑海里是铺天盖地的梨花，舞剑的身影翩如惊鸿，少年回眸一笑，漆黑的眉目好看极了。

媚者无疆，独不生情。

她在那一刹那忽然明白，为什么褒姒不笑了。

（八）

哀怨的骨笛声整夜整夜地响起，如泣如诉。

晏娘终于忍不住，起身奔了出去。

外面更深露重，她倒吸口冷气，背上的伤痕越发冷得刺骨了。

流瑟坐在树上，脸色苍白，见到晏娘却依旧笑得明艳，伸手掷出一个小瓷瓶。

“寒风渐起，我知道你身上冷，涂上会舒服些。”

晏娘接过，却并不收下，只抬起头，淡淡道：“不劳费心。”

流瑟脸色一变：“你还在怪我？”

晏娘挥手掷回瓷瓶，转身欲走：“岂敢，只请你别再半夜三更地扰人清静，我已和百灵潭脱离关系，前尘往事不愿纠缠。”

三年前，她生生受了主人春妖三道冰锥，就此叛出百灵潭。

春妖虽是冷面冷心，却不是无情无义，三道冰锥要了她大半条命，叫她修为大损，却也到底给她留了一条生路。

可她如何忘得了，最后拦在他们身前，毫不留情地伤了南襄的，竟是流瑟。

那狠厉的出手，溅了半空鲜血，也打碎了六百年的姐妹情谊。

纵然流瑟后来守在她身边，不眠不休地照顾她，为她疗伤，有些事情也再回不了头。

所幸死里逃生，因祸得福，南襄醒来后，忘记了一切，性情也大变，成了一个彻头彻尾的武痴。

忘记也好，忘记了所有快乐的回忆，也忘记了她对他隐瞒的身份和欺骗，他们可以重新开始，过着平静的生活，她不再是百灵潭的晏西，只是他的晏娘。

竹林做庐，春夏秋冬从此有人相伴，天地间终于有了他们的一个家，她怎么会愿意打破这好不容易得来的平静？

晏娘的身影头也不回，决绝地消失在了夜色中，树上的流瑟久久未动，冰冷的手抚上苍白的脸颊，如失了魂般。

呵出的一口气，瞬间结成了霜，冷得刻骨。

这些年默默地守护究竟为了什么？连她也不懂的东西，她要怎么告诉阿晏？

立冬那天，竹林来了一个不速之客。

金色的长杖，深邃的五官，是南疆来的戈术法王，千里迢迢来挑战中原武林的第一剑客。

南襄的剑术已臻化境，已是武林榜上兵器类的第一人。

前来挑战他的人越来越少，毕竟名利的诱惑再大，也比不上性命来得珍贵，晏娘手上的玉镯已经很久没有吮血了。

戈术法王是个年轻人，碧绿的眼眸望着晏娘，态度恭敬有礼，却叫晏娘心下一颤，心底无来由地惴惴不安。

（九）

比武之日定在半月后，竹林深处，飞流瀑布下。

那是竹林最冷的地方，在等待的日子中，竹林的第一场雪也不期而至，天地之间白茫茫一片。

晏娘裹紧了披风，看着窗外飞雪，愁眉不展。

这场对决，她可能无法守在暗处，亲眼看见了。

背上的冰痕还在隐隐作痛，寒意一波一波席卷开来，提醒着她最好乖乖待在火炉旁，不要轻举妄动。

送南襄出门时，晏娘欲言又止，南襄皱眉不耐，拿过长剑转身便走，晏娘追到门口，一声叫住："早点儿回来……年关将至，我为你做了一身新衣裳……"

声音飘在风中，隔着纷飞白雪，南襄面容模糊地点了点头。

南襄赶到瀑布下时，戈术法王手持金杖，已等候多时，碧绿的眼眸望向他，扬眉一笑。

屋里的火炉暖烟缭绕，熏得晏娘昏昏欲睡，手上的玉镯莹白透亮，流光微转。

一片寂静中，一阵尖锐的骨笛声突兀响起，急促传来。

晏娘猛地抬起头，脸色大变，来不及多想便夺门而出。

她终于明白自己为何会如此不安了，因为在骨笛声传来的那一瞬间，她忽然想起，在哪里见过那双碧绿眼眸了——

一年前，五华山的湖底，她九死一生得到乌衣后，气力耗尽，昏昏沉沉地荡在冰冷的湖水中，像一株柔软的水草。

模糊的意识中，湖底深处似乎有一双眼眸，在无尽的黑暗中，泛着碧绿的幽光，诡异地注视着她。

一股源源不断的力量注入她的体内，湖水波动下，仿佛有一只手将她推了出去……

醒来时，她已躺在湖畔，乌衣贴着胸口，在湿透的衣裳下泛着森冷的寒芒。

湖底的经历如梦一般，她抚着额头，脑中混沌一片，什么也记不起来了。

从林间传来的骨笛声越发急促，晏娘身形如风，心跳如雷，脑海中那双碧绿的眼眸越来越清晰，春妖曾说过的话在耳边响起，一点点印证了她心中那个骇然不已的猜想。

她知道戈术法王是个什么东西了！

寒风猎猎，长发飞扬，晏娘浑身颤抖着，从怀中取出一枚鲛珠，射向空中，一朵幽莲瞬间凛冽绽放，呼唤着千里之外的百灵潭主人，春妖。

来得及，一定还来得及！

（十）

“住手！”

一声凄唤划破天际，晏娘飞身上前，凌空接过了被戈术法王一掌击出的流瑟。

流瑟口吐鲜血，抓住晏娘的衣袖，奋力道：“快走，他夺了我的骨笛，想引你出来，阿晏快走……”

瀑布下，戈术法王碧眼幽深，身后结成了一个巨大的金丝蛛网，南襄被牢牢缚在网中央，已经昏迷过去。

戈术法王手上用力，就要捏碎流瑟的骨笛，流瑟痛得惨呼出声，晏娘呼吸一窒，霍然举起手上的玉镯，对着戈术法王厉声道：“住手，你若敢毁掉她的骨笛，我就用十分力震碎你的乌衣。”

戈术法王一怔，眸光几个变幻后，终是松了手，望着晏娘诡谲一笑：“夫人别来无恙？”

晏娘浑身颤抖：“天煞奴，你果然是湖底囚禁的那只天煞奴！”

天煞奴，传说是佛祖殿中的一只碧眼金蛛，悟性奇高，得西天如来赏识，位列仙班，却于一千年前与东海龙公主悔婚，带着一尾红鲤精逃了出来，搅得东海天翻地覆，最终被如来镇压在了湖底，红鲤精也魂飞魄散。

“没想到过了一千年还有人记得我。”天煞奴哈哈大笑，眸中精光一闪而过，“既然如此，夫人就赶快交出乌衣吧。”

那日晏娘探入湖底，无意闯到了封印天煞奴的结界，黑暗中，巨大的蜘蛛被锁链层层缚住，只有一双碧眼泛着幽光。

晏娘取走了乌衣，给了天煞奴一线生机，所谓仙石妖性，纯粹是掩人耳目的说法，乌衣的真正身份其实是天煞奴凝结的一颗元神石。

取走了这颗元神石，就等于解除了一半的封印，天煞奴把晏娘送出湖面，就是想借她之手挣脱封印。

乌衣经鲜血浸润，转为了月白色，天煞奴的元神日益强大起来，终于能分出一丝神志逃出湖底，化作了戈术法王。

他追踪晏娘的气息而来，处心积虑地设下了这出比武之局，静待瓮中捉鳖。

只可惜等晏娘反应过来时已经太晚，她悄然握紧手心，尽量平复下紊乱的心跳。

“若我没猜错，你的真身还困在湖底，你只是其中万千分身的一个，单打独斗怎么可能打得过六百年修为的流瑟？”

这是晏娘在故意拖延时间，却也的确是她心中的疑问。

天煞奴得意一笑：“我有备而来，自是探清一切才设的局，你不觉得这里格外冷吗？我费尽心思将你引到这里，此刻你怕已是强弩之末，更何况她？”

晏娘身子一震，忽然明白了什么，她猛地掀开流瑟的衣裳，看向她的后背，顿时倒吸口冷气——

雪白的背上赫然现着四道冰痕！

流瑟在晏娘怀中一声苦笑，闭上了眼眸。

春妖虽然念情，叛离百灵潭该受的七道冰锥却少不了，流瑟苦苦哀求，替晏西受了四道，从此日夜忍受冰寒之苦。

这漫天飘雪的寒冬，她本该回百灵潭休养，却到底放心不下阿晏，知道她忧心忡忡，便忍受彻骨寒意替她来观战。

却没想到变故陡生，她来不及多想便挡在了南襄身前，受了戈术法王一掌。

“当日我打了南襄一掌，今日总算还清了，你也不要再对我绷着一张脸了……”

流瑟伸出手，抚去晏娘的泪水，故作玩笑道。

晏娘心头起伏，声音哽咽：“为什么？”

流瑟笑了笑，明艳的面容苍白如雪，气若游丝：“时过境迁，你我之间早已物是人非，我不知道你还会不会为我伤心，但我知道，如果他有事，你一定会痛不欲生。”

眸光渐渐涣散中，流瑟道出了深藏的一件事。

人本有三魂六魄，她收了南襄一缕情魄，才致使他性情大变，对晏娘不闻不问，成了一个武痴。

“我去之后，就能还你一个完整的南襄……世上最苦求不得，到底是我执念太深……”

晏娘颤抖着身子，摇头间泪如雨下，流瑟艰难地凑到她耳边，最后轻声说了一句话。

晏娘怔住，满心悲痛还未回过神时，怀中人抬起的手便倏然垂下，含笑而去。

一片雪花悠悠落下，盖住了流瑟的眉头，转瞬即逝，一声悲切呼喊忽然响彻天地，撕心裂肺。

"姐姐——"

晏娘失声恸哭，伏在流瑟冰冷的身上哭成了一个泪人。

她的世界像轰然坍塌了，那么多话还来不及说出口，那么多曾经在意或不在意的画面闪过脑海，伴着那张盈盈笑脸不断回旋着，回旋着……

天昏地暗下，晏娘没有注意到，天煞奴转着碧绿的眼眸，冷笑着一步一步向她逼近……

（十一）

又是一年寒冬时节，竹屋外银雪飘飘，屋内暖烟缭绕，天地之间，一片安谧静好。

晏西躺在长椅上，宽大的狐裘盖在身上，却掩不住那隆起的腹部。

她近日口中总是寡然无味，南襄便变着法儿做各种好吃的，天天堆着笑哄她喂她。

都说孕妇喜怒无常，南襄可算深有体会，这不，热气腾腾的面才吃了两口就吃不下了，晏西红着眼睛瞪他。

南襄不由头疼："姑奶奶，又怎么了？"

晏西伸出手掐他："我知道你心里怎么想的，若我生下男孩还好，若是个女儿，还指不定要被你怎么嫌弃，只有做饭给你吃的用处，是不是？"

南襄欲哭无泪，心道这都什么跟什么啊，脸上却堆着笑，哈着腰，一脸讨好："怎么会呢，我做饭，我做饭，一定好好伺候你们娘俩。"

晏西这才破涕为笑，舒舒服服地倚在南襄怀里，闭眸睡去。

眼眶却在不知不觉中湿润了。

梦里又是一年前的那场变故，漫天纷飞的白雪，似在奏一曲哀乐。

在千钧一发之际，是春妖及时赶到，收服了天煞奴，救下她和南襄，可流瑟却救不了了。

南襄的那缕情魄被释放出来，他总算变回了一个有血有肉、有七情六欲的人，而她也如愿以偿地怀上了南襄的孩子，实现了自己梦寐以求的愿望。

一切都再圆满不过，可心里总像空了一块，晏西时不时会想起流瑟对她说过的话。

那日，流瑟在她耳边最后说的是——

媚者无疆，独不生情。

其实祖训下还有一句，生情者，虽万劫不复，却不枉矣。

她的心事无人知，求而不得，却不悔不枉。

屋里响起了悠长的乐声，那是流瑟的骨笛，被晏西挂在了脖颈上，不时拿出来摩挲几遍。

故人不再，烟水茫茫。

哀婉的笛声飘出窗外，消散在了风中，长长久久，和白雪一起融入大地。

天地浩大，岁月漫漫，所幸，她还有他，还有对她的回忆。

还有一个代表着生机与希望的新生命。

一声“哎哟”，屋里忽然传来了南襄手忙脚乱的声音——

“姑奶奶，你怎么又哭了？”

第十四章

芊芊

就在那一天，她的相公死了，她的爱情也死了。

生于承德十九年的明媚春天，死于承德二十二年的萧索秋日。

（一）

芊芊是穿着红嫁衣来到百灵潭的。

她的死相极其恐怖，可以用四个字概括——红颜白骨。她身上透着淡淡的脂粉香，不现原形时，柳眉红唇，肤白胜雪，再没有那样美丽的新娘了。

可每逢芊芊的祭日，月光倾洒，红嫁衣下，芊芊的皮肉就开始腐蚀，一点点重现她曾经死去的模样，彻底变成一具骷髅。因为她不是自然死亡的，死法较为特殊，所以这样的痛楚伴随着脂粉香，每年都要来一次。

与芊芊共同住在清风小筑的卿平，除去最初的惊诧，后来也就习以为常。

卿平生前是息良第一妆师，因凡尘一位帝王求来的长明灯，一直保持着半人半鬼之态，无法聚集魂魄前去往生，与芊芊在百灵潭一同住了许多年。

不久前那盏长明灯灭了，卿平终于解脱，随潭主春妖回到故国，了却前尘往事，情爱纠葛。

芊芊坐在院中等，不知等了多久，到底等到春妖回来了，那袭蓝裳踏莲而来，拂袖至她身前，眉眼淡淡："卿平已经往生去了，你不用记挂了。"

芊芊一声轻叹，慢慢地点了点头，望向虚空，有些怅然若失，春妖在她耳边接着道："她了却心中执念，大梦一场，已然解脱了，且托我转告你一句……这么多年了，什么样的爱恨都该放下了，你也早些往生投胎去吧。”

芊芊摇了摇头，笑得凄然：“我不想往生，不想投胎，我宁愿永远守在百灵潭，守在这处小院，忍受每年一次的蚀骨之痛……”

因为比起在凡尘俗世受过的伤痛，她宁愿永远做一具白骨新娘。

哀莫大过于心死，不过如此。

卿平大概不知道罢，其实她生前也是一位妆师，但纷纷扰扰过去后，她再也不想动用那出神入化的手艺了……

“潭主愿意听一个故事吗？”

许是夜色太凉，许是卿平的离去触动了芊芊的心弦，她望向春妖，笑了笑，苍白的声音飘散在风中，寂如死灰。

（二）

很久以前，就有人对芊芊说过，你不该叫芊芊，你该叫钱钱，视财如命、一毛不拔的钱钱。说这话的是谢尘，彼时绝色坊的首席妆师，平时放浪不羁，手艺却是卓绝，又加之一身白袍，玉树临风，在坊里一群姑娘间颇为显眼。

那日万里晴好，他忙里偷闲，倚着柜台，对着埋头记账的芊芊嬉皮笑脸道：“老板娘，当真不考虑给小的多涨点儿月俸？”

芊芊眼皮都未抬一下，十指纤纤，算盘拨得人眼花缭乱，淡淡道：“你去梁都大街上打听打听，还有哪家开得起这样高的酬劳，除了我绝色坊，就是前头东街的红袖馆了，你若能豁得出去，以你这身皮囊去那混个一等小倌倒是不成问题的。”

话一出，偌大的绝色坊顿时响起一片笑声，谢尘也跟着笑，身子却靠近芊芊，在她耳边磨牙：“天下怕没有比你还抠门的老板娘了，真当改名叫宋钱钱。”

两人正调侃斗嘴时，两个不速之客踏进了绝色坊的大门。

芊芊一抬头，脸上的笑意瞬间凝固，谢尘更是敏锐地察觉到她按着算盘的手颤了颤。

来人是梁都首富洛家的大小姐与她的夫君——新科状元崔子钰。

崔子钰是陪夫人来挑选胭脂水粉的。

绝色坊的名气这样大，才开张短短三月，名声便已迅速席卷梁都，成为京中达官贵族的首选。

这场相遇无可避免，只是早晚问题，尽管在心中设想了无数遍，但芊芊的脸色还是在看到崔子钰的那一刻，不可抑制地煞白起来，就像当初被他无情抛弃时一样。

四目相接中，那张依旧俊秀的面容在看到芊芊后有一瞬间的慌乱，他紧搂身旁娇妻的细腰，一声咳嗽，眸光几个流转间又极好地掩饰了过去。

芊芊瞧得真切，心头冷笑不已，眼眶一涩，却是笑得悲凉。

他们有多久没见了？掐指算算，自从半年前他狠心写下休书给她，然后头也不回地奔向自己的前途后，他们似乎就再也没有见过了。

是的，半年前他们还是夫妻，还是说好一生一世相濡以沫、同甘共苦的夫妻。

“执子之手，与子偕老。”书上写得多好，世间最骗人的情话也不过如此。

遥遥相对间，气氛越发微妙，谢尘将一切尽收眼底，心底叹息，面上却不动声色，到底迎上前露了笑准备开口。那洛小姐却看也不看他，挽着崔子钰径直走到芊芊面前，笑得别有深意：“昨儿个才知道这绝色坊的主人竟是宋姑娘，我当一早就同崔郎来看看的，宋姑娘不愧是能人，当初要死要活地不肯放手，亏我还担心你会寻短见，没想到转身就跟着来了梁都，还开了这么大的妆坊，可见离了崔郎也不是活不下去嘛。”

三言两语已将来意挑得明明白白，怕是崔子钰也蒙在鼓里，猝不及防地与芊芊碰面，硬着头皮陪自家夫人上演了一出好戏。

芊芊牙头紧咬，望着洛小姐那刺眼的笑容，从不曾想过有人能无耻至极，抢了别人的相公，还能以如此姿态前来炫耀嘲讽。

却就在一片剑拔弩张的气氛中，芊芊还来不及开口，一只手已经揽过她的纤腰，下巴抵住她头顶，耳边是男子含笑的声音：“不好意思，得纠正夫人几点了。”

谢尘笑得光风霁月，昂首直视着洛小姐，也不去管众人惊愕的神情，只不急不缓地开了口：“第一，来梁都芊芊是与我同行，并未跟着某些人不放；第二，我们情投意合，芊芊如今是不才在下的未婚妻，什么崔郎李郎想必也抵不过她的谢郎；第三，人嘛，都有糊涂的时候，前尘往事她不愿再提，我也只当说书先生的俗套故事一段，听过后就忘了；最后，夫人大驾光临绝色坊，在下想来想去，唯有坊中的长欢香配得上夫人，长长久久，欢香弥存，祝状元郎与夫人永结同心，白首不离。”

（三）

芊芊最不愿想起的记忆是半年前。

那是承德二十二年的秋天，她跋山涉水来到梁都，到底不死心想向崔子钰讨个说法，却只讨来一纸休书，被洛家无情地扫地出门。

她那时大真可笑，还抱有最后一丝幻想，拉着崔子钰的衣袖不肯撒手，苦苦哀求道："子钰，我们回家，我会努力卖胭脂，努力赚钱供你读书考取功名的，我们回家好不好……"

那人身子一颤，抬首却望见倚在门边看笑话的洛小姐，立刻眸光一厉，狠狠地甩开了她："快滚吧，别脏了我洛家的大门！"

她灰头土脸地摔在地上，耳边全是那句嫌恶的怒喝——快滚吧，别脏了我洛家的大门，别脏了我洛家的大门……

洛家，是啊，那时的崔子钰已是洛家的人了，顶着入赘洛家的名头，荣华富贵享之不尽，仕途关节处处打通，参加会试后就将是摇身一变的新科状元郎，一路扶摇直上，从此平步青云，再不是小小城镇里，与她相守相依，清贫度日的那个教书先生了。

风声飒飒，带着深秋的凉意，吹得她遍体生寒，她额上渗出冷汗，从地上一点点挣起，漆黑的眼眸直勾勾地望着崔子钰，脸色煞白。她不哭也不闹，就那样看着他，看着那身华衣忍受不住，眸中波光闪动，似有千言万语，却终究什么也没说，转身拂袖而去，挽过洛小姐，毅然决然地踏进了富贵堂，朱红色的大门"哐"的一声关上了。斩断过往，不留余地。

她在风中站了许久许久，身影单薄得似一片落叶。

她忽然想起，她嫁给他时，是几年前的春天，春光明媚，她穿着大红嫁衣，过小桥，穿山冈，满心欢喜地踏进了一贫如洗的崔家。他父母早逝，这些年孑然一人，家中冷冷清清，直到她的到来，像带来了春的生机，才给那间破瓦房增添了久违的温暖气息。

书里写"贫贱夫妻百事哀"，她不信，拉着他浅笑盈盈，笑得满怀憧憬："相公，我开胭脂铺好好赚钱，你也在家里好好读书，今年考不中明年考，总有一天你会高中状元，骑着大白马衣锦还乡，我们会过上好日子的……"

她没日没夜地操劳，在街市经营着一家小小的胭脂铺，请不起人手，就把所有活儿揽过来一个人做。如此日复一日，终于有一次，她在为张员外家送香粉时，晕倒在了火辣辣的太阳底下。等到醒来时，她才知道她失去了什么。

他们的孩子没了，那个悄悄降临了三个月的孩子没了，他赶来时就只看见一摊触目惊心的血。他坐在床边抱着她哭，哭得止都止不住，把什么读书人的斯文统统都扔到一边去了。他说是他没用，没有保护好她们娘俩，他不是男人，他是个废物，枉读了那么多年的圣贤书……

她听得心如刀割，却强忍住眼泪，喉头哽咽地搂着他不住安慰："没事的没事的，相公我们还会有第二个孩子，第三个孩子，我们会儿女绕膝，过上好日子的……"

却迟迟没有等来第二个孩子，她身体一直养得不大好，大夫说她很难再孕，知道消息后他一宿未睡，当东方既白时，她推开门，看见他披着衣裳坐在院中。

灰蒙蒙的天色中，他眼下一圈乌青，俊秀的脸庞一夜瘦削下去，憔悴不堪。

她心疼地一个劲儿地数落他，一边搓着他的手拢往嘴边呵气，他却忽然将她一把拉入怀中，心贴着彼此，声音嘶哑地响起："芊芊，我不会负你，你相信我，我绝不会负你。"

一遍又一遍的承诺不停回荡在耳边，仿佛还是昨天，一切历历在目，却不过物是人非。

她孤零零地站在偌大的洛府门前，傻傻地笑，像个疯子，伸手捂住眼睛，只摸到穿过袖间的冷风，还有那从指缝间落下的泪水。

就在那一天，她的相公死了，她的爱情也死了。

生于承德十九年的明媚春天，死于承德二十二年的萧索秋日。

（四）

芊芊遇见谢尘时，正是最狼狈落魄的时候。

热闹的夜市间，人来人往，她坐在酒馆门前，抱着个酒坛子，喝得酩酊大醉。

眸中水光动人，脸上红晕泛起，那别有一番风情的模样，竟引来了几个地痞流氓。

他们撕扯她的衣裳，把她推攘到了无人的小巷，她惊恐地瞪大了眼，拼命挣扎，却浑身软绵绵地使不出力气，就在危急关头，谢尘从天而降，一身白袍犹如神祇，将她从昏暗的小巷中解救了出来。

她趴在他背上，夜风吹过她的乱发，她心跳如雷，后怕不已。谢尘不住安抚着她，她渐渐缓过了神，却咬紧唇，开始大颗大颗地掉眼泪，无声无息地浸湿了谢尘的后背。

他赶紧问她怎么了，像是溺水之人抓住了一根救命稻草，她在最凄惶无助时找到了宣泄口，无数情感汹涌漫上，哭得上气不接下气："我相公死了，我相公死了，我相公死了……"

不管谢尘怎么问，她翻来覆去地就是这么一句话，撕心裂肺得当真有如新寡。

等到再次遇见谢尘，已是三个月后，她的绝色坊开张的时候。

那夜他为她找了家客栈，安顿好了后就匆匆告别，连名姓也未留下。

这回再见，他竟是来应聘坊中妆师的，雪白的宣纸上，笔走龙蛇，墨香扑鼻，洋洋洒洒两行字，写得漂亮极了——又踏杨花过谢桥的谢，何处无尘埃的尘。

他抬头望向她，四目相接间笑得光风霁月，宛若故人重逢，他说："谢尘，我叫谢尘，为红颜绝色而来。"

他们就这样相识了，立于绝色坊的招牌下，外头熙熙攘攘，却仿佛与他们毫不相关，阳光洒下，两两相望间，他们的眸中只印刻着彼此的笑容。

谢尘感叹芊芊的好能耐，三月前还是无助的弱女子，三月后已成为梁都最大妆坊的老板娘了。芊芊笑了笑，沉默不语，漆黑的眼眸却闪过一丝怅然。

那走投无路下的孤注一掷，那豁出去的巨大代价，那些不能为人所道的秘密……

此中艰辛，如鱼饮水，百般滋味，只有自己知道。

谢尘气走了洛小姐后，芊芊破天荒地早早关了店铺，提着两坛酒，架了梯子，与谢尘月下对饮。她很久没那么畅快了，拍着谢尘的肩膀笑得前仰后合："你都没看到他们出门时那脸色，和我炒的猪肝差不多。"

谢尘难得地没有跟着开玩笑，只是望着芊芊笑，像要望到人心底去："你欢喜就好。"

芊芊摇着酒坛，眸中已带了几分醉意，嘴角含笑："欢喜，我当然欢喜……"

那笑看得谢尘摇头暗叹，仰头饮了一口烈酒，不由又想起芊芊上次喝醉时的情景。

（五）

那是崔子钰高中状元了，洛家鞭炮锣鼓响个不停，向外宣布喜讯，洛小姐与状元郎择日完婚，佳偶天成，恨不能全天下人都知道。那一日梁都热闹非凡，崔子钰志得意满地骑着高头大马，打绝色坊前路过，俊秀无双的风姿不知迷倒了城中多少姑娘，他沉浸在喜悦间，压根没有注意到绝色坊二楼倚栏而立的芊芊。

谢尘站在芊芊身旁，看着她一分一分白下去的脸色，忍不住开口，欲拉她进去："有什么可看的，你若喜欢，赶明儿我也考个状元回来，拱手送你，如何？"

芊芊一动不动，任谢尘怎么拉也没反应，谢尘一声叹息，撒了手，白玉似的脸庞沐在阳光下，半明半暗："不过是个负心汉，看了只会给自己添堵，世间繁华万千，何必执着一木。"

是夜，芊芊不顾谢尘的劝说，抱着酒坛喝得东倒西歪。她语无伦次地说着话，推开谢尘的搀扶，脚步踉踉跄跄。她说，她要拼命赚钱，把绝色坊开得越来越大，大过洛家的财势，她要做梁都首富，做谁也不能欺侮的梁都首富。

最后她倒在谢尘怀中，酒坛坠地，哭得稀里哗啦，像个被抢夺了糖果后委屈不已的孩子。

她说，她不是铁公鸡，她不是视财如命，她只是想赚很多很多的钱，多到能买回她的相公，买回她死去的爱情。她说，她喜欢热闹，她想以后儿女绕膝，不让他们挨饿受冻，让他们过上好日子，可她现在除了钱什么也没有了，她不想一个人孤独终老……

泪水浸湿了谢尘的白袍，他搂着芊芊，心如针扎，带来一阵细细麻麻的痛楚，他在她耳边不住道："你不会是一个人，还有我呢，还有我呢……"

那样低喃的声音，也不知她听没听清，又或是醉糊涂了，醒来后只当梦一场全都忘了。

总之，她不提，他也不提，日子就这样含含糊糊地过下去。

谢尘曾以为，就这般过一辈子他也是心甘情愿的。

可如今月色下，他忽然又有了冲动，忍不住想要开口，却是芊芊先他一步。

她支着下巴，望着他笑，已是半醉半醒的模样："你就不怕把洛家得罪了？"

他也跟着笑，伸手将她一缕乱发别过耳后，明明极肉麻的话，说起来却一派云淡风轻："为了你把全天下人得罪了我也不怕。"

芊芊咳嗽起来，借着夜色掩去脸上的绯红，谢尘好笑地为她抚背顺气："至于吓成这样吗？"

好半晌，芊芊总算平复下来，一双蒙眬醉眼却清明起来，盯着谢尘认真道："我不值得你这样。"

还不待谢尘反驳，她已经歪歪扭扭地站起身，对着月光大笑起来："你看，我是一个弃妇，还失去过一个孩子，大夫说，我此生再难孕，除了这座绝色坊，除了这些臭钱，我一无所有……"笑声戛然而止，她转过头蓦地对向谢尘的眼眸，语气含了哀伤，一字一句，"所以，我真的不值得你这样。"

说完，两只手捂住眼睛，摇摇欲坠地转身想要离开，却被人拉住了裙角。

"值得不值得，又是谁说了算？"清冷的声音在月下回荡，谢尘定定地望着芊芊，漆黑的眼眸不带一丝玩笑。

他说："你曾道世间男儿皆薄情，天下乌鸦一般黑。"好看的唇角微微扬起，"可你不能一竿子打翻一船人啊！你瞧，我素来只穿白袍，哪里是什么黑乌鸦？"

他站起来握住她的手牢牢不放，薄唇贴近她的耳畔，气息温热萦绕，清柔得像在梦中："我不同，我与崔子钰不同，与你口中的薄情男儿更不同，你只需相信这点便可。"

（六）

崔子钰开始常常光临绝色坊，无视芊芊的冷淡与疏离。

她是真的放下了，波澜不惊的眼眸只有望见谢尘时才会泛起柔情，这一切被崔子钰尽收眼底，宽袖下的一双手死死握紧，捏得骨节发青。

他如今早不是那个穷乡僻壤的教书先生了，听闻他在朝中左右逢源，如鱼得水，极受梁帝喜爱，官位越升越高，如今已做上了小储君的太傅，风光一时无人可敌。在洛家的地位更是今非昔比，连他的岳父洛老爷见了他也得礼让三分，更遑论曾经刁蛮任性的洛大小姐了。

可这一切与她又有什么关系呢？

要不是那日被崔子钰堵在后院，芊芊也不会主动与他说一句话。

那道身影依旧丰神俊朗，甚至比之从前的文秀，更添了几分意气风发的锐气与举手投足间的清贵，难怪梁都流传着一句话——若得崔郎一回顾，不羡鸳鸯只生妒。

妒忌谁？当然是那好福气的洛大小姐，许是风言风语传进了洛小姐耳中，她成天疑神疑鬼，看谁都像要抢走她的崔郎似的，心思过重下，竟一病不起。

可怜躺在病床上都想着要打扮，唯恐色衰爱弛，于是崔子钰便每每替她来绝色坊买胭脂，体贴不已，惹得外人更加艳羡。

只是谁也不知道，崔子钰醉翁之意不在酒。

如今他在后院拦下芊芊，像是再也忍受不住，开口便问："你与那姓谢的究竟是何关系？"

说着，还不待芊芊回答，他已自顾自地急声道："我去查过了，他不过是你坊中妆师，根本不是你什么未婚夫，上回你们是故意气我的，对不对？我每回来你都没好脸色，故意与他眉来眼去，也是想气我骗我，对不对？"

芊芊原本有些气恼，听到后面却不由笑了，拂开崔子钰，仰头打量着他，可笑可叹："崔大人未免想太多了，家有娇妻卧病在床，竟不避嫌反倒在此纠缠，这是个什么道理？退而言之，我眉来眼去也好，谈婚论嫁也好，与崔大人又有什么关系，崔大人管得未免太宽了！"

一席话说下来，崔子钰早已煞白了一张脸，他上前还想拉住芊芊，芊芊却紧退数步，面色淡淡地下起了逐客令，末了，她含笑目视着他，一字一顿："崔大人莫忘了，民妇早已不是云城崔氏了。"

轻飘飘的一句话，却叫崔子钰身子一震，如坠冰窟。

站在回廊上看了许久的谢尘，有一搭没一搭地把玩着腰间的玉佩，终是唇角微扬，笑着走了出来。

他极自然地揽过芊芊的腰，眉宇间光风霁月，拱手对崔子钰笑道："下月十八便是我二人大喜之日，崔大人若是不嫌弃，可携夫人赏脸来喝杯喜酒，我与拙荆必定欢迎之至。"

（七）

这杯喜酒到底谁也没喝成。

因为洛小姐在月底病逝了，洛老爷悲伤过度也撒手人寰了，洛家一片混乱，崔子钰成了一家之主，接手所有财产。

请来的太医看出洛小姐有中毒的迹象，顺藤一查，就查到了她平时用的胭脂水粉上——

那来自绝色坊的上等胭脂中，竟掺了奇毒！

消息一传出，满城哗然，绝色坊连夜被封，上下一干人悉数入狱，太傅崔子钰于圣前请旨，愿全权负责此案，彻查到底，以慰亡妻在天之灵。

昏暗的地牢中，崔子钰一袭官服，满身杀气，他负手缓缓踱到谢尘的牢房前，挑眉一笑，笑得阴恻恻："敢问谢先生现在还有何话可说？"

谢尘弹了弹衣裳，昂首望向崔子钰，依旧玉树临风，他笑道："多行不义必自毙，除此之外，我无话可说。"

夜色渐凉，洛府，不，现在该改称崔府了，富丽堂皇的屋宇中，芊芊正被囚禁于此。

崔子钰拿来了许多金银珠宝、绫罗绸缎，变着法子讨她开心，她却都不开口，冷若冰霜，最后在崔子钰伸手抚上她脸颊时，才终于有了反应，一把拍掉他的手，恨声道："别碰我，我嫌脏！"

就是这双手，在那些胭脂中下了慢性奇毒，一点点毒死了洛小姐，而那老丈人所谓的"悲痛过度，撒手人寰"也是出自这双手。

那些肮脏不堪的真相，若不是芊芊亲耳听见，简直难以置信。

她被关进崔府后，想方设法地要逃出去，却无意在窗下听见了崔子钰与管家的对话，震惊莫名下，她不慎发出声响被人抓住，在崔子钰的命令下，被囚禁起来。

像是第一次见识到他的狠毒心计，芊芊瞪着崔子钰那张俊秀的脸，咬牙切齿："好一招借刀杀人，栽赃陷害，人在做，天在看，你夜晚当真睡得安稳吗？你就不怕遭报应？"

崔子钰哈哈大笑，神情癫狂，狠狠一拂袖，凑近芊芊，眸光蓦厉，仿佛玉面修罗："报应？这个世道本就如此，弱肉强食，从来都是强者的天下！当年我进京赶考，一心想出人头地，衣锦还乡，让你过上好日子，可你知道我后来发生了什么吗？

"我的试卷被人替换，状元之名转眼就被尚书家不学无术的三公子窃取，还惨遭殴打威胁，上诉无门，我不敢回乡，不敢面对你，我只恨自己没用！

"你起早贪黑卖胭脂供我考取功名，我不敢辜负你，可我寒窗苦读那么多个春秋冬夏，满腹经纶到头来还不是只落得被人踩在脚底的命运？那时怎么没人为我来讨个公道？

“我浑浑噩噩地滞留梁都，每天借酒浇愁，要不是在花灯节上遇上了洛小姐，我还不会下定决心，世道混浊，我不想再做人人践踏的蝼蚁，我发誓要拿回属于自己的东西，即使不惜一切代价……”

一连串的话语久久回荡在房中，芊芊听得颤抖不已，不敢相信地望向崔子钰。

脑子乱作一团间，崔子钰忽然蹲下身，搂住她的腰肢，将脑袋埋在她的腹部，哽咽了喉头：“芊芊，你知道吗？我这一生最恨的，不是被人欺压，而是没能保住我们的孩子，连累你跟着我受苦……”

他抬起头，一把扣住她的手腕，眸光闪动，是不容她挣脱的强硬：“但现在，这些都过去了，我能让你过上好日子了，功名利禄，泼天富贵，我什么都有了，只差你了……”声音在房中一字一句地响起，饱含了无尽灼热的情感，“我没有骗你，我从未变过心，只要你愿意再嫁我一次，我就放过绝色坊所有人，包括谢尘！”

（八）

芊芊站在城楼上，寒风凛冽，吹得她长发飞扬，眼睛似进了沙粒，泪水簌簌而下。

她看着那身白袍策马扬鞭，一路绝尘而去，头也不回。

耳边是崔子钰冷笑的声音，甚至带着些幸灾乐祸的意味：“看见了吗？这就是你千挑万选的男人，生死关头抛下你走了的男人。”

他说：“芊芊，这场赌局，你输了。”

是的，这是他们打的一个赌，赌人心的可贵。

当崔子钰以绝色坊上下与谢尘来威胁芊芊时，芊芊狠狠啐了他一口，眸中是毫不遮掩的厌恶：“你口口声声说是为了我，其实不过是你自己的欲念作祟，像你这种自私卑鄙的小人，永远无法明白人心的可贵。”

她说：“谢尘不同，和你这种人截然不同，和天底下所有薄情寡义的男人都不同。”

她说得那样笃定，崔子钰恼羞成怒，拂袖而去。

可当崔子钰再来时，却甩了一堆调查来的证据在她面前，冷笑道：“我卑鄙无耻？那姓谢的又高尚到哪里去，你好好看看，他的真实身份是什么？他接近你又是怀了怎样的居心？截然不同？是啊，他当然与我不同，因为他从一开始，便只是为你宋家的秘方而来！”

恶狠狠的话语中，她瞬间惨白了一张脸，颤着手翻向桌上的户籍与信笺，不可置信。

原来谢尘竟是紫云山菩提老者的徒弟，那个在行内鼎鼎大名的老人，曾经的东穆皇室御用妆师，二十年前告老出宫后就不知所踪，原来竟是隐居在了紫云山。难怪谢尘手艺卓绝，调香制粉的本事一流，可为什么每当她问他时，他都含糊其词，不愿告诉她师承何门何派？

崔子钰见芊芊摇头不愿相信的模样，冷冷一哼，带着残忍的笑意开口，剥开了那隐藏在美好假象后的无情真相。

宋家乃妆术世家，乱世中虽然没落下去，家族衰败，只余芊芊一根独苗，但那出神入化的手艺却传承了下来。行内有些见识的老一辈人都知道，宋家有道秘方，制出来的胭脂晶莹透亮，具有神效，传说早年间在宫中风靡一时，专为后宫妃嫔所用，但后来不知怎么，彼时的宋家先祖就不肯再制了，还将此道秘方封为禁术，严禁宋家后代触碰。

后宫争斗纷乱，为了避祸，宋家人想方设法出了宫，隐于乱世中，那道秘方也随之淹没在岁月的长河中，渐渐成为镜花水月，成为一个触不可及的传奇。

菩提老者费尽心思，不知从哪打听到宋家后人，也就是芊芊的下落，他派出自己的爱徒谢尘，要他接近芊芊，无论如何也要得到宋家的秘方。于是就这样，在那个萧索秋日的夜晚，谢尘在昏暗的小巷中，从天而降，犹如神祇般，“无意”救下了狼狈不堪的芊芊。

无尽牵绊就此而生。他为她打抱不平，为她挺身而出，他怜她爱她心疼她，他说要照顾她一生一世……这些通通都是假的，不过只是为了她宋家那一纸秘方。

真相就这样被无情地揭开，芊芊脸色煞白地摇头，浑身上下如坠冰窟。

她眼前蓦地浮现出绝色坊开张时，他们再次相见的场景。

雪白的宣纸上，笔走龙蛇，墨香扑鼻，洋洋洒洒两行字，写得漂亮极了——又踏杨花过谢桥的谢，何处无尘埃的尘。他抬头望向她，四目相接间笑得光风霁月，宛若故人重逢。

他说：“谢尘，我叫谢尘，为红颜绝色而来。”

（九）

谢尘曾感叹芊芊的好能耐，短短三月，便已成为梁都最大妆坊的老板娘。

她那时笑了笑，不置可否，漆黑的眼眸却闪过一丝怅然。

那走投无路下的孤注一掷，那豁出去的巨大代价，那些不能为人所道的秘密……

此中艰辛，如人饮水，百般滋味，到底只有自己知道。

那是芊芊的秘密，连崔子钰都不知的秘密。

妙手宋家，世代流传着一种禁术，宋家人骨血特殊，传说是与仙人签下协议的家族。

芊芊起初不信，可当她以自己的鲜血为引，按照先祖留下的手札，一步一步，制出第一盒红颜后，她信了。

那样晶莹透亮，鲜艳欲滴的胭脂，轻轻往脸颊抹上一点，镜中的容颜便立刻不一样了，仿若灵犀一指，整个人面目一新，瞬间神采飞扬，顾盼生姿起来。

这就是红颜的魔力。

芊芊看着镜中的自己，不可思议，握着妆盒的手兴奋得颤抖不已。

隔天，她便带上那盒红颜，打听清楚后，守在梁都的一间胭脂铺，拦下了一位官家夫人。她将人拉到暗处，笑得真挚诚恳，语气却带着莫名的诱惑："夫人，您听说过红颜吗？"

三月中，她以千金高价卖出了一盒又一盒的红颜。

白骨入山忘姓氏，无非公子与红妆。

色衰爱弛，风华不再，红颜终成枯骨，世间女子对美貌的追求往往会成为一种执念，而芊芊要的，便是这份执念。

那些掺揉了她鲜血的胭脂，美丽得如梦如幻，为她带来了数之不尽的财富，她利用别人的执念，却不知自己也被执念深深缚住。

她那时疯魔了般，一心只想拼命赚钱，开间大大的妆坊，大过洛家的财势，做上梁都首富，做上谁也不能欺侮的梁都首富。

她可笑地以为，只要赚很多很多的钱，就能买回自己的相公，买回自己死去的爱情。

于是她不管不顾地启用禁术，无视手札上先祖的告诫，无视那所需付出的巨大代价。

朝如青丝暮成雪，红颜一夜化枯骨。

她献出了鲜血，牺牲了健康，是以缩短自己寿命为前提，飞蛾扑火般地在制作红颜。

偌大的绝色坊终于开了起来，她的人却一天天苍白下去，她想收手，却如何收得住？

为了在梁都数千家同行中脱颖而出，她只能继续以血为引，将一份的量稀释成无数份，分别融入那些胭脂水粉中，虽然功效只能达到正宗"红颜"的万分之一，但已足够惊艳绝色坊的顾客们。

绝色坊每卖出一盒胭脂，都是在卖她的心血！

她不断掏空自己，以鲜血滋润了梁都那些爱美的女子，招牌立起来后，她更加停不下了。

原来有些事情一旦开了头，就得无休无止地走下去，就像人贪得无厌的欲念。

夜深人静时，她对着铜镜小心翼翼地拔掉新长出来的白发，镜中的那张脸日渐消瘦。

她终于明白，为何先祖要将那道秘方封为禁术了。

（十）

烟花漫天，欢喜热闹，今天是崔子钰与芊芊的大婚之日。

他们那一日打赌，芊芊输得体无完肤。

虽然知道了谢尘接近她的目的，她还是宁愿相信谢尘对她是有真情的，并不仅仅是为了那道秘方。

“人心可贵？”崔子钰冷笑不止，“那你可敢与我打个赌？你若赢了，我不仅放了所有人，还成全你们，放你二人海阔天空，白头偕老；你若输了，我照样放了所有人，只要你留下。”

他望着她，墨眸深深，语气却泛起了一丝温柔：“留下做我崔子钰的新娘，我们从头开始，我会让你过上好日子，过上你曾经最想要的日子。”

于是一场关乎终生的赌局开始了。

崔子钰亲自下到地牢，拿着宋家秘方，给了谢尘两条路选。

一是判刑定罪，将他打为下毒案的主使，择日问斩；二是拿着他梦寐以求的秘方，离开梁都，离开芊芊，回到紫云山，永生永世再不能见芊芊，要彻彻底底地消失在她的生命中。

城楼上，芊芊看着谢尘接过那道秘方，迫不及待地策马扬鞭，出城而去。

她的心终于死了。

其实从头到尾不过是她自欺欺人，他不是早就坦言告诉过她吗——“谢尘，我叫谢尘，为红颜绝色而来。”不是为她，不是为情，而是为红颜而来。

坐在房间里，她对着铜镜，开始全心全意地制作红颜，制作一盒属于自己的红颜。

当崔子钰破门而入时，她已换好嫁衣，一丝不苟地为自己上好妆，抬起头，笑靥如花。

崔子钰惊艳失声，怔在了原地。

那大概是芊芊这一生最美的时刻吧。

她带着自己化的新娘妆嫁给了崔子钰，一片欢天喜地中，没有人觉察出她的异常。

他们拜过天地，又成了夫妻，崔子钰拉着她的手，从没那样高兴过。

夜幕降临，她被送入新房，静静等待着自己的相公，就像那年他上京赶考，她在家里，望眼欲穿地等他回来一样。

可这回，她等不动了。

外头喜宴热闹，她坐在新房里，红盖头下的一颗心却是平静如水。

即使感觉到皮肤正在一点点腐蚀掉，她也没有惊慌，而是始终带着一抹淡淡的笑。

“朝如青丝暮成雪，红颜一夜化枯骨。”先祖的手札上告诫得明白，无休止地施用红颜之术，要付出的巨大代价就是，身体最后终将承受不住，化为一具枯骨。

她清楚自己大限将至，所以那时屋顶的月光下，她才不敢接受谢尘，即便后来被他打动，她也将婚事一推再推。

她想着等她离去后，他不致于做鳏夫，依旧能够找个好女子，幸福一生。

可一切，到底是她自作多情了。

她心灰意冷，生无可恋，用自己最后的心血研制了一盒红颜，大肆挥霍她仅剩的生命，等待着红颜化骨的到来。

艳如毒药的胭脂，再也掩盖不住她强弩之末的身体，等到崔子钰推门进来，掀开红盖头，看到的应是一具白骨了吧，一具裹着美丽嫁衣的森然白骨。

她生命中的两个男子，一个得到了泼天的权势，一个得到了心心念念的秘方。

他们都陪过她一程，带给了她美好的憧憬，现如今她谁也不欠，谁也不爱了。

她终于……可以解脱了。

（十一）

孤月高悬，冷风幽幽。

当春妖再次来到清风小筑时，正是芊芊死后百年的祭日，她穿着红嫁衣坐在院中，明艳至极的面容上却透着苍老的神态，空空的眼眸望向长夜，等待着再一次的红颜化骨之痛。

还不待第一块皮肉开始腐蚀，春妖已经一拂袖，蓝光大作，笼罩住了芊芊的身子，暂缓了她的红颜之毒。

他足踏幽莲，衣袂翩飞，在半空中望着芊芊，清声开口，一字一句："你可知，有个人一直在奈何桥上找你，从你死去的那一年，不多不少，正好找了一百年。"

芊芊身子一震，霍然抬头，难以置信。

春妖眸含叹息，拂袖间携过芊芊，踏入无边夜色中："且随我来看一看罢——"

大梦谁先觉，命偿红颜时。纷纷扰扰的爱恨纠葛中，真相已经模糊不清，那是湮灭在岁月长河中的另一面，芊芊从不曾看到的一面。

当随春妖踏上奈何桥，芊芊老远便瞧见桥上站了一人，墨发白袍，依旧是当年风华无双的模样。

忘川河水摇曳，波光粼粼，妖艳的曼陀罗花长满了河畔。

芊芊的眼眶蓦然一涩，心潮起伏，幽蓝的光晕中，春妖的声音淡淡响起："百年前他赶去时，你的尸骨已入土，他冒着大雨掘坟开棺，抱着你的白骨哭得不成样子。若你再多等等，也许你就不会死……他也不会死。他下了黄泉寻你，不肯喝孟婆汤，固执地飘荡在奈何桥上，一年一年地等，等到忘川河畔的曼陀罗花开了又谢，却还是没能等来你……”

泪水氤氲了眼眶，随着春妖的一声叹息，昆仑镜从宽袖飘出，浮于半空，镜面上缓缓现出了百年前那个不为人知的真相……

最后的最后，在新房里的芊芊化为白骨时，冷风肃杀，星夜下一道身影快马加鞭，怀揣着解药朝梁都赶回。

那是谢尘，白袍翻飞的谢尘。

他心跳如雷，唯恐迟一步就见不到芊芊了——

大牢里接过秘方时他才恍然大悟，为何芊芊的脸色总是那样苍白，身体也日渐消瘦下去，原来她启用了那样可怕的禁术，红颜噬骨之毒早已深植体内。

他假意答应崔子钰，不是贪生怕死，不是无情抛弃，而是为了赶回紫云山，找他的师父菩提老人研制解药，能解芊芊之毒的解药。

他一刻也不敢耽误，策马扬鞭，绝尘而去。

老人一生痴迷妆术，派他出去寻找失落民间的宋家秘方，只是想一饱眼福，学无止境，并非想要占为己有。

而他也在寻找的过程中，不知不觉地爱上了那双哀伤的眼眸，他想保护她，为她遮风挡雨，不再让她受到任何伤害。

他想，等他们成亲后，他就带她回紫云山见师父，让她和师父一同切磋妆术，师父一定会非常喜欢她的。

夜风吹过谢尘的发梢，他握紧解药，唇角微扬。

却什么也不知道。

他不知道，崔子钰给他选的两条路，其实是一场赌注；他不知道，他的选择叫她心如死灰，而为了放走他，她又答应了崔子钰什么；他更不知道的是，此刻千里之外的梁都，张灯结彩的崔府中，他心爱的姑娘已经在新房里，悄无声息地化成了一具白骨。

他只知道，来日方长，他们相守相依的日子还有很多。

等解了她的毒后，他要告诉她，他想和她隐居山野，过流水潺潺、儿女绕膝的日子。

从此白头偕老，不离不弃。

镜面上的谢尘唇角微扬，衣袍在风中飞舞，一声“驾”，奔向他充满希望的前方。

第十五章
无垠

『佛爱世人，独不爱我。不，佛爱世人，是独……不能爱我。』

（一）

司瞳被赶出赤枫林时，天地间大雨倾盆，一片昏暗。

他跪在雨中，浑身湿透，哭得撕心裂肺，全无半分平日里混世魔王的模样。

“师父，都是我的错，你怎样罚我都行，求求你不要赶我走……”

声声嘶唤回荡在风雨中，凄厉得叫人不忍耳闻，终于，枫林抖动，里面徐徐走出一个人。

出来的却不是师父无垠，而是怂恿司瞳做下坏事的“好师妹”，蝎子精月姬。

一见到那身艳丽衣裳，司瞳就红了双眼，恨不能扑上去掐死她：“贱人，是不是你故意设计骗我，想害我被师父赶走！”

月姬轻蔑一笑，叫司瞳扑了个空，跌入雨中，目眦欲裂。

“愤愤不平的是你，嫉妒难当的是你，冒充试探的是你，撕了画像的还是你，我不过随口说了几句，即便是陷阱，也是你自己心甘情愿跳进去的，怨不得别人。”

司瞳怒火中烧，咬牙切齿地就要再扑向月姬，月姬却余光一瞥，一抹月白素衣自赤枫林中走出，她赶紧收了嚣张气焰，瞬间换上一副楚楚可怜之状，一把躲到那袭素衣怀中，惊慌不已：“师父救命，师兄疯了要杀我！”

司瞳身子一震，抬首望向不知何时走出的师父无垠，又惊又喜，正欲开口解释，却被师父一拂袖，击出几步开外："孽徒不得伤人！"

无垠将怀里月姬护得严严实实，看向从雨地中挣扎爬起的司瞳，叹息道："你走吧，都是为师没用，教养了你这么些年也没能化去你周身戾气，从此咱们师徒缘分已尽，你好自为之。"

那张素来温和的脸上露出深深的疲倦，拂袖转过身，看也不看司瞳一眼，携月姬就要踏入赤枫林。

"师父——"大雨中的司瞳凄厉喊道，跌跌撞撞地上前想要抓住那袭素衣，却被一道屏障无情震开，再次跌入雨中，口吐鲜血。

他在地上一步步爬着，血泪满面，却始终没能换得师父回头望他一眼，当那袭素衣携月姬完全隐入赤枫林时，他终于绝望，身子剧颤间倒头一栽，再也爬不起来了。

泪水肆漫，整个世界轰然坍塌。

狂风暴雨中，不知过了多久，忽然响起一声长啸，疯癫悲怆，久久回荡在百灵潭的夜空——

"师父，是你不肯要我的，什么佛口仁心，统统都是骗人的！你既放弃我，不愿我修佛，那我便成魔给你看，总有一日我要叫你后悔，后悔今时今日没有一掌劈死我！"

寒风凛冽，昏天暗地间，那个声音绝望得孤注一掷——

"我司瞳立誓，此生此世，永生永世，宁坠无边地狱，不入佛眼青莲！"

（二）

司瞳在百灵潭的名声并不大好。

论到性子乖戾，飞扬跋扈，他若称第二，无人敢称第一。

被他捉弄过的百鬼群妖，每每都会气急败坏地追出来，咬牙切齿地骂上一句："无垠家那臭小子简直坏透了！"

每次听到这样的评价，司瞳都会乐不可支，吹声口哨，然后做个气人的鬼脸，拍拍屁股逃之夭夭。

"无垠家的"，他欢快地念叨着，听听，多棒啊，人人都知道他是无垠家的，不是没人要的孤儿，而是无垠家的浑小子。

彼时的司瞳韶华正盛，天不怕地不怕，谁也不在乎，谁也不放在眼里，唯独师父无垠是他最亲近的人。

那时百灵潭谁也没想到，佛心无垠会带出一个这样的徒弟。

大家都说无垠有一颗佛心，立在片片红枫间，浑身上下带着股清隽的禅意。

他望你一眼，天地便好似静了下来，只有风声飒飒，像进入一层新的化境。

所谓一花一世界，一叶一菩提，不过如此。

无垠是百灵潭最与众不同的存在。在他身上所能看到的，是光明、良善、温暖等一切美好的字眼。就是这样一个“佛”，却带出了一个“魔”，司瞳从头到尾没有一丝像他，百灵潭的孔雀公子孔澜写判词时，对这对师徒只用了八个字——佛心无垠，魔眼司瞳。

“你这样任性，将来可如何是好？”每当司瞳闯了祸回到赤枫林时，无垠总要这般叹息一句，然后无奈地出去为他善后，大家都说司瞳就是吃准了他师父从不发火的性子，恣意妄为。

话传到无垠耳中，也只是淡淡一笑，拉过在外打架受了伤的司瞳，继续轻轻地为他上药。

枫林石桌，风吹蝉鸣，司瞳乖乖不动，歪着脑袋一眨不眨地盯着师父看，天地间静谧得像幅画。

“师父，你长得真好看，比百灵潭那两只艳鬼还好看，比潭主春妖也要好看！”

司瞳撑着下巴，傻傻地笑，无垠头也未抬，置若罔闻，司瞳就不依不饶地摇着他的袖子，定要师父回他一句，无垠无奈了，只好叹息，伸出手揉了揉司瞳的头发：“人不分美丑，皮囊只是无关紧要的外在，只要一心向佛，自会得佛祖庇佑，心境清幽，放眼望去，世上之人无甚不同……”

“那可不对！”司瞳抗议了，“世上的人明明都不同，不过在我眼中也只有两种人。”

他翘起尖尖的下巴，漂亮的眼睛望着师父，在红枫的相衬下粲然若星：“一种是师父，一种是其他人。”

无垠失笑，被得意扬扬的司瞳趁机钻入怀里，小狗样地撒娇。

无垠抚过司瞳的发梢，清和的眉眼望向枫林上空，莫名地带了一丝哀伤。

司瞳却不曾看见。

直到蝎子精月姬闯入赤枫林，这种平静的生活才被打破。

月姬是来百灵潭求春妖医治她脸上的毒疮，却没想到半路遇见了爱捉弄人的司瞳，被他将脸上的面纱扯去了。月姬一露脸，原本好奇的司瞳就吓了一跳，抓着面纱连退数步：“呀，好一个丑八怪，我还当是什么国色天香呢！”话一出口，月姬立刻脸色大变，化出一柄紫眉刺，眸中杀机毕现，一身艳丽衣裳鼓鼓而动，一路追着司瞳闯进了赤枫林。

司瞳被那毒刺划了几道，却仍不怕死地扬着那片面纱，大声喊着：“快来看啊，大家快来看丑八怪，又凶又臭的丑八怪……”

月姬愈加恼羞成怒，招招直击要害，把司瞳刺得遍体鳞伤，正要最后一击时，一袭月白素衣却凌空飞出，揽过司瞳，扬手拂袖，将她震退开去：“休要伤我徒儿！”

当春妖赶到时，无垠已将月姬困在一道光圈中，急急抱着昏迷过去的司瞳，为他逼毒疗伤。等到黄昏临近，无垠出了一身汗，才算从鬼门关救回了司瞳。

不过一言不合便出手伤人，还是在百灵潭的地盘，春妖本就性子淡漠，如今更是没有医治月姬的道理了，只将她交给了无垠处置。

困在光圈里的月姬万念俱灰，又恨又悔，抚着脸咬牙落泪。

她本已做好了被无垠千刀万剐的准备，却不料无垠安顿好司瞳后，回头竟将她放了出来，问清事情原委后，施施然道歉，言辞间颇为诚恳。

“小徒生性顽劣，闯祸不断，却是孩子心性，并无恶意，还望姑娘见谅……至于姑娘脸上的毒疮，我或许可以一试。”

月姬喜出望外，难以置信地望着无垠，金色的夕阳透过枫林，洒在无垠身上，他整个人仿佛沐浴在佛光之下，清隽得似幅画，温和而包容，叫人一颗心不由自主地就安定下来。

月姬忽然扑通一声跪下，哽咽了喉头：“先生高风亮节，如能治好月姬的脸，月姬愿意长伴先生左右，侍奉一生一世。”

也不知那几日无垠与月姬说了些什么佛理，当司瞳醒来时，已经莫名其妙地多了一个被感化后的“师妹”。

他如遭雷击。事情却已成定局，改变不了。

无垠也不管他生着闷气，照旧每日为他疗伤上药，眉眼仍一派清和。

终于，司瞳忍不住丢盔卸甲了，抓住无垠的衣袖气鼓鼓地宣称：“总之我才是师父的大弟子，才是陪师父一辈子的人！”

无垠垂首不语，只看着司瞳骇人的伤口，心疼叹息：“好端端地何苦去惹人家，这毒刺再深半寸你可就没命了，你当真什么也不怕吗？”

“怕？我当然有怕的东西。”

“你怕什么？”

司瞳又恢复了活力，笑嘻嘻地拉着师父道：“我不怕毒蛇猛兽，不怕打雷闪电，不怕因果报应，不怕众叛亲离，甚至不怕死。”声音一顿，他定定地看着那袭素衣，表情忽然认真起来，一字一句，“我什么都不怕，只怕和师父分开。”

偌大的枫树林里响起少年的忧惧，无法无天的混世魔王一下如个孩子般，瑟缩着钻入师父怀里，害怕得不行：“师父，他们总说你是佛，我是魔，待到黄土白骨，你定是要飞升九重天的，我却不想下地狱……因为，我不想和师父分开，不想孤零零的一个人。”

（三）

与月姬的争吵爆发在几个月后，彼时无垠正离开百灵潭去办一件事。

没了师父的牵绊，平日“和睦相处”的师兄妹立马变了脸，相看两厌。

几番唇枪舌剑下来，月姬冷冷哼道：“你与我争来争去有什么意思，师父最在乎的又不是我们，明明是那间屋子里的……”话说到一半，她忽然捂住嘴，像是说了什么不该说的话，司瞳却敏锐察觉，变了脸色地追问个不停。月姬被问烦了，没好气地丢下一句：“枫林深处有间锁起来的屋子，师父每日晨昏总要去那儿，你自己去看看不就知道了！”

司瞳一怔，顿时想了起来。赤枫林的确有这么一间屋子，长年累月地上着锁，他曾好奇地问过，师父只说里面供奉着普度众生的佛，他撇撇嘴，立时没了兴趣，又满百灵潭地疯玩儿去了。如今再次踏进枫林深处，司瞳心跳如雷。

门口的封印极为普通，他轻而易举地便解开了，光晕消失，月姬神色一喜，跟着他一并走入屋中，没走几步，两人抬头却都愣住了。

屋子里的摆设十分平常，不过是些打坐诵经的物件，却有一样东西出乎意料——

屋子中央竟然高高悬挂着一张画像！不是什么佛像，也不是什么山水禅经，而是一个女子的画像！动情的笔触里，女子的背影摇曳生姿，立于莲花间，带着神圣而不可侵犯的光芒，宛若天人。

司瞳身子一颤，踉跄地后退几步，脸色大变。

月姬亦是倒吸口冷气，眸光骤紧。

她不过诓司瞳解了封印进来，也没想到屋子里会是这样一张画像。

“原来，我说的没错，师父最在乎的，真的是这间屋子里，这张画像上的人……”喃喃自语的声音中，含了三分惋惜，三分妒意，更有四分说不清道不明的情绪。

月姬话还未完，旁边的司瞳已像炸了毛的猫一般，瞪大了眼恶狠狠道：“你胡说，师父最在乎的人明明是我，才不是这张画像上的人，你少挑拨离间了！”

月姬收回目光，冷笑道：“那你说她是谁？师父又为何要骗你？他不是说这里供奉着普度众生的佛，佛呢，佛在哪儿？”

司瞳被喝问得倒退一步，身子剧颤，攥紧双拳，看向画中人，眸欲滴血。

是啊，师父为何要骗他？师父明明说是在这里接受佛的洗礼，可这里根本没有什么普度众生的佛，只有一个颠倒众生的女子！他锁着屋子，每日晨昏到此，不是参着什么禅，对着什么佛，而是对着这张画像，对着这个女子的背影！

无尽的怒火与嫉妒漫上胸腔，就在司瞳悲愤欲绝时，一旁的月姬忽然幽幽开口："想知道师父的心意，我倒有个法子。"

（四）

无垠回到百灵潭时，失魂落魄的，一脸心事重重的模样。

半空中绽开朵朵幽莲，春妖踏风而来，在他身旁施施然落下，一声叹息："不用问也知你此行徒劳无功，我早说过，一切天定，非人力可为，你还是谨遵自己的使命，莫要优柔寡断，算算时日，那一天也该到来了……"

无垠抬袖摆摆手打断了春妖，闭上了眼，久久没有说话，清和的面庞似乎透着深不见底的绝望。

他知道，天大地大，上穷碧落下黄泉，有些事情终归避无可避。

赤枫林里，风吹叶动，静得不同寻常。

无垠左右望去，空无一人。

以往这时司瞳已欢天喜地地迎了上来，月姬竟也不知所踪，无垠一步步往里踏去，不觉走至枫林深处，刚要出声唤人，却是蓦然僵住——竹屋旁，一道背影静静而立，清冷出尘，宛若天人。

正是他不敢去想，不敢奢望，不敢亵渎，却于梦中夜夜萦绕，熟悉万分的那道背影！

无垠双手微颤，呼吸急促，显然还没从巨大的冲击中回过神来，一时情难自已，心潮起伏得连话都说不出来。

那样大的反应，是平日素淡持重的性子从不曾有过的，更掺杂了无尽的情愫，一丝一毫，尽数落在了"女子"手里隐藏的镜中，刺得"她"双眸一痛。

还不待无垠颤着脚步上前，那道背影已徐徐转过身，眸光痛彻至极点，嗓音苦涩："师父，你最在乎的果然是画像上的那个人。"

无垠的脚步一顿，难以置信。

那张脸满含委屈，正是恼恨又伤心的司瞳。

风声愈急，吹得枫叶飒飒作响，前面还一派晴朗的天空说变就变，带着风雨欲来的征兆，压抑得人心头绝望。

“胡闹！谁要你扮成这副模样，屋子里的画像你是不是看了，是不是看了？！”

一声厉喝猛然打破这沉寂，仿若狂风暴雨袭来，无垠破天荒地发了火，风一样地奔进竹屋查看，一出来就冲着司瞳急声问道：“画像呢？画像哪儿去了？你把画像藏到哪儿去了？”

司瞳被吼得一震，从没想过温声细语的师父会如此对他，在林间一直静观其变的月姬此时也恰到好处地现出身形，一派浑然不知之状，怯怯开口：“师父，师兄这是怎么了？”

司瞳恨恨瞪去，却在无垠的声声追问下无暇顾及，只咬紧唇委屈又不甘地道：“师父，你为什么要骗我？画像上的人是谁？你是不是喜欢她？”

无垠心急如焚：“画像呢？我问你画像呢？”

他伸出手就要向司瞳身上摸去，司瞳却终于忍无可忍地发出一声低吼，如红了眼的小兽般，猛地向后一跃，浑身戾气冲天。

他一把掏出怀中那张画像，不待无垠上前抢夺，便手心一震，当着无垠的面将画像震得粉碎，然后向上一抛，漫天碎屑纷飞，如飘扬的雪花。

司瞳站在漫天碎屑下，笑得残忍至极，负气而妖冶，诡异得如地狱修罗。

“不！”无垠嘶声凄厉，“孽徒！”惊起飞鸟四散的怒吼中，那袭素衣携雷霆之势，一掌推出，瞬间击得司瞳飞荡出去，重重地摔在地上，口吐鲜血。

无垠却看都不看司瞳一眼，只惊惶失措地去接漫天的碎屑，素来温和清淡的脸上是从未有过的惊恐与绝望。

“画像毁了，画像毁了……”他双手激颤着，神情癫狂，悲痛欲绝，仿佛生命中最重要的东西被彻底毁掉，那撕心裂肺的模样让一旁的月姬都吓了一跳，万没料到师父的反应会这么大。

摔在地上的司瞳更是被震住，心跳如雷间，他这才意识到什么，忽然慌了，不顾自己的伤势，踉踉跄跄地站起，按着伤口挣扎到师父身边，声音害怕得发颤：“师父我错了，师父你别这样……”

无垠却置若罔闻，只伸手一片片地去接那碎屑，脸色惨白。

终于，他身子摇摇欲坠，颓然地跌倒在地，半天没有说话。

司瞳已经哭得不成样子：“师父你别这样，我错了，都是我的错……”

不知过了多久，无垠才缓缓抬起头，在赤红的枫林间望向司瞳。

他眼眸漆黑，是深入骨髓的悲痛，声音嘶哑着一字一句：“你走吧，百灵潭再也容不下你了！”

（五）

司瞳走后，人间降临了一场大浩劫。

无垠再次见到司瞳，是在北陆南疆的三水汇合处——云陵江上。

狂风暴雨下，大水汹涌卷起，掀起惊涛骇浪，像张着血盆大口、随时要将人吞噬的恶魔，它摧毁了房屋，淹没了村庄，到处都是哭喊声，人们爬上了城墙，却仍抵不住那不断涌起的洪水，眼看着就要尸横遍野。

一袭月白素衣却在电闪雷鸣中腾云而来，落在云陵江上，拂袖施法，竭尽全力地阻止着那一波波涌来的洪水。

“够了，快住手，司瞳！”痛心疾首的厉喝中，一条恶龙在风浪间涌现，龙头坐着一人，赫然正是几个月前被逐出百灵潭的司瞳！

“你终于来了，我亲爱的师父。”他笑着舔舔舌头，赤红的长发在风中烈烈飞扬，诡异至极。

“我司瞳立誓，此生此世，永生永世，宁坠无边地狱，不入佛眼青莲！”就在那个大雨倾盆的夜晚，他被师父所逐，被天地所弃，拖着血淋淋的身子，一步步爬到了魍魉渊上，在大雨中凄厉长笑，纵身一跃——魔眼司瞳，终于真正地成魔了。

魑魅魍魉，那是百灵潭阴气最重的地方，鬼火万丈的深渊封印着无数恶灵邪魂，生前全是些十恶不赦之人，死后连佛祖都超度不了，只能囚禁在渊底，相互吞噬，此消彼长，慢慢耗尽冲天怨气。而司瞳，便是生于魍魉渊底，由不计其数的怨气汇聚而成的魔。

小小的婴孩，被冲天的杀气笼罩着，在渊底发出了第一声啼哭，落在了无意路过的无垠耳中，从此牵绊而生。

无垠不顾百灵潭其他人的劝说，将司瞳带回去收养。

司瞳身上与生俱来就带着滔天魔性，无垠便教他佛法，授他经文，十年如一日地抚养与教化他，将他身上的魔性一点点压制下去。

但魔性天成，即使有了佛心无垠，司瞳在起初时也还会时不时地发作，那时的他极为痛苦，血红着双眼，像有什么在身体里窜动，撩拨得他直想毁天灭地。

每到那时，无垠都会紧紧抱住他，听他倒吸着冷气，在耳边痛不欲生地呻吟：“师父，我好难受啊，好难受啊……”

声声凄唤中，无垠总会一边转动着佛珠，一边急念着《金刚经》，有时被司瞳咬得肩头鲜血四涌也不停住，直到那一波翻滚的魔性彻底平息下去。

就这样，师徒俩相伴了几百年，没有无垠，司瞳早就成了魔。

但也是无垠从魍魉渊底拉回司瞳，又亲手将司瞳再次推下了魍魉渊。

世上唯一不视他为异类的那个人不在了，司瞳最后一丝顾忌也没有了，他无须再苦苦支撑，压抑百年的魔性终于彻底爆发，在渊底的厉鬼恶魂里冲天而出，一发不可收拾。

就在那个雨夜，司瞳成了大魔头，浑身戾气，率领着魍魉渊下的恶魂冲破结界封印，逃出百灵潭，流窜人间，掀起血雨腥风，给人间带去了一场前所未有的大浩劫。

赤红的长发在大风中烈烈飞扬，司瞳口吐地狱烈火，一个个村落杀去，一座座城池烧去，搅得人间哀鸿遍野，直到他骑着恶龙，率领着厉鬼们来到了北陆南疆的三水汇合处——云陵江。

滔天的洪水中，无垠终于现身了。

月白的素衣周旋在惊涛骇浪间，阻止着一波又一波汹涌袭来的洪水，大风吹得他衣袍鼓动，那张清俊的脸上是不尽的坚持与悲悯，禅光佛心，却到底抵不住魔高一丈，只能是蚍蜉撼树，引得司瞳身后的一众妖魔鬼怪哈哈大笑，笑声尖锐刺耳。

“老畜生，妄想与我们大王斗，简直不自量力！”

笑声还未扬起，却是戛然而止，司瞳一只手闪电般地穿透那个厉鬼的胸膛，然后在所有噤若寒蝉的目光下，若无其事地抽出来，将血淋淋的五指放到嘴边，一根根舔过，音调缓慢而诡异：“我是他一手带大的，你骂他是老畜生，那我又是什么？”

大风吹起他的赤发，那张俊美无双的脸透着妖冶至极的邪气，额间两片血莲一闪一闪，在狂风暴雨间散发着地狱般的光芒。

无垠闭上眼，不忍再看——两片，司瞳额间已长出了两片血莲，再要如此兴风作浪下去，那一天就已经不远了……

“司瞳，收手吧！”饱含悲悯的声音响荡在天地间，绝望得深入骨髓。

坐在恶龙上的那个魔却像听到了世间最好笑的笑话，仰天长笑，笑得赤发飞扬，凄厉到字字泣血：“从前你要我生我便生，你要我死我便死，可现在，我只想让天下人来给我这个大魔头陪葬！”

（六）

月姬的死状极其凄惨。

她的四肢被司瞳硬生生掰断，做成了两柄剧毒无比的蝎子钩，躯干被挂在司瞳的魔军旗帜上，随厉鬼们的脚步招摇过市地一路杀去。

那日无垠差点儿失手被擒，所幸春妖与月姬及时赶到，将他救回了百灵潭，但月姬却为了师父被厉鬼们拖住，落入司瞳手中。

等到无垠得到消息时，月姬已经身首异处，天地间大大小小的妖魔鬼怪，除却春妖管治的百灵潭外，其余或灭或收，司瞳的魔军，声势越发浩大。

司瞳额间的血莲已长成了四片，昆仑镜里，他坐在恶龙身上，身后的厉鬼们摇着魔军的旗帜，上面挂着月姬血肉模糊的尸身，一处处掠去，洪水烈火，直杀得人间风云变色。

昆仑镜外的无垠看得煞白了脸，百灵潭其余人更是倒吸口冷气，齐齐看向潭主春妖。

春妖一拂袖，朝着无垠直直伸出手，语气里含了难见的愠怒："五色血莲即将聚合，你还在等什么？佛珠呢？"

无垠抬起头，脸色惨白，却是抿紧了唇，不言不语，似一尊坐化的佛像。

春妖勃然大怒，蓝光大作间伸手向无垠怀里探去，不由分说地掏出那串佛珠，狠狠道："你下不了手，便由我们来替你挥刀除魔！"

声音久久回荡在百灵潭里，这场最后的决战，一触即发！

百鸟之王乌裳、孔雀公子孔澜、上古饕餮千夜、万莲之主薛连、酒君东篱、战神小山、茧人一族、碧丞、孔七……连天上的妙棋灵君齐灵也被惊动，不再四处躲着谛听，而是与他共同奔赴百灵潭，随潭主春妖齐心协力地赶往人间，打响一场除魔决战。

他们分作三批，一批由春妖和齐灵领头，一批由乌裳和孔澜领头，一批由小山和孔七领头。千夜、薛连与碧丞、茧儿两对夫妻，一对随了乌裳夫妇，一对随了小山孔七。而地藏王座下的谛听自然是别扭地跟了齐灵的队伍，嘴里还嘟囔着："你欠我许多，可别想着一死百了，三千年的等待，别妄想一笔勾销！"

齐灵挠挠耳朵，佯装没听见，转过身却是弯了唇角，眸光闪动。

"阿七别怕，跟着我，我一定会保护好你的！"小山拎着两个大铜锤，中气十足，虎虎生威。

她身旁的孔七一袭白衣，眉目如画，此刻却似笑非笑地望着小山："虽然我力气没有你大，打架也没有你厉害，但难道没有人告诉过你吗？"他不动声色地上前，白衣掩住了小山，墨发飞扬，"这种时候，你只需站在我身后便好。"

大战四起，恶魂如潮水般涌来，百灵潭的人马阵势浩荡，挥剑扬戟，将司瞳的魔军打得落花流水，一退再退。

他们旗开得胜，乘胜追击，最终三批人马于云陵江汇合，在春妖的带领下，迎来了与司瞳的交锋。

波澜壮阔的江面上，司瞳骑在恶龙上，长发赤红，血莲闪烁，面对着春妖率领的百灵潭大军，神情慵懒，只是舔了舔舌头，透出一丝兴奋莫名的杀气。

转眸望见人群里的那袭素衣，四目相接中，司瞳的眸光蓦然染了凄色，他长笑一声，笑得无尽悲凉。

"师父，你也是来亲自送我下地狱的吗？"

话音一落，司瞳便陡然站起，赤发飞扬，扬手一挥，掀起惊涛骇浪，翻涌着朝百灵潭的千军万马扑去。

寒风凛冽，天地变色。

春妖掠飞而出，将怀里佛珠祭出，用力一扯，高高抛向众人："尔等接住了！"

乌裳、孔澜、千夜、薛连、小山、孔七、齐灵、谛听……数十道身影同时如利箭般射出，各自于半空中接住一颗佛珠，摆阵诛妖，开始如预先演练过的一样——

合力诛杀司瞳！

地下的无垠瞬间惨白了脸，仰起头颤抖着身子，说不出一句话来。

站在恶龙头上的司瞳一甩红袍，眸光蓦厉，额间的血莲赤光大作，眼见着就要蜿蜒出第五片，他浑身的戾气也在刹那达到了顶峰，声音穿透电闪雷鸣，凄厉地响荡在天地间——

"我既不容于世，便叫我天诛地灭，打下十八层地狱，永不得超生！否则，诸天神佛，就等着我一一杀去，连根拔起吧！"

（七）

"你当真什么也不怕吗？"

"怕？我当然有怕的东西。"

"你怕什么？"

"我不怕毒蛇猛兽，不怕打雷闪电，不怕因果报应，不怕众叛亲离，甚至不怕死。"

"我什么都不怕，只怕和师父分开。师父，他们总说你是佛，我是魔，待到黄土白骨，你定是要飞升九重天的，我却不想下地狱……因为，我不想和师父分开，不想孤零零的一个人。"

耀眼的佛光四射开去，困在中央的司瞳痛不欲生，失声长号。

他额间的血莲已绽开了五片，魔性被彻底引出，沉寂在体内几百年的魔终于苏醒！

五色妖魔，重现人间，就等这一刻了！

司瞳在佛光阵中痛得撕心裂肺，魂魄被生生撕扯着，仰头一声凄厉大喊：“师父，我不想下地狱……”

“我不想下地狱……不想孤零零的一个人……我什么都不怕，只怕和师父分开……”

无数声音交织在无垠耳边，他眼前忽然浮现出司瞳曾缩在他怀里的模样，乖戾而倔强，在漫天飞舞的红枫间，像个竖起浑身尖刺的小兽，斩钉截铁得不容人置疑。

“总之只有我，只有我才是陪师父一辈子的人！”

天地间忽然响起一声长啸，人群里的那袭素衣一拂袖，在千钧一发之际，纵身飞起，闯入了佛光阵里，接住了遍体鳞伤、只差最后一击就将魂飞魄散的司瞳。

“无垠，快回来，你疯了吗？”春妖一下收住手，厉声喝道。

阵法顿乱，所有人措手不及，半空中的无垠抱紧司瞳，乱发纠缠，在大风中对上司瞳惊愕的眼眸，忽然笑了。

疯了？是的，他疯了，早就疯了。天地不仁，以万物为刍狗，可他却做不到无情无义，眼睁睁看着一手带大的徒儿被打得魂飞魄散，彻底毁灭在世间。

“不！”春妖大惊失色，还来不及阻止，阵中的无垠已经一把按住司瞳，在所有人震愕的目光中，义无反顾地对着他俯身吻了下去。

双唇紧贴，魔性激荡，一下下碰撞着佛光阵——无垠竟是在将司瞳体内的魔性渡到自己身上，他竟是想代他承载五色妖魔，代他魂飞魄散！

天地间飞沙走石，风云变色。所有人齐齐惊呼，却被大风阻得无法靠近，一片混乱中，人们头顶的乌云割裂开来，一道白光从天而降，莲花座徐徐落下，圣洁的光芒洒满大地。

时间像静止一般，所有人都睁大了眼，仰望着空中那个端庄慈悲的身影。

她坐于莲花座上，手持净瓶柳枝，是能将世间一切污浊邪恶都净化的存在。

观自在菩萨，行深般若波罗蜜多时。

她是佛，是大慈大悲的佛，是普救人间的观音。

亦是无垠每日晨昏虔诚以对，痴痴仰望的画像中那道背影。

（八）

佛心无垠，无体无形，原本只是观音净瓶里的一滴甘露。

他从柳枝上坠落，落在了莲花座上，被佛光照到，凝而不化，久而久之，成了有意识、有情感的露魂。

他思慕着那道每日以对的背影，即使知道她是圣洁而不容侵犯的佛，也控制不住自己的情感。

千百年的岁月弹指而过，他在经文的诵念声中终于能幻化出人形，在观音闭眸小憩时，深情凝视着他心中无与伦比的佛。

他的佛许是知道他的存在，却从没有当面戳破他，也没有将他赶出南海，只当他是佛殿里的信徒童子，一视同仁。

就这样，不扰不惊地又过了百年。

直到有一日，观音算出了人间将有一场大劫难，在闭眸小憩时眉头仍紧蹙着，苦思对策。

他禁不住幻化出人形，悄无声息地伸出手，想替他的佛抚一抚皱着的眉头，那双美眸却陡然睁开，轻轻抓住他的手，波澜不惊地望着他。

他骇了一跳，却听她缓缓道："无垠，从今日起，我赐名无垠于你，你在南海沐浴佛光千百年，如今天下有难，我要你去替黎民苍生做一件事，你可愿意？"

就是从这一声问起，他鬼使神差地担上使命，开始了百灵潭漫长的等待。

他要做的，便是等待一个早已注定的结局。

上古时女娲封有五怪，那五怪在最后的决战中合为一体，魔性倍增，并称五色妖魔，被女娲打入魍魉渊底，永世不得轮回超生。

但百足之虫，死而不僵，魔王死去，魔意却不休。

观音算出，在洪荒浮尘，转瞬即过的沧海桑田里，五色妖魔的魔意蠢蠢欲动，即将复苏，重现人间，给人间带去一场血雨腥风。

这是一场注定的劫难，命轮转动，无可改变。

观音却慈悲为怀，想出了一个法子，能将伤害降到最低——

她化出了自己的一丝分身，封入魍魉渊底，用来承载日后复苏的五色魔意，这丝分身将代替苍生历劫，作为一早注定的牺牲品，待到五色血莲聚合，被消灭在天地间，人间的劫难就能彻底结束。

而承担了消灭魔意使命的人便是无垠。

他从魍魉渊底将司瞳带回去抚养，只是为了等待，等待日后五色魔意在他体内复苏，为害人间时，将魔意连同他一起彻底消灭。

世人常道千手观音，分身千千万，无所不在，司瞳只是她万千分身中的一丝，在这场浩劫中是注定要用来牺牲的，他扮演的角色只是一个器皿，一个困住魔意，等待历劫，而最终要被打碎的器皿。

无垠原以为自己不会对一个器皿动情，但当他带着司瞳在赤枫林度过了无数春夏秋冬，看着他一点点儿长大，一点点儿对自己百般依赖时，他才忽然觉得，他所要承担的使命，究竟有多么残酷。

可为了天下苍生，为了他心中的佛，他没有退路，更没有选择。

他只能一次次将自己锁在枫林深处的竹屋里，痴痴仰望着画像上的那道背影，虔诚以问，寻找一个没有答案的答案。

普度众生的佛啊，度得了所有人，却唯独度不了他。

他常常看着缩在他怀里睡着的司瞳，陷入一种莫名的恐慌。是从什么时候开始，他习惯了和他相依为命的感觉，不再视他为佛的一丝分身，不再自欺欺人地骗自己，他舍不下他只是因为他思慕着那高高在上的佛。

可仁慈的佛啊，为何要交给他这样一个难题，要他亲手毁掉他不知不觉、悄无声息便已深入骨髓的爱？

"佛爱世人，独不爱我。"他曾摊开手心，在赤枫林间喃喃自语，对身前提醒他不要忘记使命、清冷而立的春妖苦笑。笑声低不可闻，带着从未有过的绝望，轻轻缈缈，似寒冬落下的雪花，风一吹就消散无踪，"不，佛爱世人，是独……不能爱我。"

他们注定是要分开的，枫叶，分叶。

他生来便是要被他毁灭的，他与他注定对立，注定……不得善终。

即使无垠拼命压制司瞳的魔性，想让那一天晚点儿到来，但该来的却还是来了。

司瞳不知道，为何无垠会那样紧张那幅画像，是因为画像撕毁之日，便是这场浩劫的命轮转动之时。

竹屋门口的结界不是普通的封印，而是观音一手设下的，那涤荡世间的佛光，让一众妖魔鬼怪无法近身，只有作为观音一丝分身的司瞳才能轻而易举地解开。

他扮作画像上那个背影，从没有想过心细如发的师父为何会认不出，因为他不是以假乱真，而是他本来就是真的！

他是观音的万千分身之一，外貌形态一模一样，只要扮作女装，就能瞒天过海，叫曾经在莲花座上日日面对观音的无垠都认不出来。

"你走吧，百灵潭再也容不下你了！"那日画像撕毁，在漫天飘飞的纸屑中，没有人知道，无垠是用怎样悲痛而绝望的心情说出这句话的。

不是他想赶他走，而是既定的命轮已然转动，五色妖魔即将复苏，司瞳必须走，必须成魔！

他在大雨中狠心赶走他，回到赤枫林便大病了一场，躺在床上脑海中全是司瞳满脸泪水的样子。

有些事情他身不由己，身不由心，他一手带大的徒儿是注定要被牺牲的，谁也改变不了这个命运。

他咬紧唇，绷紧着脊背，泪水滑过眼角，无声无息地浸入枕巾，转瞬消失不见。

那是无垠第一次心生憎恨，憎恨这个既定的命运，憎恨这个无情的天道，憎恨……他心中那个神圣而不可侵犯的佛。

（九）

乌云散去，阳光普照大地。

这场风波终是过去了。

众人随春妖回到了百灵潭，却再也不见那袭素衣。

空荡荡的赤枫林，只有穿林而过的风，以及一片片纷飞的枫叶。

春妖站在枫林前，墨发如瀑，伸出手接住一片枫叶，幽幽一叹："血肉相融，再也不用分开了，这于你们而言……已是最好的结局了吧。"

那日天昏地暗间，无垠妄想代替司瞳历劫受难，携魔意毁灭于天地之间，更改命途，逆天而行，却在最后一刻，观音及时赶来，制止了一场浩劫的发生。

就在五色妖魔即将挣脱佛光阵之时，她手持净瓶柳枝，与众人携力将其困在了阵中。

时间刻不容缓，无垠与司瞳紧紧相拥，怎么也不愿分开，观音动容叹息，百灵潭众人更是咬牙含泪，却没有办法，只能眼睁睁看着他二人在一波波笼罩的佛光中，血肉相融，携五色妖魔一同烟消云散。

在那最后一刻，春妖恍惚间看见，无垠与司瞳脸上似乎都现出一抹解脱的笑意……

他们融入了对方的血肉中，化作一滴甘露，滴答一声，收入了观音的净瓶里。

尘归尘，土归土。就此永不分离。

第十六章

沉梦

她想做一场永远也醒不来的梦，梦里山清水秀，桃花灼灼，没有欺骗，没有背叛，只有云和歌，风和他。

（一）

落在金不弃手中，是沉梦受过的最惨痛的教训。

世上美梦数不胜数，他千不该万不该，就不该路过溪边，见到一只大金鹏鸟在静坐休憩，贪心顿起地吞了他的美梦。所谓太岁头上动土，大抵如此。

“大鹏兄，大鹏叔，大鹏爷爷……”

此刻沉梦被扼住喉咙，脸涨得通红，一字一句艰难而讨好地吐出各种称谓，金不弃却根本不吃这一套，只冷着眉眼，宛如地狱煞神般，缓缓开口：“把夭夭与我的梦还回来。”

说着五指力度一点点加重，扼得沉梦更加喘不过气来，眸光大骇，浑身抖得像个筛子，几乎是拼了命地挤出声音哭号道：“小的有眼无珠……可吞了的梦如何还能，还能……”

“你没办法？”金不弃双眸骤厉，眸中杀气一闪而过，吓得沉梦一个激灵，赶紧改口：“有，有办法，劳烦大人送小的回百灵潭，我家潭主会取梦之术……”

颤抖的声音中，金不弃果然渐渐露出笑容，却还不待沉梦暗喜，下一瞬，那只手又紧紧扼住了他的喉咙，金不弃的眸光倏然一厉，脸色比之方才还要阴冷十分：“臭小子，你当我是三岁小儿呢？我纵横天地千百年，从未听说过百灵潭之主春妖还会什么取梦之术，你以为我会任你欺哄，去那易进难出的百灵潭，放虎归山，自讨苦吃？”

谎言瞬间被戳破，沉梦叫苦不迭，额上冷汗肆流，只听得金不弃没了耐心，森冷冷地发出最后警告："我金不弃从不是什么善男信女，你这小小噬梦精最好老实点儿，赶快将我的梦还回来，否则——"手下陡重，金不弃咬牙切齿道，"我就掐死你，开膛破肚也要取回我与夭夭的梦！"

沉梦打了个哆嗦，面对那道叫人不寒而栗的目光，生生把恰不逢时的饱嗝咽了下去。

天可怜见，吃了那么多梦，他还从没见过对一个梦如此执着的人！

这种"万里挑一"的机会居然给他碰到了，他运气还真不是一般的背，回到百灵潭得赶紧找夏瞎子算一卦！

"有，还有个法子……"一个激灵，沉梦惊醒过来，对上金不弃的眼眸，感觉到越发不能呼吸，他咬咬牙，索性孤注一掷地喊了出来，"小的……小的还有个法子！"

整个世界的声音戛然而止。

力度骤消，沉梦从半空中跌落在地，如断线风筝重重摔下，就此死里逃生。

金不弃高高在上地俯视着他，冷冷吐出一个字："说！"

沉梦大口地喘着气，一边惊魂未定地拍着胸膛，一边抬头劫后余生地望着金不弃，气喘吁吁道："造梦……我能为你……重新造梦！"

长眉一挑，金不弃一拂袖，俯身一把揪住沉梦的衣领："好！你就把我和夭夭的梦重新造出来，缺了一丝一毫我都要你好看！"

沉梦被那强大的气势震得瑟瑟发抖，哆嗦着问道："夭夭，夭夭是谁？"

金不弃一顿，呼吸急促起来，闭了闭眼眸，再睁开时，一双墨眸已深不见底，掺杂着浓烈至极的复杂情感。他喉头滚动，声音略带嘶哑，每一字都落得有如千钧重："夭夭……是我的妻子，我一生唯一爱过的女子。"

（二）

夭夭与金不弃相识在春风谷的漫天桃花下。春水初生，春林初盛，春风十里不如你。

许是命中注定的缘，又或是在劫难逃的孽，那一年，金不弃身受重伤，误打误撞地进了春风谷，被当时谷中的圣女夭夭救下。

"当时桃花漫天，她着一袭粉白相间的云纱裙，骑着一头威风凛凛的白虎，从桃林的小道上缓缓行出，停在了我的面前……她看着我，我便也望着她，我那时浑身上下鲜血淋漓的，要多狼狈有多狼狈，但我却没有从她眼中看见一丝害怕与嫌恶，只看见了无言的温柔与善意，她的眼睛像一汪秋水，映着额间那鲜艳的桃花印记，摇曳生姿，说不出的……”声音渐渐低了下去，似乎怕吵醒当年那个梦，只在唇齿间轻轻萦绕着，“美丽。”

也许从那时起，有什么就改变了，孑然孤傲的大金鹏鸟不再是无亲无故，独来独往，独欢独苦，独生独死。而那日后的悉心照顾，朝夕相处，更让他不知不觉深深沦陷，找到了生命中能够与之翱翔碧海蓝天的那个人。

“那个，大鹏兄，不好意思，我打断一下……”一旁的沉梦抓着毛笔，捧着本子，笔尖在舌头上浑不在意地刮了几刮，朝着金不弃嘿嘿笑道，“能再、再说得详细点儿吗？”

被生生从回忆中拽回来的金不弃显然很不悦，好看的眉眼微微一皱：“还要如何详细？”

沉梦挠挠脑袋，索性把毛笔别在了耳朵上，开始手舞足蹈，绘声绘色地讲解起来：

“比如说，当时你夫人骑在白虎上，周遭场景具体是怎样的？除了桃花纷飞就没有别的、特殊的？她脸上又是什么样的表情？是娇羞呢，还是不胜娇羞呢？还是十分地不胜娇羞呢？你当时又是何种心情？有没有小鹿乱撞，心猿意马呀？有没有……”

在沉梦眉飞色舞的引导中，金不弃的脸色一分分黑了下去，直到重重一咳，对着沉梦毫不客气地怀疑道：“你想耍我？”

沉梦赶紧摆手：“不不不，大鹏兄可别误会了……不说详细点儿，小弟怎么好造梦呢？”

金不弃哼了哼：“你最好别给我耍花招！”

沉梦被他眸中的杀气吓得一哆嗦，摸了下脖子，连忙识时务地哈腰点头，赔着笑脸，小心翼翼地继续问道：“那大鹏兄再仔细想想，斯时斯景下，你与尊夫人开口说的第一句话是什么？”

这回金不弃回答得倒快，眼皮也不眨一下地道：“虎啸，只有她座下的白虎发出了一声虎啸。”

沉梦张大了嘴，金不弃目视着他，面不改色：“我当时伤势极重，根本说不出话来，而夭夭……她不会说话。”

春风谷的圣女夭夭，是个天生的哑巴。

（三）

待到一切准备妥当后，月上中天，便到了金不弃入梦的时分了。

“个中细节你都记清楚了吗？一会儿真的就能见到夭夭？那梦境真的能重现？”

金不弃难得地有些忐忑，沉梦一手抓笔，一手抓本子，做了个“大爷你放心”的手势。

他忙上忙下地做最后的准备工作，终于，点燃了安魂香，拍拍手，舒了口气，嘴里一边嘟囔着："漫天桃花，美不胜收……这要是漫天落下的都是金钱雨，哗啦啦地落个不停，该有多美啊……"

烟雾缭绕里的金不弃听到这句话，本已定下的一颗心几乎腾地跳了起来，他嘴角抽搐着，挣扎着还想再嘱咐点儿什么，意识却渐渐模糊起来……

安魂香里寻梦乡，就这样，金不弃百般不甘，百般不放心地睡了过去，跌入了沉梦为他一手编织的梦境中。

"喵——"一声猫叫响彻天地，金不弃猛地睁开眼，已身在春风谷的漫天桃花下。

桃之夭夭，灼灼其华，春风迎面而来，吹得他墨发飞扬，宽袖拂动。

一枝一瓣，一草一木，这里的一切都是那样自然而逼真，就像他曾无数次梦到的一样——除了前方那道窈窕背影下，坐着的不是一只威风凛凛的白虎，而是一只……肥硕的大花猫外。

金不弃眼皮跳了跳，强自控制住自己的呼吸，耳畔似乎响起沉梦那嬉皮笑脸的声音。

"因为是重新造梦，不可能做到一点一滴都完全吻合，与原先的梦境略有偏差也不足为奇的，这个一回生二回熟嘛，多造几次就熟练了，梦境也会愈加完善的，大鹏兄尽管放心好了……"

略有偏差……金不弃看着眼前五彩斑斓的大花猫，呼吸急促，紧了又紧拳头后，开始认命地安慰自己，只要地点没变，人还在，人没出错就好，管他白虎还是花猫，这些统统都不重要，不重要……

但当又一声惊天动地的猫叫响起，那道粉白相间的云纱背影缓缓转过身来，金不弃停住了呼吸，脸色明显一僵。

那个穿着夭夭衣裳，做着夭夭装扮，有着夭夭身体的脑袋上，赫然长着一张金不弃打死也不愿见到的——沉梦那臭小子的脸！

只见"夭夭"骑在那只盛气凌人的大花猫上，眼眸含春，双颊绯红，对着金不弃频送秋波，水蛇样的身子在漫天桃花中扭来扭去，做出了各种不胜娇羞的姿态，看得金不弃连退三步，胃里不由自主地翻腾起来。

还未等他有所反应，更叫他崩溃的一件事发生了——

漫天纷飞的桃花在"夭夭"的"不胜娇羞"下，哗啦啦地全部变成了闪闪发光的金子，一场金钱雨就这样从天而降，瞬间盖满了大地，几乎要闪瞎人的眼。

大花猫上的"夭夭"倒吸了口冷气，也顾不上娇羞了，原形毕露地一拍大花猫，扯着沉梦的嗓子就叫："好多钱，好多钱，斑斑快看，好多钱，咱们有钱了……"

大花猫从鼻子里哼了哼，扭头表示出视金钱为粪土的不屑，却禁不住沉梦的三拉五拽，也不情不愿地伸出猫爪子，喵了一声，跟着他一起去接天上不断掉下的钱。

正当梦猫二人组接得欢快的时候，他们全然没有发现，一道身影在金钱雨中握紧双拳，俊美的脸庞不住颤动，已到了火山爆发的临界点……

（四）

在梦里恣意了一回，在现实里等待沉梦的却是吊在树上被一顿好抽。

他被金不弃抽得要死不活，奄奄一息地讨饶："大、大鹏兄饶命，小弟并非存心戏弄……只是初次造梦，诸多不熟，只能、只能造出些简单场景，一时变幻不出尊夫人的天容，出现些偏差也是能够、能够……"

金不弃一鞭子抽去，牙齿咬得嘎吱响："那桃花变成了金钱雨又该如何解释？别跟我说不是因为你贪钱！"

沉梦吃痛出声，抽着气道："不，当然不是……小弟承认，贪钱也有那么一点儿，但、但更重要的原因是……"

沉梦惨白着脸，额上冷汗肆流："梦里那铺天盖地的桃花，瞅得，瞅得人心里发慌……小弟不知怎么，只觉得那桃花格外刺眼，凄艳得像血一样，刺得眼睛生疼，一时就，就幻化不出来了……"

金不弃一顿，手中长鞭坠地，扶着树脚步踉跄，痛苦喃喃："桃花格外刺眼，凄艳得像血一样……原来你也这样觉得吗？夭夭，我的夭夭，你竟在梦中都不肯原谅我……"

是夜，无星无月，冷风呜咽。

金不弃放下了沉梦，在树下生了堆篝火，两人围坐着取暖。

沉梦身上那些鞭痕瞧着骇人，实际上并无大碍，金不弃一边替沉梦上药，一边没好气地道："你这是运气好遇见了现在的我，要是早些年的我，即使我不吃你，'我'也会吃了你！"

沉梦被一堆"我我我"搅得脑袋都蒙了，无暇细究，只抽着冷气呼痛："大鹏兄，你轻点儿！"

乌云盖过枝头，风吹林间。

沉梦上好药后，趁金不弃心情尚佳，小心翼翼地问他什么时候放他回百灵潭，金不弃一哼，对沉梦道，他这些年孤家寡人一个，无牵无挂，一直在天南地北地找寻桃花盛开的地方，带只小小噬梦精在身旁也不碍事，总之他有的是耐心，等他何时将梦完整造出，他就何时放他回百灵潭。

沉梦向后一靠，一声长叹。呜呼哀哉！

两人就这样开始了一路同行。

金不弃已去往了北陆南疆许多以桃花闻名的地方，他下一处要去的是东穆国西边的一处桃花岛，据说岛上四季如春，美若仙境。

金不弃在说起这些时，脸上的神情是从未有过的柔和，沉梦已隐约猜出些什么，对着金不弃一拍肩，豪情万丈："桃花岛上，桃之夭夭，这一回，你定能寻到你的妻子的！"

金不弃脸色一动，嫌恶地甩开沉梦的手，背转过身，望向万里长空的唇角却微微一扬，弯了眉眼。

沉梦是个话痨，一路上喋喋不休，从百灵潭的大小妖魔说到潭主春妖，再从潭主春妖说回大小妖魔，但说来说去，沉梦说得最多的还是斑斑，对，就是梦中那只叫斑斑的大花猫。

金不弃想到梦里那只顶替白虎，牛气哄哄，仿佛把全天下都不放在眼里的大花猫，脸色不由黑了黑，沉梦却自顾自地说了起来。

他说他和斑斑那是患难之交，以命换命的兄弟，没投靠百灵潭之前，他们曾在人间流浪过一段时间。

那时他们法力低下，穷困潦倒，吃不饱，穿不暖，得罪了些地头蛇，四处逃窜，相依为命。

饿得最狠的一次是在一个破庙里，外头冰天雪地，沉梦枕着斑斑的皮毛取暖，稀里糊涂地抓起它的尾巴就咬，嘴里还说着胡话，把斑斑咬得甩也甩不掉，最后发狂地一爪子挠去，挠得沉梦脸上添花，险些破了相。

那时沉梦瑟瑟发抖地站在冷风里，看着街头刚出炉的包子流口水，在纷飞的白雪中眼泪汪汪地对斑斑说，他最大的心愿就是天上能下一场金钱雨，哗啦啦地，钱多得数也数不清，他要买一马车包子，吃不够还要拿来当被子盖。

许是他的泪眼太过凄楚，把素来不屑做宵小之事的斑斑看得猫毛竖起，竟然"喵"的一声叫，从他怀里凌空扑出，以迅雷不及掩耳之势叼住个包子就跑，在大雪里一转眼就没影了。

傻在原地的沉梦不知是该哭还是该笑，趁包子铺主人还没回过神来，撒腿就去追斑斑："娘哟你忘了带上我了！"

两人被血气方刚的小镇居民一路喊打喊杀地追了九条街，最终被揍得鼻青脸肿，瘫在一条小巷里要死不活，成了两摊烂泥。

外头冰天雪地，他们在昏暗阴冷的小巷里背靠背，掏出还冒着热气、混杂着鲜血的包子，大口大口地吃。

此后不管沉梦去过多少地方，吃过多少美食，吞过多少美梦，他都觉得，那个昏暗小巷里和斑斑靠在一起吃过的包子，是他吃过最好吃的东西。

“相依为命，相守不弃”八个字的烙印，深深地刻在他心底，成了经年不化的白雪，柔软而绵长，纯粹而厚重。

“相依为命，相守不弃吗……”金不弃喃喃着，转眸望向虚空，忽然笑了。那从唇齿间溢出来的声音低不可闻，轻到正说在兴头上的沉梦都不曾听见，“……不离不弃，也曾有个人，待我如此。”

说到前段时间百灵潭的魔眼司瞳大闹人间的事，沉梦多有唏嘘，直感慨着天道无情，命轮难料。

金不弃听得默然半晌，许久，抬起头笑道：“你这噬梦精倒有趣，人人都畏惧憎恶那毁天灭地的魔头，你反倒为他说话，同情起那大魔头来。”

沉梦原本叼着一根草，闻言瞪大了眼一吐：“个中隐情外人哪会知晓？无缘无故的谁想成魔？谁又想众叛亲离，为天地所弃？”

脱口而出的一句话叫金不弃一震，心潮起伏下，眼前仿佛又浮现出夭夭那张温柔的笑脸，她坐在床边喂他喝药，打着手语安慰他：“你别怕，我不会让族人伤害到你的，你好好养伤……”

体内热血沸腾时，他控制不住地奔出去，失手伤了人，春风谷的居民们将他团团围住，是夭夭及时赶到，护在了他身前。

她骑在白虎上，一指一画地朝向众人打着手语，她说，他不是大魔头，不是异类，他只是和别人有一点儿不一样，这没什么大不了，无缘无故的谁想成魔？谁又想众叛亲离，为天地所弃？

他遇见她时尚没有名字，也无家可归，是别人眼中的怪物，但她不嫌弃他，为他养伤，为他洗脸，甚至为他取了名字——不弃，金不弃。

她说，她不会弃他不顾，他也别放弃自己，他更不会为天地所弃。

她比画这手语时，眸光摇曳，似一汪清澈的秋水，衬得额间的桃花印记熠熠生辉，叫他看愣了许久。

窗外春风拂动，像有什么吹入了他心底，他终是低下了头，在她温柔的注视下，嘶哑着开了口，说了他来到春风谷后的第一句话：“好，不弃，谁也别弃谁不顾……从今日起，我便叫金不弃。”

那一刻，如春风拂面，重获新生，他对上她的眼眸，扬起唇角，跌入那汪秋水中——

从此有了名字，有了尊严，有了……家和她。

（五）

故事停在那个时候，也许刚刚好。

那时春风谷的圣女夭夭，为了一个闯入谷中的怪物犯了众怒，被族人们逼着给个交代，最终，在族长的主持下，春风谷的祭坛中央摆起了高高的擂台——

族人们想用这种方式留住他们的圣女，族中英勇的小伙子们上台大展身手，一一角逐，谁能打败所有人，站到最后，谁就能娶到那个骑在白虎上的圣女夭夭。

族人们想得简单而美好，春风谷的圣女可以跟族中任何一个勇士成亲，却唯独不能和一个外来的怪物在一起。

擂台说设就设，众人摩拳擦掌，比试一触即发，春风谷里群情激昂。

只有坐在台上一角的夭夭，眸光清冷，依偎着她的白虎，身形孑然而单薄。

族长给了她两个选择，春风谷里不接纳外人，要么将金不弃赶出去，要么她就得接受擂台的设置，接受成为最后那个勇士的妻子。

夭夭从没想过族人们会对她如此相逼，她耳畔响起金不弃对她说过的话。

他说，天大地大，他无家可归，无处可去，唯愿长伴她身旁，朝夕相对，互不相弃，看云和天，听风和歌。

金不弃的歌声十分动听，他幻作金鹏鸟的原形，带着夭夭在云间穿梭，嘹亮的歌声飞得很远很远，远得无忧无虑。

他越来越能够控制自己沸腾的热血了，只要不发作时，他一袭金袍，站在花间的身影温润如玉，对着夭夭一笑，就像人间一个普通的翩翩公子，俊美无双。

可即便是这样，在春风谷的众人眼中，金不弃仍是个异类，一个不可饶恕的异类。

夭夭不敢告诉他擂台的事，他曾拥她入怀，挨着她的心跳，在她耳边轻轻而坚定地说到，如果她的族人们还是多有阻拦，他就带她离开，带她远走高飞。

他说，他别无所求，只求一个家，而有她在的地方，就是他的家。

但夭夭却不敢回应金不弃，他不知道，春风谷对她而言是怎样的所在。

她的祖母、外婆、母亲……她们是一代代传承下来的圣女，她们都叫夭夭，“夭夭”

不仅仅是个名字，更是整个春风谷的象征，是永远守护这片土地的花灵。

这里是她世世代代守护的地方，她额间闪烁的桃花印记在不断提醒着她，她有她的使命，有她必须肩负的责任。

所以，她根本不可能跟着他离开春风谷，不可能跟他远走高飞。

擂台上比得火热，在一旁冷眼看着的夭夭，依偎着白虎，一颗心却如坠冰窟。

就在族长的儿子克满力挫众人，即将取得最后的胜利时，夭夭绝望地闭上了眼眸，但她却没有听到四周传来欢喜的呼喊声，取而代之的是一种奇怪的静默。

全场空前地静了下来。

夭夭蓦然睁开了眼，在对上那身金袍的一瞬间，她瞳孔骤缩，心跳如雷。

擂台中央站着的那道身影，清朗俊挺，不卑不亢，唇边含着淡淡的笑，正是本应在屋里静静养伤的金不弃。

她明明没有告诉他擂台的事情，他却不知怎么知晓了，在最后的关键时刻飞身跃上了擂台，敲响了鼓，成为新的挑战者。

台上的克满轻蔑冷哼："滚下去，我不和怪物动手！"

那恶毒的语气叫夭夭心头一紧，赶紧看向金不弃，金不弃却只是笑了笑，不温不火的目光一一扫过众人，最终落在了族长身上。

他声音略带嘶哑，一字一句却说得极为清晰与坚定："这擂台的规矩并未明确指出不准外人上台，只说能击败所有勇士，站到最后的人便为胜——那么，我来了，还请诸位赐教。"

衣袍一拂，俊美的五官在夕阳下闪烁着耀眼的光芒，谦逊而笃定，温润而坚守，那一瞬，似乎有什么在空气中弥漫开去，无声无息地感染了所有人。

斯情斯景下，夭夭亦感动站出，紧紧握住了金不弃的手，族长终是松了口："你是妖怪，你不能动用法术，只要你能击败这里的所有勇士，屹立台上而不倒，就算你胜！"

（六）

"那大鹏兄你当时一定胜了是吧！"

他们一路向西边的桃花岛行进，走走停停，不觉已过去不少时日，沉梦的嘴一直闲不住，许是被他的情绪所带动，金不弃也难得地开口说起了陈年往事。

沉梦打着要"造梦"的幌子，名正言顺地刨根问底，一手抓笔，一手抓本子，听得津津有味。

陷入陈年旧梦的金不弃微眯着双眼，看向远处落下的夕阳，嘴角一点点抿了起来，似乎回想起曾经的温情，声音低不可闻："当然。"

当然得胜，他是为夭夭而来，为他的家而来，彼时倾尽全力，只为抓住生命中仅有的一道光。不能不胜，不可不胜。

无法言说那一"战"有多么惨烈，最后他的金袍全都染满了鲜血，夭夭被众人拦着，泪流不止地几次都欲阻止这场残酷的诛杀。

是的，诛杀，以百歼一的诛杀。

族长在提出"不许动用法术"的那条规定时，确实动了要金不弃丧命于此的心思，但当春风谷的所有居民，眼睁睁地看着金不弃一次次被打倒，又一次次艰难地从地上爬起，浑身上下血肉模糊，摇摇欲坠却仍不愿认输时，有什么在人们心头一点点土崩瓦解。

金色的夕阳中，那身金袍似乎要与阳光融为一体，鲜艳的血珠滑过他的眼睫，他吐出一口血水，对着最后一位挑战者克满，咧嘴一笑，笑得动人心魄。

他几乎是用仅剩的力气说出那番话，嘶哑的声音回荡在鸦雀无声的全场，叫所有人在屏气凝神下听得一清二楚。

"她不愿跟我走，那我便为她留下来……除却白骨真心，我一无所有，生而为鹏，千百年来我张开翅膀，飞过万里长空，早已习惯了浪迹天涯，四海为家，但现在，现在不同了……"

染满血雾的眼眸缓缓一转，望向了一旁捂住嘴，泣不成声的夭夭。

唇角微扬，金不弃深情凝视着夭夭，血淋淋的一身在夕阳中似染了层金边，他笑得轻缓，一字一句也说得无比轻缓："现在，她在哪里，哪里便是我的天空。"

饱含情意的话语中，克满大吼一声，一拳挥去，却是重重地打在了木板上，瞬间木屑横飞。他仰头望着金不弃，面无表情地吐出三个字："我输了。"

醒来时，一切都改变了。

到底是淳朴善良的人们，夭夭的族人被金不弃的执着所打动，被他的勇气所震撼，原有的偏见也在那场比试中消除，他们相信了他的真心与诚意，不再视他为异类，不再恐惧厌恶他，而是真正接纳了他，接纳了他成为春风谷的一员。

谷里挂起了红灯笼，桃花欲燃，所有人唱着笑着，开始欢天喜地地筹办金不弃与夭夭的大婚。

那大概是他一生最美好的一段日子吧。

夭夭依偎在他怀里，共看晚霞满天，他们十指相扣，相视而笑。

不弃，不离不弃，彼时歌谣动听，十二月，岁更始，可长歌可醉饮，唯不可离去。

“后面呢？”

沉梦抱着本子，听得入迷了，微风拂过，金不弃却眸光陡厉，一下子变得烦躁不已，一把拍掉沉梦手中的本子:“别记了,没有后面了,故事停在那一年了,永远停在那一年了！”

（七）

经历了第三百零三次入梦无果后，金不弃连拿鞭子抽沉梦的脾气都没了。

沉梦把他的故事套了又套,造出的梦却总是“缺斤少两”,不是场景混乱,就是细节不清,最不可饶恕的漏洞是——夭夭的脸始终没有幻化出来!

金不弃揪住沉梦的衣领，平时恶狠狠的一张脸只剩下可怜兮兮，语气绝望得几近哀求：“求求你，把夭夭还给我，还给我！”

沉梦急得满头大汗：“大鹏兄，少安毋躁，待小弟再研究研究……”

研究个屁！金不弃一声长啸，一把松开沉梦，一屁股坐在地上，长发散乱，半晌没有抬头。

等到沉梦又喘又咳地拍着胸膛为自己顺气时，金不弃缓缓抬起了头，一双空洞的眼眸注视着沉梦，两行清泪就那样唰唰而下：“我找了四百年，四百年踏遍了大大小小所有和桃花有关的地方，我甚至想过她会投胎往生，可我都没有找到夭夭，我知道，我知道我一直在自欺欺人地骗自己，我其实真正拥有的，真正拥有的……只剩那个梦了。”

那个因凝聚了灵力而得以保存四百年的梦，那个记载着他们点点滴滴的梦，从相遇时的漫天桃花，到卧床养伤时的悉心照料，再到打擂时的惊心动魄，最后是鞭炮锣鼓的大婚上，他与她拜过天地，成为夫妻，在新房里同饮了交杯酒。

她穿着红嫁衣，美得如枝头上的灼灼桃花，绯红着脸，不胜娇羞，对他比画着最动人的手语，那是只有他们才懂得的缱绻情话——

不弃，不离不弃，他们要相守一世，不离不弃。

十二月，岁更始，可长歌可醉饮，唯不可离去。

彼时悠长的歌谣还历历在目，但那个梦，那个在脑海里记了四百年，承载着他最后一丝念想的梦却被人吞了，吞得渣都不剩。

沉梦哆嗦着小腿，目瞪口呆地看着金不弃一边咬牙，一边落泪，他胆战心惊，又满心愧疚,但此时更想做的是撕心裂肺地吼出来——哭了,金不弃,金不弃……他娘的居然哭了!

“我要杀了你！”一声怒吼划破长空，惊得飞鸟四散，沉梦眼疾手快地撒腿就跑，身后金不弃血红了双眼，衣袍鼓动，穷追不舍。

沉梦心跳如雷，嘴里鬼喊鬼叫着：“大鹏兄你冷静点儿，冷静点儿……”

他知道金不弃又“发作”了——

他们一路向西的这段时日里，金不弃统共发作了四次，第一次发作时把沉梦吓了一大跳。

那时正值月黑风高，金不弃像变了个人似的，双眼血红，暴躁得像个要吞噬世间一切的恶魔。

沉梦识时务地弹起三尺高，躲在树后避得远远的，他只见金不弃长发飞扬，神情癫狂，站在月影下，以手做刃，对着自己的脖颈一顿猛砍：“砍死你，砍死你……”

沉梦眼珠子都要掉下来了。

他本想趁机逃跑，却没跑几步又于心不忍，啐了口唾沫自认倒霉地掉头回去，他还真怕金不弃发起疯来会把自己“砍”死！

等他回去时，金不弃已经昏了过去，遍体冷汗，他对着那身金袍做鞭打状，凌空抽了几下过过干瘾后，又叹口气，认贱地去查看他脖颈上的伤口。

金不弃却陡然睁开眼，一把扣住他的手腕，声音嘶哑：“你怎么又回来了？”

沉梦身子一颤，不由暗自庆幸，这金不弃就算发疯时也什么都知道，恐怕他不主动回来也是逃不掉，对上那双锐利的眼眸，他不由干干笑了两声：“梦都还没给大鹏兄造出来，如此一走了之，小弟、小弟岂不是太无情无义？”

金不弃脸色苍白，唇角缓缓扬起，却是一下捏紧沉梦的手腕，似笑非笑道：“那你方才在做什么？”

沉梦撒腿狂奔，心思急转间，已知金不弃又发作了，这时的他六亲不认，逮谁灭谁，万万不可招惹，只有避得远远的才为妙。

“不弃，不弃……”沉梦捏着嗓子，一边逃命一边学夭夭曾比画过的话，想唤回金不弃一丝理智，“十二月，岁更始，可长歌可醉饮，唯不可离去……”

林间风愈急，声愈急，金不弃长发四舞，瞳孔血红，就在沉梦以为自己要被捉住时，一声熟悉的猫叫由远至近，掠飞而来——

沉梦激动得都快哭了。

“斑斑，斑斑……”他嘶声吼着，用尽最后的力气，几乎目眦欲裂，“斑斑你快走！快走啊！”

（八）

沉梦从没见过斑斑那么勇猛的模样，在他心里，斑斑永远是那么一只自命清高、慵懒不屑、睥睨天下、傲视群雄……并且好吃懒做的大花猫。

但现在，他瞠目结舌地看着斑斑越变越大，亮出锋利的牙，像座小山似的护在他面前，神勇无比地对抗着发狂的金不弃。

这一刻，沉梦百感交集，热泪盈眶，他只能说，他生生从一只猫的身上，看见了万兽之王的气魄。

将金不弃困在了阵法中后，斑斑把沉梦叼到了背上就跑，它离开百灵潭出来找了沉梦许久，此刻终于找到，语气却是恼恨不已，带着从未有过的异常："你怎么会招惹上他，怎么会招惹上他？！"

沉梦骑在它身上一颠一颠的，晕头转向："你、你认识他？"

还不待斑斑回答，身后的阵法里忽然传来一声声撕心裂肺的痛呼，沉梦回头一看，只见金不弃被困在阵法中央，又开始疯狂地"砍"自己的脖颈，脖子上转眼就骇人地红了一片。

沉梦看得心惊肉跳的，唯恐下一刻金不弃的脑袋就会掉下来，他咬咬牙，把斑斑的皮毛一揪，硬生生地掉转头回去："我不能就这样丢下他不管！"

斑斑脚不停歇，挣扎着不肯扭头："那是个死阵，我趁他发疯时好不容易才能制住他的，大火即刻就会烧起，什么都会烧得一干二净，你和那大魔头无亲无故，犯不着为了他去冒险！"

沉梦听了更加着急，贴在斑斑的耳边大声吼道："我还欠他一个梦！"

像有什么在心口不住跳动，那些一遍一遍造过的梦在脑海中不断闪烁，桃花、长风、歌谣……沉梦头痛欲裂，仿佛有什么呼之欲出，他不由分说地按住斑斑，竟如有神助般勒住了它奔跑的脚步。

当他骑着斑斑风一样地奔回去时，大火已经熊熊燃起，金不弃困在火中，痛苦地嘶声凄唤，沉梦心急如焚，顾不上许多，要斑斑停了阵法后就冲了进去。

热浪迎面扑来，那一瞬，沉梦感觉到似乎有一股力量挣脱束缚，重新回到了他身上，像源源不断的清泉，涌入他的体内。

而在这同时，他身下的斑斑也悄然发生了变化，那双有着万兽之王气魄的眼眸里，刻满了对命运的绝望与不甘。

红光大作间，凶猛的火龙受到强大的冲击，宛若碎成了漫天桃花，纷纷扬扬地撒满了大地，绝美震撼。

正要发作的金不弃仰头一看，瞳孔骤缩，难以置信——

“斑修，白虎斑修！”

他脱口而出，只见半空中的斑斑褪去浑身的花色，瞬间变幻成了一只纯白的老虎，而他背上的沉梦也紧接着发生变化，仿佛那褪下的花色全部聚集到了他身上，在阵阵光芒中萦绕在了他额间，汇成了一道鲜艳的桃花印记。

漫天桃花中，那个身影骑着白虎，冲破火龙，像当年的夭夭一样，披荆斩棘，从天而降地来到了金不弃身前。

金不弃震惊莫名，双手颤颤，湿润了眼眶，在周遭包围的热浪中喊出了那个他魂牵梦绕了四百年的名字：“夭夭，是你吗？你回来了吗？”

（九）

十里春风不如你，早在很久很久以前，世上就没有了春风谷。

故事停在那一年，最好。

那一年，金不弃打下了擂台，赢得了夭夭。

那一年，桃花开满了山谷，一切还是欢天喜地的模样。

夭夭穿上了红嫁衣，与金不弃共结同心，在所有人的注目下，成为一生一世的夫妻。

但一生一世，竟是那样短。

在洞房花烛夜时，金不弃“原形毕露”，不，确切地说，是他太过欢喜，一时心神松懈，未压制住体内的魔性，叫另一个“金不弃”跑了出来。

夭夭和春风谷的人都不知道，其实金不弃本就是一只双头大金鹏鸟。

生来便有两个头，两种性格，两种思想。

他们可以说是“兄弟”，也可以说是镜子里的另一个自己，他们心灵相通，彼此相依，有着世间最微妙的关系，却无时无刻不想着吞噬对方，独占身体。

金不弃曾对沉梦说过，若是早些年，即使他不吃他，“他”也会吃了他！

这个“他”，指的就是他双头中的另一头，生来带着魔性的另一个“金不弃”。

这个“金不弃”大部分时间都是被压制住的，更像这具身体里的一缕邪念，狡猾、自私、狠毒……可怕到就似一个真正的恶魔，叫同为一体、相对温良、主宰身体的那个金不弃都不寒而栗，只想彻底摆脱“他”。

就在那一晚的洞房花烛夜，主宰身体的金不弃一时松懈，没能压制住邪恶的“金不弃”，叫“他”跑了出来，打昏了白虎，重伤了夭夭，残忍地将真相剥开在了难以置信的夭夭面前。

他一步步将她逼到角落，笑容在烛火的映照下显得无比扭曲，他说：“你当真以为我想娶你吗？别做梦了，我不过是想得到你春风谷的镇谷法器！”

传说中春风谷的镇谷法器是一片桃花刃，拥有至柔至坚的神奇力量，能够帮助双头共身的大金鹏鸟分开彼此，幻出新形，不再拘于一体。

为了实现这个目的，两个金不弃头一回达成共识，来到了春风谷。

主宰身体的金不弃性情孤傲，向来在天地间独来独往，不将万物放在眼中，他本想硬闯春风谷，抢得那镇谷法器，却不料小觑了那谷前的阵法，不仅没有找到法器，反为那阵法所伤，浑身是血地倒在了恰巧经过的夭夭面前。

夭夭绝不会猜到，当时血淋淋的金不弃，与她四目相接时，脑海里想的不是别的，而是奋力一击，还有几成把握能够杀了她。

所谓的一见倾心，漫天桃花下的美好初遇，一切的一切，通通都是骗人的。

那是带着魔性的“金不弃”在事出变故时，临时狡猾改变的计划，“他”与主宰身体的金不弃商量，不如将错就错，利用夭夭的善良与纯真，先在春风谷安顿下来，然后慢慢找寻那镇谷法器，最终成功得到那片能将他们彼此分割的桃花刃。

于是，一场披着含情脉脉的外衣，内里却满是阴谋算计的局，就这样在纷飞的桃花下展开了。

金不弃一面养伤，一面借着夭夭作掩护，暗中寻找那镇谷法器，但无论他如何找寻都寻不到，就在他一筹莫展之际，他潜入春风谷的祭坛，在阁楼的顶层里无意中翻到一本手札。

手札已经泛黄破损，带着神秘久远的气息，记载着春风谷曾发生过的桩桩历史，联系起那上面隐晦的只言片语，主宰身体的金不弃大致猜到，那传说中的桃花刃可能与春风谷的历代圣女有关。

带着魔性的“金不弃”趁机进言，说要更加亲近夭夭，从她身上得到桃花刃的秘密。

于是，金不弃开始一步步取得夭夭的信任与芳心，在朝夕相处间叫夭夭彻底坠入了这张早已铺好的情网中。

但有些东西，却在不知不觉间发生了改变……

她对他比画着手语，说不会弃他于不顾，她骑着白虎护在他身前，对那些包围住他的居民说谁想成魔，谁又愿被天地所弃！

她全身心地照顾与信任他，他与她见第一面时脑中起的是杀意，她眸中泛起的却是无言的温柔。

他从没见过她那样的女子。

或许是他见过的女子本来就少，他一向独来独往、独欢独苦、独生独死，老天爷除了多给了他一个头，一丝他万分不想要的邪念外，对他别无仁慈。

但自从来了春风谷，身边多了口不能言，但心如明镜的夭夭后，他忽然觉得，这是不是老天爷突发善心，额外给他的恩赐?

他带着夭夭飞入云中，唱着嘹亮的歌声，无忧无虑，那一刻，他有些恍惚起来，是否假戏做久了，竟也会当真?

他拼着性命去打擂台时，看到角落里夭夭眸中的泪光，竟也一时分不清，他的奋不顾身究竟是为了得到法器，还是发自内心地为了她。

他身体里的魔性“金不弃”疯狂地叫嚣着："你疯了吗，快下去，想接近那哑巴圣女用不着搭上自己，你想死我还不想死呢！"

但他已停不下来，他望向夭夭，血珠子滑过长睫，浑身都在痛，但心里却升起一股奇异的感觉。

那一瞬，夕阳洒在他身上，他的念头忽然简单而纯粹起来，他要赢，他要得到桃花刃，他要娶她——不是利用，不是欺骗，只是用桃花刃将他与那丝邪念分割开来，以一个完完整整的自己去娶她。

他要和她相守一世，不离不弃。

他想有个家，在这天地间有个家，仅此而已。

但他却没有提防到最后，洞房花烛夜时，他向她问出桃花刃的秘密，她毫不疑心地全盘相托，竟激得他体内的魔性“金不弃”跑了出来，酿成了一场滔天祸事。

原来那镇谷法器不是藏在别的地方，而是就封印在夭夭的额间，正是那片鲜艳欲滴的桃花印记!

春风谷的圣女世世代代传下来的印记，拥有着至柔至坚的力量，是春风谷的守护象征。

但就在那一夜，这个守护破灭了，与世无争数百年的春风谷被鲜血染尽，尸横遍野，火烧漫山。

而犯下这一切的，不是别人，正是彼时魔性发作，完全控制不住体内热血的“金不弃”!

醒来后，昔日繁盛的春风谷已是满目疮痍，焦尸遍地，主宰身体的金不弃后悔莫及。

他发了疯地去找夭夭，双手在尸体堆里刨，刨得指缝里满是血屑，但他却根本找不到了，一场大火把春风谷烧得面目全非，哪还能分得出哪具是夭夭的尸骨?

绝望丛生的一颗心于是抱着一丝侥幸，也许夭夭根本没有被他杀害，她在一片混乱中逃了出去……

带着这样的想法，他开始在人间寻找起夭夭，风餐露宿，跋山涉水，又过起了从前独来独往、独生独死的日子。

每当一次次徒劳无功后，他都会流连在当地的桃花下许久，夜深人静时，冷风吹过他的发，他的心，他看着月色下的桃花，眼前仿佛浮现出夭夭的微笑。

他其实知道，知道也许一开始就是他自欺欺人，但他不愿去想，不敢去想，他一厢情愿地骗自己，一骗就是四百年。

体内魔性的“金不弃”有时会恶毒地嘲讽他，说他假惺惺，说他是杀人凶手，那时的他会热血上涌，狂躁不已。

终于，在一个冷月凄风的夜晚，他忍无可忍，幻出双头金鹏的原形，与魔性“金不弃”殊死一战。

他不要再和“他”共生一体，不要再让这丝邪念存于世间，更无法容忍“他”对春风谷犯下的滔天罪孽。

“他”毁了他的新婚夜，毁了他的家，毁了他此生唯一爱过的女子！

在撕心裂肺的痛楚下，他血红了眼，带着满腔仇恨，硬生生地将那个头砍了下来，鲜血四溅。血淋淋的头颅滚到了地上，魔性“金不弃”至死都瞪大了眼，不敢相信，主宰身体的金不弃竟不惜同归于尽也要除掉“他”！

在九死一生后，金不弃咬牙从鬼门关挣回了条命，他告诉自己不能死，他还没有找到夭夭，没有找回他的家。

此后的日子里，他时不时会发作，尽管魔性“金不弃”已除，但“他”带给他的阴霾却经久不散，只要一想到春风谷，想到夭夭，他就恨到不能自已，恨到热血沸腾。

那时发作的他会在月色下以手做刃，疯狂地砍着自己的脖颈：“砍死你，砍死你……”

就这样，他在世间苦苦寻觅了四百年，忍受着寂寞与痛苦，为了一个也许根本不存在的希望，跋山涉水了四百年。陪伴他的只有那个用灵力凝聚而成的梦，梦里桃花依旧灼灼，山谷里只有云和歌，夭夭站在蓝天下，笑得春水摇曳，温柔了他整颗心。

直到沉梦吞了他的梦，他痛苦绝望，以为最后一丝念想也要破灭时，他却仰起头，在熊熊大火中看见——

他的夭夭骑着白虎，穿过了火浪，扬起了片片桃花，从天而降，美得像一个梦。

一个他悉心呵护，整整做了四百年的梦。

（十）

有些事情也许早已注定，躲也躲不掉。比如相遇，比如相别。

白虎斑修就算带走夭夭，将她彻底变成了另一个人，还是逃不掉宿命的纠缠。

春风谷被血洗的那一夜，斑修从昏迷中苏醒，眼见着金不弃发狂，山谷血流成河，它在一片混乱中带走了身受重伤的夭夭，从此开始了流浪天涯，相依为命的日子。

在途中它从一群地头蛇手中救下了一个白发苍苍的老妪，那老妪是只噬梦精，也是个巫医，她时日无多，感念斑修的恩情，将毕生灵力倾注给了当时昏迷不醒的夭夭。

她还会一种巫术，应斑修的要求，不仅治好了夭夭的哑症，还将夭夭改换面容，彻底变作了另一个人。夭夭额间的桃花印记也被斑修转移到自己身上，随着夭夭的记忆被一同封印起来，幻作满身花色，掩人耳目。

因老妪来自沅水江畔，重获新生后的夭夭便化名“沅梦”。

为了躲避金不弃，不再因桃花刃引来豺狼之徒，于是他们一个就成了“大花猫”斑斑，一个就成了“噬梦精”沅梦。

将老妪安葬后，那群地头蛇找来，他们的真身均是一些无恶不作的小妖，因为封印桃花刃耗损了太多灵力，那时的斑修法力低微，为免招来祸事，它便带着沅梦开始了人间四处逃亡的日子。

起初他们过得很狼狈，又要躲金不弃，又要躲地头蛇，还身无分文，吃了上顿没下顿。

但若要斑修来选，那定是它最难忘的一段日子。

能够守护它心中的圣女，能够和她相依为命，不离不弃。

那些从没流露过的心事或许永远都不会有人知晓，但那有什么关系呢？它在，她在，岁月那样漫长，它唯愿她好，一心一意地守护她，不再让她受到一点儿伤害。

许是老天爷也想让夭夭重获新生，不再陷于过去的痛苦中，醒来后的沅梦与夭夭截然相反，性情喜好无一相同。

夭夭是个哑巴，沅梦却是个话痨；夭夭性情温婉，沅梦却是大大咧咧，义字当头；夭夭从来不食人间烟火，宛若世外仙姝，沅梦却比谁都适合在人间混，满满当当的人间烟火气，是个再正常不过的凡夫俗子，压根不会引人怀疑。

这样也好，斑修暗自点头，这样的沅梦就不会引人注意，不会被金不弃找到。

它只愿她快快乐乐地活下去，不再痛苦挣扎。

可斑修怎么也想不到的是，即使变换了性别，变换了面容，变换了一切的一切，夭夭竟还是会遇上金不弃，并且在四百年后的今天，竟还是会义无反顾地冲进阵法，再救他一次！

兜兜转转的宿命中，难道有些东西当真注定逃不掉？

百灵潭里，风声呼啸。

白虎斑修终于变回了原本的模样，它浑身如雪，眸中含着万兽之王的气魄，守在屋外，静等潭主春妖出来。

屋里躺着的正是被烈火灼伤的沉梦与金不弃，不，确切地说，是情急之下冲破封印，在漫天桃花下苏醒过来的夭夭。

她在大火中抱住金不弃，以身相护，是跨越四百年后的本能反应。

也许，从很久很久以前，护着他就已成了她的一种本能反应。

屋外的斑修在一阵白光中幻作了人形，他雪衣墨发，悄无声息地贴在窗前，痴痴地向里望去。低不可闻的叹息中，风里似乎传来他哀伤的喃喃："你不会弃他于不顾，我却也不会弃你于不顾。"

命运这样的荒唐不公，又能怪得了谁？

（十一）

春水初生，春林初盛，百灵潭里春风拂面。

孔雀公子孔澜摇着折扇，看着湖对面的一人一虎与一鹏，已经见怪不怪，呵呵两声，抓起笔写下了新的判词。

骑在白虎上的夭夭依旧是沉梦的模样，只是额间多了片桃花印记，她转过头，冷冷一声，喝住了后头紧跟不舍的那道金袍："站住！你别再跟着我了，我不是你要找的那个人，我也不想见到你。"

即便陈年往事被彻底揭开，真相大白，她也仍旧存有心结，无法面对昔日的爱人，更无法面对春风谷死去的族人。她宁愿永远做沉梦，做那只无忧无虑的噬梦精。

但金不弃却再不愿离开百灵潭，他要用余生的漫漫岁月来祈求夭夭的原谅，他要守在她身旁，再不离去，就像当日的誓言一般，一生一世，不离不弃。

可惜金不弃每日的相随不离，这一人一虎一鹏的组合，瞧在别人眼中却不是那么回事了。

孔澜笑得暧昧不明，唰唰唰，提笔写下了新的判词：继佛心无垠、魔眼司瞳后，百灵潭再添怨侣，此风若长久盛行下去，恐潭中繁衍堪忧，生息堪虑，可叹，可叹。

第十七章 商雨

画中墨，陌上雨，雨落成池待尔归，归来一点画中墨。

（一）

淮城最近新来了一个西域幻术师，名唤商雨。

陌池领着手下几个捕快在街上巡逻时，恰好遇见商雨在街头表演幻术。

身着异族服饰的少女，腰间挂着层层叠叠的银坠，风一吹，银坠便随着双手摆动闪闪发光，清脆作响，俏丽中更添别致，的确是不同于川域女子的一道风景。

但那张笑语吟吟的脸却是眉清目秀，不似西域那边豪放粗犷，反倒有几分江南女子的气息，与身上本有的鲜活明丽相映成趣。

“来来来，大家看好了，接下来是小商我送给大家的见面礼，大家可不要眨眼睛……”

欢快风趣的声音里，陌池按紧腰间剑，停在外圈，若有所思地盯着圈内的少女。他倒想看看这所谓的西域幻术师究竟有什么把戏。

被人群包围的商雨手持一块红布，满面笑容，一边拖长了音制造悬念，一边舞动双臂，手中的红布灵动得仿佛活了过来般，蓦然，她长眉一挑，红布一扬，伴随着一声高昂的笑语道：“来了！大家接好了！”

只见说话间，似有一道荧光在人们头顶闪过，哗啦啦地——天上竟下起了金钱雨！

围观的人群瞬间沸腾了，纷纷抬起头，惊叹地伸手去接，最外圈的陌池也愣了愣，难以置信。

就在一片金雨簌簌中，落在人们手心的金钱荧光一闪，刹那间变成了各种各样的糖果，五颜六色的，煞是讨喜，连陌池的脑袋上也砸了几颗下来，他顺手接住，又是一愣。

只听得人群里的商雨笑眯眯地道："金银财宝比不得糖如蜜，荣华富贵攀不上笑口常开，小商在这里祝大家岁岁年年，甜甜蜜蜜！"

满场顿了顿，所有人恍然大悟，下一瞬，掌声如雷，喝彩声不断。

吃了糖果的人们眉眼含笑，只觉心头暖洋洋的，当真如商雨所说，比接到金银珠宝还要高兴。

一片欢声笑语中，唯有陌池将糖果在手心转了转，皱眉思量着，迟疑地撕开糖纸，轻轻含住了那丝甜蜜，一面品尝着，一面抬头盯向场中的商雨，眸光深深，带着职业习惯地审视着。

却是冷不丁的，商雨也朝他望来，越过人群，直接与他四目相接，笑得神采飞扬，似是看出他所想，挑挑眉，眼珠子一转，抬手指向他，脆生生地道："那边那位英俊的官差大哥，能麻烦你和小商我配合表演一个幻术吗？"

人们齐刷刷地回过头，惊声道："陌捕头！"

陌池虽然年纪轻轻，却在淮城干了四年捕快，兢兢业业，去年刚升了捕头，深受淮城百姓爱戴。

此刻他一下成为满场焦点，猝不及防，口中糖都还没化掉，笑得好不尴尬，对着人群几声咳嗽算打了招呼，他按紧腰间剑，转身就想走，却被几个手下拽回，嬉笑着将他推了出去："池子哥，人家小姑娘叫你呢，多好的美差呀，走什么走……"

被赶鸭子上架的陌池，急急吞了糖，在围观百姓的起哄声中，硬着头皮走到了商雨面前，无奈叹气："敢问姑娘要在下怎样配合？"

商雨已从她的百宝箱里掏出另外一条红绸，无视陌池的满脸不情愿，对着他扬了扬红绸，眨眨眼，狡黠笑道："都说自古美人配英雄，看官爷玉树临风，一表人才，小商这便给官爷变朵美人花出来，官爷可接好了！"

说时迟那时快，红绸从商雨手中飞出，挟风迎面掠向陌池，陌池一惊，伸手去接，那红绸却像长了眼睛般，俏皮地绕过他的手，直直扑向他的脸，在风中绽开成了一朵花的模样，更神奇的是，花里竟然隐隐浮现出一个红衣美人，在陌池的惊愕中，吧唧一声，吻上了他的唇。

满场一怔，紧接着笑声四起，掌声、喝彩声响动如雷。

而呆住的陌捕头，对付什么江洋大盗都面不改色的陌捕头，却腾地一下，在众目睽睽之下，从耳根子开始蔓延——“噌噌噌”地红了整张脸。

还不待他回过神来，那朵美人花又往上一挪，吧唧一声，亲了他的眼睛，人群笑得更欢了，“色花”得意扬扬，还想再亲额头，陌池却向后一避，恼羞成怒。

接连在大庭广众之下遭受“非礼”的陌捕头终于忍无可忍，狠狠地伸手一抓，美人花顺势攀上了他的手臂，荧光一闪，眨眼却变成了一条奇长的蜥蜴，缠在了他臂上。

陌池眸光一紧，一个反手，作势就要掐死这条蜥蜴，远远操纵的商雨赶紧叫道：“别，官爷别伤害天仙！”

她指尖灵动，从袖中又飞出一条红绸，瞬间将蜥蜴直接拉了回来，宝贝似的塞进了怀中。

她堆起满脸讨好的笑，对脸色已经铁青的陌池道：“不过是个小小障眼法，与官爷开个玩笑而已，只怪我家天仙见了美男就走不动了，冒犯之处还望官爷多多包涵，不要同那小东西计较。”

障眼法？玩笑？小东西？一条蜥蜴居然还起名叫什么天仙，分明就是存心戏弄！

当着众人的面陌池不好吼出来，只能握紧拳头，极力克制住自己的怒火。

天知道他有多伤心，他长这么大，一个女人没碰过，老老实实，清清白白，留给未来媳妇的第一次，居然就叫一条破蜥蜴糟蹋了！

（二）

夺去陌池“贞操”的蜥蜴天仙，在他抓捕窃贼，巧遇商雨时，派上了用场。

溜得比兔子还快的小偷，被锲而不舍的陌池追了三条街还没追上，也算小贼倒霉，偷完东西转身就撞上了陌池，小贼都要哭了，这可是淮城出了名难缠的怪捕头啊！

从客栈出来设摊的商雨恰好看见这一幕，古道热肠地一出手，袖中的长蜥蜴就箭一样地飞了出去：“天仙，上！”

电光石火间，蜥蜴天仙掠过重重人海，“唰”的一下，不负众望地贴上了窃贼的后背，倒霉的小贼哎哟一声，跌倒在地，被气喘吁吁追上来的陌池扭个正着。

商雨也赶紧上前，还没开口，就见陌池脸色难看地盯着蜥蜴天仙，对她生硬地说道：“能把这家伙收了吗？”

简直是他噩梦一般的回忆。

商雨反应过来后，连忙点头赔着笑脸，迅雷不及掩耳之势地一伸手，抓起天仙就往袖子里塞，叫拼命挣扎的天仙委屈不已："为什么？我是功臣！"

就这样不打不相识，一来二去，陌池与商雨熟识起来。

商雨是来淮城找人的，陌池问她找谁，商雨眨了眨眼睛，起初不愿说，后来在陌池的一再询问下，才干干一笑，说是来找自己的未婚夫。

她说她家乡名字有些怪，叫百灵潭，她父亲叫春妖，那生得是风华绝代，宛若天人。

说到这，陌池抬手打断，怀疑地打量了一番商雨："商春妖，这么怪的名字？瞧你这样，你父亲会很风华绝代吗？"

商雨又干干一笑，故作娇羞地推了把陌池："虽然比不上我爹，但人家好歹也是西域一枝花，有你这么埋汰人的吗？"

陌池抽了抽嘴角，搓搓膀子，掉了一地鸡皮疙瘩。

"至于我的未婚夫，这其中包含着一个缠绵悱恻的故事，相信陌捕头不会有兴趣知道的。"

敷衍着将未婚夫的事情一笔带过后，商雨笑嘻嘻地拍了拍衣裳，在小面馆里站起身来，表示自己要出摊表演幻术了，就不和百忙之中抽出空来陪她吃面的陌捕头闲聊了。

看着那道银光闪闪的背影远去，陌池摸了摸下巴，意味深长地一笑："是吗？"

事实上，他早就盯上了商雨。

作为一个年轻正直的捕头，维护百姓安居乐业是他义不容辞的责任，然而近来淮城颇不太平，出了一桩奇案叫他很是头疼——

说是奇案，其实是一起采花大案，目前已有七家小姐受害，但奇就奇在，这七家小姐的守宫砂都还在。

换而言之，就是这采花大盗脱了受害人的衣服，摸了人，却没有真正侵犯下去，受害者惊醒时都只是衣衫凌乱，胸口被人摸了几把，然后还来不及出声，那摸她们的采花大盗就一跃而出，逃之夭夭。

将案情详细禀报了淮城知府——陌池的顶头上司后，他"啊"了一声，脱口而出"这不是有病吗？"

陌池按紧剑，无言以对。

他猜测采花大盗可能患有抚摸症之类的怪癖，否则实在难以解释。

之所以会将目光放到商雨身上，是因为在这案子发生的一个月里，淮城一切如常，唯一有的变化就是，来了她这个西域幻术师。

凭着陌池多年办案的经验和直觉，他有理由相信，这件事和商雨脱不了干系。

她自然不可能是什么采花大盗，但她口中的“未婚夫”就不一定了。

陪着她吃了这么些日子的面，东扯西扯的，可算给他套出了些有用的信息。

小面馆里，掌柜惊奇地发现，他们爱戴有加的陌捕头，正对着一碗面在痴痴傻笑。

（三）

接下来的日子里，陌池开始两头跑，一边马不停蹄地去调查采花大案的线索，一边陪着商雨到处去找她所谓的“未婚夫”。

凭良心说，同商雨一段时日接触下来，陌池觉得她是个热心善良的好姑娘，但这不能排除她未婚夫的嫌疑。陌池甚至有些同情商雨，摊上这么个未婚夫，但第八起采花大案的发生，叫他不得不改变了这个想法。

那时他刚从酒楼相亲回来，对，就是相亲，虽然商雨听了后挤眉弄眼，怪声怪气地调侃他：“哟，这么英俊潇洒、年轻有为的陌捕头还找不着媳妇呀！”

但他还是得说，好捕头也是得要好媒婆来介绍好姑娘的不是？

就在陌池相亲回来睡下后不久，又一起采花大案发生了——

对象竟然就是才跟他相亲完的李家小姐！

等他匆匆穿好衣裳赶到李家时，娇弱的小姐一把扑入他怀中，哭得梨花带雨，上气不接下气，直喊着：“陌郎，陌郎，奴家是没脸再见你了……”

好不容易安抚李家小姐睡下后，陌池跟几个手下做了笔录，皱眉踏出了李府。

他不会说，他在赶来李府时，在拐角处看到了一道一闪而过的身影。

银光闪闪，正是商雨。她探头探脑的样子，很像在……放风。对，给人放风。

千里迢迢从西域来淮城，寻到了未婚夫的女子，因爱生痴，心甘情愿地沦为未婚夫的同伙，为他百般掩饰，甚至放风？

陌池一夜无眠。第二天，见到了照旧笑嘻嘻的商雨后，他故作不经意地提起了昨晚的案子，末了，端起茶杯抿了口茶，委婉地问商雨怎么看。

商雨望了他许久，最终，长叹一声，拍了拍他的肩膀，含着无限的惋惜与安慰：“天涯何处无芳草，陌捕头节哀顺变，总会有好媒婆帮你物色下一个好姑娘的。”

陌池一口茶直直喷出，呛得面红耳赤。

商雨淡定地抹了把湿淋淋的脸后，一挑眉，冲陌池眨了眨眼，又恢复了一副嬉皮笑脸的样子："其实，你看我也不错的，好歹西域一枝花，要是我再找不着未婚夫，你再找不着好姑娘，咱俩凑合凑合过得了！"

凑在陌池耳边说完这番话后，商雨起身拍拍屁股就走人："我去出摊了！"

她声若洪钟，眼角眉梢却挂着一抹少有的羞涩，纤腰一扭，银光闪闪地就不见人影了。

只留下原地拍着胸脯顺不过气来的陌池，张大着嘴，久久没合拢。

这是……什么情况？

千里迢迢从西域来淮城，寻到了未婚夫的女子，因爱生痴，心甘情愿地沦为未婚夫的同伙，为他百般掩饰，却在一次次放风中看透事实，心灰意冷，决定开始一段新的姻缘？

陌池又是一夜无眠。

（四）

在顶着两个黑眼圈，通过走访调查，反复翻看卷宗后，陌池一拍脑门，终于发现了一个至关重要的线索！

他想起相亲时李小姐无意对他说过，淮城一年一度的烟花节就要到来了，今年她想和他一起看，而不是去年的独自一人……他顺手翻过卷宗时，惊奇地发现冯家小姐竟也在去年参加了烟花节，顺着这个思路查下去，他欣喜若狂，终于发现了所有受害者的一个共同点，那就是——这八家受害的小姐都曾在一年前的淮城烟花节上，聚在城中最大的酒楼——摘星楼下看烟花。

按捺下激动的陌池，不动声色地找到商雨，请她上摘星楼去吃饭。

商雨眸光大亮，顾不上下一场的表演了，直接把红布绸带什么的一骨碌塞进了百宝箱里，屁颠屁颠地就要跟着陌池去。

陌池走了几步，忽然想到了什么，回头冲乐滋滋的商雨一声喂道："对了，不许带你那什么天仙去！"

商雨一愣，立刻点头如捣蒜，爽快应下，果断地抛弃了天仙，将它从袖中抓出，一把塞进了百宝箱里，备感委屈的天仙极力挣扎着，只想飞出去掐住陌池的脖子大声问："为什么？这到底是为什么？"

色字刀上一把刀——在黑不溜秋的百宝箱里咬了很久红布后，天仙泪流满面，终于悟出了这个亘古不变的真理。

自从上次商雨说了那番话后，他们之间的气氛就有些微妙起来。

陌池巡逻时经过商雨表演的地方，还会按住腰间剑，不自觉地驻足观看，看着看着就恍惚起来，露出白痴一样的笑容——

这是跟着他巡逻的几个兄弟复述给他的原话，大伙捏着鼻子学猫叫，绘声绘色地笑话某人的春天到了，把陌池看得又好气又好笑，一人一脚，把几个家伙踹得远远的。

事实上，英俊潇洒，年轻有为，却一直没找着好媳妇的陌捕头……真的“思春”了。

也不知道从什么时候起，他开始习惯每天和商雨去吃碗面，听她胡天海聊，说她那百灵潭里的各种趣事。

一开始接近她的确是为了查案，但时间久了，他发现和她待在一块儿很舒服，似乎这样一直过下去……也不错。

特别是那天她在他耳边说了那番话后，回去他就失眠了，睁得大大的眼前，晃来晃去的，全是她笑吟吟的模样。

如果可以，他倒真愿意按她说的……凑合凑合过得了。

所以他才要更加努力地查案，引出商雨那所谓的“未婚夫”，将他绳之以法，叫商雨摆脱那段不幸的婚姻，投入一片新天地。

新天地是什么，自然不言而喻了……

坐在摘星楼等待上菜，撑着下巴陷入遐想的陌捕头，被对面的商雨推了好几次才回过神来，只见商雨清了清嗓子，凑近他，难得正色地小声对他说：“你知道吗？你刚才……笑得很猥琐。”

（五）

陌池一边吃饭，一边装作不在意地提起了淮城的烟花节。

所谓醉翁之意不在酒，他此行的目的，正是于此。

“你是外地人，可能不知道，淮城的烟花在北陆南疆十分有名，尤其是西头陈家的烟花，格外瑰丽，陈家小姐在去年的烟花节上猜对了十道灯谜，才名远播……”

陌池一面说着，一面观察商雨的反应，见她听得津津有味，神色如常。

一顿饭后，两人说说笑笑，各自回家。

接下来几天，采花大盗都没有再出现，商雨每日照常表演，陌池每日照常巡逻，一切风平浪静，除了跟着陌池的捕快们呵欠连天，哀怨地望着他们同样顶着黑眼圈、面色凝重的陌捕头。

他们不知道，其实陌池也快撑不住了，开始怀疑自己是不是猜测错了。

没过两天，淮城的张知府迎来了五十大寿，在府中设宴款待，自然少不了陌池和他领着的一帮兄弟，他还带着商雨上了门，算是正式将她介绍给了顶头上司。

张知府打量着商雨，眼睛笑成了一条缝，拿出长辈的架势，慈爱地嘱咐商雨，要她和陌池好好过日子，和和美美，以后陌池要是敢欺负她，她就来衙门击鼓，找他这父母官主持公道。

商雨艰难地憋笑，不时拿眼瞟陌池，眸中满是揶揄，脸上却绯红一片，在摇曳的烛火中似涂了层胭脂，显得格外柔美动人。

陌池也高兴地不住傻笑，和兄弟们猜拳斗酒，醉得东倒西歪。

整个府中一片喜庆，觥筹交错间，唯有门前的红灯笼，随风拂动，在月下左摇右摆。

夜，静得吓人。

月朗风清，枝头乌鸦啼叫，一声又一声，仿佛预示着将有不寻常的事情发生。

淮城西头，陈府门前。

一个黑影一闪而过，在一片寂寂中跃上墙头，悄无声息地摸进了陈家小姐的闺房。

黑影眸中流露着隐隐的兴奋，像是极力抑制住满心激动，猫一样地寻到了陈小姐床边，伸手向床上熟睡的她摸去，一双手在黑暗中窸窸窣窣，从下面摸到上面，最终在胸口处停住了。

黑影呼吸急促起来，颤着手，小心翼翼地去解陈小姐的衣衫，欣喜中又带着紧张，仿佛害怕什么期许落空般。

就在这时，床上人一个翻身，眼眸大张，于电光石火间扣住了黑衣人的手！

“总算抓到你这恶贼了！”

黑衣人一惊，慌乱欲逃。

房中却陡然大亮，埋伏的捕快们一下从床底和衣柜后现身，齐刷刷地亮出刀剑，将他团团包围。

床上的“陈小姐”紧紧扣住黑衣人的手腕，笑得丰神俊朗，赫然正是本该醉倒在寿宴上的陌池！

这出守株待兔的戏终于成功收网！

也不枉他领着兄弟们蹲守了数十天，天天打呵欠，精神萎靡。

今夜张知府寿宴上那出戏，更是成功蒙骗过了采花大盗，而张夫人也按计划在后堂拉着商雨说话，叫她不能去“通风报信”。

那边醉得东倒西歪，被扶到厢房各自去休息的捕快们，就在黑夜里悄无声息地“苏醒”，按约定好的在张府后门会合，抄近路，赶往陈小姐的闺房布下埋伏，静等瓮中捉鳖！

果然，那只“大色鳖”乖乖上钩了！

“恶贼你束手就擒吧！”火光通天中，陌池一把扯掉了采花大盗的面罩，脸上的笑容却在看清“原形”的那一刻，蓦然怔住——

那张脸眉清目秀，此刻被他扣住手腕急得绯红，咬唇不敢看他，竟然正是本该在后堂同张夫人说话的商雨！

陌池觉得像有一道雷劈下来，把他劈得稀巴烂了。

“嫂子？！”团团围住的捕快们惊声出口，面面相觑间，难以置信。

而陌池，也在这时终于明白，为何八家小姐都没有失身，手臂上还有着殷红的朱砂痣。

天杀的他们都被固定思维所阻，一厢情愿地认为采花大盗就得是男的，明明那么多可疑的细节摆在眼前，他也压根没有怀疑过女儿之身的商雨！

（六）

陌池来牢房看商雨时，给她带了平时每天都要和她吃的一碗面。

地点却从小面馆改成了昏暗的大牢，两人相对而坐，久久无言。

到底还是陌池先开了口：“你……究竟是谁？”

他觉得自己像个傻子，以为一切尽在掌握，还满心憧憬和她美好的未来，为不得已而利用她感到愧疚，原来真正被蒙在鼓里的人却是他自己，从头到尾都是他自作多情，也许从一开始她的接近就是别有目的！

计中计，局中局，到头来谁又骗了谁，当真是可笑又可叹。

沉默了许久的商雨忽然抬起头，望着陌池，却并不回答他的问题，而是幽幽问道：“离今年的烟花节还有几天？”

陌池一怔，不明所以，道还有半月。

商雨的眸光倏然黯了下去，她喃喃着：“来不及了，快来不及了……”

“什么来不及了，你做这一切究竟是为了什么？你从头到尾是不是都在骗我，你说啊，是不是？”陌池终于按捺不住地一拍桌子，胸膛起伏着难以自持，声声喝问间却不觉红了眼眶。

他不相信老天爷会这样对他，他生平第一次有喜欢的姑娘，他不敢相信，更不愿相信。

从商雨袖中探出脑袋的天仙吓得一个哆嗦，又缩了回去，而一直默不作声的商雨，终于深吸了口气，抬眸直直望向陌池，一弯嘴角，竟露出了平日一贯的笑："我给你表演一个幻术吧。"

她说，表演完了他就会明白一切。

紧紧盯着商雨的陌池，眸光深深，终是薄唇轻启："好，我便再信你一次。"

从衣里抽出一根绸带，商雨在大牢里舞动起来，像是点燃一道火花，昏暗的牢房瞬间熠熠生辉，流光飞舞。

陌池看着看着不由恍惚起来，想起和商雨初次见面的情景，漫天的金雨洒下，落在手心，变成了五颜六色的糖果，少女笑得眉眼弯弯："祝大家岁岁年年，甜甜蜜蜜。"

糖果融在口中，化在心里，也许从那时起，就有什么注定要不同了……

牢房里，荧光簌簌。

滴答一声，一丝凉意滑过脸颊。

陌池以为自己落泪了，伸手去抚，却闻到了一阵墨香。

他吃惊抬头，牢房里竟下了一场雨——

一场水墨清香的雨！

随着商雨舞动红绸，雨越下越大，荧光飘洒，墨香四溢间，几乎要让陌池以为这是一场梦！

他眸光痴痴，如饮蜜酒，陶醉得心神荡漾，直到身子软绵绵地倒下去时，他才恍然大悟——

商雨又骗了他！

迷迷糊糊中，他听到一个声音在耳畔道："对不起，有件事情我必须得去做，再不做就没时间了……"

少女的手抚过他的脸庞，极尽温柔与眷恋，他恍惚间看见她泪光闪动，眸中含着说不出的情意："其实我唯一骗了你的就是我没有什么未婚夫，我才是你要抓的那个采花大盗，但其他，统统都是真的……我和你说的百灵潭，我父亲春妖，我们那里发生过的各种趣事，统统都是真的，包括——

"我说喜欢你，想和你一起过日子也是真的，你去相亲了，我表面上笑你，实际上很害怕，才摸去那李家小姐房中，不仅为了找东西，也是想破坏你的姻缘……

“我没有骗你，其实你不知道，我第一次见你的时候，你站在最外圈看我表演幻术，那皱眉审视我的模样有多傻，傻得我就忍不住想逗你，这一逗，就再也放不下了……”

（七）

一年前在摘星楼下看烟花的九家姑娘，现在就差最后一位陈小姐的胸口没有看过了，东西一定在她身上！离今年烟花节只差不到半月，说什么商雨也得放手一搏！

从牢房逃了出来后，商雨带着天仙躲过众人视线，也不再畏手畏脚，等晚上再动手，而是一路直接摸进了陈府，无声无息地掠到了陈小姐的房间。

大惊失色的陈小姐还来不及尖叫，就被商雨一把堵住了嘴：“别叫！我没有恶意，让我看看你的胸口好不好？”

天仙也善解人意地从商雨袖中钻出，配合地做出一个哀求的目光，楚楚可怜地望着陈小姐，但碍于先天相貌所限，它不知道它那副模样只会叫陈小姐更加害怕，不要命地一把挣开商雨，推开房门大声哭喊：“来人啊！采花大盗越狱了！快来人啊！”

挟持着陈小姐夺门而逃的商雨，被闻声赶来的捕快们一路追到了郊外，逼至一处悬崖边上时，再也无路可退。

她搂紧瑟瑟发抖的陈小姐，只觉事情演变得完全超出她的预计：“别过来！我没有想过要伤害她的，你们别过来！”

可事已至此，她却回不了头了，咬咬牙，商雨一把扯开陈小姐胸前的衣襟：“得罪了！”

团团包围的捕快们赶紧别过头，陈小姐更是花容失色，一耳光打过去：“下流！”

商雨蒙了。

事实上，她不是被打蒙了，而是被陈小姐胸前那一片雪白肌肤刺激到了，彻底蒙了——

怎么会……怎么会这样？！

陈小姐胸前居然什么也没有，她可是九家姑娘里最后一个，可是她最后的希望呀！

趁商雨这恍惚的瞬间，脸上泪痕未干的陈小姐拉上衣服，狠狠一推，尚自震惊的商雨猝不及防，踉跄地向后跌去——

她的身后，就是万丈悬崖！

从牢里匆匆赶来的陌池恰巧撞见了这一幕，瞳孔骤缩：“不！”

一个飞扑，他如离弦之箭射出，飞身至崖边一把抓住商雨的手，却根本来不及了，商雨大半个身子都已经凌空，连带着他向后一扯，两人一同跌了下去！

"池子哥，商姑娘！"

所有人脸色大变，齐齐奔至崖边。

大风凛冽，卷起发梢，陌池紧紧拉住商雨的手，两人在空中急速坠落。

看着奋不顾身扑来救她的陌池，商雨瞪大了眼，声音都在发颤："你，你怎么这么傻，你会和我一起死的！"

陌池衣袂飞扬，在风中大声喊道："你不是就喜欢我的傻样吗！"

商雨"哇"的一声就哭了出来，推攘着陌池："可我不要，我不要你死！"

拉扯间陌池的衣领被扯开，白皙精壮的胸前赫然露出一点墨痣，叫失声痛哭的商雨猛地一震，难以置信——居然是你！

她千辛万苦找寻的那滴墨竟然在陌池胸口！

还不及开口，他们已要跌至崖底，风中却忽然绽开朵朵幽莲，一道清影从云雾中踏莲而来，墨发如瀑，眉目如画，周身仿佛染了月华的清辉。

感觉被什么力量拖住，瞬间缓住了他们继续坠落的速度，陌池在空中扭过头，看到那道身影的第一眼，脑海中竟堪堪闪过两个字——春妖。

他想起商雨曾同他说过的话，他无来由地笃定这就是她口中的父亲春妖，以前他只当她夸张，却在对上那双清冷眼眸的时候，他才终于知晓，什么叫作风华绝代，宛若天人。

（八）

纷纷扰扰，一切的一切，都要从一年前的淮城烟花节说起。

那时百灵潭之主春妖在破解一个法师设下的十二生肖之术中，欠下好友齐灵一个人情，事情了结后，齐灵嚷着要去人间看烟花，淮城的烟花在北陆南疆享有盛名，恰逢烟花节，他早就想去一饱眼福了。

当下，齐灵便拉着谛听来到百灵潭，笑闹着要春妖"请客"，春妖也不多说，带着他们这便动身，前往人间，亲临淮城的摘星楼赏烟花。

夜空中的烟花果然绚丽非凡，摘星楼的老板亦会做生意，在大堂设台，请来姬人们跳起了异族风情的歌舞，春妖一时兴起，拂袖蘸墨，挥毫画下了一个西域女子，灵动俏皮间却又不失江南女子的秀美，在画卷上吟吟浅笑，栩栩如生。

齐灵看了之后赞不绝口，笑侃春妖，说画上人是他家闺女，他得给取个名字。

春妖略为沉吟后，唇角微扬，提笔写下了两个字——商雨。

“商”是因为他们定的是商字号上房，“雨”则是因为淮城最出名的一道烟花叫“雨上天青”。

画中人仿佛有感应般，双眸盈盈若水，似是在叫春妖爹，对他说她很是喜欢自己的名字。

齐灵与谛听看了皆是大笑，春妖也眸含笑意，随口吹了丝仙气给画中人。画中人眨眨眼，手脚动了动，竟真的活了过来，身影浮现于半空，俏生生地向春妖行礼：“爹爹，商雨拜见爹爹！”

赏了一夜烟花后，他们相约明年淮城烟花节再聚首，当下齐灵嫌不尽兴，拉着谛听上了九重天，而春妖则将画轴一卷，带回了百灵潭，随手挂在了房中。

他并未想那么多，却不知，画中他的“闺女”商雨，得他一口仙气，又见识到了人间的繁华热闹，不甘再寂寞地寄托于画轴里，做一个虚无缥缈的幻影，她想变成人，变成一个真正的人。

偶尔她会悄悄溜出房间，在百灵潭里四处转悠，观察百灵潭发生的各种趣事，但她始终无实体，身形缥缈，又不能离开画轴太久。

虽然她是春妖一手创造出来的，但春妖当时只为助兴，一时消遣，并没想过真的要让她化人，违背既定的天道规律。

春妖曾撞见她脱离画轴，想要溜出去玩，将她拽回来后，春妖无奈叹息：“我曾因千年寂寞，在寒露时节将自己的影子化成人，朝夕相伴，却惹出了日后许多不该有的牵绊，天道始终不可违，这次也是我一时大意，不该度你一口仙气，徒增你蠢蠢欲动的一颗凡心，须知三千世界，人如身处荆棘之中，不动才能不伤……”

她在画轴里听得似懂非懂，内心却还是无比渴望变成人，不由眨着眼睛讨好春妖，直叫着：“爹爹，爹爹。”

春妖哭笑不得，转身拂袖，不再看她，只留下一句：“莫再出来了，总有一天你会明白的。”

就这样，商雨困在画轴里，不知无聊地过了多少个日夜。

所幸她结识了一个朋友，那就是某一天不经意爬过她脸颊的……长蜥蜴，日后叫她给取了名字的天仙。

听到她说话时，天仙吓了一跳，差点儿从墙壁上摔了下来，她在画轴里哈哈大笑，几乎一眼就喜欢上了这个小家伙。

天仙在百灵潭默默无闻地修炼了一百来年，道行还不够，无法化出人形，连开口说话都不行，但奇怪的是，商雨偏偏就能听懂它的“蜥蜴语”，与它心意相通，久而久之成了好姐妹。

对，天仙是个女的，虽然貌丑，却有颗向往美丽的心，见了美男就走不动，尤其是一见到潭主春妖就流口水，叫商雨嫌弃得不行：“色鬼，不许觊觎我爹！”

就这般相伴相依，打打闹闹，有了天仙的陪伴，商雨也没那么寂寞了，但她想成为人的想法却始终没变，反而越来越强烈。

直到有一天，机会终于来了。

那时一年快过去了，齐灵从九重天上下来，与谛听依约来到百灵潭，找春妖一同去淮城赴烟花节。

经过商雨所在的那幅画时，齐灵停下了脚步，她乖觉，立刻道：“齐叔好！”

齐灵一下笑眯了眼，一旁的谛听满眼不屑，齐灵才不管那么多，十分受用地凑近她：“听说你想成人？”

她一怔，当下点头如捣蒜，双眸泛出无比渴望的光芒。

齐灵摸了摸下巴，在她耳边窃声道：“好歹你也算是老妖的‘闺女’，就是我的侄女，我这齐叔就姑且帮你一把！”

说着，齐灵并指一点，荧光一闪，就将她放了出来，还让她拥有了梦寐以求的实体，不再是虚无缥缈的幻影。

她欣喜若狂，扑通跪在了齐灵面前谢恩，齐灵笑眯眯地摆手：“你那怪爹实在不通人情，当初他不也是忍受不了寂寞，凭什么要求别人呢？既将你造了出来，就该负责到底，这样没日没夜地困着你，当真是好没道理。”

说话间，齐灵却像发现了什么，奇怪地“咦”了一声：“你腰间怎么……”

商雨赶紧低头，这才发现自己腰间竟然缺了一块，呈现透明的状态！

一直没有出声的谛听皱眉开口：“你魂魄不完整，似乎少了一缕魂……”

他一直侍奉在地藏王座下，对阴魂阳魄之事极其熟悉，这般开口，定是错不了的。

商雨大惊失色，不明白自己怎么就缺了一缕魂？

还是话虽少，却心细如尘的谛听回忆起来，当初春妖在摘星楼挥毫作画时，似乎溅出了一滴墨，落到了楼下。

这样一说，商雨也陡然记起，当初春妖在窗边画下她时，她眼见一滴墨飞溅出去，掉到了楼下一个女子雪白的胸前，瞬间化成了一颗墨痣。

现在想来，想必那就是她所缺失的一缕魂！

事不宜迟，商雨即刻动身，欲去淮城找回自己那滴溅出的墨，那缕缺失的魂。

齐灵说时间紧迫，他会为她拖住春妖，邀他去天宫下几盘棋，依天上地下的时间转换，棋下完了，淮城的烟花节应该也开始了。

那时就没什么理由再拖住春妖了，所以她得“速战速决”，赶在烟花节前找回遗落在外的那滴墨，否则她就将被春妖拘回画中，前功尽弃！

临行前，谛听在齐灵示意下，撒了一些犄角粉在商雨腰间，粉末化成了闪闪发光的银坠，正好与她的异族装扮相得益彰，替她遮掩住了腰间空缺的一块。

商雨感动不已，却没奔出几步，又想起了什么，转回来，一把抓住了墙壁上的天仙，塞进袖中，对着诧异的齐灵与谛听道：“大恩大德没齿难忘，祝齐叔和谛听叔举案齐眉，百年好合！”

（九）

来到淮城的商雨开始以西域幻术师的身份在街头表演幻术。

她每每洒下一片金雨化糖，其实不过是想趁所有人齐齐仰头之际，察看围观女子胸前有无一点墨痣。但这样找无疑是大海捞针，她最重要的是要查出当日在摘星楼下看烟花的姑娘究竟有哪些。于是，她抓紧时间，一面表演幻术，广识淮城百姓，一面想方设法地去打听一年前摘星楼下的情况。

通过她百般搜索，事情终于有了眉目，她每找到一家，就在深夜潜入那家小姐的闺房，察看她们胸前有没有一点墨痣。就这样，她犯下一系列案子，成了陌池口中的“采花大盗”。

牢房里，她为他表演了一场幻术，漫空下了一场水墨雨——

其实那都是她的滴滴眼泪。

她一直不敢告诉他真相，其实她早就喜欢上他了，她怕他接受不了她是一个异类，她想变成真正的人再去找他，和他厮守一世，在淮城定居下来，好好过日子。

可最后一位陈小姐胸口都没有她要找的那点墨痣，那一瞬间，她心中是说不出的绝望。

甚至当陈小姐推她下去时，她反而有一丝解脱之感，与其回到画轴里，孤单一辈子，倒不如就这样葬身崖底，留在淮城永远陪着他。

可她没有想到的是，陌池会奋不顾身地扑上来，和她一同坠了下去。

他真是她见过最傻的人，傻得叫她念念不忘，刻骨铭心。

可她更没有想到的是，拉扯间他衣襟散开，白皙精壮的胸口赫然现出一点墨痣！

兜兜转转间，她千方百计要找的那缕魂，竟然在他身上！

这个啼笑皆非的乌龙还是得从一年前说起。

一年前的淮城烟花节上，陌池正在办一桩大案，那也是个采花贼，还是个喜欢女人穿低胸纱裙、皮肤雪白的采花贼。

陌池久抓他不到，不得已扮成女子以身作饵，引出犯人，却不想楼上一滴墨飞溅到了他胸前，瞬间化成了一颗痣，他却浑然不知。

后来采花贼果然上钩，尾随他进了漆黑无人的小巷，想对他不轨，却被他和小巷里埋伏的兄弟们抓了个正着，也因为成功告破此案，陌池升为淮城历来最年轻的捕头。

却没有料到，一年后，淮城又来了一个采花贼，还是个脱了衣服，摸了人，却不真正下手，奇怪透顶的采花贼。

于是，“年轻貌美”的陌捕头再次“牺牲”，扮成了陈小姐，睡在床上，静等瓮中捉鳖……

百灵潭里，风声飒飒。

昆仑镜中画面闪烁，浮现出商雨去到淮城一路的经历，却在她与陌池齐齐坠入崖底之际，画面戛然而止。春妖收回昆仑镜，清冷而立，目视齐灵与谛听道：“若再晚去一步，你们可知会有什么后果？”

齐灵自知事情败露，讪讪地赔笑：“那个，老妖，此番的确是我擅作主张，将你家闺女放了出来，不过你将她困在画轴里，不许她动凡心，也委实不近人情了些，那些禅理如你我等仙灵尚且还参不透，更何况她一介墨魂呢……”

春妖挥挥手，打断了齐灵，领着他们来到房前，透过窗棂向里望去，榻上躺着二人，正是被春妖救了回来，被点昏的商雨与陌池。

齐灵与谛听不明所以，面面相觑，却听春妖一声叹息，仿佛感触颇深，想通了什么：“若再晚一步，后果便是，崖底将多了两具森森白骨，而世间将少了一对有情人……”

（十）

淮城，熙熙攘攘的市井，各种摊贩的叫卖声不绝于耳，一如既往地安定与祥和。

陌池带着兄弟们在街上巡逻时，经过小面馆，老板放下算盘，跑出来笑呵呵地问道：“陌捕头早啊，怎么最近不见小商姑娘出来开摊，也不上咱这儿来吃面？”

陌池唇角微扬，不自觉温柔了眉眼：“她呀，她有事出远门了，去了很远的地方，过些时日就会回来了，劳烦老板记挂了。”

转过身，陌池悄悄向怀中摸去，那里揣着一幅画，日日贴近他温热的胸口，感受着他的心跳。他眸中笑意愈深，喃喃着，仿若在和谁说话：“听见了吗？大家都很想你呢，你要快点儿醒来才是……”

百灵潭的一切像一场梦，虚无缥缈，神奇不已，却又叫陌池觉得无比真切。他知道了前因后果，所有真相，虽觉不可思议，却当着春妖三人的面，搂紧忐忑不安的商雨，信誓旦旦地表示，他不会嫌弃她，不会抛下她，他想带她回淮城，和她一起好好过日子。

胸口的那点墨痣已然定型，同陌池的身体融为一体，饶是春妖也无法在不伤害陌池的情况下，取出商雨的那缕魂。

最终还是深谙阴魂阳魄之道的谛听想出了一个办法，叫商雨暂时回到画轴中，他施法相助，让陌池将画轴带回淮城，揣在怀里，日日贴于胸口，久而久之，胸口的那缕魂自然而然地就会融入画轴中，使商雨彻底苏醒，成为一个完完整整、真真正正的人。

在百灵潭群妖的祝福下，陌池即刻启程，临别时，春妖叹道，接下来如何，全看你们的造化了。陌池感激万分，脱口而出：“岳父大人请放心，小婿定会照顾好商雨，一生一世必不负她。”春妖嘴角略抽，身后的群妖们想笑不敢笑，个个忍俊不禁，滑稽不已。

就这样，齐灵与谛听护送着陌池回到了淮城，还将淮城百姓关于采花大盗的记忆抹去，免了他们的后顾之忧，好让商雨日后苏醒，能够无所阻碍地在同陌池一起，幸福美满地过日子。

陌池眼眶微微湿润，深吸了口气，抬头望向长空，天很蓝，云很白，和风拂过，他仿佛看见，他的姑娘就在不久的将来，对他吟吟浅笑，变出漫天糖果雨，眨着眼道：“岁岁年年，甜甜蜜蜜。”

川流不息的淮城安宁如常，陌池所经之处，百姓纷纷向他打招呼，他笑着点头致意，却迎面撞上了一个人——是三天两头想给他做媒的王媒婆，不死心地又找上了他：“陌捕头早啊，要不要老身给你介绍个好姑娘呀……”

察觉到敌情的蜥蜴天仙唰的一下，从陌池袖中钻出，龇牙咧嘴地表示此君已有主，闲人勿近，吓了王媒婆一大跳。

陌池好笑地将天仙塞回袖中，对着王媒婆无奈道：“当真不必了，在下已经有未婚妻了，她过些时日就会回来，到时还请王婶上门喝杯喜酒。”

袖中的天仙这下放心了，在陌池走远后还探出脑袋，冲身后的王媒婆得意吐舌：“听见没有，此君有主了！”

外传

岁岁秋上月

我用一辈子，记住一张脸，中秋月，百鬼唱，可长歌可醉饮，唯不可离去，年年岁岁，万物莘莘，说出口的不过一纸牵挂……

“我用一辈子，记住一张脸，中秋月，百鬼唱，可长歌可醉饮，唯不可离去，年年岁岁，万物莘莘，说出口的不过一纸牵挂……”

动人的旋律回荡在舞台上，闪光灯映着女孩朴实无华的白T恤和浅蓝色棉裙，她沉浸在自己的回忆中，旁若无人地唱出心中的歌，静静站在舞台中央，仿佛聚光灯和掌声都难以侵入她的世界。

“年年岁岁，万物莘莘，说出口的不过一纸牵挂……”

副歌的旋律不断萦绕着，触动了所有人的心弦，这首安静的古风原创歌曲终是打动了四位导师，叫他们齐齐转过身来，望向台上那个唱到落泪的歌者。

一曲完毕，满场静了静，下一瞬，掌声如雷，几位导师也互相对视了几眼，难掩兴奋，显然也对台上这位年轻的歌者产生了浓浓的兴趣。

“音乐学院大三在读学生，秋岁岁，这首歌是你原创的吗？听起来似乎包含了很多内容，来，能跟我们分享一下你的故事吗？”一位导师翻看着手中资料，抬起头，温和问道。

台上的女孩深吸了口气，握着话筒的手有些微颤，她面目清秀，束着一个简单的马尾，脸上泪痕还未干，在导师们的注视下，抿了抿唇：“以、以前的我是绝不会有勇气登上舞台唱歌的，因为我是脸盲症患者，老实说，我到现在都还没能认清导师们的模样……”满场惊讶中，女孩不好意思地笑了笑，却像想起什么，眸中又泛起泪光，“我是单亲家庭的孩子，说来好笑，因为父亲是很出色的跆拳道教练，常年在外带团比赛，一年到头难得回家，所以，我几乎连他的样子都不记得，长到现在，我真真切切，只记得一个人的脸。”

“如果不是那一段经历，我根本写不出这首歌，这首歌叫《岁岁秋上月》，是献给一个我深爱的地方，和一个我深爱的人……”

（一）

中秋节，人间处处团圆喜庆，百灵潭也是热闹非凡。

孔澜夫妻接下了中秋夜宴的任务，是夜将聚齐众妖，对月畅饮，百鬼群欢。

秋岁岁从浴池里钻出来时，春妖正在焚香沐浴，缭绕的水雾间，她只对上一双清冷的眼，以及一道闪着幽蓝光芒的额环。

还不待秋岁岁失声尖叫，春妖已经掠出浴池，水花四溅中，卷起架上的衣裳，一个轻旋，稳稳落在池边，居高临下地望向水中的秋岁岁，眉头微皱，眸中却又带了丝无奈。

“别唤，这里是百灵潭，吾乃百灵潭之主，春妖。”

话音一落，池中的秋岁岁已瞪大了眼，本要出口的尖叫声生生卡在了喉咙里，她脚下一个不稳，滑入池中呛了几口水，好一阵扑腾才攀着池壁缓过来。

“百、百灵潭？我、我竟然……”

春妖湿发贴身，长眉一挑，仿佛猜到秋岁岁接下来要说什么，先于她前头道：“没错，你便是来到了百灵潭。

“你叫秋岁岁，今年二十有一，乃你家乡书院里修习声乐的学生，今日中秋，你父亲不在家，你百无聊赖，又觉寂寞，遂一人上街打发时间，不觉月上中天，你途经一小巷，耳闻缥缈歌声，好奇踏入，却被一阵强光吸住，再次睁眼，却已置身于此，跃池而出。”

清越的声音回荡在水池上空，缭绕雾气中，秋岁岁听得目瞪口呆，心跳如雷：“你、你怎么会知道……”

不仅知道她想说的每一句话，甚至连她的底细，连她为什么会来到这儿，都摸得一清二楚。

胸口起伏间，秋岁岁湿透的衣裳紧贴身体，少女曼妙的曲线一览无遗，春妖眼皮一跳，背过身去，没好气地一叹。

“我知道的还多着，你患有脸盲之症，辨人不清，好友至亲亦是转身便忘，又加之尔父习武，你耳濡目染下久成习惯，寻常人一近身你便会将其摔出去，是以多年来你亲友渐离，世人视你为异端，更有倾心于你者也接二连三被吓跑，你孑然一身，至今二十有一，熬至高龄也未能嫁出去，心中苦闷，只有将满腔愁绪倾诉于声乐之上，聊以慰藉……”

像有一道惊雷劈下，秋岁岁张大了嘴，浑身激颤着难以置信，她仰望着那道犹如神祇的背影，听得几乎要热泪盈眶了——这就是一个文言文版的秋岁岁辛酸史啊！

三言两语概括了她二十一年的漫漫悲伤路，但是等等，“尔父习武？”那个更确切地说应该是跆拳道吧！“寻常人近身不得”，那是因为她天杀的老爸从小训练她，叫她养成了习惯性过肩摔的生者勿扰毛病。

至于“熬至高龄”，苍天可鉴，她两行宽面条泪，芳心尽碎——

姑娘她才二十一岁呀，虽然一次男朋友也没有谈过，但好歹她还年轻，还正值如花似玉的妙龄啊！

“潭、潭主大人，您果然法力无边，无所不知！”秋岁岁大为感叹，为自己的“高龄”小小哀伤后，怀着复杂的心情望向池边那袭蓝裳，有些语无伦次地开口道：“您知道吗？其、其实我是《百灵潭》的书迷，没有朋友陪伴时，我就喜欢看百鬼们的故事，我可以数出百灵潭里的好多名字来，我从没想过原来百灵潭是真实存在的，这真是太不可思议了！就在中秋前一天，我还在报刊亭买了最新一期连载《百灵潭》的杂志，确切地说，我、我是……”

“我知道，”春妖淡淡打断，背对着秋岁岁清了清嗓子，语调不明，“你是我的‘粉丝’，你喜欢我，仰慕我，还为我画过像，写过歌，你甚至想过，如果一辈子都嫁不出去，就守着我的画像独自过活，当我是你的……夫君。说来的确很奇特，虽然我们素未谋面，但你思慕着我，确确实实，真真切切，已经整整一年零三个月了。”

水雾缭绕，白烟渐渐散去，像是又一道惊雷劈下，秋岁岁傻在了池子中，哆嗦着嘴皮子，望着春妖的背影，震惊到无以复加——

太、太可怕了，方才春妖说过的话，只要将“你我”调个位置，就是她心里原封不动，差一点儿就要一五一十对他说出来的话！

“你现在一定很惊讶，但不要紧，我马上会告诉你一切。”

似乎连她的内心活动也一一探寻到，春妖微微侧身，余光掠过池面，瞥向水中已震惊到不能言语的秋岁岁。

蓝裳墨发，幽冥额环闪着诡魅的光芒，伴着那个清冷的声音。

“事实上，我所知晓的一切，都是从你口中所得，你也许不会相信，这番对话，我们已进行了无数次。”

顿了顿，话语中竟含了丝懊恼与无奈，在水池上方一字一句地响起：

"我们，被困在了中秋这一天，周而复始，循环不息，我一一记得，却有心无力，而你，全无记忆，一次次跃池而出，懵懂如初。"

（二）

去往极寒之地寻找凶兽混沌时，即使有了春妖灌输的真气护体，秋岁岁也感到刻入骨髓的冷，她只是个寻常凡人，根本忍受不住这冰天雪地彻骨的寒。

为了等待秋岁岁，春妖一直放慢了脚步，奈何时间紧迫，他心头焦急，又见秋岁岁冻得嘴唇发白，浑身颤抖。

他心生恻隐，认命地一声叹息，一拂袖，对着秋岁岁弯下了腰："上来吧。"

春妖的背极其温暖，还带着木叶的清香，秋岁岁搂紧他的脖颈，满足地长吁了口气，只觉遍体都暖和过来了。

从前遥不可及的潭主大人，如今就这样背着自己，一步一步地踏在风雪里，一切当真像个梦。

秋岁岁将脸埋在春妖的墨发间，唇角微扬，笑得眉眼弯弯。

他们此次来找混沌是想取一件东西，取他们需收集的十二生肖中，第五样对应之物。

混沌初开大道传，天地继然而生成。

天地间有三处大陆，一处为中州大陆，一处为北陆南疆，一处为现世凡尘。

百灵潭位于中州大陆上，那是一片神奇而广袤的大陆，有各种各样的妖魔鬼怪，城邦异族。当初忘川之水倾泻而下，落在中州大陆最荒芜的地方，成为百灵潭，后在潭主春妖的管制下，百灵潭井然有序，百鬼群妖不断壮大，逐渐使百灵潭发展为中州大陆不可小觑的一股重要势力。

北陆南疆则是百灵潭外头的世界，乃人间所在，齐灵就曾去往人间，寻找转世历劫的哥哥齐真。人类在北陆南疆繁衍生息，王朝在此更迭不息，代代相传，神巫贯穿了北陆南疆的历史，是联结天龙与地龙的使者，天龙是天上的神明，地龙则是地上的君王。

与这二者位于平行时空的,便是秋岁岁所来自的二十一世纪——现代人类居住的时空。

此番之所以会来到百灵潭，是因为秋岁岁在中秋那夜，无意踩到了时空缝隙，被强光吸入，掉入了时空隧道。

她听到的缥缈歌声，其实正是从缝隙里传出的百鬼群欢之声，当卷入了时空隧道后，她回到了百灵潭中秋节的早晨，从春妖的浴池里破水而出。

这个周而复始的中秋，就从这个早晨，这一刻，正式启动。

而原因，除了秋岁岁无意撞到的时空缝隙外，还得从春妖这边说起。

中州大陆上有一个神通广大的巫师，她心爱的男子被她失手害死，得知真相后她痛不欲生，决心复活自己的爱人，但这样做是逆天而为，即使她有翻江倒海的本事也难以实现。

于是她开始修炼一种阵法，能使时空逆转，回到当下，改变她与心爱之人的命运，但启动这种阵法还需一物，那便是春妖的昆仑镜。

所以这个巫师抱着爱人的尸体，不惜从大漠千里迢迢赶到百灵潭，想找春妖借昆仑镜一用。

春妖听她说明来意后，虽对她的故事唏嘘不已，却委婉表示无法出借昆仑镜。

逝者不可生，天道不可逆，世间虽也有过重生之事，但那些多是气数未绝、本不该亡的，而巫师的爱人，生命线早已消亡，是命中注定会有的一劫。

巫师此行乃篡改命格之举，几乎没有成功的可能，若硬要逆天而行，施阵者很有可能会受到阵法反噬，性命不保。

春妖说，他若出借昆仑镜，就是在害她，等于将她推入万劫不复之地。

可惜，道理那位巫师全都明白，可抱着爱人的尸体，她早已疯魔，只想不管不顾地逆天而行一次，付出任何代价也心甘情愿。

她打不过春妖，抢不来昆仑镜，便与春妖立下一赌。

她设下一个结界，冰封了百灵潭的潭面，若春妖能在中秋月圆之前破了结界，消融潭面，她就不再纠缠他，放下执念，不再去想那逆天而行之事。

若春妖无法于中秋月圆前破除结界，那么就算输了，得答应她，出借昆仑镜。

春妖思忖再三后，为平却巫师心头执念，终是应允了。

赌约即刻开始。

子鼠、丑牛、寅虎、卯兔、辰龙、巳蛇、午马、未羊、申猴、酉鸡、戌狗、亥猪。巫师布下与百灵潭相关的十二生肖之术，春妖只有在中秋月圆前找出这十二生肖分别对应之物，才能破解结界，消融潭面，赢得赌局。

但当时的春妖绝想不到，就是这场赌局，将他与秋岁岁困在了中秋这一天。

何等巧合之事，就在这边巫师布好结界，那边秋岁岁便撞上了时空缝隙，掉进了百灵潭。

两相即刻起了反应，风云变色，巫师的结界与时空缝隙搅在了一起，造成了一种无可挽回的时空漏洞——春妖与秋岁岁困在了中秋这一天，从朝到夕，过完一次便从头再来一次，他们会一次次被拉回浴池里的场景，如此周而复始，循环不息。

春妖想了无数法子也无法冲出这一天，这已非常理可以解释，要破这荒谬之局，他想，唯一的办法可能就是在月圆之前，找出十二生肖对应之物，破了巫师的结界，那么因结界与时空缝隙所导致的时空漏洞也就不攻自破了。

在秋岁岁这一次跃池而出时，春妖其实已与她打过百来回照面，两人还一起去找那十二生肖对应之物，已找到了寅虎、卯兔、辰龙、巳蛇这四样，只差剩下八样了。

但秋岁岁的记忆却在每天过后都要重新“洗盘”，第二天依旧是中秋，她依旧从浴池里钻出来，懵懂如初，在日复一日间，从头听春妖解释一遍，重新开始。

他们在一起不知看了多少个中秋月，用秋岁岁的话来说，那就是“革命友谊”深厚，只可惜，秋岁岁永远只拥有一个朝夕的记忆。

朝夕过后，忘却一切从头开始。

（三）

摊开手心，四件闪着荧光的物件缓缓升起，浮于半空。

一面赶路，春妖一面向秋岁岁展示了他们已经寻得的四样对应之物。

寅虎、卯兔、辰龙、巳蛇。

一瓣桃花、一枚铃铛、一块玉佩、一片蛇鳞。

风雪中，春妖蓝裳墨发，头上的幽冥额环闪闪发光，照着他绝美的面容，在冰雪的映衬下，他一眨眼一启唇，都是一段无双风华。

他背着秋岁岁，好听的声音淡淡响起，开始解释起这四样东西是如何找到的。

说来秋岁岁的功劳不小，她熟读了《百灵潭》的每一个故事，对那些出场过的百鬼群妖如数家珍，几乎是扫了一遍就兴奋地指出其中几个。

寅虎，她第一个想到的就是白虎斑修，那个深爱着圣女夭夭，带着夭夭的化身噬梦精沉梦，在人间东躲西藏，痴痴陪伴沉梦几百年的守护者；

卯兔，这定少不了那只最后为了女鬼素欢，折去所有修为，放弃成仙，打回原形的兔精雪鸣；

辰龙，不用说了，必是那个害得花仙白兰诞下龙蛋的南海龙太子敖辰，龙蛋抛在百灵潭中，还成为当时乌裳与孔澜争夺百鸟之王的考验；

巳蛇，看到这个，秋岁岁怔了怔，心头有些发酸，她垂下眼睫，难过地叹息着，还能是谁呢，一定是跟着假面去了海中岛，在仙人墓里盘旋于棺木上，随海水沉下，守护着假面和叶禾，再也没有回来的蛇女浮衣。

锁定好目标后，他们动身一一前去寻找。

他们先在湖畔找到了一人一虎和一鹏，沉梦骑着白虎，后头的金不弃依旧紧跟不舍，手里还捧着一盒月饼，昔日孤傲的大金鹏鸟，此刻可怜兮兮的就像个孩子："夭夭，今日中秋，是万家团圆的日子，你……你还不肯原谅我吗？"

他是来通知沉梦参加中秋夜宴的，孔澜把他们三人的请柬都交到了他手上，他却坏心眼地把白虎斑修的请柬藏了起来，最后被沉梦发现了，生起气来不肯搭理他。

等到金不弃好说歹说把沉梦拉到一边去谈谈时，白虎化出了人形，雪衣赤足，长发及地，靠着湖畔大树，轻轻把玩着一瓣桃花。

他看向一旁拉扯不休的两人，失笑摇头，指腹却轻抚着桃瓣，一寸一温柔。

便在这时，春妖携秋岁岁现身，感应之下，在白虎斑修惊异的目光中，向他开口要去了那瓣桃花。

来不及解释那么多，春妖只说有急用，斑修将桃花给了他后，就地一滚，又化作了白虎模样，向沉梦奔去。

拿到桃花的春妖与秋岁岁定睛一看，神色大喜，果然——桃瓣鲜艳，闪着荧光摊在春妖手心，隐隐浮现出了"寅虎"二字。十二生肖中第一样对应之物，就此寻到！

接下来便是卯兔，春妖携秋岁岁去往人间寻找雪鸣，此中却费了番周折。

当年雪鸣被打回原形，伴在被救活过来的素欢身旁，一年又一年，凡人总有生老病死，在漫长岁月中，素欢早已经历几世轮回，雪鸣便不离不弃，放弃修仙，一直以白兔之形陪伴在素欢的转世身旁。

春妖与秋岁岁先去了趟地府，翻看生死簿寻找素欢转世之所在。

地府阴寒，秋岁岁紧紧拉着春妖的袖子，害怕又兴奋，春妖走了几步，索性回头牵住秋岁岁的手，长眉一挑："跟紧了，这里可不是闹着玩的。"

沉浸在幸福中的秋岁岁眨了眨眼，胸口小鹿乱撞，还来不及感受潭主大人手心传递的温暖，时间却已经不够用了，倏忽一阵强光，他们又被拉回了浴池里的场景，再次回到中秋节的早晨。

就这样，一次又一次，拼命地和时间赛跑，每天完成一点进度，春妖极强的耐心都有些扛不住了，尤其是他必须一次次在沐浴时被秋岁岁看光，看到最后他几近麻木，已经能十分淡定地上岸穿衣，开始那套重复了无数遍的话："别叫，这里是百灵潭，吾乃……"

为什么那个中秋节的早晨，他要去焚香沐浴！

终于，在过了十几个中秋后，他们总算查出了雪鸣所在，拿到了挂在白兔身体上的一枚铃铛——

精致小巧的银铃，在春妖指尖轻悬，隐隐浮现出“卯兔”二字。

十二生肖中第二样对应之物，到手！

离开时，春妖对化出人形的雪鸣道，百灵潭众人都十分挂念他，若是可以，他不妨回去参加百灵潭的中秋夜宴。

雪鸣默了默，许久方低声道：“她这一世是个孤女，独自守着花圃，若我走了，她就要一个人过中秋了，孤零零的，岂不可怜？”

告别雪鸣后，春妖与秋岁岁马不停蹄，离开北陆南疆，又赶往了南海，向南海龙太子敖辰要来了一块玉佩，十二生肖中的辰龙也到手了。

敖辰还赠了春妖两颗海珠，让他和秋岁岁能含着海珠，畅通无阻地潜入海底，找寻海中岛上的浮衣。

打开墓门，唤醒沉睡了多年的浮衣后，浮衣幻出人形，看着记忆里的潭主春妖，揉了揉眼，只觉恍如隔世。

她扑通一声跪下，哽咽了声音：“浮衣拜见潭主。”

（四）

拿到四样对应之物后，寻找陷入了僵局。

子鼠、丑牛、寅虎、卯兔、辰龙、巳蛇、午马、未羊、申猴、酉鸡、戌狗、亥猪。

春妖按照这些属相找了百灵潭各种妖怪，鼠精、犬妖、牛头马面……却都没能有所感应，他与秋岁岁在一处凉亭小坐歇息，按了按额角，有些疲惫。

还是秋岁岁咬着唇，冥思苦想下茅塞顿开，拿起纸和笔，开始写写画画。

她是艺术生，擅长音乐和美术，平时又看了不少怪力乱神的书，对那些上古传说尤为感兴趣。

不一会儿，她就画出了传说中四大凶兽的形态，虽拿不惯毛笔，但毕竟功底扎实，也画得惟妙惟肖。

混沌、饕餮、穷奇、梼杌。传说中混沌生四翅，擅歌舞，形象如同巨大的狗；饕餮则是人头羊身，腋下生有眼睛，极其贪吃；穷奇是生有翅膀的大虎，梼杌则长有野猪獠牙。

寅虎已寻到，这样一比照，其余三位凶兽，极有可能对应的是戌狗、未羊、亥猪。

春妖看着秋岁岁画出的图像，眼前亦是一亮，望向秋岁岁的目光里不由多了几分赞赏。

秋岁岁不好意思地低下了头，这一路上她其实一直觉得自己很没用，一介凡夫俗子，帮不上春妖什么忙，还得要潭主处处照顾她，如今能尽点儿绵薄之力，她心中也很是欢喜。

拿着画像，他们这便动身，前往西昆仑，寻找守在冰棺旁的混沌。

历经重重险阻后，他们总算抵达了混沌的冰洞，那里和薛连、千夜上次来时的情况一样，依旧有一面冰墙，隔绝了一切声音。

只有动人的乐声，才能融化这面冰墙。

春妖不慌不忙地拿出自妙音真君那借的古埙，谁知这次吹了许久，却半点儿声音也没能发出。

春妖的眸光渐渐冷了下去，他明白了，同样的乐声也许只能融化冰墙一次，上回薛连已经用了这古埙，所以这回他再用就无法奏效了。

没有声音，无论怎样还是没有声音，春妖一拂袖，绝望地将古埙摔在了地上。

千里迢迢赶到这里，好不容易进了冰洞，混沌近在咫尺，难道真的要功亏一篑？

春妖闭上了眼眸，头上的额环因不宁的心绪闪着幽蓝的光芒，颓然垂下的双手几不可察地一点点捏紧。

就在这时，他旁边的秋岁岁咬咬牙，上前一步，开始放声歌唱。

尽管一点儿声音也没发出，她仍然唱得那样激情澎湃，脸上洋溢着笑容，像是对着的不是一面冰冷的墙，而是坐满整个演奏厅听她唱歌的观众。

春妖看着秋岁岁的举动，怔了怔，忽然想起，她曾对他说过，她最大的爱好便是写歌唱歌，但因为她患有脸盲症，记不清别人的脸，登台时闹出过许多笑话，还把教她的老师不小心摔了出去，被学校处分，从此以后她就不敢再登台唱歌了，对自己也越发没有自信，久而久之，只有独自一人时才会轻轻开口，自己唱歌给自己听。

她帮春妖写过歌，但当春妖想听听时，她却低着头，怎么也开不了口，唱不出来。

她始终过不了自己心头的一关。

其实没有人知道，一个脸盲症患者有多么悲哀，她记不清人脸，没有朋友，父亲又常年在外，她长到这么大，细细想想，竟然从没记住过一张脸——

多可怕，世界对她而言是模糊的、混沌的、没有温情的。

直到她破水而出的那一刻，撞上了一双清冷的眼眸，一道幽蓝的额环。

真正的春妖和她心中所幻想过无数遍的模样奇异地对上了。

蓝裳、墨发、额环……这些都成了她的记忆点，她于一片模糊中，渐渐明晰了他的存在，熟悉了他的模样，甚至开始记住他的脸。

当他牵起她的手，走过地府；当他背起她，穿过风雪，她都能真真切切感受到他的存在，触摸到他的模样，虽然每天的记忆会清除，但有些东西始终盘旋在她脑海，挥之不去。

他曾经是她在现实世界的精神寄托，而现在，他更是打破她脸盲魔咒的第一人。

多神奇，她竟然能记住他的模样，记到刻骨铭心。

她在这世上终于不再是孤零零的一个人，一片混沌中，她至少能记住一张脸。

“檐下燕，旧时黄泥屋
陌上花，夜来春风误
千盏灯，彻夜通明照亮玲珑心思
来年已是殊途陌路
……”

秋岁岁一遍遍地唱着，唱着自己为春妖写的歌，唱到不知疲倦，唱到脸色发白，唱到几近虚脱。

“不要唱了，听见没有？再这样唱下去，冰墙不会融化，可你会唱哑的！”

春妖接住身子软下的秋岁岁，以传音入密在她耳边急声道，秋岁岁却充耳不闻，依旧直勾勾地望着冰墙，锲而不舍地唱着。

春妖抱着她，心中说不出是何滋味，望向仍旧纹丝不动的冰墙，素来清冷的眸中竟闪过一丝杀气，恨不能揪出那混沌来算账！

却就在这时，几缕冰屑飒飒而下，春妖霍然抬头，只见冰墙几不可察地在轻微晃动着，那丝略带嘶哑的歌声也缥缈响起，饱含着无限真情实意。

“篱下菊，秋来见悠然
座上客，轻吟桃花扇
笑红尘，忘却前事再回首已三春去
空等待，不见君心不踏归路
……”

春妖终于听见了，听见了秋岁岁为他而写的歌，每一句歌词都有血有肉，每一道旋律都情真意切，他在歌声中仿佛触到了她的一颗心，一颗被当作异类而难过寂寞，一颗无奈却依旧对未来充满憧憬，一颗……爱着他的心。

轰隆一声，冰墙坍塌，露出了里面的一具冰棺，以及守在冰棺旁的年轻男子。

那个别有深意的声音在冰洞里缓缓响起:“能把我这冰墙唱化的凡人，你还是第一个。”

（五）

寅虎、卯兔、辰龙、巳蛇、未羊、戌狗、亥猪。

拿到混沌的一支短笛后，他又告知了春妖与秋岁岁梼杌的下落，让他们顺利取到了梼杌的一颗钢珠，解决最棘手的两位后，剩下的饕餮千夜自然不是问题了，回到百灵潭，春妖轻而易举地便得到了千夜的一壶美酒——当然是以一桌美食交换而来的。

如今十二生肖中就只剩下最后五样了，这期间日子又过去了数十个春秋。

这一次秋岁岁再次跃池而出时，春妖连解释都不想解释了，凌空披上衣裳，湿发一甩，直接拉起池中的秋岁岁，不由分说地卷过她向外掠去：“快跟我走，我知道丑牛、午马和酉鸡分别是什么了！”

按照秋岁岁之前猜中的那三个，春妖根据形貌相关之原理，苦苦思索中，终于灵光一闪，想到了三个人——地藏王座下的独角兽谛听、真身为白鹿的神巫珠澜、北伏天的青鸾帝君青羽衣。

他们一者原形酷似牛，一者与马系同源，一者为鸟禽类至尊，若没推算错，丑牛、午马与酉鸡应当就是指他们了。

果然，在天上的元芜殿里，春妖找到了正和齐灵在下棋的谛听，他和秋岁岁还没走近，就隐约听到了两人的对话。

“你怎么又悔棋？枉你还是地藏座下，坐地听八百，卧耳听三千的神兽谛听……”齐灵按住棋盘，方寸不让，喋喋不休着，他对面的谛听只扫了他一眼，面不改色，言简意赅地吐出三个字：“三千年。”

齐灵立刻撤了手，所有牢骚戛然而止，闭紧嘴巴，眼泪汪汪地看着对面的谛听泰然自若地收回棋子，光明正大地又悔了一次棋。

于是，上天入地除了输给过哥哥的齐灵，在元芜殿中，第一次输给了外人，还是平日几乎没下过棋的谛听。

“你别……说出去啊。”齐灵委屈别扭地小声开口，这要说出去了，他妙棋灵君的封号往哪儿搁啊。

“看心情。”谛听一边收拾棋子，一边轻描淡写道。

一旁听墙根的秋岁岁终于忍不住扑哧笑出声，肩头打颤，春妖堵嘴都没来得及。

两道目光刷刷射来，春妖弹了弹衣袖，无奈现身，一声叹息："齐灵，你那点儿破事我真没想听，我此番来找你，哦不，来找谛听尊者，是想取一物……"

好说歹说，承诺种种，又挨了齐灵无数道白眼后，春妖与秋岁岁总算拿到了第八样对应之物——一颗棋子，一颗齐灵曾送给谛听的棋子，丑牛到手！

接下来就是酉鸡和午马，春妖所料果真不错，在又过去的十几个中秋里，他们先去北伏天，拿到了青鸾帝君青羽衣的一片羽毛，又在神巫殿找到了神巫珠澜，取到了第十样对应之物——一面铜镜，一面珠澜没狠下心来丢掉的铜镜。

"这是那负心人送的，他曾亲手剥下我的鹿皮，我却还留着他送的铜镜这么些年……罢了，你们拿去吧。"

回百灵潭的路上，秋岁岁谈到神巫珠澜，感慨万分，末了，她像想起什么，伸手按在自己脖颈处，触到贴身戴的那条银链，喃喃道："还差子鼠与申猴，说来我养的贝利就是一只小白鼠……"

她没有朋友，便养了只小白鼠，朝夕以对，还按它的样子打造了一根银链，随身戴着。

当取出那根银链，看到上面隐隐浮现的"子鼠"二字时，秋岁岁欣喜若狂，春妖更是恍然大悟："早该想到的，你闯入百灵潭时那结界刚好布下，理应也波及了你，难怪我总能感应到什么，明明就在身边，却寻遍整个百灵潭也找不到……"

（六）

中秋夜宴，烟花满天，百鬼群欢。

猝不及防被摔出去时，孔澜被摔了个灰头土脸，手里的盘子亦应声而碎。

整个百灵潭默了一默。

始作俑者秋岁岁尴尬回头，还保持着过肩摔的姿势，她环视了下众妖，一点点儿堆起僵硬的笑容。

孔澜委屈爬起，哭丧着脸："岁岁姑娘，那个，我只是……想问问你要不要吃月饼。"

满场笑声四起，在秋岁岁忙不迭的解释中，孔澜也自认倒霉地笑着摇了摇头，笑声飞过潭面，飞过夜空，将整个百灵潭笼罩在了祥和欢乐的气氛里。

远处吃得正欢的小山闻声抬头，抓起铜锤，胳膊推了推旁边的孔七，小声道："公公好像有麻烦呢，咱们要不要过去看看？"

孔七微眯了双眸，心情大好的模样，漫不经心地瞥了一眼那边后，凑近小山，俊秀的脸庞勾了勾嘴角，明知故问道："谁是公公？"

小山饶是一向以粗人自居，此刻也被这暧昧的气氛搞得红了脸，她羞涩得不敢看孔七，只嘴里小声说着："咱们都订婚了，我不应该叫公公吗？"

同坐一桌的碧丞夸张地抖了抖鸡皮疙瘩，一把搂住为他夹菜的茧儿，拍着桌子，和其他人一起笑闹着表示，这对小夫妻腻死人了，他们要换桌，换桌！

而秋岁岁那边，在她第十三次认错薛连与乌裳后，两位的相公不乐意了，分别拉过自家媳妇，对不停道歉的秋岁岁玩笑道："认错她们不要紧，可别认错她们的相公就是！"

齐灵乐滋滋地在一边看热闹，抓着一串葡萄咬了一颗，津津有味地嚼着："这也能认错，真是。"

一身紫袍的谛听如幽灵般飘出，在他耳边幽幽道："我不也认错了你三千年？"

齐灵怪叫一声，从椅子上跌了下来，摔了个屁股蹲儿。

整个百灵潭笑声此起彼伏，酒君东篱酿的美酒更是一等一的妙，觥筹交错，痛快畅饮间，有人以竹筷击碗，对月唱起了歌谣——

"月儿弯弯照九州
几家欢乐几家愁
几家高楼饮美酒
几家流落在街头
月弯弯声声慢
月弯弯故人远
……"

春妖踏莲站在半空，风吹蓝裳，看着这一幕，清冷的眸光也不禁柔和起来，在月下微扬了唇角。

他和秋岁岁这次回到百灵潭，恰巧赶上这中秋夜宴，如今只差最后一样申猴，他心头轻松不少，也不再拉着秋岁岁急匆匆地去找了，而是享受这片刻欢愉。

但春妖不知道，接下来，这场中秋夜宴他参加了无数次。

因为，他和秋岁岁始终没有找到申猴。

潭面依旧冰冻着，结界依旧无法解开，周而复始，循环不息。

他们被彻底困在了中秋这一天。

（七）

一根银链、一颗棋子、一瓣桃花、一枚铃铛、一块玉佩、一片蛇鳞、一面铜镜、一壶美酒、一片羽毛、一支短笛、一颗钢珠。

子鼠、丑牛、寅虎、卯兔、辰龙、巳蛇、午马、未羊、酉鸡、戌狗、亥猪。

这十一样对应之物都已找到，只差最后的申猴了，申猴究竟在哪里？

远离喧嚣，隔绝热闹，春妖在又一次徒劳无功的中秋夜宴中，拂袖踏莲，携风而去，独自坐于寂静无人的一角，望了望冰封的潭面，又扬首望向头顶明月，闭上眼，头一回生出了深深的疲倦与绝望。

找来的秋岁岁看着潭边那道背影，一时也不知该不该上前了，她深知他所有的痛苦与无力，从来无所不能的百灵潭之主，如今被困在中秋这一天，不得自由，挣扎其中，这该是怎样的折磨呀。

她可以记忆"清盘"，每天重来，恍若新生，但他却要一直带着所有记忆，睁开眼又是同一天，又要说同样的一遍话，又要经历同样的一些事，这种无望几乎会将人逼疯。

深吸口气，秋岁岁坐到了春妖旁边，握住他的手，露出笑脸安慰道："如果一直这样也不错，至少我们还有彼此，我说过，以前画过你的像，想着如果一辈子嫁不出去，就守着画像独自过活，当你是我的夫君，如今多好啊，我不仅记住了你的脸，还能真真切切地触碰到你，你知道的，我那些话……都是真心的。"

鼓足勇气的话语中，秋岁岁心跳如雷，春妖望了她一眼，眸光深深。

再过不到一个时辰，他们又要回到中秋节的早晨，回到那个初见的浴池。

"抱歉，"凉凉风声中，春妖终是轻轻开口，头上的幽冥额环闪着蓝光，他欲言又止，"你是个好姑娘，我知道你对我有情有义，但抱歉，我无法做你的……夫君。"

月华倾洒，风中吹来木叶的清香，秋岁岁与春妖四目相接，看了许久许久，久到眼中都泛起泪光，她执着地辨认着春妖面庞的每一丝每一寸，像是要将他的模样牢牢地刻在心底，一辈子都不忘却。

她眸中晶莹，与春妖挨得很近，鼻息以对，呢喃着："我明白，我都明白的……但能不能，能不能假装一下，抱抱我，度过最后的时光？"

她知道他的故事，他有深爱之人，只可惜求而不得。

因为他深爱的人是自己的影子，那个因在寒露时节被他化出人形，取名寒生的女子。

她在天上陪了他许多年，在他还是仙人的时候，让他不再寂寞，不再自斟自饮，自说自话，自己和自己下棋。

谁也无法取代寒生在他心中的地位，就像谁也无法取代他在她心中的地位。

他们在一起不知看了多少个中秋月，虽然记忆每天都要重新"洗牌"，但她脑海中却深深刻上了他的身影，她一次次爱上他，却只能爱一个朝夕，天亮之后，又是一段从头开始的相遇相伴。

他打破她的脸盲魔咒，让她的世界里多了一丝色彩，多了一道光芒。

纵然只能记住一张脸，纵然只能爱一个朝夕，只要在他身边，她就心满意足，无怨无悔了。

依偎在春妖怀中，秋岁岁忽然哼起歌来，她望着冰封的潭面，眸中波光闪烁，嘴角却噙着笑，在心中做了一个决定——

她要帮春妖脱身，帮他破解中秋之困。

她要……自尽。

是时空缝隙和巫师的结界导致了如今的局面，他们一直在从结界这边下手，想着破解结界就能让这段时空漏洞不攻自破了，却从来没有想过，能从另一个因素入手。

那就是误闯入百灵潭的秋岁岁自己。

如果她消失了，造成时空漏洞的因素是否就会残缺？这段周而复始的朝夕是否就会崩塌？这场中秋之局是否就会不攻而破？

其实这个想法很早就有了，但她一直没说，私心里她不想死，更不想离开春妖，但周转至今，她不忍心再看着春妖痛苦下去了，她不想让他再困在中秋这一天，不得解脱。

为了春妖的自由，她宁愿……牺牲自己。

"我明白，我都明白的……但能不能，能不能假装一下，抱抱我，度过最后的时光？"

她说出这句话的时候，已经下定决心，不会再有第二天的天亮了。

她只想依偎在他怀里，看完最后一轮秋月，将他的模样与怀抱的温暖铭刻于心。

早就准备好的匕首从袖中悄悄滑出，夜风吹过秋岁岁的头发，拂去她眼角的一滴泪。

她想，能在心爱的人怀里死去也是一种莫大的幸福吧。

也许，一切都是上天注定的，注定让她有这场经历，让她遇见他，打破脸盲的魔咒，不再孤单一人。

即使她不记得全天下人的脸，但她始终会记得他的脸，记得清清楚楚，刻骨铭心……

匕首寒光一闪，刺入腹部，悄无声息地没至了顶端。

秋岁岁咬紧唇，将胸腔翻涌上来的一口鲜血生生咽下，硬是没有发出一点儿声音，打破这梦一般的美好场面。

春妖的下巴抵着她的头顶，还在望向明月，兀自说着："你为我写的那首歌我都已经会唱了，却有一句歌词太伤感……"

说着，春妖破天荒地哼了起来："千盏灯，彻夜通明照亮玲珑心思，来年已是殊途陌路……"

殊途陌路，委实伤感，像是天近晓，一切就都要埋葬在百灵潭水深处，烟消云散。

见秋岁岁久久没有反应，春妖猛地觉察过来，低头间，只对上秋岁岁涣散的眸光，与一抹苍白虚弱的笑容："这样，这样你就能解脱了……"

望着春妖震惊的模样，秋岁岁伸出手，轻轻抚上他的脸颊，泪水滑过眼角，她颤抖着身子，声音缥缈，说了最后一句话："多好，你答应抱我，让我能够死在你怀里……"

最后一个字节还未落下，那只苍白纤细的手便倏然垂下，伴随着春妖一声凄厉的"不"，一道荧光猛然亮起——

从秋岁岁胸口飘出一团柔和的光晕，她魂魄离体，死在了这一天的中秋月圆时分！

却是申猴归位，风云变色，天地间飞沙走石，冰封的潭面"咔嚓"一声，顷刻多了一道蜿蜒开去的裂缝。

子丑寅卯，辰巳午未，申酉戌亥，十二生肖对应之物终于聚集——

一根银链、一颗棋子、一瓣桃花、一枚铃铛、一块玉佩、一片蛇鳞、一面铜镜、一壶美酒、一片羽毛、一支短笛、一颗钢珠和最后秋岁岁的一抹离魂！

申猴，申猴的对应之物正是她的魂魄，因为她今年二十有一，正属申猴！

苦苦思索，寻寻觅觅间，她和春妖都没有想到，这最后的申猴竟然就是她自己！

十二生肖之术彻底破解，潭面寒冰瞬间消融，结界终于被打破——

狂风卷起，电闪雷鸣，一片昏天暗地中，十二样对应之物纷纷消去了各自的印记，向四面八方飞去，回到原本的归属者手中。

而秋岁岁的魂魄也在狂风中回到了自己的身体里，所有的记忆都想起来了，她身子高高荡起，被天地间的一阵强光吸住，马上就要回到属于自己的世界，结束这场中秋之旅了！

电闪雷鸣中，她拼命地伸出手，春妖也拂袖飞上前，却被一道道强光阻了回来，他怎样也无法靠近她，只能眼睁睁看着她消失在光圈中，留下带着哭泣的、耗尽全部力气的最后一声："我不会忘记你的，永远也不会……"

（八）

“我用一辈子，记住一张脸，中秋月，百鬼唱，可长歌可醉饮，唯不可离去，年年岁岁，万物莘莘，说出口的不过一纸牵挂……”

自从节目在电视上播出后，音乐学院大三在读学生秋岁岁一炮而红，她自己原创的这首《岁岁秋上月》也成了音乐榜上的热曲，许多媒体采访时都喜欢问她：“你在节目上说的那个地方和那个人是真的吗？那个人现在在哪里？”

秋岁岁穿着白T恤和棉裙，束着简单的马尾，即使被闪光灯包围，清秀的脸庞也依旧笑得恬淡，她对着齐齐伸过来的话筒，缓缓开口，声音虽轻却让在场每一个人都听得清清楚楚。

她说：“那个人，在我心里。”

望向虚空，她仿佛又看见那身蓝裳踏莲而来，在风中衣袂飞扬，清冷的眸光亦含了笑意。

“至于那个地方，也许当你某一天，途经某条小巷，听到一阵歌声，睁开眼，你就会发现——你已经置身于那儿。”

只是不知道，下一个，会是谁？

番外

真假潭主

我怎么会是孤家寡人？至少今夜，他们都在，而星曜长空，他知，她也在。

（一）

九月十八，潭主嫁女，幽莲绽放，百妖齐聚。

嫁的这个女儿不是别人，正是当日淮城摘星楼上，春妖挥笔画下的那缕墨魂，商雨姑娘。

她附在画轴中，叫陌池日日揣在胸口，总算再度苏醒，彻底化身为人，携小陌捕头回百灵潭办喜事。

在孔澜等人的大肆宣扬下，“潭主嫁女”的噱头很快传遍了四方，不少妖魔鬼怪都赶回来帮忙操办，一时间百灵潭热闹非凡。

春妖向来不喜张扬，但此番能将大家都聚齐，他便也是淡淡一笑，由着众人去了。

这一天清晨，风掠长空，帘幔飞扬，春妖长睫微颤，睁开眼时，整个人凝滞了片刻——

他怀中不知何时抱了一个人，那人蓝裳墨发，眼眸狭长，浑身清寒之气，不是别人，赫然正是他自己！

百灵潭的上空响起一声厉喝，潭面都震了震：“尔是何方妖怪，竟敢假冒于我？”

众人赶来时，只看到两个春妖站在水中央对峙着，脚下都踩着幽莲，都没有影子，都戴着额环，都生得风华绝代，都有着清冷不可方物的气质，一举手一蹙眉都像照着对方模子印出来一样，找不到任何区别。

一时间，风掠潭面，衣袂飞扬，两个春妖冷眼立于天地间，所有人都傻了眼。

商雨挤了出来，目瞪口呆："怎么、怎么有两个爹？"

两个春妖同时一拂袖，冷声指向对方："他是假的！"

居然连声音都一样！

这下百灵潭沸腾了，一向脑子转得快的齐灵都有些反应不过来，上前左看看，右看看，根本分不出孰真孰假。

"老妖，这、这到底是怎么回事？"

百灵潭从未出过这样的千古奇闻，一夜之间居然冒出了两个潭主，还是在商雨与陌池大婚前一天，准新郎陌池苦恼了，对着脚踩莲花的两道幽蓝身影，摸摸脑袋："明日成婚，难道我要给两个岳父大人都敬茶吗？"

他话一出，众妖们便齐齐回头，目光古怪，商雨赶紧将他一拉，往他手背上拧了一下："呸，我就一个爹，你这呆子少乱开口！"

陌池吃疼，委屈控诉："你自己方才也说有两个爹来着……"

商雨急了，赶紧踮起脚一把捂住他的嘴，将他往外头拖。

那边小两口自去闹腾，这边的百鬼群妖们却棘手不已——多荒唐，放眼整个百灵潭上下，居然没有一个人能够分辨出潭主的真假。

连坐地听八百、卧耳听三千的谛听都不能。

他上前比较了一圈后，只回身摇摇头，眼神定定地看向齐灵："我的耳朵告诉我，这两个都是春妖，或者说，两个都是真的，没有不同。"

这下百灵潭又是一片哗然，居然连地藏王座下的谛听尊者都不能分辨出来，那还有什么办法呢？

此起彼伏的议论声中，一身翩然雪衣排众而出，清声开口："我有一计。"

正是眉目端华、周身水雾缭绕、如笼薄纱的薛连。

她昂首目视两位春妖，唇角微扬，不紧不慢道："潭主曾赠薛连一段好姻缘，送过薛连八字真言，这信笺我早已烧化成灰，世间除却我与外子以外，无人知晓，还请潭主再度写下，两相比对，一看便能知究竟。"

说着，她信手一拂，半空飞出两片雪莲花瓣，分别落在两位春妖手中，荧光一闪，化作两张雪白信笺。

潭中众妖眼睛一亮，纷纷附和："对，还是薛姑娘心细，就按这个法子来！"

"不错，写下便可分清真假。"两个春妖竟异口同声道，他们冷冷瞥了对方一眼，不再多言，指尖微凉，径直写了起来。

就在一阵伸长脖子的张望中，千夜不知何时走到薛连身旁，拉了拉她雪白的衣袖，难得有些扭捏："你刚刚称呼我什么，外子？这是什么意思啊？"

他这是揣着明白装糊涂呢，无非想讨薛连几句"夫君"之类的好话听听，薛连岂会不知，淡淡回应了声："哦，'崴子'啊，你最近不是腿脚崴到了吗？我就叫你'崴子'啊，有什么问题吗？"

千夜一怔，好半天后哼了一声，扭过头，嘴巴微微鼓起，薛连余光瞥到，暗觉好笑，面上却分毫不露，只是在心底捧起脸来，感慨自家夫君真是太可爱了。

那边八字真言已很快写完，两张信笺同时落到了薛连手中，她低头一看，神色微变——赤子之心，归顺为卿。两张信笺上的内容一模一样，连字迹都不差分毫，这下薛连也没辙了，百灵潭又陷入一片苦恼之中。

就在众妖唉声叹气间，一只修长白皙的手拨开人群，清清嗓子："我也有个法子，不知潭主愿否一试？"

开口的正是从头到脚，从衣裳到配饰，从妆容到香料，连一根头发丝都打理得分外妖娆的狼族少主——桑柯。

孔澜一见他就没好脸色："骚包，有话就说，有屁就赶紧放。"

"急什么，粗鲁。"桑柯也不恼，只挑眉一笑，徐徐扫过众人，"先说好，这可不是我的私心。"

（二）

桑柯的法子说出来委实有点儿……丧尽天良。

百灵潭的众妖在听到的一瞬间，统统倒吸口冷气，强忍住那股上去打他的冲动。

"美人在骨不在皮，这任何乔装幻化，就算面皮上装得再像，骨架子也不可能严丝密合，一点破绽都没有，而这点细微差别，就得靠我这双红妆圣手来分辨了……"

桑柯曾经在百灵潭开课设堂，孔澜瞧不过去，带了春妖去"砸摊子"，却被桑柯三言两语化解过去，但就在那次，桑柯不经意触到了春妖的手，记住了他手骨的轮廓走向，此后一直奉为圣品，念念不忘，深印在脑海中。

"简单来说，就是现在请两位潭主都伸出手来，让我仔细摸一摸，静静感受一下其间的骨骼纹理，辨出差异真假。”

这话一完，孔澜已经忍不住啐了一口：“太不要脸了，狼崽子，你真不是觊觎潭主已久，想趁机占点儿便宜吗？”

一众将潭主奉若神明的女妖们纷纷点头附和，桑柯但笑不语，只看向半空中的两道幽蓝身影：“还请潭主示意。”

两位春妖静默片刻后，同时伸出了骨节分明的手，面容苍白：“无妨，姑且一试。”

众目睽睽之下，桑柯堂而皇之地摸上了春妖的手，一根一根指头摩挲着，那摸得叫一个细致陶醉，所有人都露出了不忍直视的神情。

连被摸的春妖都有些不自在，微微皱眉：“好了吗？”

桑柯陡然惊醒，忙不迭点头：“好了好了，接下来轮到另一位了。”

另一位春妖眉心微蹙，些许犹豫起来，却最终还是伸出了手，只是多嘱咐了一句：“不要摸太久，探明即可。”

交代是这么交代，但真摸起来，桑柯还是一点儿都没客气，当着众妖的面，又兀自陶醉感受了一番，直到孔澜在下面愤声喊道：“喂，狼崽子，还不撒手，你不要趁机浑水摸鱼！”

他才堪堪松开手，咳嗽两声，转过身来，面向众人，一本正经地开口。

“很遗憾地告诉大家，在我尽心尽责的探寻中，两位潭主的手骨生得一模一样，没有任何区别，由此判断，他们都是货真价实的。”

百灵潭一瞬间静寂下来，有长风拂过，一片树叶幽幽落下。

紧接着，潭中像炸开了锅一般，群情激奋，个个捏紧拳头高声喊着——

“滚下来！”

“下来受死！”

“把这断乱棍打死！”

……

一片闹哄哄中，桑柯被其中一位春妖皱眉一拂袖，震飞在地，众人立刻围了上去，挥拳踢腿，泄恨纷纷，尘土飞扬间，只传来桑柯弱弱的哀唤：“别……打……脸……”

孔澜以羽扇遮住鼻子，高高抬起腿，一脚踩在那张涂脂抹粉的脸上：“就你还有脸？！”

“各位、各位冷静一下，让我来试一试吧！”

沉梦骑在白虎斑修身上，奋力招手，却没一个人注意到他，大家都逮着桑柯在喊打喊杀，就在这时，一道金色身影飞上半空，喝声传遍全场。

“统统安静下来，听夭夭说话！”

正是大鹏展翅，俊美非凡，满脸肃然的金不弃。

在他的厉喝下，场面才算控制下来，众妖齐齐看向白虎身上的沉梦，沉梦得了金不弃的相助，却并不领他的情，反而扭头冲天上哼了哼："谁是你的夭夭，有你什么事儿，就会出风头！"

金不弃嘴角一抽，望向一身男装，依旧显露着俊秀少年模样的沉梦，不由露出苦笑："夭夭，我……"

沉梦一挥手，对着众人道："好了，我的法子可比什么占便宜的动手动脚靠谱多了，我是没听说过什么美人在骨不在皮，但我知道，一个人外表再怎样伪装也好，有一样东西却是骗不了人的，那就是，梦境。"

"梦由心生，这外面的假象可以伪造，但直映内心的梦境却掺不了假，若诸位和潭主都无意见，可让我入梦一探究竟，辨出真假，如何？"

（三）

作为一只噬梦精，沉梦见过太多光怪陆离的梦境，无论在梦里遭遇什么，她都能安之若素了，但当她进入春妖的梦境后，还是为眼前的一幕惊到了——

太寂静太空荡，只有一片广阔无垠的夜空，星辰闪着清幽的光芒，她的身子像羽毛一样飘浮着，仿佛置身于宇宙洪荒之间，沧海桑田，岁月轮转，一切都融于这片星空中，无声裹挟，寂寂怀念，浩大而渺小，自星辰闪烁处生出一股温柔的悲凉感。

从春妖的梦里出来后，沉梦大口呼吸着，久久无法言语，她又进入另一位春妖的梦里，结果同样如此。

那是种难以言喻的悲伤，整片天地好像剩他孑然一人，心空空如也，无边无际，无穷无尽，无所求，无所念，无所欲。

"说真的，我都怀疑我走错地方了，我生平真的从未见过这种梦境……"

面对着百灵潭的众妖，沉梦拍着胸口，不住感慨着，孔澜拿着羽毛扇一指她："快说重点。"

沉梦深吸口气，渐渐平复下来，叹道："重点就是，我从没见过这么空荡荡的梦，什么都没有，就是一片广阔无垠的星空，安静到我都觉得自己快失聪了……"

听到"星空"两个字时，春妖眉宇间明显闪过一丝黯然，齐灵心知肚明，余光瞥去，两个春妖竟都是这般，他不由看向沉梦："是否两个梦境也都相同？"

沅梦点点头：“是的，一模一样，不差分毫。”

百灵潭瞬间又沉寂下来，不知过了多久，幽莲上的春妖才一拂袖，望向对面。

“你竟连梦境都能与我造得一般无二，你究竟是谁？”

另一位春妖也眸含愠色，周身清寒之气陡然升起：“这话该我来问你才对吧，你为何要冒充我？”

“我便是我，无须冒充，倒是你，目的何在？”

“还想倒打一耙，你居心叵测，混迹于百灵潭想作甚？”

两个春妖在半空中针锋相对，众人左望望，右望望，脑袋都转不过来了，这感觉实在微妙，都不知道要帮哪一个才好。

就在这时，两个大铜锤拨开一条道路，一张秀气白净的小脸蛋冒了出来，虎虎生威，豪气干云。

“别再争了，这样吧，跟我打一架，真潭主就打得赢我，假潭主我一锤子就锤死了！”

说话的正是百灵潭的战神小山姑娘，她这话着实与她那张秀气的小脸不配，平地里生出一股绿林莽汉的气势，惹得一些小妖忍不住扑哧笑出声来。

人群里的孔七以手成拳，放在唇边轻咳一声：“注意仪态。”

小山背影一颤，赶紧正了正形，抬起头，冲半空中两道身影细声细气道：“孔氏小山不才，还请两位潭主赐教。”

风掠四野，蓝裳飘飘，天地霎时清寒如冰。

这场特殊的切磋比想象中结束得还要快，两位春妖身法相似，仙术同源，小山的两个大铜锤被他们一手捏住一个，动弹不得，只能对着半空中干瞪眼，好不滑稽。

孔七担心小山受伤，赶紧上前：“看来这法子不太奏效，冒犯潭主了，就到这里吧，还请潭主快些松手吧。”

蓝光一闪，小山被陡然放开牵制，拎着两个铜锤颤了颤，踉跄后退一步，孔七手疾眼快地将她接住，在她耳边轻声道：“没事吧？”

小山扭了扭肩膀，靠在孔七怀里，仰头望他，老老实实回答道：“没事，就是有点儿累，其实我还没使全力呢，你知道我一向鲁莽，我怕一个不小心把真潭主砸死了……”

孔七又轻咳一声，小山这才止住话头，想了想，有些迷惑道：“不过阿七我跟你说啊，这两位潭主还真是奇了，居然连力道都是一模一样的，我根本分不出谁是真的谁是假的，我觉得两个都是真的。”

小山没有刻意压低声音，这傻气的话自然落入了所有人耳中，在场众人皆是神色一变。

若能以假乱真到这般地步，简直太骇人了。

就在一片惶惶间，一道纤秀身影款款走出，手里还牵了个孩子，目光温柔如水。

“茧儿承蒙百灵潭照拂，小女碧央更是在各位眼底看着长大，她虽生来顽劣俏皮，但有一门特异之术，或许能为潭主分忧一二。”

（四）

茧儿口中的“特异之处”，其实是碧央作为茧人一族的血脉，与生俱来的一项天赋。

茧人浑身都是宝，妙用各不相同，碧央也得了一双能辨真身的“水眼碧珠”，只是她年纪小，灵力不够，平日轻易未加使用，又兼之茧儿性子温柔内敛，也没有刻意夸耀过女儿的本领，故百灵潭众人都不曾知晓。

此番真假潭主难以辨认，茧儿虽无把握，但还是愿携女儿碧央出来一试。

“央儿乖，告诉娘亲，你都看到了些什么？”

茧儿蹲在碧央身旁，一只白皙纤秀的手抚在她脖颈处，为她绵绵不绝地灌注着灵力，助她打开一双碧眼，定定望向半空中的两道身影。

百灵潭众人无不屏气凝神，紧张地注视着这一幕，碧丞也不知何时，站到一旁，充满爱意地看着娇妻幼女。

半空中两位春妖垂手而立，静静地让碧央凝视分辨，脸上神情都一模一样。

不知过了多久，碧央才收回一双“水眼碧珠”，揉了揉长长的睫毛，所有人立时都围了过来，齐灵赶紧蹲下：“好干女儿，怎么样，都看见了些什么？”

碧央歪着头，小小的手指比画着，稚声稚气地道：“两个潭主叔叔，天上都有喷泉，莹莹发光，围着他们转圈圈，好看极了。”

春妖的真身是天地间一汪灵秀春水，碧央看到的“喷泉”，当是他的至灵水魄，如此说来，天上竟是有两个喷泉，两股至灵水魄，依旧未有区别，未分真假。

这当真匪夷所思至极，所有人倒吸口冷气，齐齐看向半空，震愕难言。

碧丞在一旁眉心微皱，若有所思，忽然间，他眼眸一亮，似乎想到了什么。

“诸位兄弟姐妹，请听碧丞一言。”

他快步上前，站在长空之下，所有人望向他，不知他要说什么。

只见他面向两位春妖，一拱手，歉声道：“一直以来，碧丞都深受潭主照拂和百灵潭庇护，此番小女未能辨出真假，为潭主效力，碧丞羞愧难当……”

他这话来得有些莫名，众人正丈二和尚摸不着头脑时，只听得他话锋一转，语气陡厉："唯愿当着潭主的面，代女受过，自毁双眼！"

说着他竟从怀中掏出一把匕首，以迅雷不及掩耳之势向自己双眼刺去，所有人大惊失色——

"不要！"

离他最近的正是半空中两位潭主，说时迟那时快，两袭蓝裳同时出手，荧光一闪，匕首坠落在地，碧丞踉跄后退几步，安然无恙。

茧儿赶紧带着碧央上前，吓得脸色惨白，泪盈于睫："夫君，你这是做什么？"

一切都发生在电光石火之间，好在有惊无险，所有人都松了口气，其中乌裳瞪大眼看向碧丞，忍不住自己的烈性子，直言不讳道："碧丞你脑子摔坏了吗？怎么一点儿预兆都没有，说发疯就发疯，真要吓死个人了！"

碧丞摇摇头，在众人的各色目光下，一声叹息："兵行险招，出其不意，竟不想还是失败了。"

孔七机敏，一听就明白过来："碧叔，你这是在试探真假不成？"

碧丞点头苦笑，索性环视众人摊开了说："我在人间之时，曾听过一桩奇案，两位母亲争一个孩子，都说自己才是孩子的生母，县令用尽诸多办法都难以辨认后，忽生一计，让两位母亲当堂抢夺，谁力气大，能抢得过，孩子就归谁，于是两位母亲便一人拽一只胳膊，开始当堂拉扯起来，在这过程中孩子疼痛难忍，号啕大哭，其中一位母亲便立刻松了手，而另一位毫不顾惜，还在奋力拉扯着，答案在这时便不言而喻了。"

"只有亲生母亲才会疼惜自己的孩子，不会眼睁睁看着孩子受苦，就像只有真正的潭主，才不会眼睁睁看着我自毁双眼，一定会出手相救，但我没有想到，两位潭主竟然会同时出手……"

碧丞是整个百灵潭里最通"人性"的，因为他曾经就是一介凡夫俗子，在乱世中摸爬滚打长大的，后带着茧儿游历诸国，虽身无仙术，但却见识过各种各样的人，八面玲珑周旋其间，深谙人性，随机应变能力一等一，各番试探信手拈来，论起"狡诈"，百灵潭大概鲜有人出其右。

话说到这，所有人恍然大悟，齐齐看向半空中，啧啧感叹，茧儿抓住碧丞的手却一紧，泪光如水："夫君，茧儿求你日后不要再拿自己当儿戏了，即便是在这样的情况下，也不行。"

碧丞心头一软，将茧儿与幼女一同揽入怀中，扬起唇角，仿佛又变回那个曾经混迹市井的无赖少年。

“好了好了，以后不吓你们就是了，不过是做戏罢了，我还能真伤到自己不成？毕竟，我现在不是无牵无挂，孤零零一个人了。”

（五）

连碧丞这种防不胜防的“损招”都没能试出真假，百灵潭的大家伙儿真是气馁了。

谛听看到齐灵一副愁眉不展的样子，不由悄悄走上前，勾住他手指，轻声道：“不然，我再去听一听？”

齐灵像被烫到一般，甩开他的手：“说话就说话，靠这么近做什么，还勾手指，三岁小儿吗？”

他清清嗓子，径直走到两朵幽莲下，仰头道：“喂，老妖，我看还是得本大仙出马了，你那破棋艺没忘吧？”

齐灵的方法很简单，就是分别与两个春妖下棋，在春妖还是忘川仙人时，他们就在九重天上对弈过不少局，他的棋路如何，他心里再清楚不过，绝不会认错。

两盘棋说摆就摆，中间一道帘子拉开，齐灵与这边的春妖下完一子后，便起身又在那边的棋盘上落下一招，如此一来，视线隔绝，同时进行，结果最好比较，定能看出些蹊跷来。

带着这样美好的愿景，齐灵一刻也不敢耽误地下起“双人棋”来，指尖白子飞转，同时与两个春妖对弈周旋。

大家伸长脖子围观，小山拎着铜锤，窃声问孔七：“阿七，你看得懂吗？”

孔七眼观六路，将两方棋局尽收眼底，淡淡道：“看不懂。”

小山高兴了，立马欢腾道：“我也是我也是，总算我不是一个人了，咱俩还真有默契。”

孔七盯着棋局，继续面不改色：“是，这叫夫妻缘。”

哐当一声，小山霍然扔了铜锤，捂住脸，羞赧不已：“阿七，讨厌，你最近怎么……这么会说话啊！”

一旁默默观局的谛听牙齿都要被酸掉了，不由默默远离这对小夫妻，刚往旁边挪了挪，却又听到薛连拉着千夜的手，连哄带劝着：“好了，我之前是逗你玩的，你不是‘崽子’，是外子，是我的丈夫，是顶天立地的一家之主，行了吧？”

千夜好半天才扭过头，俊美的一张脸带着些许孩子气，哼了哼：“那你回去帮我揉腿？我都站了一天了，腿都酸死了。”

薛连好气又好笑：“行行行，你是大老爷们儿，我给你端茶送水，捶腿捏肩，好不好？”

这一刻，她简直“苗儿”附身，弄得谛听一阵胸闷，一口气哽着想吐都吐不出来，只能怪自己耳力太好。

两盘棋很快下完，帘子一扯，齐灵不顾形象地往草地上一躺，呜呼哀哉：“老妖，你实话实说，这根本就是你在耍我们吧？你是用了分身术，其实两个都是你对不对？”

众人围上前来，这才发现，两盘棋风格走向、高低胜负皆一模一样，就像出自同一人之手般。

孔七低头锁眉：“匪夷所思，匪夷所思，我从头观至尾，一丝破绽也未能瞧出，若说不是同一人的分身，当真别无解释。”

小山奇道：“阿七你不是看不懂吗？”

孔七越过她，径直朝两位春妖走去，白衣抬袖，施施然开口：“是否潭中大喜，潭主也与我等同乐，以分身游戏一场？”

两位春妖正在互相比较对方的棋局，闻言抬头，一位冷若冰霜道：“我没有用分身术，他不知从何冒出，与我绝非一人。”

另一位也不甘示弱，拂袖冷冷道：“今日一早睁开眼就看见这厮，谁知道从哪里冒出，又是何居心。”

两人眼见着又要杠上，躺在草地上的齐灵却忽地灵光一闪，把正要去拉他的谛听都吓了一跳，他一骨碌跃起，拨开人群，兴奋不已。

“老妖老妖，瞧我都给忘了，你不是有面昆仑镜吗？快拿出来照一照，瞧了不就知道今早究竟发生了何事吗？”

此言一出，满潭顿时醍醐灌顶，被一语点醒，两位春妖摸向怀中，却脸色同时一变：“昆仑镜不见了！”

他们目光几个变幻，霍然明白什么，同时指向对方，如梦初醒：“原来你是昆仑镜所化，难怪！”

百灵潭静了一瞬，如炸开了锅一般，彻底沸腾。

（六）

事情到了这一地步，再不用多说，诸多怪异也统统豁然而解，众人哭笑不得。

这昆仑镜乃上古神器，能知过去未来，映天地万物，化象聚形，以假乱真。

他一直被春妖揣在怀中，随岁月沉浮，历经百灵潭大大小小无数事情，所以什么都不会将他考倒，凡是春妖知道的，他也必定了然于心。

而他模仿的能力又是一绝，真春妖的一言一行，他都能吸收融会，如镜映影，天上地下无人能破，在齐灵提到“昆仑镜”三字时，他就跟着真春妖迅速做出一样的举动。

所以当时一个是发自心底的愕然，一个却是在装模作样，众人纷纷后知后觉，啧啧明白过来。

“昆仑镜，不要再玩了，你真是天性不改，见潭中大喜，便起捉弄之心，来凑这一番热闹是吗？”知道真相后，春妖一拂袖，皱眉开口。

另一位春妖却也摇头道：“你知道自己天性顽劣就好，还不快快变回原形，安守本分，勿要扰了这桩大婚。”

“你快快变回才对，上古至今，真真老顽童一个。”

“老顽童不敢当，称你一声老祖才对，昆仑镜仙老祖，玩够否？”

……

两位春妖你一言我一语中，百灵潭众人又晕乎了，刚刚得知源头的喜悦荡然无存，因为他们发现一个更严重的问题——

即便知道了是昆仑镜仙捣的鬼，也分不出谁才是镜子，谁才是真潭主啊！

一时间，百灵潭中议论纷纷，个个绞尽脑汁，搜肠刮肚，想尽破解之法。

“怎样才能识出谁是昆仑镜呢？”

“这镜子能有什么破绽呢？”

“昆仑镜仙的年纪只怕比我们所有人加起来还要大吧，什么招数没见过？”

此起彼伏的讨论声中，小山拎着铜锤，看着两位蓝裳飘飘的潭主，傻乎乎地嘀咕道：“镜子还能做什么呢？不就是拿来照人的吗？这怎么分辨啊，人做什么动作镜子就会做什么啊，一举一动都跟着来模仿，哪会有区别……”

小山无意的几句话，落在身旁孔七的耳中，却像一道雷划过般，叫他霍然一震，电光石火间抓住了些什么！

“我知道了！”孔七双眸骤亮，把小山吓了一跳，还没弄清怎么回事时，就被孔七一把抱起，“白菜啊白菜，你真是太聪明了，不愧是我养的！”

（七）

在孔七布好两方阵法后，谁也不知道里面究竟是什么，上面笼着两团白雾，高足一人，看起来神秘非凡，暗藏玄机。

众妖交头接耳，揣测纷纷，小山拎着铜锤满面红光："我家阿七想的主意，肯定能成，阿七最厉害了！"

面对不知玄妙的阵法，两位春妖却都很坦然，一者是因为真金不怕火炼，一者却是自恃任何东西都奈何不了自己，只是不知孰是前一者，孰是后一者。

当两位春妖同时踏入阵法后，白雾散去，众人这才看清眼前场景，不由齐齐咂舌——

原来这竟是一个由无数面镜子组成的镜阵！

两位春妖一踏入阵法中，镜子便立刻飞转起来，将他们团团包围，每一面镜上都被灌注灵力，呈现出春妖过往的各色形态，一举手，一投足，一淡笑，一蹙眉，应有尽有，几乎让人眼花缭乱。

孔澜到底与孔七同为父子，一见便彻底明白过来，拊掌大笑："阿七小子不错嘛，居然能想出这样的招数，以毒攻毒啊这是！"

他说得没错，正是"以毒攻毒"！

昆仑镜仙不是最擅模仿吗？那就让他模仿个够，当无数个神态各异的春妖出现在他面前，他究竟要模仿哪一个呢？即使他有心克制自己，他的天性本能也会驱使他去不停模仿，这样一来，势必带来一场混乱，一场他自己都控制不了自己的混乱。

果然，只见镜阵之中，一位春妖缓缓扫过镜像，面不改色，一位却开始身子颤抖，不停扭身，想避开那些镜像，但无论他扭到哪一个方向，都会看到如影随形的各款"春妖"。

这异样之处自然逃不过众人的眼睛，孔七心神一振，连忙施法，加大对这一方镜阵的灵力灌注，转瞬之间，镜子飞转更快，影像更为缭乱了。

困在其中的"春妖"像再也忍不住般，脚尖一点，就想冲破镜阵，逃出束缚，小山眼皮一跳，连忙一手顶在孔七身后，助他一臂之力。

其余人见之，也纷纷加入，不一会儿，镜阵前就排起了一队长龙，灵力一个传一个，最终全部汇聚在孔七身上，让他灌入镜阵之中，与"春妖"抗衡，不让他挣脱。

白光大作间，"春妖"冲出无果，被震回原地，身子剧颤不已，面对层层包围的镜像，手脚似再难以自抑，开始不由自主地模仿起来。

只见"春妖"时而冷冷拂袖，时而蹙眉沉思，时而唇角微扬，时而拈子下棋……一片乱糟糟中，如唱一出千面戏，喜怒哀乐瞬间转换，深沉威严刹那演绎，整个人各种错乱分裂，好不滑稽，看得长龙队中有人都忍不住发笑。

就在白光越闪越激烈间，镜阵中的"春妖"终于扛不住，轰然一声，镜阵破碎，一个须发尽白的小娃娃从半空中落下，猛咳不已。

昆仑镜仙终于被逼出原形了！

所有人大喜，收手上前，另一方镜阵中的春妖也被放出，大家一齐围了上去，目光锁住地上那个“罪魁祸首”。

只见那须发尽白的小娃娃，朱唇粉面，生得玲珑可爱，仰头见众人都盯向他，他嘴巴一撇，竟委屈大哭起来，甩胳膊蹬腿儿，无赖至极：“欺负人欺负人，一帮子坏家伙都来欺负我一个老人家，不公平，不公平！”

所有人傻了眼，唯独春妖负手而立，淡淡道：“先发制人这招是没用的，我数三声，再不起来，就拔光你的白胡子，再把你扔到一座新的镜阵里去。”

（八）

九月十八，潭主嫁女，幽莲绽放，百妖齐聚。

烟花在夜空闪耀，陌池牵着商雨的手，在两列目光的注视下，一路走到了首座的春妖面前。

接过敬来的两杯酒，春妖刚要饮下时，胸口的昆仑镜却又隐隐发烫，他神色微微一变：“还来？”

当着众人的面，春妖取出昆仑镜，却发现镜中银光一闪，竟映出了他的面容，确切地说，是白发苍苍，满脸皱纹的他——

镜中的“春妖”扭着身子，扯着嗓子唱道：“我是春妖老爹爹，女儿嫁了人，孙子也不远，我的媳妇却在哪儿，在哪儿在哪儿，你看我孤家寡人一个，可怜不可怜……”

烟花当空绽放，春妖看得哑然失笑，许久，才摇摇头，望向潭中一张张面孔：“老顽童，你这回说错了。”他轻晃着酒杯，微微扬起唇角，仰头一饮而尽，“我怎会是孤家寡人？”

至少今夜，他们都在，而星曜长空，他知，她也在。

小番外五则

番外一·湖心亭看雪

大雪三日，湖中人鸟声俱绝。是日更定矣，余拏一小舟，拥毳衣炉火，独往湖心亭看雪。

（一）

张生在湖心亭里第一次见到薛连时，惊为天人。

薛姑娘一身雪衣，气质清冷，坐在亭间暖着酒，身边站着两个黄衫小婢，也是一样清丽动人。

时值大雪，上下一白，水雾缭绕，一片朦胧间如梦如幻，当真似进了仙境一般。

张生痴了半晌，才咳嗽一声，温文尔雅地上前施礼。

他轻声念道："绿蚁新醅酒，红泥小火炉。"

主人家果然莞尔一笑，举起酒杯抬头回应道："晚来天欲雪，能饮一杯无？"

（二）

张生与薛连便这样相识了。

薛连学识渊博，气质出尘，言谈举止也不同于世俗女子，张生不知不觉就叫她给迷住了，每日都要来湖心亭与她对饮畅聊。

薛连的两个婢女分别叫五儿、七儿，一个活泼大方，一个文静有礼，也是不可多得的人间绝色。

张生只觉她们主仆三人神秘莫测，一日他终于忍不住好奇地问她们来自哪里，薛连淡笑不语，倒是五儿多嘴道："我们家在长白山，那里现在热死了，一个臭牛鼻老道死乞白赖地不肯走，天天摆火阵……"

五儿话还没说完，薛连便瞥了她一眼，五儿吐了吐舌头，立刻收了声。

张生瞧在眼里，也不点破，只心中多了丝计量。

如此这般过了半月，张生有一天来时忽然面露忧色，一副心事重重的模样。

薛连询问下才知，他父亲病重，正在四处寻良药。

薛连沉吟一番后，按住张生的手，柔声道："公子莫急，你明日过来，奴家自有办法。"

第二天，张生依约前来，薛连果真交给他一个锦盒，他回去打开一看，里面竟是数根长长的人参须，一看便知是千年老参，价值不菲。

接下来几天，薛连每天都会给张生一个这样的锦盒，二人的感情与日俱增。

张生心怀感激，郑重许诺，薛连依在张生怀中，叹了口气："只盼公子莫要负我。"

五儿站在他们身后，摸了摸头发，一脸不情愿。

（三）

没过多久，皇上病重，张榜悬金寻药。

张生心念一动，乘舟来到了湖心亭，这一次却叫他撞见了骇人的一幕——

他看见薛连剪了五儿一缕长发，放进盒中，那长发竟瞬间变成了几根人参须。

五儿嘟着嘴，心疼不已。

张生骇得魂飞魄散，跌跌撞撞地跑回家，一路上脑中全是五儿那句话：长白山……牛鼻老道……摆火阵……热死了……

他彻底明白过来。

害怕的同时，心中却咬咬牙，下了一个决定。

隔日他照旧来到了湖心亭，做出闷闷不乐的样子，薛连一问，他便道，皇上病重，县官听说他家有上好人参，责令他交出来，否则满门都要遭罪。

他将薛连拥入怀中，深情道："还望连儿帮我这最后一次，等渡过了难关，我就娶你过门。"

张生走后，薛连打开锦盒，望向五儿与七儿，若有所思：“皇上病重，只需五百年的人参便可……”

五儿扑通跪下，一脸煞白。

薛连淡淡道：“张公子是要拿你来救命的，还不速速跳入盒中。”

五儿咬紧唇，摇身一变，跳入锦盒，化作了一根百年老参。

这一切，都被躲在暗处的张生尽收眼底，他满意地点了点头，已迫不及待地要去领赏了。

薛连盖上锦盒，回首似有若无地瞥了一眼。

（四）

张生拿了人参后，进宫面圣，再也没有出现过。

坊间纷纷传言，皇上要将公主许配给他，他就快要做驸马爷了。

一片议论声中，没有人发现，一个雪衣女子带着两个黄衫婢女飘然而去，唇边泛起一丝淡笑。

公主大婚那日，举国同庆，却忽然传来一个噩耗——

皇上中毒死了！

张生还来不及见公主一面，便被打入死狱，择日问斩。

看守他的狱卒说他疯了，披头散发，成天叫着什么：“妖物，你这妖物害得我好苦啊……”

薛连，雪莲，长白山的千年雪莲。

流连人间，看遍千帆，以世人为赌，惩治着一颗颗贪婪的心。

不知道下一个，会是谁？

（五）

大雪三日，湖中人鸟声俱绝，谢郎乘一小舟，独往湖心亭看雪。

亭中坐一人，围炉暖酒，身后站着两个黄衫小婢，水雾缭绕，宛若仙境。

谢郎心中一动，上前施礼。

女子抬头，身上散发着清寒之气，淡淡一笑：“晚来天欲雪，能饮一杯无？”

番外二·送子观音

（一）

茧儿怀孕了。

当着千夜的面，碧丞搂着茧儿，笑得十分之猖狂。

千夜面上淡淡，回去后却开始为薛连各种炖汤，薛连喝到都要吐了，终是悲愤一脚，将千夜踹出房门："蠢货，我自己就是株千年雪莲，还有什么补品补得过我？再说，生孩子和这个有关系吗？有关系吗？"

千夜灰头土脸，挨到碧丞的孩子出生，大办喜宴的那日，齐灵与谛听携贺礼来百灵潭道喜，见到强颜欢笑的千夜，齐灵长眉一挑，满脸促狭："路漫漫兮，兄弟还需努力啊。"

是夜，烟花灿烂，百鬼群欢。

屋顶上，齐灵抱着酒坛，微有醉意，就着飒飒夜风，皎皎明月，对身旁的谛听开口道：

"你瞧，孩子多可爱啊，我刚认了娃当干爹，你都不知道，碧丞搂着茧儿，嘴都笑歪了，也对，老婆孩子热炕头，他这辈子算是齐全了，只是不知本仙君我，何年何月才能抱上自己的孩子……"

谛听身子一僵，默然无话，许久，伸手夺过酒坛："你醉了，别再喝了。"

齐灵醉眼蒙眬，被夺过酒坛，又叫谛听按在了肩头，他挣扎不过，一时悲从中来，在月下咬牙切齿："独角兽你个乌龟王八蛋，老子怎么偏就遇到了你！"

谛听默然不语，任他发泄，只按住他乱动的手脚，眸色又深了几许。

喜宴后不久，谛听拉着齐灵去了一处地方，万霞宫。

那里由万霞仙人掌管，有着各种珍禽灵兽，谛听与万霞颇有些交情，得他应允，拉着齐灵一路看去，最终对齐灵说出此行的目的——"挑一只吧。"

齐灵一愣，谛听神色略不自然，补充道："你不是很想要个孩子吗？左右、左右这辈子也不会有了，不如与我共同领养只灵兽，当作、当作……"

谛听的话还没说完，齐灵已经在万霞仙人异样的目光中，憋红了一张脸，他想也不想地一拂袖，一脚将谛听踹向天边："独角兽你大爷的，给老子滚蛋！"

（二）

万霞宫一事后，齐灵与谛听单方面闹起了冷战，他闭门不出，谛听十次有九次上天都是失望而回，但齐灵私下却悄悄去了一趟百灵潭……

除了给干女儿碧央捎去礼物外，齐灵更重要的是去见春妖。

春妖依旧一袭蓝裳，墨发如瀑，见齐灵吞吞吐吐，在他面前扭捏作态："老妖，那个……"

春妖不由皱眉："齐灵，要说就说，你几时变得这般婆婆妈妈？"

齐灵深吸口气，豁出去般，舍掉一张老脸凑到春妖耳边。

不多时，百灵潭的上空飞过一个黑点，伴随着春妖的冷喝："我这里没有给男人求子的药，滚！"

被踹飞至半空的齐灵尖叫着，在心中泪流满面："老妖你装什么纯洁，你迟早有这一天！"

从此以后，百灵潭很长一段时间都下了禁令：齐灵与谛听不得入内。

已经学会爬，正在牙牙学语的碧央，找到春妖，拉着他的袖子，眼泪汪汪："干、干爹……"

她想念干爹齐灵了。

春妖抱起碧央，神色淡淡，发间额环闪着蓝光，"你干爹走火入魔，罚他暂时不准来百灵潭，怕他败坏潭中风气，再说，他现下恐怕也没工夫来……"

碧央胖胖的小手抓起春妖几缕长发，一边把玩着往脸上蹭，一边含糊不清地问道："为、为什么？"

春妖一笑，望向远方："我想，他如今与谛听大概在送子观音那儿纠缠吧……"

番外三·美人如玉

（一）

桑柯来百灵潭前，小山一直是以粗人自居，拎着两个大铜锤，素面朝天，不施脂粉的。

但桑柯来了以后，对她上下打量一番，语重心长地摇头："小山姑娘，你这样是不行的。"

桑柯是狼族的少主，生得一副好皮相，虽过于阴柔，却也禁得起他穿红戴绿的折腾。

按理说狐族爱美天下皆知，但没想到他一个狼族少主也那么爱美，整天揽镜自照，说起穿衣打扮来头头是道，骚气得连孔澜都受不了。

作为一只自恋的孔雀，孔澜的“骚”在百灵潭已经是出了名的，但在桑柯面前，他也只能叹一句“小骚见大骚”，自愧不如。

也不知桑柯用了何种办法，才来没多久，就俘获了百灵潭绝大部分女性的心，他甚至开了专门的课,从里到外,从上到下地教姑娘们如何穿衣打扮,大家都亲切地叫他“桑老师”。

孔澜的牙都酸掉了，但更叫他无法接受的事情还在后面，乌裳居然也去听课了，听课就算了，还换了一身行头，提着大包小包回来了！

当孔澜看到换下黑衣，穿着一身大红，花枝招展走到他面前的乌裳时，眼睛都要掉出来了：“我天，丑乌鸦你吃错什么药了？”

乌裳淡定给他一拳后，抚上自己的脸，眼角眉梢露出笑意：“桑老师说了，我皮肤白，穿红色好看，衬得人精神。桑老师还说了，女人上了岁数就得开始保养，不然老得快。这些都是桑老师自己研制的胭脂水粉，姐妹们人手一份，多亏我彪悍，哦不，是身手敏捷，抢得及时……”

当乌裳喜滋滋的背影远去后，孔澜仍在她身后一副惊掉下巴的模样，欲哭无泪，一口一个“桑老师”，这是洗脑的节奏啊！

他不死心地仰天长啸：“那小狼崽子忽悠人呢，骗骗小姑娘家也就算了，臭乌鸦你可都是当娘的人了！”

刷刷刷，不多时，从屋里飞出几支乌羽箭，精准地钉在孔澜脚边一圈，杀气腾腾。

“不许侮辱桑老师，烂孔雀你给老娘有多远滚多远！”

（二）

在乌裳那吃了瘪后，孔澜心有不忿，直接去找了春妖，决定采取“曲线救国”的方式。

他们一边往桑柯开课的地点走去，孔澜一边在春妖耳边控诉着，这小狼崽子不安分，在百灵潭境内设立非法组织，蒙骗无知妇孺，蛊惑人心，这是不把潭主大人放在眼里呀……

到了地点后，果然门庭若市，人声鼎沸，桑柯春风满面地迎了上来：“见过潭主与孔雀公子。”

孔澜一声咳嗽，虚情假意地一拱手：“桑少主生意不错呀，也给咱们潭主瞧瞧呗，传授一下开课经验。”

春妖一袭蓝裳，墨发如瀑，站在风中衣袂飞扬，清冷的目光才一望向桑柯，桑柯就拊掌长叹，啧啧赞美起来：“潭主这种天人之姿，已经不需要任何装饰了，从头到脚，站在这儿就是一幅画，一片景，一段无双风华呀。”

这番马屁拍下来，孔澜按住肚子，觉得自己整个人都要反胃了。

却还不算，桑柯又屁颠屁颠跑进屋，拿了一大堆东西出来："这点儿小小心意还望潭主笑纳，桑柯不才，只想聊表一下对潭主如滔滔江水、连绵不绝的景仰之情。”

春妖瞥了一眼他手中的东西，没说话，也没收下，只是转头对孔澜淡淡道："此间事情可小而化之，同为一潭之妖还应多多包容，你自己解决。”

说完，还不等孔澜申辩，春妖已是一拂袖，漫天蓝莲绽放，踏风而去。

“啧啧啧，潭主就是潭主，果然深明大义，连远去的背影都是这么好看，就像一幅画，一片景，一段无双……”

孔澜嘴角抽搐，在口吐白沫，即将阵亡前火速撤退："求你别说了，兄弟段数高，我甘拜下风了……”

（三）

如果说孔澜拿桑柯没辙，那桑柯就是拿小山没辙，放眼整个百灵潭，他唯一没能收服的姑娘，大概就是小山了。

按他的话来说，就是小山战神威风凛凛，当真不能以寻常女子来揣度，直白点儿说就是缺心眼儿，丫就不是个女的！

为此燃起了桑柯的熊熊斗志，他立志要将小山彻底改造，从里到外改头换面。

但开始的几次总是不那么如意，他找过去时小山不是在抡铜锤练功，就是在绣嫁衣。

对，绣她自己的嫁衣，她已与孔七定亲，来年春天就要举行大婚了。

做了一辈子粗人，她抡铜锤的手从没碰过针线，但唯独嫁衣这件事上，她不想假手于人，坚持定要自己一针一线地绣出，孔七拿她没办法，也只好随她了。

这不，桑柯找过去时小山都没工夫搭理他，任凭他怎样苦口婆心，小山都不为所动，只是偶尔抬头傻傻一笑："没事，桑老师，我觉得自己现在这样挺好的。”

桑柯大为挫败，本着愈挫愈勇的决心，他终于找到了小山的唯一“软肋”，那就是她心心念念，还没成亲的夫君——孔七。

女为悦己者容，这个肤浅的道理从古至今，千百年来亘古不变。

桑柯摸清要领后，立刻拉着小山去找孔七，不，确切地说，是偷窥孔七。

他们躲在小山坡后，看孔七坐在梨花树下，翻卷看书，他肩头落了几片花瓣，长发飞扬，风中的身影清俊绝伦。

小山看得眼都直了，一脸痴汉样，桑柯窃喜，适时地问道："你瞧你家阿七好看吗？"

小山猛点头，眼冒金星："好看，太好看了，最好看了……"

桑柯更喜，从怀里掏出一面镜子："那你再看看你自己。"

镜中人眉清目秀，文文弱弱，端得一个秀美的小姑娘模样，也不是不好看，但比起孔七的白衣风华，却又平淡许多。

小山有点儿怔，桑柯咳嗽两声，适时地放大招了："看明白了吧？小山姑娘莫怪我啰唆，你们来年开春就要成亲了，你家阿七纵然嘴上不说什么，但一定不希望新娘还没自己好看吧……"

（四）

当某一天小山出现在孔七面前时，孔七差点儿都认不出她了。

从不离手的两个大铜锤不知扔哪儿去了，取而代之的是一方鸳鸯锦帕，从来清清爽爽束起的长发也莫名放下，梳了个仕女图中无比烦琐的发型，最要命的是，从来不施脂粉的一张脸浓墨重彩，两坨大大的腮红隔老远都能看见，像猴子屁股……

孔七眼皮抖动，脱口而出："你被谁打了吗？"

本来满心羞涩的小山一下抬头，眨眨眼愣住，好半天她才不自在地开口："桑、桑老师教的，我、我手法还不太熟练，可能画重了，怎么，不、不好看吗……"

孔七没说话，深吸了口气，在心中暗骂了那狼崽子一万遍，他盯了小山半晌后，最终认命叹气，拉起她的手，径直往溪边去。

蹲在溪边，孔七毫不客气地沾了水往小山脸上擦去，一番折腾后，小山脸上满是水珠，露出了原本白嫩的肌肤，长睫微颤间，波光潋滟，又回到了那个干干净净、清清爽爽的小山。

孔七与她四目相对，见她全身湿漉漉的，竟有一瞬间的失神，他赶紧别过头，装模作样地咳嗽了两声。

擦干净媳妇的脸蛋后，孔七长眉一挑，又开始教育起媳妇了："我们已经定亲，没人强迫，两情相悦，对不对？"

小山眨眨眼，羞涩点头。

"那过不久，我就是你的夫君了，对不对？"

小山捧住脸，继续羞涩，继续点头。

“书里怎么说的，以夫为天，对不对？”

小山充满爱意地望着孔七，再继续点头。

“那你听我的，还是听那桑老师的？”

小山已被一步步忽悠得深信不疑，一边点头，一边做乖巧状：“听夫君的。”

孔七满意地笑了，一拂袖，白衣翻飞：“那行，我现在郑重告诉你，我娶亲从不在乎长相，反正娶谁都没我好看，你明白了吗？”

小山这回一愣，傻傻的还没反应过来时，孔七已经探过头，覆上她的双唇，将她压倒在了溪边的草地上，辗转深吻。

两个身子缠绵交叠，气息萦绕间，小山已被吻晕了头，只听到孔七在她耳边低叹：“我怎么就有你这么傻的新娘……”

番外四・一叶好梦

（一）

中秋节那日，春妖受广寒宫的玉兔姑姑所托，去了一趟人间。

他落脚的地方是渝州城，是夜月朗风清，城中烟花灿烂，他脚踏蓝莲，衣袂飞扬，避过凡夫俗子的耳目，径直入了安府后院。

是了，安府，安云岫与秦素欢的家，而春妖要见的人正是雪鸣。

“你姑姑亲手做了月饼，托我来看你一看，你当日散去千年修为成全素欢，一朝打回原形，如今数年过去，又到了中秋团圆的日子，今夜人人携家带口，上街赏灯望月，唯你孑然一身、孤苦一人，你可后悔？”后院里，风声飒飒，春妖抱着雪鸣坐在树梢上，伸手抚过他雪白的皮毛，叹息开口。

雪鸣抖了抖一对粉嫩的长耳，水灵灵的眸子在月下闪闪发光：“能守在她身旁，朝朝暮暮，看她嫁作人妇，儿女绕膝，有什么可悔的？”

他从春妖的“魔掌”中挣脱出来，咬了口食盒中的月饼：“倒是潭主您，年年来，年年都是同样的问题，可见百灵潭少了我这般钟灵毓秀的人物，潭主的确无聊得很。”

春妖哑然失笑，摇摇头，一指明月：“你不后悔，上面那广寒宫里，你姑姑却心疼得很。”

说着他一拂袖，又去拎雪鸣两只耳朵：“她怜你孤苦，此番再不忍你流落在外，特求我带你回广寒宫，你愿跟我走吗？”

话一出，雪鸣毛茸茸的小身子立刻一颤，风掠树梢，天地间仿佛都静了下来。

他仰头与春妖四目相对，眸光闪烁，许久，春妖弹了弹他的长耳朵，一声叹道："就知道你不愿离开她，也罢，你便在尘世中多陪她几年吧，反正凡人的寿命很短，几十年花开花落，一眨眼也就过去了，到时你再随我回广寒宫也不迟。"

春妖说这话的时候并没有想过"轮回"二字，他深知雪鸣痴情，却不知他日后会痴情至此，居然守着素欢过完一世还不算，还守着她轮回过了许多许多世，与在海底墓中，盘踞于棺木之上，守着假面夫妇的浮衣不相上下，叫百灵潭众人多有唏嘘，但那都是后话了。

且说今夜月皎皎，春妖拂袖离去时，雪鸣却破天荒叫住了他："潭主说得对，凡人的寿命的确很短，短得眨眼即逝……"

风过耳畔，他呢喃着，漂亮的一双兔眸目视着春妖，若有所思，却是忽然笑了："每年中秋都不曾许过什么愿，今年，潭主便赐雪鸣一夜好梦吧。"

（二）

素欢一家四口走在街上看灯，渝州城每年的中秋都十分热闹，今年也不例外。

安云岫一手搂着娇妻，一手牵着孩子，前头还蹦蹦跳跳着一个。

他在渝州城里是出了名的好福气，年纪轻轻便考取功名，仕途步步高升，相貌人品家世无一不全，还坐拥一个温柔的娇妻与一对漂亮的龙凤胎——

哥哥小名叫安安，妹妹小名叫素素。

安安与素素，出生起便握紧着双手，一生一世也不会分开，就像安云岫与秦素欢，一生一世也不会分开。

烟花绽放在头顶，月下行人如织，安云岫贴心地为素欢披上斗篷："起风了，小心着凉，娘子，累了吗？累了咱们就回去……"

他话还没说完，前头蹦跳的安安已经回过头，表示抗议："不，不要回去，还没玩够呢！"

身旁的素素也做了个鬼脸，一溜烟跑去牵哥哥的手，笑嘻嘻地"同仇敌忾"："对，才刚出来呢，我们才不回去，爹爹就知道心疼娘亲，一阵风吹来都怕把娘亲吹倒了，要回去爹爹和娘亲回去就好了……"

两个孩子口无遮拦，笑声飞上天边，有路人好奇望来，安云岫俊美的脸一下就红了，瞪了一眼自家不省心的龙凤胎："不疼你娘还疼谁？疼你们这两个小鬼头吗？"

素欢哭笑不得，眼见夫君与孩子又闹腾起来，刚想开口，却是一阵风吹过，花灯摇曳，天地间风云变色，她被吹得捂住脸，发梢飞扬，再次睁开眼时，街道已在一瞬间被定格住了——

行人脚步停驻，空气仿佛凝固，所有人一动不动，包括本要上前抓住两个顽皮孩子的安云岫，整座渝州城像是一刹那被冻结了，只有素欢一人不在其中。

她像坠入一场梦中，惊诧地看着月下走出一道身影，一道雪白的身影。

那人眉目染了月光，肤白胜雪，一双眼眸水波潋潋，是不同于渝州城普通男儿的出尘风华，宛若天人。

奇怪的是，素欢怔怔地看着他，既不觉得害怕，也不觉得荒诞，只是觉得眼前这人熟悉莫名，叫她情不自禁就问了出来："你……是谁？"

多少年过去，这还是雪鸣第一次能化作人形，他走过月下，走到素欢面前，望着她笑，并不开口，于是素欢便又怔怔地补充了一句："我好像……在哪儿见过你？"

（三）

湖面上一叶兰舟，水波粼粼，倒映着雪鸣与素欢的身影。

"这是梦吗？"

素欢站在夜风中，衣袂翩飞，仍觉得一切不可思议，但更不可思议的是，她被他带到这儿，与他泛舟望月，竟然一点儿也不害怕，只有种如遇故人之感，仿佛多年来，梦中那个模模糊糊的身影，终于能清晰地触碰到了。

月下安详静谧，一叶兰舟随天随地，随心随欲。

素欢靠在雪鸣肩头，两人并肩赏月，偶尔对望一眼，相视而笑，说上几句话，但更多时候都是不说话，只是望着天上一轮明月，享受夜风掠来的清逸。

湖面上不知何时响起袅袅笛声，空中蓝莲绽放，莲上一人墨发如瀑，发间额环闪烁着阵阵荧光，是叫天地都失了颜色的清冷风华，正是春妖。

他横笛立于风中，吹起一曲又一曲，无尽的离人哀伤，飞过湖面，飞上皎月，飞入了广寒宫中……

这就是雪鸣想要的一叶兰舟，一叶好梦，多么简单，而又多么奢侈。

梦境如生于天地之蜉蝣，短暂到连春妖都不忍心打搅，却还是在笛声停下的时候，一拂袖，叹息飘过湖面："雪鸣，时间到了。"

（四）

素欢再次睁开眼时，耳畔正好响起安云岫的声音，他上前抓住了两个顽皮的孩子，一大两小笑闹着："小鬼头，回去再收拾你们！"

花灯摇曳，明月皎皎，依旧是热闹的街道，依旧是如织的行人，熙熙攘攘间，再平常不过的凡尘气息。

一刹那入梦，一刹那梦醒，风过无痕，像什么都不曾发生过一样。

素欢眨了眨眼，半天没回过神来，安云岫察觉到她的不对劲，放开一对儿女，走过来揽住她，关切地问道："怎么了，丢了魂似的？"

素欢好半天才一个激灵，长睫微颤，反应过来："我刚刚好像，好像做了个奇怪的梦……"

安云岫失笑，将她遮风的斗篷又紧了紧，温柔道："不过走了下神，怎么就做了奇怪的梦，风大了，看来咱们还是早点儿回去吧。"

安安与素素一路嬉闹着，一家四口向归家的方向走去，而走着走着，素欢忽然抬头，喃喃开口："我好像梦到，月亮里走出了一个人……"

夜风飒飒，拂过她的眉角发梢，仰头间有什么无声淌下，她怔怔抚去，竟是一行晶莹的眼泪，她有些惊诧，不知眼泪何来，不知哀伤何去，只是声如梦呓："真是一个奇怪的中秋……"

她更不会知道的是，暗处有道雪白的身影，默默注视着他们一家四口的背影远去，说了最后一句话：只盼你年年岁岁，团团圆圆，一生平安喜乐，终老渝州城。

番外五·万灵齐欢

（一）

除夕这天，烟花漫天，万灵齐欢，百灵潭也迎来了一年一度的百鬼联欢晚会。

主持人：孔澜、千夜、齐灵、碧丞。

别问为什么没有女的，请听主持一哥孔澜原话："我们四个往那儿一站，就是百灵潭的门面担当，哪个有我们'百鬼男孩'好看？"

话音未落，几支乌羽箭已经嗖嗖嗖射出，杀气腾腾地钉在了台上，台下的乌裳一身黑衣，目光凌厉："烂孔雀三天不打，你还上房揭瓦了是吧？"

“咳咳。”孔澜抖了抖五彩斑斓的孔雀礼服，瞪了一眼憋不住笑意的千夜，“这个，家有悍妇，看我回去怎么收拾她……那个，咱赶紧进入下个环节吧，请看前线记者薛连姑娘为我们带来的台前幕后的故事。”

好，画面转到百鬼联欢晚会的后台，一袭雪衣的特派记者，美貌的薛连姐姐正在对即将上台的百鬼们进行采访。

“小山，看你现在还在抡大锤，你和孔七今晚究竟表演什么节目呢，能向我们透露一下吗？”

偌大的后台梳妆间里，其余的妖精们试衣服的试衣服，化妆的化妆，只有小山还挺着个清秀的小身板，风也似的抡着两个大锤，一见薛连将话筒递到她面前，她赶紧放下大锤，挠了挠头，乐呵呵地开口：“干娘，我和阿七的节目可有新意了，全靠我手里这对大锤，它叫《胸口碎大石》，很有难度的，我现在还在练习呢……”

话还未完，已经被角落里一阵咳嗽声打断：“谁说叫《胸口碎大石》的？”

开口的不是别人，正是再也听不下去的节目策划者孔七，他扭头向薛连示意：“明明叫《东风夜放花千树》，是个魔术节目，到时两大锤子抡下去，满天星如雨，别提多美了……啊对不起，干娘，不能再透露了，总之不会让大家失望的……”

“孔七你别动，发型都弄乱了！”正为他设计造型的狼族少主桑柯，双手一用力，把孔七的脑袋又扳了回来。

两人大眼瞪小眼，终归是孔七按捺不住了：“我说骚狼，你是在整我吗？这破发型还要弄到什么时候？”

他已经被桑柯按在梳妆台前，鼓捣了整整三个时辰的所谓“狼族最新发型”，早就憋了一肚子的火，如今忍无可忍，无须再忍：“骚狼，我受够你了，你个娘娘腔，上回唆使我家小山把脸画成个猴屁股，这回又把我骗来糟蹋我的羽毛，这破发型我不弄了，咱们新仇旧恨一起算，来吧，新年第一场架，我让你三招……”

说话间，孔七已经从椅上旋身飞起，白衣飘飘，惊住了一整个梳妆间的妖精们，大家仰头望去，只见眼前白光一闪，已经听到桑柯抱头呼痛的连连哀号。

“你居然真打我，好心当作驴肝肺，你、你好歹让我把发型弄完吧，我可不是怕你……”

像是被打狠了，一向鼓捣胭脂水粉、爱护皮相的桑柯也忍不住了，抬首一声狼嚎，身后腾地晃出一条大尾巴，跃上半空就是一狼爪子，“飞禽”与“走兽”的大战这便开始上演，整个梳妆间一片混乱。

小山吓得赶紧纵身飞上去拉架：“有话好好说，不要动刀动枪的，惊动了潭主就不好了，大过年的……”

话是这么说，但她挤到孔七与桑柯中间，下手却丝毫没客气，两锤子便把桑柯抡到了一边，还满脸紧张地去查看孔七：“阿七，阿七，没有伤到哪里吧？”

孔七搂住小山，旋身飞了下来，无视众人的目光，只望着她，无奈叹息：“白菜你又暴力了。”声带宠溺间，似有意炫耀给一旁被打伤的桑柯听，“我不是说了吗，我是男人，你是女人，这种时候应该我护在你身前，而不是让你为我挡刀挡枪，若下次你还这样，那上元节那天你便一个人去过吧……”

月上柳梢头，人约黄昏后，上元花灯，潭中娶亲，那一日，正是孔七与小山正式大婚的日子。

小山果然慌了，立马扔了两铜锤，伸手去抓孔七的衣袖：“阿七，你别不要我，我、我再也不暴力了……”

她一张清秀的小脸可怜兮兮的，摇着孔七的衣袖像个小媳妇，任谁看见也不会想到，这竟会是百灵潭的第一战神，连孔七都有些忍俊不禁：“我不要你，谁还会要你？”

他说着，声音温柔起来，忽然将小山拉入了怀中，下巴抵着她头顶，旁若无人地呢喃着：“我说了，我的白菜，一辈子都是我的白菜。”

梳妆间里的妖精们齐齐打了个哆嗦。

一旁被打到吐血的桑柯，艰难地伸出手：“我、我觉得我还可以抢救一下……”

（二）

梳妆间的镜头被完整传送回台前，大屏幕下的齐灵摇头唏嘘：“为什么要虐单身狗，哦不，是单身狼……”

他话还未落音，已经听见薛连兴奋的声音从屏幕里传来：“朋友们，好消息，地府连线终于通了，现在让我们来采访一下无缘到达百灵潭现场的场外朋友，谛听。”

画面一阵摇晃后，对准了往生河畔，一袭冷峻的紫衣，正是陪伴地藏王菩萨，无缘前来百灵潭的谛听尊者。

他身后是波光粼粼的水面，艳丽的曼陀罗花随风摇曳，衬得他面容越发冷峻深邃，摇得屏幕前的齐灵一张老脸都不由红了。

“该死的独角兽，为什么要选在这个地方接受采访，想表达什么意思，天天拿着三千年说事，除夕了都不让人过个好年……”正腹诽着，镜头下的谛听一抬眸，仿佛透过屏幕直接望见了齐灵心底，叫他一个冷战，再不敢乱想。

那边薛连已经开始提问了 ：“尊者，这次真是很遗憾你不能来看百鬼联欢晚会，我们还特意请了妙棋灵君呢……哦不，我们没有别的意思，那尊者有什么话想对大家说吗？”

百灵潭大大小小的每一个角落，所有人都停下了手中的动作，在万众期待的目光下，屏幕中的谛听沉默了许久，终是抬首看向镜头，低沉而又缓缓地开口 ：“没什么想说的，我只是，想采朵曼陀罗花送给一个人。”

满场静了静，简直难以置信，不知谁率先反应过来，激动地发出了一声尖叫，如一石激起千层浪，下一瞬，整个百灵潭都沸腾了……

疯狂起哄的声音中，齐灵那张随洪荒浮沉了几千年的老脸，终于红成了个大柿子。

台下，穿过时空缝隙，来到百灵潭过年的秋岁岁也兴奋不已，她激动间忘了一件重要的事情。身旁黑暗中那道雪白的身影怔怔地望着大屏幕，听着耳边众人的狂欢，终于站了起来 ：“你们聊，我先走了。”

说话的不是别人，正是秋岁岁拿着春妖手牌，去了一趟渝州城，好不容易请回来的雪鸣。

他生生世世守在素欢身旁，此刻触景伤情，一刻也待不下去了。

秋岁岁这才回过神来，赶紧追上那道黯然离去的背影。

“不，不是的，兔子，兔子你回来，潭主特意交代了你一人孤苦，要我请你回来与百灵潭众人相聚，你可不能走啊，啊呸，不是一人孤苦，不是的，你听我解释……”

这厢闹得鸡飞狗跳，另一边，昆仑镜前，一袭蓝裳随风飞扬，醉卧花间，依旧是那张风华绝代，令天地失色的面容。

春妖只手枕头，望着昆仑镜中的谛听，不禁唇角微扬，摇头轻笑 ：“这坐地听八百、卧耳听三千的谛听尊者，当真是不鸣则已，一鸣惊鬼……”

他才发出感慨，昆仑镜里的谛听已经一拂袖，踏过忘川河，飞至对岸，采了一株曼陀罗花。

镜头再次对准他，他衣衫飞扬，将花一点点递出，让所有人都屏住了呼吸，除了屏幕前已经想拔腿逃跑的齐灵。

他脸红得像上了胭脂般，在心里一个劲地狂号 ：“不要说出来，不要说出来……”

但谛听还是说了出来，他眼睛眨也未眨，冷峻的面容一字一句 ：“这株花想送给百灵潭最年幼的小姑娘，碧丞与茧儿的孩子，也是我的干女儿，碧央。”

整个百灵潭又是一顿，一片诡异的静默后，哗然起来，这回是碧丞先反应过来，赶紧笑吟吟地上前打圆场 ：“多谢尊者，上回小女吵着要地府之花，没曾想尊者记了下来，着实有心了。”

台下抱着碧央的茧儿也赶紧点头，对怀里那张粉雕玉琢的小脸道：“央儿还不快多谢干爹。”

小碧央脆生生地道谢，清脆的声音回荡在每个人的耳畔，齐刷刷射去的目光中，台上的齐灵早已石化了，他一张脸由红转白，由白转青，由青又转回了红，最终在大屏幕里谛听的似笑非笑中，一个猛跺脚，大声吼道：“时候不早了，百鬼联欢晚会正式开始，让我们赶紧来欣赏开场歌舞吧……”

（三）

音乐响起，躲到红布后的齐灵深呼了口气，抹了把冷汗，竟有种死里逃生之感。

想着想着却是咬牙切齿，那该死的独角兽不来看他主持晚会就算了，那株花居然，居然还不是送给他的……

他恨骂着，咒着咒着一颗心开始空荡荡的，竟有股……莫名的失落。

而另一边，好说歹说，总算将雪鸣劝回来看晚会的秋岁岁，拉着他一坐下，便兴奋地指向台上：“快看，兔子，节目开始了！”

雪鸣强打起精神点头：“嗯，领舞的是千夜呢。”

台上的千夜一袭红袍，俊美无双，率领着曾经红叶宫的一干妖兽，在台上扭得欢快，还连连向台下的薛连抛媚眼，时不时向他媳妇来个飞吻，叫薛连都忍不住捂了脸：“太风骚了。”

悠扬的音乐中，那欢快嘚瑟的歌词清晰地传进每一个人的耳中——

两个黄鹂鸣翠柳，你还没有女朋友；

雌雄双兔傍地走，你还没有男朋友；

一江春水向东流，你还没有女朋友；

问君能有几多愁，你还没有男朋友；

抽刀断水水更流，你还没有女朋友；

举杯消愁愁更愁，你还没有男朋友；

路见不平一声吼，你还没有女朋友；

此曲只应天上有，你还没有男朋友；

百灵潭里全是狗，狗、狗、狗、狗；

只有我不是条……单……身……狗……

咔嚓，有人脑中的某根弦终于撑不住断了。雪鸣一拂袖，面无表情地站起来："你们聊，我先走了。"

秋岁岁再次追了出去："不，不是的，兔子，咱们看下一个节目，小山姑娘要表演《胸口碎大石》呢，哦不，是《东风夜放花千树》……"

欢快的乐曲声依然未停，继续回荡在百灵潭的夜空中，红布后的齐灵哀怨望月，花间醉卧的春妖低头望影。然而，他早已没有了影子，天上人间，孑然一人。他看向夜空，星辰点点，仿佛浮现出一张笑脸，他轻晃着酒杯，与之一碰。再望向昆仑镜，对着里面依旧扭得风骚的千夜，终是一摇头，笑了："为什么这厮……还没有被人打死？"

后记

最是人间烟火味

《百灵潭》是我的第一个系列文，从大一开始创作，可以说是贯穿了我最青春无忧的岁月，我对其一直有一份特殊的感情。

大概是年少初心吧，一群热热闹闹的妖，一些熙熙攘攘的故事，或喜、或悲、或阴差阳错、或百转千回，无论哪一个故事，哪一种情怀，一撇一捺都是人生。

今天的我或许写不出这样"纯粹"的味道了，它沾染着少年人独有的气息，稚嫩却炽热，梦幻而无畏，鲜活又耀眼。

干干净净的，又盛满了万家灯火。

百灵潭，百灵潭，写的虽是百妖万灵，却充满了人间烟火味。

棺材铺里没有影子的小孤女，只想抓住一生仅有的一道光；

与凡人做交易，跋山涉水，却只为再见爱人一面的扇子精；

青梅竹马，相看两厌的乌鸦和孔雀，终成一对欢喜眷侣；

寻找真相的迷糊鬼，遇见了那只傲娇的小兔子，他终于知道情之一字是何滋味；

想要功名利禄，想要平步青云，却更想要跟那个从灵茧中被射下来的姑娘永远在一起；

一眼万年，却是啼笑皆非，神兽谛听与妙棋灵君解不开的缘；

单纯如孩童的饕餮千夜，最终发现，世上有些东西比食物更重要；

潇洒的酒君，还是爱上了铺子里那个倔强复仇的姑娘，石中鱼的一滴泪却是为谁而流；

当年春日打马而过的少年，戴上面具，躺入棺材，只为赴一场七十七年的海底之约，戏中人永远睡去，看戏的人却出不来了；

妆师卿平与那个孩子纠缠半生，不惜偷了仙人施云的匣子，却不知有朵花，曾为她开到荼蘼；

不管你是战神，还是曾被辜负的帝君夫人，我都只想要你，一辈子做阿七的白菜，只属于孔七一人的白菜；

佛爱世人，却独独不爱他，不，是不能爱他，那他成魔又如何，将这世间搅个天翻地覆，只想再唤出那一声怯怯的“师父”；

一个要天空，一个要自由，他却在机关算尽中失去了唯一所爱，天地万物可赌，唯独却不能赌人心；

……

年少之作，随手翻开，扑面而来的都是一种熟稔与亲切感，每个人物，每个故事，我都如数家珍，似老朋友一般，从不曾在我的生命中消失过。

太多的刻骨铭心，太深的念念不忘，你从凡尘来，归于深潭中，拂了一身雪，仍是梦里人。

人间值得，值得走一遭，值得爱一场，值得轰轰烈烈梦一回。

潭主春妖便是这场梦的亲历者，也是见证者，他是串联了每一个故事的灵魂人物，更是我心中百灵潭里最温暖的存在。

万般清冷，绝世风华，却有一颗最柔软的心。

有他的守护，百灵潭才像一个真正的“大家庭”，才有了那么多动人的烟火气息。

我爱年少创造的这方世界，爱这群有血有肉的小伙伴，唯愿他们在那个时空里，快快乐乐地生活着，经历更多有趣的故事，找到愿与之共度一生的那一人。

皓月当空，长风满袖，不负此生。

百灵谭

作者
吾玉

封面绘图
古戈力

封面设计
杨小娟

内文版式
邹子欣

图片总监
杨小娟

责任编辑
罗长敏

出版社
中国致公出版社

总出品
湖北知音动漫有限公司

制作出品
知音动漫图书·漫客小说绘

图书在版编目（CIP）数据

百灵潭 / 吾玉著. -- 北京 : 中国致公出版社,
2021

ISBN 978-7-5145-1783-5

Ⅰ. ①百… Ⅱ. ①吾… Ⅲ. ①幻想小说－中国－当代
Ⅳ. ①I247.5

中国版本图书馆CIP数据核字(2021)第026314号

百灵潭/吾玉 著

BAI LING TAN

出　　版 中国致公出版社
（北京市朝阳区八里庄西里100号住邦2000大厦1号楼西区21层）
出　　品 湖北知音动漫有限公司
（武汉市东湖路179号）
发　　行 中国致公出版社（010-66121708）
作品企划 知音动漫图书·漫客小说绘
责任编辑 罗长敏
责任校对 魏志军
装帧设计 杨小娟 邹子欣
印　　刷 中印南方印刷有限公司
版　　次 2021年9月第1版
印　　次 2021年9月第1次印刷
开　　本 710mm×1120mm　1/16
印　　张 23
字　　数 430千字
书　　号 ISBN 978-7-5145-1783-5
定　　价 49.80元